Rebecca Michéle
*Das Flüstern der Wände*

# Das *Flüstern* der Wände

Ein Roman
von
*Rebecca Michéle*

 DRYAS

**Michéle, Rebecca: Das Flüstern der Wände. Ein Roman.**
**Hamburg, Dryas Verlag 20223**

3. Auflage 2023
ISBN 978-3-940855-61-9

Dieses Buch ist auch als E-Book erhältlich und kann über den Handel
oder den Verlag bezogen werden.
epub-E-Book 978-3-941408-83-8
Lektorat: Ilse Wagner, München
Korrektorat: Andreas Barth, Oldenburg
Umschlaggestaltung: © Guter Punkt, München (www.guter-punkt.de)
Umschlagmotiv: © Sabine Dunst, Guter Punkt, unter Verwendung von
Motiven von shutterstock
Grafik „Frauengesichter": Woman Whispering Into Another Woman's
Ears © cutecancerian - Fotolia.com
Bibliografische Information der Deutschen Nationalbibliothek :
Die Deutsche Nationalbibliothek verzeichnet diese Publikation in der
Deutschen Nationalbibliografie ; detaillierte bibliografische Daten sind
im Internet über https://www.dnb.de abrufbar.
Der Dryas Verlag ist ein Imprint der Bedey & Thoms Media GmbH,
Hermannstal 119k, 22119 Hamburg.

# Prolog

*Higher Barton*
*Cornwall – 1837*

Stolz betrachtete er seinen *neuen* Sohn. Der Achtjährige saß auf dem Teppich und spielte mit seinen Bauklötzen. Er hatte sich schnell in seinem neuen Zuhause eingelebt. In ein paar Jahren würde er den Jungen nach Eton schicken. Das war Tradition in der Familie. Er selbst, sein Vater, sein Großvater und zuvor deren Väter hatten diese exklusive Ausbildung ebenfalls genossen. Im Anschluss folgte ein Studium in Oxford oder Cambridge und schließlich ein großes Erbe. Vor dem Jungen lag eine glänzende Zukunft.

In seiner Vorstellung malte er sich für den Jungen weitere Pläne aus und dachte dabei auch an seine Tochter. Sie war erst vier Jahre alt, aber schon jetzt ein äußerst aufgewecktes Mädchen, das zu einer Schönheit heranwachsen würde. Der Altersunterschied zwischen den Kindern war perfekt. Er war fest entschlossen, dass sie – wenn die Zeit gekommen war – einander heiraten und Higher Barton somit in der Familie bleiben würde.

Auch wenn der Junge nicht sein eigen Fleisch und Blut war – er wollte ihn lieben wie einen eigenen Sohn. Und schließlich war seine Frau noch jung und gesund, also hoffte er auf weitere Kinder, am besten Söhne, wobei ihm auch ein zweites Mädchen willkommen wäre. Hauptsache, das große Herrenhaus würde sich mit Kinderlachen füllen.

Er beugte sich hinunter und strich dem Jungen über das weiche, dunkelblonde Haar. Dieser sah ihn aus großen, hellbraunen Augen vertrauensvoll an.

„Daddy!"

Gerührt wandte er sich ab. Alles würde sich zum Guten wenden. Das Tal der Tränen war durchschritten, und das Leben war wieder lebenswert.

Nachdem er das Kinderzimmer verlassen hatte, griff er in seine Westentasche und holte ein kleines, ovales Bild hervor. Er zögerte, wusste, es war an der Zeit, sich nicht länger in der Vergangenheit zu verlieren, sondern in die Zukunft zu blicken. Trotzdem betrachtete er lange die Miniatur, die kaum größer als seine Handinnenfläche war. Der Maler hatte jede Einzelheit des anmutigen Gesichts mit dem Pinsel festgehalten und die einzigartige Schönheit seiner ersten, viel zu früh verstorbenen Frau auf die Leinwand gebannt. Das schmale Gesicht, die porzellanweiße Haut, die großen, blauen Augen mit den sanft geschwungenen Brauen und die vollen Lippen. Sie lächelte nicht, strahlte aber trotzdem Glück und Freude aus, und ihm war, als würde sie jeden Moment zu ihm sprechen. Schwer atmend lehnte er sich gegen die Wand.

„Eleonor …" Es war nicht mehr als ein heiseres Flüstern „Ich musste wieder heiraten, unsere Tochter brauchte eine Mutter. Das verstehst du doch? Bitte, verzeih mir."

Er ließ seinen Tränen freien Lauf, sicher, dass ihn hier niemand sehen würde, denn ein Mann weinte nicht, auch nicht, wenn er die große Liebe seines Lebens verloren hatte. Entschlossen steckte er die Miniatur in die Tasche zurück. Vernichten konnte er sie nicht, das brachte er nicht übers Herz. Es lag ein neuer Lebensabschnitt vor ihm, und er musste die Vergangenheit ruhen lassen. Sein kleines Mädchen würde ihn immer an Eleonor, ihre Mutter, die sie nie kennengelernt hatte, erinnern, und er würde sie nie vergessen können …

# Eve

*Cornwall*
*Herbst 1940*

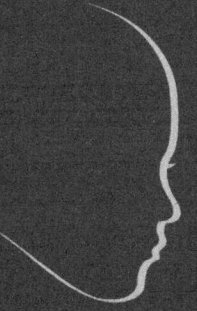

# 1

Je weiter sie nach Westen kamen, desto mehr brach die Sonne durch die Wolken. Am Vormittag, als sie in London aufgebrochen waren, hatte es in Strömen geregnet, trotzdem war ihr der Abschied schwergefallen, denn Eve hatte keine Ahnung, wann sie in die Stadt zurückkehren konnten. In diesen Zeiten wusste niemand, was die Zukunft bringen würde, man versuchte einfach, die Tage, und vor allen Dingen die Nächte, zu überleben. Bis auf ein oder zwei Wochen während der vergangenen Sommer, die die Familie in einem der Seebäder an der Kanalküste verbrachten, hatte Eve die Großstadt nie verlassen. Die Siebzehnjährige liebte die hektische Betriebsamkeit der Metropole, die breiten Boulevards, die grünen, stillen Parkanlagen ebenso wie die zahlreichen historischen Bauten, in denen die Vergangenheit lebendig wurde. Seit ein paar Wochen war jedoch alles anders. London war nicht länger das starke, mächtige und uneinnehmbare Bollwerk Großbritanniens. Nacht für Nacht heulten die Sirenen, die Menschen flüchteten vor den Bomben in die Luftschutzkeller, um dort auszuharren, zitternd aneinandergekauert, die Gasmasken vors Gesicht gepresst und nicht wissend, ob ihr Haus und ihr Hab und Gut noch vorhanden sein würde, wenn Entwarnung gegeben wurde. London brannte, und unter der Bevölkerung machte sich langsam, aber sicher Panik breit.

„Ihr müsst hier weg", hatte vor einigen Tagen Eves Vater, Robert Carlyon, gesagt. „Ich bringe euch so schnell wie möglich zu Verwandten aufs Land."

*Ihr* – das waren neben Evelyn, die von allen nur liebevoll Eve genannt wurde, ihr drei Jahre jüngerer Bruder Mickey und ihre Mutter Melanie, die wegen der Bombenangriffe einem Nervenzusammenbruch nahe war. So erhob niemand Einwände dagegen, die Stadt zu verlassen, auch wenn das die Trennung von Robert bedeutete. Unmittelbar nachdem Großbritannien dem Deutschen Reich den Krieg erklärt hatte, hatte sich Robert Carlyon zum Kriegsdienst gemeldet. Als aufstrebender Politiker wurde er jedoch nicht an die Front geschickt, sondern bekam einen Posten im Kriegsministerium. Eve wusste nicht, mit welchen Aufgaben ihr Vater dort betraut war, denn selbst gegenüber seiner Familie war er zur Verschwiegenheit verpflichtet.

„Wann sind wir endlich da?" Mickey versuchte, seine Beine auszustrecken. Für einen Vierzehnjährigen war er hochgewachsen, und das stundenlange Sitzen im Fond des Rovers war alles andere als bequem. „Außerdem habe ich Hunger."

„Ein oder zwei Stunden wird es noch dauern", antwortete Robert. „Wir werden bei Okehampton eine Pause machen und etwas essen."

„Lieber nicht." Melanie Carlyons Stimme war so zart wie ihre ganze Erscheinung. „Lass uns bitte durchfahren, damit wir ankommen, bevor es dunkel wird."

Mit der linken Hand berührte Robert kurz den Arm seiner Frau. „Du brauchst keine Angst zu haben, meine Liebe, hier wird uns nichts geschehen. Bisher haben die Deutschen nur die großen Städte angegriffen."

Melanie seufzte, drehte den Kopf zur Seite und starrte auf die vorbeiziehende Landschaft, die sich, obwohl es Herbst war, in saftigem Grün und üppiger Vegetation präsentierte. Bedingt durch den Golfstrom, kam im Westen Englands der Herbst später, und kalte, schneereiche Winter waren eher selten.

Sie passierten kleine, zum Teil strohgedeckte Cottages in dem für die Gegend typischen grauen Granit. Auf den grünen Wiesen weideten braune und gescheckte Kühe und Schafe mit schwarzen Köpfen, die wegen ihres weißen Fells wie willkürlich verteilte Wattetupfen wirkten. Es herrschte wenig Verkehr, und über der Landschaft lag eine friedliche Ruhe, die es unvorstellbar machte, dass Tag für Tag und Nacht für Nacht in den Groß- und Hafenstädten die Häuser brannten und Menschen starben. Eve wusste von der panischen Angst ihrer Mutter, mitten auf der Straße von Kampfflugzeugen angegriffen zu werden. Melanie Carlyon hatte allerdings vor allem und jedem Angst, sie fürchtete sich sogar vor einer harmlosen, kleinen Spinne an der Wand.

Robert Carlyon hielt bei einem kleinen Landgasthof direkt an der Hauptverbindungsstraße zwischen Exeter und Penzance, auf deren linker Seite die Ausläufer des Dartmoors zu erkennen waren. Trotz der angespannten Situation ließ Eve sich ein herzhaftes Cottage Pie schmecken, ihre Mutter rührte indes keinen Bissen an.

Als sie ihre Fahrt fortsetzten, fragte Eve ihren Vater: „Und du kennst die Familie wirklich nicht? Warum nehmen sie uns dann einfach in ihr Haus auf?"

Im Rückspiegel trafen sich ihre Blicke. Robert zwinkerte seiner Tochter vertraulich zu. „Bisher gab es kaum Kontakt zwischen uns, da wir nur entfernt miteinander verwandt sind. Helen Tremaine ist eine Art Großcousine. Ihre Großmutter und euer Urgroßvater waren Base und Vetter. Mein Vater korrespondierte früher mit der

Familie, und wir schreiben uns regelmäßig Weihnachtskarten. Wir sind uns aber nie persönlich begegnet."

„Also handelt es sich um völlig fremde Menschen." Melanie seufzte schwer. „Es ist mir sehr unangenehm, auf deren Mildtätigkeit angewiesen zu sein."

„Helen war sofort bereit, euch aufzunehmen, als ich ihr schrieb", erklärte Robert geduldig, denn über dieses Thema hatten sie fast die ganze letzte Nacht diskutiert. „Immer mehr Familien – und vor allem Kinder – werden aus den Städten auf das Land evakuiert. Walter Tremaine ist an der Front, und Cousine Helen meinte, sie wäre über etwas Gesellschaft ganz froh."

„Hoffentlich wird es nicht zu eng werden." Melanie Carlyon musste ihre Bedenken vorbringen. „Wenn sie in einem Cottage lebt, dann werden wir vielleicht alle zusammen in einem kleinen Zimmer hausen müssen, und das würden meine Nerven nicht aushalten." Ihre Mundwinkel zogen sich weinerlich nach unten. „Ich weiß nicht, ob ich das ertragen kann ..."

„Jetzt mach mal einen Punkt!" Robert reagierte ungewöhnlich scharf, seine Hände krallten sich um das Lenkrad. „Helen Tremaine hätte das freundliche Angebot nicht gemacht, wenn für euch drei nicht genügend Platz vorhanden wäre. Oder willst du lieber weiterhin Nacht für Nacht vor den Bomben in die U-Bahn-Schächte flüchten?"

Melanie zuckte zusammen, schlang den Schal fester um den Hals und kauerte sich im Sitz zusammen. Fast tat Eve ihre Mutter leid, doch sie verstand ihren Vater, der nur das Beste für seine Familie wollte. Bisher war ihr Haus am Holland Park nicht von den Bomben getroffen worden. Seit Wochen jedoch waren sie vom Rauch der Brände umgeben, und das Heulen der Sirenen ließ sie nicht zur Ruhe kommen. Eve war ein bodenständiges Mädchen. Obwohl auch sie der neuen Unterkunft mit gemischten Gefühlen entgegensah, wollte sie sich bemühen, der fremden Verwandten kein Klotz am Bein zu sein und sich für die Aufnahme erkenntlich zu zeigen. Seit der Geburt ihres Bruders war ihre Mutter *leidend*, wie sie es ausdrückte, wobei eigentlich niemand genau wusste, woran sie litt. Zwar war Mickeys Weg in diese Welt nicht einfach gewesen, und Melanie wäre bei der Geburt beinahe gestorben, inzwischen aber war sie organisch wieder gesund. Jahrelang hatte Robert die besten Ärzte bemüht, die aber alle nur zu dem Ergebnis gekommen waren, dass Melanie *melancholisch* war. In London hatten sie neben einer Köchin und einem Hausmädchen auch eine Frau gehabt, die sich regelmäßig um Melanie kümmerte. Ihre Angestellten konnten sie aber nicht mit nach Cornwall nehmen und die unbekannte Tante zusätzlich belasten. Eve wusste, dass es nun ihre Aufgabe war, sich um die Mutter zu kümmern.

Kurz vor der Stadt Launceston überquerten sie den Tamar, den natürlichen Grenzfluss zwischen den Grafschaften Devon und Cornwall.

„Eve, lies mir bitte vor, wie ich nun zu fahren habe", bat Robert seine Tochter.

Helen Tremaine hatte ihrem Brief eine ausführliche Wegbeschreibung beigefügt und angemerkt, dass ihr Haus nicht auf Anhieb zu finden wäre. Nachdem Robert die Hauptstraße verlassen hatte, wurden die Wege so schmal, dass die Zweige der Hecken, die rechts und links die Fahrbahn säumten, die Karosserie streiften. Die Gegend war einsam, nur selten konnte man ein

Cottage oder eine kleine Farm in der Ferne erkennen. Robert bog zweimal nach rechts und dann nach links ab, und nach etwa vier oder fünf Meilen ging die Straße in einen ungepflasterten Feldweg über.

„Hier wohnt niemand!", jammerte Melanie. „Wir haben uns verfahren, und bald wird es dunkel."

„Daddy ist exakt so gefahren, wie Tante Helen es beschrieben hat", erklärte Eve.

„Das liegt ja am Ende der Welt." Seit der letzten Rast waren das Mickeys erste Worte, denn er hatte mit geschlossenen Augen vor sich hin gedöst. „Das wird ziemlich öde werden. Hoffentlich gibt's hier wenigstens irgendwo ein Kino."

„Ich fürchte nicht", antwortete Robert, „dafür aber auch keine Fliegerangriffe."

Sein Tonfall verriet Eve, unter welcher Anspannung ihr Vater stand, und sie beschloss, ihrem Bruder später dazu ein paar Worte zu sagen. Da bemühte sich Robert, seine Familie in Sicherheit zu bringen, und ihre Mutter und Mickey suchten regelrecht nach dem Haar in der Suppe. Auch Eve hatte London und ihre Freundinnen ungern zurückgelassen, sah aber dem Leben auf dem Land erwartungsvoll entgegen. Selbst hier im geschlossenen Wagen bemerkte sie, dass die Luft viel klarer war als in der Stadt. Ja, sie meinte, sogar einen Hauch von Salz und Tang riechen zu können. Das Meer konnte also nicht weit entfernt sein.

„Ich glaube, wir sind ganz in der Nähe." Robert Carlyon bremste ab, denn sie hatten die ersten Häuser einer kleinen Ortschaft erreicht. „Das ist wohl Lower Barton."

Eve nickte. „Tante Helen schreibt, du sollst den Ort

durchqueren, die Straße hinter dem Hotel *Three Feather's* nehmen und dann immer geradeaus fahren. Nach etwa drei Meilen kommt eine Abzweigung, die direkt nach Higher Barton führt."

„Dann können wir ja nur hoffen, dass Higher Barton ein etwas größeres Kaff als das hier ist", maulte Mickey. „Hier sagen sich ja Fuchs und Hase gute Nacht."

„Halt endlich den Mund", raunte Eve ihrem Bruder, die Stirn ärgerlich gerunzelt, zu, woraufhin er ihr die Zunge herausstreckte. Manchmal war Mickey noch ein richtiges Kind, obwohl er es sich verbat, als ein solches bezeichnet zu werden.

Nachdem Robert an der genannten Abzweigung auf einen kurvigen, nun wieder asphaltierten Weg abgebogen war, änderte sich die Umgebung. Die Straße wurde nicht länger von den bewachsenen Trockensteinmauern begrenzt, sondern von mächtigen Eichen und Buchen gesäumt. Dazwischen wucherten ausladende Hortensien, Rhododendren- und Rosensträucher in einer Größe, wie Eve sie nie zuvor gesehen hatte. Es mutete mehr wie ein herrschaftlicher Landschaftspark an als wie eine Zufahrt zu einem Cottage. Robert bog um eine Kurve und trat so heftig auf die Bremse, dass sie alle nach vorn geschleudert wurden.

„Du meine Güte, das ist ja ein Schloss!", rief Mickey und rieb sich die Augen. „Ist das etwa Higher Barton?"

„Es scheint so", antwortete Eve und grinste. „Mum, ich glaube, deine Bedenken, zu dritt in ein Zimmer gepfercht zu werden, sind hinfällig."

Melanie wandte sich an ihren Mann. „Hast du nicht gewusst, dass deine Cousine in einem Schloss lebt?"

Er schüttelte den Kopf. „Ich wusste nur, dass ihr

Schwiegervater ein Baronet ist, sie also eine Lady. Das bedeutet heutzutage aber nicht automatisch mehr Reichtum und Besitz."

„Na bravo!", murmelte Mickey. „Dann werden wir stocksteif wie Schaufensterpuppen dasitzen müssen, von goldenen Tellern mit silbernem Besteck essen, öde Tee-einladungen und Dinnerpartys ertragen müssen und nur sprechen dürfen, wenn es uns erlaubt wird."

„Also, Mickey!" Nun musste Eve laut lachen. „Deine Ansichten über den Adel stammen wohl aus dem letzten Jahrhundert. Ich wusste gar nicht, dass du die Romane von Jane Austen liest. Denn woher sonst hast du solche Vorstellungen?"

„Lese ich ja gar nicht", protestierte Mickey, wurde aber von seinem Vater unterbrochen.

„Keinen Streit, Kinder! Und vergesst nicht, dass ihr hier nur zu Gast seid."

In mancher Hinsicht teilte Eve Mickeys Meinung und war auf Lady Helen Tremaine sehr gespannt. Sicher war sie schon alt, kleidete sich in dunkle Gewänder und benutzte zum Gehen vermutlich einen Stock. Seit ihrer Kindheit liebte Eve Bücher und hatte schon zahlreiche historische Romane verschlungen, und jetzt sollte sie in einem richtigen Schloss wohnen! Hoffentlich würde die Tante ihr erlauben, das Haus von oben bis unten zu erkunden. In einem solchen alten Gemäuer gab es bestimmt Geheimgänge und verborgene Verstecke, vielleicht auch Verliese oder gar eine Folterkammer. Eves Fantasie schlug Purzelbäume. Sie sah Ritter in schimmernden Rüstungen und Burgfräulein in kostbaren, fließenden Gewändern, die sich leichtfüßig beim Tanz im Kreis drehten.

„Hey, träumst du?" Ein schmerzhafter Stoß ihres Bruders brachte Eve in die Gegenwart zurück. „Nimm deinen Koffer, den schleppe ich sicher nicht auch noch."

„Es scheint niemand da zu sein", sagte Robert Carlyon, nachdem er wiederholt den altmodischen Klingelzug betätigt hatte, im Haus aber alles ruhig blieb.

Eve erwartete, dass die Tür jeden Moment von einem alten, distinguierten Butler in schwarzem Anzug und mit weißen Handschuhen geöffnet werden würde, während Melanie jammerte: „Du hast doch geschrieben, wann wir ankommen, nicht wahr, Robert? Was, wenn wir die Nacht jetzt auf der Straße verbringen müssen?"

Bei diesen theatralischen Worten tauschten Eve und Mickey einen verschwörerischen Blick, und Robert antwortete gelassen: „Es ist noch lange nicht Nacht. Wir werden einfach warten, es wird schon jemand kommen."

In diesem Moment bog eine junge, schlanke Frau um die Ecke. Sie trug schlammverschmierte Gummistiefel, eine derbe Männerhose, eine grüne Wachstuchjacke und hatte ihre kastanienbraunen Haare mit einem Band aus dem ungeschminkten Gesicht gebunden. Als sie die Ankömmlinge bemerkte, stellte sie den Eimer, den sie getragen hatte, ab und trat auf die Wartenden zu.

Freundlich lächelnd erklärte sie: „Verzeiht, ich musste noch die Hühner und die Schweine füttern, bevor es dunkel wird. Im Stall gibt es nämlich kein elektrisches Licht."

„Wir werden von Lady Tremaine erwartet", sagte Robert. „Wenn Sie so freundlich wären, unsere Ankunft zu melden?"

Die junge Frau lachte laut und wischte sich die Hände an der nicht ganz sauberen Hose ab.

„Ich freue mich sehr, euch alle endlich kennenzulernen." Sie blickte von einem zum anderen. „Ich hoffe, ihr hattet eine gute Fahrt und verzeiht, dass ich euch nicht gleich begrüßen konnte."

„Lady Tremaine?" Robert begann zu verstehen.

„Ach, lassen wir die Förmlichkeiten." Sie winkte ab. „Schließlich sind wir verwandt. Ich bin Helen, und ihr", sie sah zu den Kindern, „müsst Eve und Mickey sein. Wagt es aber bloß nicht, mich Tante zu nennen! Das macht mich älter, als ich bin." Jetzt streckte sie Melanie eine Hand hin. „Und du bist Melanie, nicht wahr?"

„Helen ...", sagte diese leise und ergriff zögernd die Hand. „Ich danke dir, dass du uns Asyl gewährst."

Ein Schatten fiel über Helens Gesicht. „Furchtbar, dieser Krieg, ganz schrecklich, aber zum Glück geht es euch gut. Ich bin froh, dass ihr aus London raus seid. Jetzt kommt aber erst mal rein, ihr habt bestimmt Hunger."

Nicht nur die Kleidung, sondern auch die Ausdrucksweise von Helen Tremaine entsprachen ganz und gar nicht Eves und Mickeys Bild von einer Landadligen, was besonders Mickey sehr begrüßte. Vielleicht würde es hier doch nicht so öde werden wie befürchtet.

Durch die doppelflügelige Holztür traten sie in eine große Halle, die Eves Vorstellungen in allen Details entsprach. Der Boden bestand aus eckigen Steinen, die von unzähligen Schritten glatt geschliffen waren, die Wände aus einem hellen Rauputz, und die Balkendecke musste uralt sein. An einer Wand befand sich sogar eine Rosette aus alten Schusswaffen. Es fehlten in den Ecken nur noch die typischen Ritterrüstungen.

„Willkommen auf Higher Barton", sagte Helen. „Keine Sorge, das Haus ist moderner, als es die Halle vermuten lässt. In allen Gästezimmern gibt es elektrisches Licht und pro Stockwerk zwei moderne Bäder. Apropos Bad", sie sah in die Runde, „ihr wollt euch bestimmt frisch machen und eure Sachen auspacken. In der Zwischenzeit bereite ich das Abendessen zu. Wir können dann in einer Stunde essen."

„Leben Sie ...", begann Robert, berichtigte sich aber sofort: „Lebst du ganz allein hier? Ich meine, hast du denn keine Hilfe?"

Helen nickte. „Mein Mann und ich hatten noch nie viel Personal. Jetzt sind alle Männer an der Front, und die Frauen arbeiten in den Waffen- und Uniformfabriken in Exeter oder in Plymouth. Wir benutzen nur ein paar Räume, das ist auch wegen der Verdunklung praktischer. Mein Schwiegervater wohnt ebenfalls im Haus, aber er verlässt seine Räume nie, denn er ist sehr krank." Sie wandte sich an die Kinder. „Für euch habe ich Zimmer im zweiten Stock hergerichtet. Die Treppe hinauf, dann links den Gang entlang. Es sind die beiden letzten Räume auf der rechten Seite. Ich denke, Eve nimmt das Eckzimmer, Mickey das danebenliegende. Das Badezimmer ist schräg gegenüber, dort findet ihr frische Handtücher. Melanie, Robert, euch bringe ich gleich in euer Zimmer. Es befindet sich im Westflügel im ersten Stock und hat einen schönen Blick auf den Garten."

„Ich kann nicht hierbleiben", wandte Robert ein. „Eigentlich muss ich noch heute Abend nach London zurück ..."

„Nichts da!", unterbrach Helen ihn. „Die eine Nacht wird das Kriegsministerium auch ohne dich auskommen. Es ist eine weite Fahrt, und du musst dich ausruhen, bevor ich dich zurückfahren lasse."

Eve schmunzelte. Auf den ersten Blick wirkte Helen Tremaine eher unscheinbar, sie war auch keine Schönheit im landläufigen Sinn, bewies aber, dass sie sehr resolut war. Wenn sie in diesem großen Haus allein mit ihrem Schwiegervater lebte, dann war ein gewisses Maß an Entschlossenheit auch vonnöten.

Eve und Mickey fanden ihre Zimmer auf Anhieb. Der Gang, der von dem breiten Haupttreppenhaus nach links und rechts abzweigte, war holzgetäfelt und mit bunten Landschaftsbildern geschmückt. In Mickeys langem und schmalem Zimmer war das Fenster, das der Tür gegenüberlag, bleiverglast, die Möbel waren modern und aus hellem Holz. Eves Zimmer strahlte mit einer hellroten Tapete, die mit kleinen goldenen Sternen versehen war, und einem farblich passenden Teppich eine deutlich weiblichere Note aus. Auf dem Waschtisch standen ein paar Figuren aus Meißener Porzellan, aber besonders begeistert war Eve über das Himmelbett mit ebenfalls hellroten Vorhängen. Sie spürte, dass sie sich hier wohlfühlen würde.

„Wie kitschig!", kommentierte Mickey abfällig. „Ein richtiges Mädchenzimmer."

Eve ging auf seine Bemerkung nicht ein, wuchtete ihren Koffer auf das Bett und erwiderte: „Ich gehe zuerst ins Bad, derweil kannst du deine Sachen auspacken und dir dann die Hände waschen."

„Hoffentlich beeilst du dich", murrte Mickey. „Auf keinen Fall will ich das Abendessen verpassen, mein Magen hängt mir schon in den Kniekehlen." Dann ging er in sein Zimmer zurück und packte aus. Der Blick aus dem Fenster zeigte den rückwärtigen Garten, der etwas verwahrlost wirkte, weiter hinten erkannte Mickey mehrere flache Gebäude, vermutlich die Stallungen. Helen Tremaine hatte von Hühnern und Schweinen gesprochen. Hoffentlich erwartete sie nicht, dass er die Ställe ausmistete! Er mochte Tiere zwar, aber die Vorstellung, bis zu den Knien in Mist zu waten, behagte ihm gar nicht.

Eve war ganz anders. Während sie heißes Wasser ins Becken laufen ließ und sich den Reisestaub vom Gesicht wusch, stieg ihre erwartungsvolle Spannung immer mehr an. Natürlich würde sie ihre Freundinnen vermissen, sie wollten einander aber regelmäßig schreiben. Außerdem waren zwei Mädchen auch aufs Land geschickt worden, um dem Schrecken in der Hauptstadt zu entfliehen, leider nicht nach Cornwall, sondern in ein kleines Dorf in Nordwales. Was derzeit in Europa geschah, war schrecklich! Es riss ganze Familien auseinander, und Eve war froh, dass sie keine Familie kannte, in der der Krieg Opfer gefordert hatte. Wenn dieser furchtbare Hitler nicht bald besiegt würde, dann war es nur eine Frage der Zeit, bis auch in ihrem Bekanntenkreis die ersten Verluste zu beklagen wären. Eve war dankbar, dass ihr Vater nicht an der Front kämpfen musste. Sie hatte Mitleid mit Helen Tremaine, die noch nicht lange verheiratet war. Es musste schrecklich sein, den Ehemann im Krieg zu wissen.

„Bist du endlich fertig?" Mickey pochte an die Tür. „Warum müssen Frauen immer so lange das Bad blockieren?"

Rasch strich Eve ihr mittelblondes Haar zurück, das ihr glatt auf die Schultern fiel, dann öffnete sie die Tür.

„Nur nicht so ungeduldig, Kleiner, du kannst jetzt rein."

Bei dem Wort Kleiner musste Mickey grinsen, denn er war jetzt schon fast einen Kopf größer als Eve. Diesbezüglich schlug er nach seinem Vater, während Eve mehr nach der Mutter kam und wohl nicht mehr wachsen würde. Melanie Carlyon hatte einen zierlichen Körperbau, Eves Hüften indes waren etwas zu breit, ihre Beine zu kurz, dafür war der Oberkörper zu lang, um als wohlproportioniert bezeichnet zu werden. Eve war sich bewusst, dass sie nicht sonderlich hübsch war, das machte ihr aber nichts aus.

Bevor die Angriffe auf London begonnen hatten, hatte sie mit ihren Freundinnen die eine oder andere nachmittägliche Tanzveranstaltung besucht. Dabei war sie zwar nie als Mauerblümchen am Rand sitzen geblieben, die jungen Männer hatten sich aber auch nicht gerade um einen Tanz mit ihr gerissen, obwohl sie gut tanzen konnte. Während Melanie ihre Tochter gern recht bald und angemessen verheiratet gesehen hätte, war Robert glücklicherweise nicht so konservativ eingestellt. Im Frühjahr dieses Jahres hatte Eve die Schule mit einem guten Abschluss verlassen und vorgehabt, an einer Universität Literatur und Geschichte zu studieren. Durch den Krieg war nun alles anders geworden. Auch wenn die Universitäten geöffnet waren, konnte Eve ihre Mutter und Mickey nicht allein lassen. Sie hoffte, dass dieser Wahnsinn bald vorbei sein würde, damit sie wieder ein normales Leben führen könnte.

Das Abendessen war einfach, aber schmackhaft. Zu einer dickflüssigen Kartoffelsuppe gab es Schinken-

und Käsesandwiches und hart gekochte Eier. Dazu tranken sie einen kräftigen Tee, und zum Nachtisch servierte Helen sogar einen Schokoladenpudding mit der berühmten Clotted Cream, ohne die in Cornwall kaum eine Süßspeise auskam.

„Auf dem Land sind die Lebensmittel noch nicht rationiert", erklärte Helen, „auch wenn wir sparsam sein müssen. Higher Barton ist eigentlich kein landwirtschaftliches Anwesen, Walter und ich haben uns im Frühjahr aber ein paar Tiere angeschafft. Sicher ist sicher. Wenn der Winter kommt, könnte es mit der Versorgung schwieriger werden. In den Blumenbeeten habe ich Gemüse gepflanzt, und wir tauschen mit den Nachbarn die Nahrungsmittel. So kommen wir ganz gut über die Runden."

„Dein Mann ist auf dem Festland eingesetzt worden?", fragte Robert interessiert.

Helen nickte, einen traurigen Zug um den Mund. „Er ist Unteroffizier in einer Fliegerstaffel, die irgendwo in Europa stationiert ist. Wo genau, das darf er selbst mir nicht mitteilen."

„Das muss sehr schwer für dich sein." Zum ersten Mal meldete sich Melanie zu Wort, die schweigend dagesessen und von den Speisen nur sehr wenig zu sich genommen hatte.

„Dieses Schicksal teile ich mit Hunderttausenden anderer Frauen", antwortete Helen. „Walter schreibt, sooft er kann. Und noch funktioniert die Briefzustellung. Erst letzte Woche teilte er mir mit, er hoffe, zu Weihnachten Urlaub zu bekommen. Dann kommt er nach Hause. Ihr werdet ihn sicher mögen."

„Weihnachten!" Entsetzt starrte Melanie Helen an. „An

Weihnachten werden wir längst wieder in London sein, nicht wahr, Robert? So lange können diese schrecklichen Angriffe doch nicht andauern!"

Robert zog eine Augenbraue hoch. Er hätte seine Frau gern beruhigt, im Moment konnte man aber nicht wissen, wie sich das Schreckgespenst Nazideutschland entwickeln würde. Hitlers Truppen überrollten ein Land nach dem anderen, und die Kanalinseln – immerhin ein Teil des Britischen Empires – waren seit dem Sommer von den Feinden besetzt. Derzeit standen die Chancen für Großbritannien nicht gut, Robert hütete sich aber, seine Familie in noch größere Unruhe zu versetzen. Er legte seine Serviette zur Seite und stand auf.

„Es ist spät, wir sollten zu Bett gehen, denn ich möchte morgen bei Sonnenaufgang aufbrechen. Wir sind dir sehr dankbar, Helen, und es ist selbstverständlich, dass die Kinder dir bei der Arbeit zur Hand gehen werden."

„Natürlich, das machen wir gern", warf Eve ein und trat unter dem Tisch auf den Zeh ihres Bruders, bevor er seinen deutlich sichtbaren Unwillen äußern konnte.

Dennoch konnte sie nicht verhindern, dass Mickey murrend fragte: „Muss ich hier wirklich zur Schule gehen, Daddy? Ich kenne doch niemanden."

„Dann lernst du die Kinder kennen", antwortete Robert in einem Tonfall, der keinen Widerspruch duldete. „In Lower Barton gibt es eine Schule, dort wirst du dich nächste Woche vorstellen. Krieg hin oder her – die Bildung unserer Kinder darf nicht vernachlässigt werden."

Der Wunsch des Vaters war Befehl, und Mickey wandte den Blick ab. Vielleicht war es gar nicht so schlecht, in die Schule zu gehen, dann hatte er nicht genügend Zeit, um Helen zu helfen. Hausarbeit war schließlich Frauensache.

Obwohl ein anstrengender Tag hinter ihr lag, war Eve nicht müde. Zu aufregend war die Tatsache, dass sich die Verwandte als Adlige und ihr neues Zuhause als großes, altes Schloss entpuppt hatte.

Während des Abendessens hatte Helen Tremaine einen kurzen Abriss über die Geschichte Higher Bartons gegeben: „Rupert Tremaine, der Erbauer des Hauses, lebte im sechzehnten Jahrhundert. Bei der Seeschlacht gegen die spanische Armada segelte er an der Seite von Francis Drake. Aufgrund seiner Verdienste erhielt er von der Krone ein großzügiges Stück Land, auf dem er Higher Barton errichtete. Damals gab es nur den Mittelteil, die große Halle ist fast in ihrer ursprünglichen Form erhalten. Im Laufe der Jahrhunderte haben Generationen von Tremaines das Haus umgebaut und modernisiert, ohne den Charakter eines elisabethanischen Herrenhauses zu zerstören, und das soll auch so bleiben."

Zu Eves Enttäuschung gab es weder Kellerverliese noch Folterkammern, auch von Geheimgängen war Helen nichts bekannt. Helen hatte nur laut gelacht, als Eve danach fragte.

„Ich weiß, nahezu jedes alte Haus in England birgt ein Geheimnis. Higher Barton ist jedoch eine Ausnahme, da muss ich dich leider enttäuschen, Mädchen."

Jetzt stand Eve am Fenster und blickte in die Nacht hinaus. Wegen des Neumondes war es stockdunkel, die Umrisse der Bäume waren eher zu erahnen als zu sehen. Sie konnte die Vorhänge offen lassen, solange sie kein

Licht anmachte. Später musste sie die dicken, schweren Vorhänge vorziehen, denn Helen achtete streng darauf, dass die Verdunklung eingehalten wurde. Eve zuckte zusammen, als sie plötzlich ein Geräusch über sich hörte. Sie lauschte, hatte sich aber nicht getäuscht. Über ihrem Zimmer schien jemand zu sein, ganz deutlich waren Schritte zu vernehmen. Sie runzelte die Stirn. Das Zimmer der Eltern lag im ersten Stock im gegenüberliegenden Flügel, und Helen hatte gesagt, dass sie selbst in einem Raum im Erdgeschoss schlief.

„Das kann ich besser verdunkeln als die oberen Räume", hatte sie erklärt.

Erneut hörte sie Geräusche aus dem Dachgeschoss, wo sich früher die Dienstbotenzimmer befunden hatten. Vielleicht hatte sie sich auch getäuscht, denn in einem solchen Haus gab es immer Geräusche, da das alte Gebälk ständig arbeitete. Da knarzte es vor der Tür. Eve schoss herum. *Jetzt* irrte sie sich nicht – da war eindeutig jemand an der Tür!

„Eve, bist du noch wach?"

Erleichtert atmete Eve auf. „Ja, komm rein, Mickey."

Auf nackten Füßen tappte Mickey ins Zimmer und setzte sich auf die Bettkante. „Ich kann nicht schlafen."

„Ich auch nicht", erwiderte Eve. „Es ist alles so anders und neu."

„Und so ruhig."

„Was?"

„Na ja, hörst du es nicht?", fragte Mickey, und für einen Moment dachte Eve, er hätte die Schritte ebenfalls gehört, dann aber fuhr er fort: „Man hört eben nichts! Das ist irgendwie ... seltsam. Zu Hause gibt es draußen immer irgendein Geräusch."

Nun fiel es auch Eve auf. Bis auf das seltsame Tappen, das jetzt verstummt war, war es totenstill. In London war es sogar mitten in der Nacht nie völlig ruhig. Die Geräusche eines Autos, manchmal auch die eines von Pferden gezogenen Wagens oder menschliche Stimmen waren in der Stadt zu jeder Tages- und Nachtzeit zu hören, auch war es nicht so dunkel.

„Kann ich bei dir bleiben?", fragte Mickey leise und hörte sich an wie ein kleines Kind und keineswegs wie ein vierzehnjähriger Junge.

Eve lachte laut. „Du wirst doch wohl nicht etwa Angst vor der Stille haben!"

„Ich hab keine Angst."

„Nein? Dann kannst du auch wieder in dein Zimmer gehen", entgegnete Eve streng. „Du hast unsere Tante gehört: Es gibt hier weder Gespenster noch sonst etwas, das man fürchten muss."

„Du bist so blöd wie alle Mädchen." Mickey stand auf und fügte frech hinzu: „Vergiss einfach, dass ich hier war, ja?"

Die Tür fiel so laut hinter ihm ins Schloss, dass Eve befürchtete, alle im Haus würden aufwachen. Mickey war in einem schwierigen Alter, das hatte ihr Vater erst kürzlich erklärt, sie jedoch, Eve, war in diesem Alter allerdings nicht so kompliziert gewesen. Der Bruder würde sich schon eingewöhnen, und ewig würde dieser Krieg ja auch nicht dauern.

Eve rollte sich auf die Seite, zog die Knie an, kuschelte sich in die weiche Decke, die leicht nach Verbenen duftete, und beschloss, sich auf Higher Barton unter allen Umständen wohlzufühlen.

# 2

Eve hatte tief und traumlos geschlafen, war vor Sonnenaufgang erwacht und fühlte sich frisch und ausgeruht.
Schnell zog sie sich an und eilte nach unten. Rechts
unterhalb der Treppe, die in die große Halle führte,
zweigte ein schmaler Gang in die Wirtschaftsräume
ab. Durch den Spalt unter der Küchentür schimmerte
trotz der frühen Morgenstunde Licht, und Eve trat in
die geräumige Küche, die von einem wuchtigen Tisch
dominiert wurde. Helen Tremaine und Robert Carlyon
saßen einander gegenüber, beide einen Becher Tee in den
Händen. Helen trug einen flauschigen Morgenmantel,
Eves Vater war bereits korrekt mit Anzug, Weste und
Krawatte gekleidet und rauchte eine Zigarette. Er sprang
auf, als seine Tochter eintrat.

„Eve! Warum bist du schon wach? Es ist noch nicht
einmal sechs Uhr."

Eve flüchtete in seine Arme und barg ihr Gesicht an
seiner Jacke. Er roch nach Tabak, einem herben Rasier-
wasser und ganz einfach nach Vater.

„Ich wollte dir auf Wiedersehen sagen, Daddy. Musst
du heute wirklich schon zurückfahren?"

Seine Hand strich über ihr Haar. „Ach, mein Mädchen,
es geht nicht anders. In London habe ich eine Aufgabe
zu erfüllen." Sanft schob er Eve von sich, die Hände auf
ihren Schultern, und sah sie eindringlich an. „Pass auf
Mum und auf deinen Bruder auf, ja? Du bist die Vernünf-
tigste, und ich weiß, dass ich mich auf dich verlassen
kann."

Eve kämpfte mit den Tränen, wollte aber tapfer sein. „Natürlich, Daddy."

„Ich rufe so oft an, wie es geht, und wir werden uns schreiben", sagte er und hauchte einen Kuss auf ihren Scheitel. Dann ließ er seine Tochter los und wandte sich an Helen: „Ich weiß gar nicht, wie ich dir danken soll. Hoffentlich ist dieser Albtraum bald vorbei."

Helen Tremaine winkte ab. „Das ist doch selbstverständlich, wir sind schließlich eine Familie." Da sie bemerkte, wie Eves Augen verdächtig feucht schimmerten, sagte sie betont burschikos: „Leistest du mir beim Frühstück Gesellschaft, oder möchtest du noch mal ins Bett gehen?"

Eve schluckte. „Eine Tasse Tee wäre nett, danke." Robert Carlyon wandte sich zum Gehen, und Eve folgte ihm. „Ich begleite dich zum Wagen, Daddy."

„Bitte nicht, mein Mädchen!" Er lächelte verkrampft. „Ich hasse Abschiedsszenen. Von deiner Mutter habe ich mich bereits verabschiedet, sie ist in ihrem Zimmer geblieben, und Mickey habe ich gestern Abend adieu gesagt."

Eve akzeptierte seinen Wunsch und umklammerte Halt suchend die warme Teetasse, die Helen ihr hingestellt hatte. Der Vater zwinkerte ihr ein letztes Mal zu, dann fiel die Tür hinter ihm ins Schloss. Kurze Zeit später hörte sie den Motor seines Wagens anspringen.

„Du liebst deinen Vater sehr?", fragte Helen vorsichtig.

Eve nickte, erneut stiegen Tränen in ihre Augen. „Du hast ja schon bemerkt, dass Mum – und zwar seit Mickeys Geburt – nicht ganz gesund ist. Irgendwie sind Daddy und ich über die Jahre zusammengewachsen."

„Ich nehme an, du hast dich mehr um deinen Bruder gekümmert als Melanie?"

„Als ich älter wurde, ja, vorher hatten wir ein Kindermädchen."

Helen Tremaine wollte nicht mehr nachhaken, machte sich aber ihre eigenen Gedanken über Melanie Carlyon. Sie wollte jedoch nicht vorschnell urteilen, auch wenn Robert ihr versichert hatte, seine Frau wäre organisch völlig gesund. Was Melanie brauchte, war die frische und klare Luft Cornwalls, lange Spaziergänge im Moor und am Meer und vor allen Dingen Ruhe. Das alles würde sie in Higher Barton bekommen, und Helen war sicher, in wenigen Wochen würde es Melanie deutlich besser gehen. Allerdings hatte sie gehofft, mit Melanie Unterstützung im Haushalt zu haben. Das große Haus in Ordnung zu halten, die Tiere zu versorgen, zu kochen und die Wäsche zu waschen, sich um ihren Schwiegervater zu kümmern – das wuchs Helen manchmal über den Kopf.

Als hätte Eve ihre Gedanken erraten, sagte sie: „Tante Helen, ich …"

„Bitte, ohne Tante!"

„Okay, das habe ich vergessen." Eve lächelte wieder. „Ich werde dir helfen, wie und wo ich kann. Ich kann leidlich gut kochen, und in der Schule war ich im Nähkurs die Beste."

Dankbar nickte Helen. „Leider kann ich dein Angebot nicht zurückweisen. Da Mickey ab nächster Woche zur Schule gehen wird und deine Mutter Schonung braucht, müssen wir beide alles in Gang halten." Sie griff über den Tisch und drückte Eves Hand. „Ich glaube, wir werden uns gut verstehen, vielleicht sogar Freundinnen werden."

„Wie alt bist du eigentlich?", fragte Eve direkt.

„Letzten August wurde ich vierundzwanzig, Walter und ich haben erst vor knapp drei Jahren geheiratet. Du bist siebzehn, nicht wahr?"

Eve nickte, wollte gerade sagen, dass sie sich freue, auf Higher Barton sein zu dürfen, als eine schrille Klingel ertönte. Sie zuckte zusammen, und Helen fuhr hoch. Ihre Wangen verloren plötzlich alle Farbe. Es klingelte erneut, dieses Mal länger und nachdrücklicher. Da bemerkte Eve eine Art Schaltpult an der Küchenwand. Wie in alten Filmen gab es einzelne, runde Anzeigen, die mit den Namen der Räume beschriftet waren. Beim *Brown Bedroom* leuchtete es rot.

„Ich muss dich mal kurz allein lassen", sagte Helen fahrig. „Du kannst dir gern schon etwas zum Frühstück aus dem Kühlschrank holen."

„Wer wohnt im braunen Zimmer?", fragte Eve. „Wenn es meine Mutter ist, dann kann ich gehen."

„Äh … nein … das ist …" Helen zögerte, schloss für einen Moment die Augen, dann stieß sie hervor: „Es ist mein Schwiegervater. Ich sagte euch gestern schon, dass er krank ist. Ich muss jetzt zu ihm, er wird leicht ungeduldig, wenn man ihn warten lässt."

Zur Bestätigung ihrer Worte schlug die Klingel erneut an, und Helen eilte hastig aus der Küche. Eve vermutete, dass das braune Zimmer direkt über ihrem Raum lag, denn das würde die Schritte erklären, die sie gestern Abend gehört hatte. Offenbar war er nicht so krank, um nicht auf und ab gehen zu können. Seltsam erschien ihr aber Helens Reaktion. Es war, als würde sie sich vor dem Vaters ihres Mannes regelrecht fürchten.

Zwei Stunden später saßen sie alle um den wuchtigen Küchentisch und ließen sich das Frühstück schmecken, das Eve zubereitet hatte. Zuerst hatte Melanie nicht herunterkommen wollen, Eve hatte ihrer Mutter aber klargemacht, dass sie alle zusammenhalten mussten.

„Mum, du kannst nicht erwarten, hier bedient zu werden." Im Laufe der Jahre hatte sich Eve angewöhnt, Melanie gegenüber eine gewisse Strenge zu zeigen, was ihr zwar manchmal schwerfiel, aber unabdingbar war. „Wir verdanken es Helens Großzügigkeit, dass wir nun in Sicherheit sind, im Gegenzug müssen wir uns erkenntlich zeigen und ihr nicht noch zusätzliche Arbeit aufbürden."

„Ich habe schreckliche Kopfschmerzen", jammerte Melanie. „Und mir ist schwindlig, ich glaube nicht, dass ich laufen kann."

„Ich werde dich stützen." Eve blieb unnachgiebig. Sie kannte ihre Mutter gut genug, um einschätzen zu können, ob es ihr wirklich schlecht ging oder ob sie nur wieder eines ihrer *Leiden* vorschob.

Melanie jammerte zwar leise, als Eve ihr beim Ankleiden half, und griff immer wieder Halt suchend nach der Stuhllehne, ließ sich nun aber das Frühstück sichtlich mit Appetit schmecken.

Als sie bei der letzten Tasse Tee angelangt waren, räusperte sich Helen vernehmlich, tauschte mit Eve einen verstohlenen Blick und sagte: „Ich muss euch noch ein paar Worte über Alwyn Tremaine, Walters Vater, sagen." Sie hob die Hand, als Eve sie unterbrechen wollte. „Ihr werdet nichts mit ihm zu tun haben, denn er ist über achtzig und krank und verlässt nie seine Räume. Ich muss euch", sie sah Mickey und Eve eindringlich an, „jedoch bitten, das Dachgeschoss im Westflügel zu meiden. Er braucht absolute Ruhe, empfängt keinen Besuch und ist über unliebsame Störungen sehr ungehalten."

„Dann wird es ihm sicher nicht gefallen, Fremde im Haus zu haben", gab Melanie zu bedenken.

„Ihr seid keine Fremden", erwiderte Helen bestimmt. „Es ist schließlich auch das Haus von Walter und mir, und ihr werdet gar nicht bemerken, dass er da ist."

„Ist er denn sehr krank?", fragte Mickey.

„Wie es in dem Alter eben so ist", antwortete Helen mit einem Lächeln. Eve hätte sie gern gefragt, warum sie so nervös wurde, wenn der alte Mann nach ihr klingelte, spürte aber, dass Helen ihr ausweichend antworten würde. Sie vermutete, dass das Verhältnis der beiden nicht das beste war.

„Ich schlage vor, wir machen jetzt einen Plan, wie wir die Tage gestalten wollen", wechselte Helen auch schon das Thema. „Wie ihr wisst, haben wir kein Personal. Für die groben Arbeiten, zum Beispiel Fenster putzen und Böden schrubben, kommt bei Bedarf ein Mädchen aus dem Ort, ansonsten müssen wir uns um alles selbst kümmern."

„Ich muss ja zur Schule", murrte Mickey. „Wenn ich allerdings nicht dorthin müsste ..."

„Nichts da!", unterbrach Helen, die genau wusste, worauf er spekulierte. „Keine Angst, Mickey, es wird dir genügend Zeit zum Lernen bleiben, bei den Hausarbeiten lasse ich dich außen vor. Du könntest aber morgens, bevor du zur Schule gehst, die Tiere versorgen."

Mickeys Augenbrauen zogen sich über der Nasen-wurzel zusammen. Das war etwas, was er nicht tun wollte, er würde sich aber fügen müssen.

„Am liebsten würde ich zur Armee gehen und gegen den Feind kämpfen", sagte er trotzig. „Für mein Alter bin ich nämlich bereits groß und kräftig, aber sie nehmen mich nicht."

„Gott sei Dank!", rief Melanie laut, und Eve ergänzte: „Willst du Mum zusätzlichen Kummer bereiten? Es reicht doch, wenn sie ... wenn wir uns um Daddy sorgen."

„Vielleicht ist der Krieg noch nicht vorbei, wenn ich alt genug bin."

„Wir müssen dafür beten, dass das nicht der Fall sein wird", sagte Helen leise. „Lasst uns jetzt nicht vom Krieg sprechen. Morgen ist Sonntag – wie wäre es mit einem Ausflug ans Meer? Das Benzin ist zwar rationiert, aber es fährt regelmäßig ein Bus von Lower Barton an die Küste nach Polperro."

Eves Augen leuchteten, auch Mickey zeigte sich wieder etwas zugänglicher, einzig Melanie schien von dem Vorschlag nicht begeistert zu sein.

„Ein öffentlicher Bus?", sagte sie gedehnt. „Bei so vielen fremden Menschen holt man sich schnell eine Infektion. Ihr wisst doch, dass ich sehr vorsichtig sein muss."

„Ach, Mum ..." Eve seufzte. „Die Seeluft wird dich stärken, du wirst schon sehen."

Melanie presste die Lippen zu einem schmalen Strich zusammen, wusste aber zugleich, dass sie – wollte sie nicht einen einsamen Sonntag in dem riesigen Haus verbringen – sich wohl anschließen musste.

„Also abgemacht", sagte Helen. „Ich richte einen Picknickkorb, und wir hoffen, dass das Wetter weiterhin so schön bleibt."

Helens Bitte wurde erfüllt. Am Sonntagmorgen zeigte sich der Herbst von seiner besten Seite, und gut gelaunt brach die kleine Gruppe auf. Bis in die Ortschaft Lower Barton chauffierte Helen den Wagen, dort stiegen sie in den örtlichen Bus, der die Dörfer an der Küste miteinander verband. Das schöne Wetter lockte viele Menschen an die See, und der Bus war dementsprechend voll von Erholungssuchenden. Melanie konnte es nicht lassen, sich demonstrativ ein Spitzentaschentuch auf Mund und Nase zu pressen. Eve war aber viel zu aufgeregt, um Kenntnis davon zu nehmen oder es gar zu kommentieren. Nach etwa einer halben Stunde schaukelnder Fahrt über enge, gewundene Straßen blitzte das Meer zwischen den Hecken auf. Der Bus hielt in der Höhe einer Kornmühle, deren Wasserrad von einem sprudelnden Bach gespeist wurde.

„Der Pol", erklärte Helen. „Von ihm hat Polperro seinen Namen, wobei der ursprüngliche cornische Name Porthpyra lautete, was in etwa ‚kleiner Hafen an einer Bucht' bedeutet."

Eve lauschte interessiert, denn Helen kannte sich in der Historie der Gegend gut aus. Während sie langsam in den schmalen Gassen, durch die kein Auto fahren konnte, an weiß getünchten Cottages vorbeischlenderten, erzählte Helen von der bewegten Vergangenheit des Fischerdorfes. Es war die Rede von Schmuggel und Wrackräuberei, aber auch von heftigen Stürmen, schweren Überschwemmungen, großer Not und Krankheiten.

An dem kleinen, geschützten Hafen, der bei Stürmen mit einer Holzbarriere verschlossen werden konnte, waren die alten Häuser, keiner Planung gehorchend und in allen nur denkbaren Winkeln zueinander, stabil auf verschiedenen Ebenen und Felsvorsprüngen gebaut. Sie klammerten sich regelrecht an die Hänge und hatten schon seit Jahrhunderten Wind und Wetter getrotzt.

„Die meisten Häuser sind seit dem sechzehnten Jahrhundert kaum verändert worden", erklärte Helen. „Seit etwa hundert Jahren kommen viele Kunstschaffende und Schriftsteller hierher. Ich habe gehört, dass ein Künstler aus Österreich mit dem beinahe unaussprechlichen Namen Oskar Kokoschka vor den Nazis geflohen ist und irgendwo hier leben soll."

Obwohl es heute viele Menschen in das Fischerdorf zog, lag über Polperro eine friedliche Ruhe, die Eve den Krieg vergessen ließ. Nur ab und zu sah man einen Mann in Uniform, Frauen und Kinder waren deutlich in der Überzahl.

Helen schlug einen Trampelpfad rechts vom Hafen ein, der auf die Klippen führte. Der Weg und die Stufen waren steil, aber selbst Melanie meisterte diese kleine Anstrengung, ohne zu lamentieren. Ihre Wangen waren leicht gerötet, was ihr einen so gesunden Ausdruck verlieh, wie Eve lange nicht mehr bei ihrer Mutter gesehen hatte. Als es auf dem letzten Stück noch mal richtig steil bergan ging, stützte Mickey seine Mutter sogar, ohne dazu aufgefordert werden zu müssen.

Auf den Klippen gingen sie noch ein Stück nach Westen, dann breitete Helen die mitgebrachte Decke aus, und sie setzten sich alle auf den felsigen Untergrund. Etwa hundert Meter unterhalb von ihnen donnerte die Brandung gegen die Klippen, und über ihnen zogen weiße Möwen mit schwarzen Köpfen ihre Kreise und stießen heisere Schreie aus. Auf den Klippen wehte der Wind stärker und war kühler als in der Ortschaft, und Melanie Carlyon zog sich ihren Schal fester um den Hals.

Sie konnte es nun doch nicht lassen, zu klagen: „Ich werde mich erkälten! Vielleicht werde ich mir sogar eine Lungenentzündung holen!" Wehleidig sah sie ihre Tochter an. „Eve, du weißt doch, wie empfindlich ich bin."

Ja, weil du nichts tust, um dich zu stärken, dachte Helen. Wenn Melanie sich – so wie sie – zu jeder Jahreszeit in der freien Natur aufhielte, dann würde ihr so ein leichter, kühler Wind nichts anhaben können.

Eve zog ihren Mantel aus und legte ihn der Mutter zusätzlich um die Schultern. „Jetzt sollte dir warm genug sein", sagte sie ruhig.

Melanie zog zwar die Mundwinkel nach unten, enthielt sich aber eines Kommentars. Helen und Eve packten den Picknickkorb aus, und auch Melanie griff nach einem Sandwich und aß mit gutem Appetit. Mickey legte sich hin, streckte die langen Beine aus und ließ sich von der Sonne wärmen, doch Eve hatte das Bedürfnis, sich zu bewegen.

„Ich laufe ein paar Schritte", sagte sie und nahm sich noch ein Schinkensandwich. Die Seeluft machte sie hungrig.

„Bleib bitte auf dem Weg!", mahnte Helen. „Die Klippen sind steil und gefährlich."

Eve nickte und schlenderte den schmalen Küstenpfad entlang. Nach etwa dreihundert Yards machte der Weg eine Biegung, und plötzlich war Eve ganz allein. Allein mit der Natur, den Büschen an ihrer rechten Seite, in denen Vögel zwitscherten und zwischen denen immer noch bunte Blumen blühten; allein mit dem Meer auf ihrer linken Seite, das den stahlblauen Himmel widerspiegelte. Erneut empfand sie tiefen Frieden. Die Welt war so schön – warum mussten die Menschen mit sinnlosen Kriegen immer alles zerstören? Wann würde die Menschheit endlich lernen, dass die Zeit, die man auf Erden verbrachte, ohnehin nur geliehen war, und anfangen, jeden Tag zu genießen? Sie seufzte, schob die trüben Gedanken beiseite und biss von dem Sandwich ab. In diesem Moment stieß eine Möwe herab, Eve spürte den Flügelschlag an ihrem Gesicht wie eine kräftige Ohrfeige, die sie zur Seite taumeln ließ, dann riss ihr der Vogel das Sandwich aus den Fingern. Eve rutschte vom Felsen ab und ruderte verzweifelt mit den Armen. Da spürte sie einen kräftigen Griff um ihr Handgelenk und wurde mit einem heftigen Ruck auf den Pfad zurückgerissen, sodass sie erneut das Gleichgewicht verlor und auf die Knie fiel.

„Das war knapp!"

Eve sah auf. Vor ihr stand ein Junge, etwa in ihrem Alter, und musterte sie von oben bis unten.

„Gut, dass ich gerade vorbeigekommen bin, sonst würdest du jetzt da unten liegen." Er machte eine vage Handbewegung in Richtung der steil abfallenden Klippen.

„Die Möwe ... ich bin erschrocken ...", stammelte Eve und griff dankbar nach der Hand des Jungen, um wieder auf die Beine zu kommen. Ihre Knie fühlten sich an wie aus Pudding.

„Du bist nicht von hier?", fragte er. „Es hat dir wohl niemand gesagt, dass man mit Essen unter freiem Himmel aufpassen muss. Die Möwen schnappen sich, was sie bekommen können."

„Das habe ich bemerkt." Langsam beruhigte Eve sich wieder. „Ich danke dir, du hast mir das Leben gerettet."

„Woher kommst du?", fragte er, und Eve musste bei seinem Blick aus den blauen Augen, die einen auffälligen Kontrast zu seinem schwarzen Haar und der gebräunten Haut bildeten, unwillkürlich schlucken.

„Aus London", antwortete sie schlicht.

„Evakuiert worden?"

Sie nickte. „Meine Mutter, mein Bruder und ich sind bei Verwandten in der Nähe untergekommen."

„Schöner Mist das alles", murmelte der Junge, und Eve war es nicht klar, ob er die Situation im Allgemeinen oder sie im Speziellen meinte. Er musste ein Einheimischer sein, denn er sprach mit dem typischen, etwas harten Akzent der Cornishmen, wie die Einwohner Cornwalls allgemein genannt wurden. „Du kommst zurecht und bleibst auf dem Weg?", fragte er.

„Natürlich, der Vogel ist ja jetzt satt, außerdem habe ich nichts mehr zu essen."

Er grinste bei ihrer Antwort, und Eve kam nicht umhin, festzustellen, dass er schöne, ebenmäßige und weiße Zähne hatte.

„Na dann ..."

Er nickte ihr noch mal zu, drehte sich um und ließ sie allein. Am liebsten hätte Eve ihm nachgerufen und nach seinem Namen gefragt, da war er aber schon um die nächste Biegung verschwunden. Langsam, denn sie hatte sich ihr linkes Knie aufgeschürft, kehrte sie zu ihrer Familie zurück, verschwieg jedoch ihr kleines Abenteuer und erklärte, sie wäre über eine Wurzel gestolpert. Alles andere hätte ihre Mutter nur unnötig aufgeregt, und eigentlich war ja nichts geschehen.

Gegen Abend kehrten sie nach Higher Barton zurück. Da der Picknickkorb gut gefüllt gewesen war, aßen sie nur eine leichte Suppe. Helen wandte sich an Mickey: „Morgen werde ich dich in die Schule nach Lower Barton begleiten, wir werden mit dem Rad fahren. Du kannst doch Fahrrad fahren?"

„Selbstverständlich", entgegnete Mickey beinahe entrüstet. „Es ist aber nicht nötig, dass du mitkommst. Sag mir einfach, wo die Schule ist."

Es war ihm offensichtlich peinlich, in seinem Alter von einer Frau zur Schule gebracht zu werden. Helen ließ sich von ihrem Vorhaben aber nicht abbringen.

„Du kannst Walters Rad für den Schulweg haben", sagte sie. „Ich muss die Formalitäten mit dem Direktor regeln, ab übermorgen kannst du natürlich allein fahren."

„Dann ist es ja gut", murmelte Mickey und sah betreten zu Boden.

Melanie Carlyon hatte der Tag erschöpft, und sie zog sich in ihr Zimmer zurück. Auch Eve war müde, und Helen meinte, das käme von der ungewohnten Seeluft. Trotzdem half Eve der Tante beim Abspülen und beim Aufräumen der Küche. Als sie dann noch die Tiere füttern wollte, schob Helen sie aus der Küche.

„Ab ins Bett mit dir, Mädchen! Dir fallen ja schon

im Stehen die Augen zu. Ich mache das heute allein, ab morgen kannst du mir dann gern dabei helfen."

„Danke, Helen, und gute Nacht."

In ihrem Zimmer zog Eve erst den schweren Vorhang zu, bevor sie Licht machte. Sie war tatsächlich sehr müde, trotzdem musste sie an den fremden Jungen denken. Gut hatte er ausgesehen, groß und kräftig, ohne dabei korpulent zu wirken. Vielleicht der Sohn eines Fischers, überlegte Eve. Auf jeden Fall sah er aus, als wäre er viel an der frischen Luft.

„Was soll das?", murmelte Eve ihrem Spiegelbild zu. Sie würde den Jungen nie wiedersehen, und selbst wenn – ein so attraktiver junger Mann würde einem Mädchen wie ihr keinen zweiten Blick schenken, darüber machte Eve sich keine Illusionen. Sie versuchte, ihre Gedanken in eine andere Richtung zu lenken, löschte das Licht und schlief binnen weniger Minuten ein.

„E – ve – lyn ..."

Zuerst dachte sie, sie hätte geträumt. Jemand rief leise ihren Namen und zog ihn dabei unnatürlich in die Länge. Ihre Mutter? Warum jedoch Evelyn? Außerdem lag Melanies Zimmer in einem anderen Stockwerk.

„Evelyn ..." Dieses Mal wurde das Flüstern eindringlicher. „Evelyn ... bitte ..."

Ich träume, dachte Eve und war verwundert, warum sie genau wusste, dass sie träumte. Dann öffnete sie die Augen. Im Zimmer war es stockdunkel. Sie tastete nach der Nachttischlampe, bevor ihre Finger jedoch den kleinen Kippschalter gefunden hatten, hörte sie erneut die Stimme:

„Evelyn …"

Eve fuhr hoch, sie war eindeutig wach! Endlich flammte das Licht auf, und sie erwartete, ihren Bruder zu sehen, der sich einen Scherz erlaubte. Sie war jedoch allein. Sie schlüpfte in die Hausschuhe und zog den Morgenmantel an. Leise öffnete sie ihre Tür, dann die zu Mickeys Zimmer. Es war dunkel, doch Eve konnte den Bruder atmen hören. Sie schlich sich an sein Bett und berührte ihn an der Schulter. Er zeigte keine Reaktion und schien wirklich tief und fest zu schlafen.

„Es war nur ein Traum", murmelte Eve und kehrte auf den Korridor zurück. Dort zögerte sie, denn sie hatte Durst. Auf einem Sideboard lagen Kerzen und Streichhölzer. Helen hatte gebeten, in der Nacht das elektrische Licht nicht anzumachen, da nicht alle Räume des Hauses vollständig verdunkelt werden konnten. Also zündete Eve eine Kerze an und ging zur Treppe. Da näherte sich von der anderen Seite ebenfalls ein Kerzenschein, und sie hörte Helens Stimme: „Wer ist da?"

„Ich bin es, Eve. Ich wollte mir ein Glas Wasser holen."

Helen trug auch einen Morgenmantel, ihr kastanienbraunes Haar fiel ihr in sanften Wellen über die Schultern.

„Komm, ich mach uns einen Kakao", bot sie an und lächelte freundlich. „Kannst du nicht schlafen?"

„Ach, ich hatte einen seltsamen Traum", antwortete Eve ausweichend und folgte Helen in die Küche. Die Aussicht auf einen Kakao war verlockend! In London war seit Monaten kein Kakao mehr zu bekommen.

Selbst Robert Carlyon, der als Regierungsangestellter einige Vergünstigungen genoss, gelang es nicht, an gewisse Genussmittel zu gelangen.

In der Küche war es warm und gemütlich, da Helen das Feuer in dem gusseisernen Herd auch über Nacht brennen ließ. Hier konnten sie Licht machen, da die kleinen Fenster sicher verdunkelt waren.

Während Helen mit der Milch hantierte, fragte Eve: „Warst du bei deinem Schwiegervater?"

Helen verharrte in der Bewegung, dann antwortete sie leise: „Ja, er kann nachts schlecht schlafen, daher sehe ich regelmäßig nach ihm. Er ist schon ein Mal gestürzt, als er allein ins Bad wollte, zum Glück hatte er sich nichts gebrochen."

Eve hätte sich gewünscht, die richtigen Worte zu finden, um ihrer Tante sagen zu können, dass sie sie bewunderte, wie sie alles hier schaffte.

„Könnt ihr keine Pflegerin einstellen?", fragte sie und fuhr sogleich fort: „Das geht mich natürlich nichts an, aber …"

„Ist schon gut", unterbrach Helen. „Wir würden problemlos jemanden finden, der mir behilflich wäre, Alwyn weigert sich aber, fremde Menschen in seine Nähe zu lassen."

„Ich habe den Namen Alwyn nie zuvor gehört. Ist er cornisch?"

Helen nickte. „Ein alter Name, der sich von einem König ableitet, der vor langer Zeit hier geherrscht haben soll. Mein Schwiegervater heißt Alwyn Isaak Raphael, der achte Baronet of Tremaine, um genau zu sein." Helen lächelte. „Der amtierende Lord und Besitzer von Higher Barton. Walter, mein Mann, ist sein einziger Sohn. Eines

Tages wird er der neunte Baronet sein. Du siehst, die Familie hat einen langen Stammbaum."

Eve schloss ihre Finger um den Becher mit dem heißen Kakao und trank in kleinen Schlucken. Irgendwie war Sir Alwyn ihr suspekt, obwohl sie ihn nicht kannte. Es wunderte sie, dass er sie, Mickey und Melanie bisher nicht kennenlernen wollte, immerhin lebten sie unter seinem Dach.

Sie trank die Tasse aus und dankte Helen für den Kakao. An der Tür wandte sie sich noch mal um und fragte: „Übrigens – als du vorhin durch das Haus gegangen bist … hast du da mal meinen Namen gerufen?"

Überrascht sah Helen sie an. „Nein, ich wusste ja nicht, dass du wach bist, und ich hätte dich auch nicht geweckt. Warum fragst du?"

„Ach, nur so." Eve winkte ab. „Außerdem würdest du nicht Evelyn zu mir sagen, so nennt mich nämlich niemand."

„Evelyn?" Helens Wangen schienen eine Spur blasser zu werden. „Wie kommst du ausgerechnet auf Evelyn?"

In Eves Bauch begann es zu kribbeln, denn Helen wirkte plötzlich angespannt, fast wie eine Katze kurz vor dem Sprung auf ihre Beute. Sie bemühte sich um ein unverbindliches Lächeln, als sie lapidar erwiderte: „Wie ich vorhin sagte, ich hatte einen seltsamen Traum. Ich gehe jetzt wieder ins Bett, gute Nacht."

Eve sah nicht, wie Helen Tremaine noch lange auf die geschlossene Küchentür starrte und sich ihre Finger ineinander verkrampften.

„Bitte nicht …", murmelte Helen. „Bitte, lass das Mädchen in Ruhe und verschwinde endlich!"

# 3

In dieser und in den folgenden Nächten blieb Eve von weiteren Träumen, in denen sie meinte, jemand würde ihren Namen rufen, verschont. Das Leben der kleinen Gemeinschaft spielte sich nach und nach ein. Während Melanie Carlyon nach wie vor ihr Zimmer nur zu den Mahlzeiten verließ, abwechselnd über Kopfschmerzen und eine *allgemeine Schwäche*, die man schlecht widerlegen konnte, klagte, machte Eve die Arbeit Freude. Obwohl sie in London Personal gehabt hatten, hatte Eve sich auch um den Haushalt gekümmert. Ein Landsitz wie Higher Barton war jedoch etwas völlig anderes als ein modernes, elegantes Stadthaus. Hier gab es immer etwas zu tun, und wenn man fertig war, musste man von vorn beginnen. Eve fütterte die Hühner und Schweine am Morgen und am Mittag, beim morgendlichen Ausmisten der Ställe ging ihr Mickey zur Hand, nicht ohne eine säuerliche Miene, die Eve aber ignorierte. Helen übernahm die Fütterung am Abend, denn sie wollte nicht, dass Eve bei Dunkelheit den Weg durch den Garten zurücklegte. Das Kochen erledigten die jungen Frauen gemeinsam, für die Sauberkeit ihrer Zimmer war jeder selbst verantwortlich, und daran musste auch Melanie sich halten.

Nach einer Woche hatte sich Mickey in der neuen Schule gut eingelebt und auch schon einen Freund gefunden, mit dem er sich regelmäßig zum Fußballspielen traf. Die Anforderungen der *Dorfschule*, wie Mickey die Anstalt zuerst verächtlich bezeichnet hatte, waren nicht hoch, und Mickey konnte in allen Unterrichtsfächern gut folgen, was ihn beflügelte, denn in seiner alten Schule war er immer unter den Letzten gewesen. Das lag aber nicht an mangelnder Intelligenz, sondern war eher seiner Faulheit zuzuschreiben. Nach der Schule hackte Mickey Holz, sorgte dafür, dass die Körbe immer gut gefüllt waren, und erledigte kleinere Reparaturarbeiten, denn er konnte gut mit Hammer und Nägeln umgehen.

Alle drei bis vier Tage meldete sich Robert Carlyon telefonisch und sprach lange mit seiner Frau. Meistens konnte auch Eve ein paar Worte mit ihrem Vater wechseln, und sie versicherte ihm, dass es ihnen gut ging und sie in Cornwall vom Krieg so gut wie nichts bemerkten.

„Du ... ihr fehlt mir", sagte Robert. „Vielleicht bekomme ich in drei, vier Wochen ein paar Tage Urlaub, dann besuche ich euch."

„Das wäre schön, Daddy", antwortete Eve. Auch ihr fehlte der Vater, der schon immer mehr als die Mutter ihre Bezugsperson gewesen war.

Nun waren sie bereits drei Wochen auf Higher Barton, hatten aber den fünften Bewohner nicht zu Gesicht bekommen. Wie Helen gesagt hatte: Wenn man nicht wusste, dass Sir Alwyn im Haus lebte, hätte es niemand bemerkt. Das Einzige, was darauf hinwies, war die Tatsache, dass Helen jeden Nachmittag mehrere Stunden im Dachgeschoss verbrachte. Und Eve beobachtete, dass die Speisen, die sie ihm hinaufbrachte, meistens kaum angerührt worden waren.

„Ich kann Sir Alwyn auch das Essen bringen", bot Eve an. Helen lehnte jedoch ab.

„Du weißt doch, dass er keine Fremden mag."

„Wir sind aber auch irgendwie mit ihm verwandt", gab Eve zu bedenken. „Ich kümmere mich gern um den Herrn, könnte ihm vorlesen oder so. Dann hättest du etwas mehr Zeit für dich."

„Das ist sehr freundlich, ich danke dir, Eve, aber es geht schon."

Eve musste das akzeptieren, wenngleich sie sehr neugierig auf Helens Schwiegervater war. Bis auf das Dachgeschoss, das für sie und Mickey tabu war, durchstreifte sie nach Herzenslust das große Haus. Higher Barton war verwinkelter, als es von außen den Eindruck machte. Neben dem großen Treppenhaus in der Halle gab es noch drei weitere Treppenhäuser. In viktorianischer Zeit waren die Auf- und Abgänge streng nach weiblichem und männlichem Personal getrennt, das dritte Treppenhaus führte zu den einstigen Kinderzimmern und war von den Kindermädchen, Gouvernanten und Hauslehrern benutzt worden, die kaum Kontakt zum übrigen Personal gehabt hatten. Die Pächter und Bauern mussten das Haus durch eine der zwei Hintertüren betreten und wurden im Büro des Verwalters im Erdgeschoss empfangen. Auch die Lieferanten durften nur diesen Eingang benutzen. Zu den Glanzzeiten im 18. und im 19. Jahrhundert wurden alle zweiunddreißig Räume instand gehalten, denn es fanden sich auch häufig Gäste auf Higher Barton ein.

Auf der östlichen Seite der großen Halle befand sich das Morgenzimmer, das heute als Speiseraum ausschließlich für die Familie genutzt wurde. Der Raum war klein, hatte eine niedrige Balkendecke und war somit gut zu heizen. Daneben schloss sich ein Arbeitszimmer an. Ebenfalls im Erdgeschoss auf der westlichen Seite befand sich – Eves Meinung nach – einer der schönsten Räume: die Bibliothek. Deckenhohe Regale voller Bücher und in Leder gebundener Folianten umschlossen den Raum von vier Seiten. Ein massiver, etwa hundert Jahre alter Schreibtisch aus Mahagoni dominierte das Zimmer, vor dem offenen Kamin gab es aber eine gemütliche Sitzgruppe aus bequemen, mit Chintz bezogenen Möbeln und bestickten Kissen. Eve durfte nach Herzenslust schmökern. Leider konnte sie nur tagsüber hier sitzen und lesen, denn die Bibliothek hatte bodentiefe Fenster und eine Tür, die auf die Terrasse führte. So war eine vollständige Verdunklung schwierig, da Helen hier keine schweren, blickdichten Vorhänge angebracht hatte. Deshalb wurde der Raum am Abend nicht genutzt.

Zu Eves Bedauern gab es tatsächlich keine Kerker oder sonstigen geheimnisvollen Räume. Ein Keller war zwar vorhanden, diente aber als Vorratsraum und war hell und luftig.

„Als Higher Barton erbaut wurde, war die Zeit der Glaubenskriege längst beendet", erklärte Helen, die sich über Eves Interesse an dem Haus freute. „Davor hatten viele Häuser tatsächlich Geheimgänge und sogenannte Priesterverstecke. Das war danach nicht nötig, da man nicht mehr in kriegerischen Zeiten lebte. Nun ja ... bis ins heutige Jahrhundert jedenfalls ...", fügte sie bitter hinzu.

„Was war im Bürgerkrieg?", fragte Eve gespannt. „Waren die Tremaines Parlamentarier, da die Familie ja nicht enteignet und das Haus verschont wurde?"

Helen schüttelte den Kopf. „Die Familie stand, ebenso

wie Lower Barton und die Umgebung, natürlich auf der Seite des Königs. Du wirst in der Schule gelernt haben, dass Cornwall die letzte Bastion war, die König Charles hatte halten können. Es gibt sogar Geschichten, dass sein Sohn, der spätere Charles der Zweite, auf der Flucht vor Cromwells Häschern verwundet und dann von den Einwohnern Lower Bartons versteckt und gesund gepflegt worden war. Irgendwie wurde Higher Barton aber nie angegriffen oder vom Parlament beschlagnahmt, wie es bei dem Eigentum zahlreicher royalistischer Familien in dieser Zeit geschah. Die Tremaines hatten offenbar großes Glück."

„Ich habe gelesen, dass in der Nähe ein ganzer Ort beinahe vollständig zerstört worden ist", sagte Eve.

Helen nickte. „Du sprichst von dem Städtchen Lostwithiel. Nachdem die Rundköpfe erst Restormel Castle bombardiert und niedergebrannt hatten, bezogen sie Quartier in Lostwithiel. In der Kirche stellten sie ihre Pferde unter, und es heißt, ein Pferd sei zum normannischen Taufbecken geführt und auf den Namen Charles getauft worden, in Verachtung Seiner Majestät. Damit nicht genug, sprengten sie auch noch einen Teil der Kirche mit Schießpulver in die Luft, bevor sie weiterzogen. Heute ist die Kirche wieder aufgebaut und restauriert, und im Ort finden sich noch viele historische Häuser."

„Ich würde gern mal hinfahren", bemerkte Eve.

„Wir können ja an einem Sonntag einen Ausflug machen, wenn es meine Zeit erlaubt", bot Helen an. „Ich erkundige mich nach den Busverbindungen."

Wenige Tage später sagte Helen, sie werde am kommenden Samstag außer Haus sein.

„In Lower Barton tagt das Frauenkomitee, dem ich angehöre", erklärte sie. „Wir stricken Socken und nähen Hemden für die Frontsoldaten, organisieren Basare und sonstige Veranstaltungen zugunsten der Kriegswitwen und -waisen." Ihr Blick ging zu Melanie. „Möchtest du mich nicht begleiten? Etwas Abwechslung würde dir guttun."

Melanie zuckte zusammen. „Ach, ich weiß nicht. Ich kenne doch niemanden", antwortete sie ausweichend.

„Dann lernst du sie eben kennen", entgegnete Helen bestimmt. „Die Damen sind alle sehr nett, und neue Gesichter sind immer willkommen. Du kannst doch nähen, oder? Das wäre eine nette Aufgabe, anstatt nur in deinem Zimmer zu sitzen und die Wände anzustarren."

Erneut zollte Eve ihrer Tante Respekt dafür, wie sie mit der Mutter sprach, denn offenbar drang sie zu ihr durch.

Melanie erwiderte leise: „Wenn ich mich kräftig genug fühle, dann unterstütze ich euch selbstverständlich. Wir müssen alle etwas tun, um unseren tapferen Männern an der Front das Leben zu erleichtern."

„Dann ist es abgemacht", stellte Helen zufrieden fest. „Da ich dir nicht zumuten möchte, den Weg mit dem Fahrrad zurückzulegen, opfere ich etwas von der Benzinreserve, und wir fahren mit dem Auto." Sie sah Eve an. „Möchtest du auch mitkommen?"

„Dieses Mal nicht", antwortete Eve. „Ich habe gestern ein neues Buch begonnen. Wenn du erlaubst, würde ich lieber darin lesen. Wenn ich jedoch etwas nähen oder stricken kann, dann mache ich das gern."

Helen nickte. „Du hast auch sonst genügend zu tun. Für Mitte November ist ein Basar geplant, dabei wirst du uns helfen können."

Eve versprach, das gern zu tun, und freute sich auf einen geruhsamen Samstagnachmittag.

Helen und Melanie verließen das Haus nach dem Lunch. Melanie wirkte angespannt. Am liebsten hätte sie ihre Zusage zurückgezogen, Helen ließ ihr aber keine Chance, ihre Meinung zu ändern. Mit einem Lächeln sah Eve ihrer Mutter nach. Sie war überzeugt, dass ihr ein Treffen mit den anderen Frauen guttun würde, denn auf Higher Barton lebten sie sehr abgeschieden. Eve ging zwar regelmäßig nach Lower Barton zum Einkaufen, dort gab es aber auch nicht viel Abwechslung. Der Ortskern war seit Jahrhunderten unverändert, was dem Städtchen einen gewissen Charme verlieh. Neben den üblichen Geschäften gab es eine öffentliche Bibliothek, das Pub *Sailor's Rest* und ein Hotel mit dem Namen *The Three Feathers*. In Letzterem fanden ein Mal im Monat am Samstagnachmittag Tanzveranstaltungen statt. Dabei herrschte deutlicher Frauenüberschuss, doch die Abwechslung zum Alltag wurde von allen gern angenommen. Eve wollte Helen fragen, ob sie nicht auch mal dorthin gehen konnten, denn sie hätte zu gern mal wieder getanzt.

Als sie allein war, zündete Eve ein Feuer im Kamin in der Bibliothek an. Sie hatte es sich gerade mit dem Roman auf dem Sofa bequem gemacht, als Mickey ins Zimmer trat.

„Was machst du?", fragte er, die Hände in den Hosentaschen.

Eve hielt das Buch hoch. „Lesen, wie ich es mir vorgenommen habe."

„Aha." Gelangweilt sah er sich um.

„Du könntest auch mal ein Buch lesen", schlug Eve vor.

„Danke nein!", erwiderte er entsetzt. „Es reicht, wenn ich mich in der Schule mit solchen Sachen rumplagen muss. Wir nehmen gerade die Gedichte von Robert Burns durch, das ist schlimm genug." Er warf sich in einen Sessel und zog unwillig die Mundwinkel nach unten. „Ist ganz schön langweilig hier, was?"

Eve zuckte mit den Schultern. „Das kommt darauf an, was man aus der Situation macht. Ich kann nicht sagen, dass ich mich langweile."

„Wir könnten uns ja mal das Dachgeschoss ansehen", schlug Mickey vor.

„Was?" Eve runzelte die Stirn. „Du weißt, dass wir wegen des kranken Lords dieses Stockwerk meiden sollen."

„Ach, Quatsch!" Mickey winkte ab. „Der Alte wohnt im Westflügel, direkt über deinem Zimmer, wie ich inzwischen herausgefunden habe. Wenn wir uns mal im Ostflügel umsehen, wird er uns nicht bemerken." Er sah Eve gespannt an. „Dich interessiert das Haus doch auch, oder etwa nicht? Willst du nicht wissen, was für Zimmer da oben noch sind?"

„Nur ehemalige Dienstbotenzimmer, die jetzt kleinere Gästezimmer sind", antwortete Eve und legte das Buch zur Seite. Zum Lesen würde sie ohnehin nicht mehr kommen. „Was soll daran schon interessant sein? Warum gehst du nicht zu deinem Freund? Ihr könnt ein wenig zusammen kicken."

„Bei dem Wetter?" Mickey deutete zum Fenster. Draußen goss es in Strömen. „Außerdem hat Bobs Großmutter Geburtstag, da kann er nicht weg. Komm, Eve, wir werden uns wie zwei Mäuschen auf dem Kriegspfad verhalten."

Eve war hin- und hergerissen. Helen hatte ihnen nicht ausdrücklich *verboten*, das Dachgeschoss aufzusuchen, sondern nur darum gebeten, ihren Schwiegervater nicht zu stören. Nach dem Lunch hielt Lord Alwyn immer seinen Mittagsschlaf. Wenn sie leise waren und seine Räume mieden …

„Also gut." Sie stand auf. „Wir werden aber wohl nur staubige Zimmer mit allerhand Gerümpel finden und schrecklich enttäuscht sein."

Der Korridor des dritten Stockwerks unterschied sich von den unteren Stockwerken nur dadurch, dass die Wände nicht holzvertäfelt, sondern lediglich verputzt waren. Wie erwartet standen die Zimmer leer, und die wenigen verbliebenen Möbel waren mit weißen Tüchern abgedeckt, auf denen eine dicke Staubschicht lag. Unwillkürlich stellte Eve sich vor, wie früher, als es noch Personal auf Higher Barton gegeben hatte, die Räume voller Leben gewesen waren. Am Ende des östlichen Korridors stießen Eve und Mickey auf eine Kammer, die bis unter die Decke mit Koffern, Truhen und Hutschachteln vollgestopft war, dazwischen fand sich ein Rollstuhl mit verrosteten Rädern und in der Ecke ein ramponiertes Schaukelpferd. Im daneben liegenden Raum wurde in deckenhohen Schränken die Tisch- und Bettwäsche aufbewahrt.

„Sieh mal, Eve", rief Mickey, der bereits die nächste Tür geöffnet hatte, „alte Uniformen!"

In dem Eckzimmer befanden sich Schränke, in denen gelb-grüne Livreen hingen, die vermutlich dem Chauffeur, dem Butler und dem Kammerdiener gehört hatten, ebenso zwei Paradeuniformen aus dem letzten Jahrhundert. Die Kleidungsstücke waren gut erhalten und frei von Motten.

„Wir könnten uns verkleiden und Butler und Hausmädchen spielen", schlug Mickey vor, seine Augen leuchteten begeistert. Eve schmunzelte. Jetzt war ihr Bruder wieder mehr Kind als junger Erwachsener. Sie wollte gerade sagen, dass sie aus dem Alter, in dem man sich verkleidete, heraus seien, als eine donnernde Stimme sie erschrocken zusammenfahren ließ.

„Was treibt ihr euch hier herum?"

Unter dem Türsturz stand, auf einen Stock gestützt, ein sehr großer Mann, der trotz seines Alters eine aufrechte Körperhaltung hatte.

„Lord Tremaine ..." Eve schoss das Blut in die Wangen. Sie hatte keinen Zweifel, dass es sich um den Hausherrn handelte. „Verzeihen Sie bitte, wir haben nur ..."

„Ungezogene Gören!" Er ließ sie nicht zu Wort kommen. Der Blick aus seinen dunklen Augen war erstaunlich klar, aber auch zornig. „Zu meiner Zeit hielten sich Kinder noch an Verbote. Das haben eure Eltern wohl vergessen, euch zu lehren."

Als Kind bezeichnet zu werden, wurmte Eve, daher entgegnete sie selbstbewusst: „Mylord, wir bitten um Entschuldigung. Keineswegs wollten wir Sie stören. Wir versuchten, ganz leise zu sein. Helen hat das Betreten dieses Stockwerks nicht ausdrücklich verboten, daher finden wir nichts Ungehöriges dabei."

Nun trat ein belustigtes Funkeln in seine Augen.

„Du scheinst ein gebildetes Mädchen zu sein, jedenfalls sprichst du so. Was ist mir dir?" Er hob seinen Stock und deutete mit der Spitze auf Mickey. „Bist du stumm oder dumm oder etwas in der Art?"

Mickey errötete bis unter die Haarwurzeln. „Nein, Sir … ich … also …", stammelte er. „Es war meine Idee, meine Schwester wollte gar nicht mitkommen."

Zufrieden nickte Alwyn Tremaine. „Es ehrt dich, dass du die Schuld auf dich nimmst, Junge. Wie alt bist du?"

„Vierzehn."

„Du bist groß für dein Alter." Er machte eine Handbewegung. „Wenn ihr schon hier seid, dann könnt ihr mich auch in mein Zimmer begleiten. Sonst kommt ihr noch auf die Idee, während meiner Abwesenheit darin herumzustöbern, und das wäre etwas, was ich überhaupt nicht tolerieren könnte."

Welche Abwesenheit, fragte sich Eve, denn der Lord verließ doch nie seine Räume.

Beklommen folgten sie Alwyn Tremaine, der alles andere als einen kranken und gebrechlichen Eindruck machte. Sein Gesicht war zwar von Falten zerfurcht, sein spärliches Haupthaar schneeweiß, die Gelenke seiner Finger waren geschwollen, und er stützte sich beim Gehen auf den Stock, doch er hielt sich aufrecht und zeigte keinerlei Anzeichen von Schwäche.

„Wir möchten Sie wirklich nicht stören", begann Eve, wurde aber von Sir Alwyn unterbrochen: „Du kannst uns Tee machen, Mädchen. Du kannst doch Tee kochen, oder? Wenn meine nichtsnutzige Schwiegertochter, die mein Sohn unbedingt heiraten musste, mich heute schon im Stich lässt, dann kannst du dich nützlich machen. Um diese Uhrzeit trinke ich immer meinen Tee."

„Natürlich, Mylord." Es hätte nicht viel gefehlt, und Eve hätte vor dem Alten geknickst. „Ich glaube, es ist auch noch etwas von dem Victoria Sponge in der Speisekammer ..."

„Den Süßkram kannst du weglassen, davon bekommt man nur schlechte Zähne." Er lachte, und Eve stellte fest, dass der Lord tatsächlich noch ein lückenloses Gebiss besaß, sofern es sich nicht um einen gut angefertigten Zahnersatz handelte.

„Ich helfe dir", bot Mickey an, Sir Alwyn hielt ihn jedoch zurück.

„Das ist keine Aufgabe für einen Mann. Du kannst mir inzwischen von eurer Familie erzählen. Helen schweigt sich diesbezüglich aus, dabei habe ich ein Recht, zu erfahren, wen ich unter meinem Dach beherberge."

Mickey fühlte sich äußerst unwohl bei dem Gedanken, mit dem Alten allein zu sein. Ihm blieb aber nichts anderes übrig, als zu gehorchen, zumal Sir Alwyn seine knochige Hand auf Mickeys Schulter legte und ihn damit am Fortlaufen hinderte.

Eve eilte in die Küche hinunter. Kein Wunder, dass Helen immer so nervös war, wenn sie zu ihrem Schwiegervater ging. Der Lord war offenbar mit der Frau seines einzigen Sohnes nicht einverstanden, und er schien – was den Status von Frauen betraf – noch im letzten Jahrhundert verhaftet zu sein. Da sie sich aber keinen Ärger einhandeln wollte, würde sie Tee machen und ihn servieren. Vielleicht würde er Helen dann nicht verraten, dass sie ihn gestört hatten.

Zwanzig Minuten später balancierte Eve das Tee-tablett in Lord Tremaines Raum. Dieser war so groß, wie Eves und Mickeys Zimmer zusammen, und Eve schlussfolgerte, dass im unteren Stockwerk nachträglich eine Trennwand eingezogen worden war. Die Wände waren mit dunklem Holz getäfelt, und da die Vorhänge bis auf einen kleinen Spalt geschlossen waren, wirkte das Zimmer dunkel und bedrückend. Dominiert wurde der Raum von einem wuchtigen Himmelbett mit gedrechselten Pfosten und einem geschnitzten Kopfteil. Der Lord bemerkte Eves Blick und erklärte: „Das Bett stammt noch aus Zeiten von Charles dem Ersten. Er hat einst darin geschlafen."

„Wirklich?" Überrascht riss Eve die Augen auf. „Der König war in diesem Haus?"

„Sicher, Higher Barton stand den Herrschern dieses Landes immer offen." Er deutete auf die Kanne. „Willst du endlich einschenken, bevor der Tee kalt wird?"

Eve beeilte sich, der Aufforderung nachzukommen, dabei beobachtete sie den Lord aus den Augenwinkeln. Er sah ganz und gar wie ein Adliger alten Schlags aus, hatte aber nichts Erschreckendes an sich. Sie fragte sich, warum er sein Zimmer nicht verließ, denn einen kranken Eindruck machte er wirklich nicht. Mickey saß auf einem Stuhl vor dem Fenster. Er hatte sich wieder gefangen, offenbar hatte der Lord auf weitere Vorwürfe wegen ihres Eindringens verzichtet.

„Ihr kommt also aus London." Es war eine Feststellung, keine Frage. „Und meine Schwiegertochter hat euch Asyl gewährt."

„Wofür wir Helen sehr dankbar sind", sagte Eve schnell. „Sie und unser Vater sind miteinander verwandt."

„Was jedoch keine direkte Verwandtschaft zu mir darstellt." Diese Spitze konnte sich Lord Alwyn nicht verkneifen. „Helen hat sich in diese Familie ja nur hineingedrängt. Wie sind eigentlich eure Namen?"

Da er zuerst Mickey ansah, stieß dieser hervor: „Mickey Carlyon."

„Mickey?" Die Falten auf Sir Alwyns Stirn vertieften sich. „Hast du auch einen anständigen Namen?"

„Er heißt eigentlich Michael Robert", sagte Eve schnell, da Mickey errötete. „Robert nach unserem Vater. Ich wurde auf die Namen Evelyn Melanie getauft, mich nennt aber jeder nur Eve."

„Evelyn? *E-ve-lyn*?"

Eve nickte und fühlte sich plötzlich beklommen. Der Lord sprach ihren vollständigen Namen in der gleichen Art aus wie die Stimme, die sie im Traum vernommen hatte. Er konnte es aber nicht gewesen sein, denn er hatte einen tiefen Bass, in ihrem Traum war die Tonlage jedoch eindeutig einer Frau zuzuordnen.

„Evelyn", wiederholte er leise und senkte den Blick. „Was für ein seltsamer Zufall, wieder eine Evelyn im Haus zu haben."

„Evelyn ist nicht gerade ein seltener Name." Zum ersten Mal sprach Mickey. „Können wir jetzt gehen? Ich muss noch Schularbeiten machen."

Sir Alwyn musterte den Jungen von oben bis unten.

„Scheinst ein fleißiger Junge zu sein. Gut so, solche Männer braucht das Land. Besonders in schweren Zeiten wie diesen." Sein Blick ging zu Eve. „Künftig bringst du mir den Nachmittagstee. Ich möchte dich besser kennenlernen … Evelyn."

Eve schauerte, obwohl Sir Alwyn nicht unfreundlich

war. Wie er sie jedoch ansah und ihren Namen aussprach, berührte sie unangenehm. Als Gast in seinem Haus würde sie aber seinem Wunsch, der einem Befehl glich, Folge leisten müssen.

Mit einer Handbewegung bedeutete er nun, dass sie gehen konnten. Schnell hasteten sie die Treppe hinunter.

Als sie in Eves Zimmer waren, sagte Mickey: „Also krank oder gar gebrechlich scheint der alte Kauz nicht zu sein."

„Sei nicht so respektlos", wies Eve ihn zurecht. „Er war doch ganz nett, wenn man bedenkt, dass wir unerlaubt in sein Refugium eingedrungen sind."

„Pah, Refugium!" Mickey warf sich in den Sessel. „Er tut doch nur so, als ob er nicht mehr allein sein könnte, nur um Helen herumzukommandieren. Wahrscheinlich ist er", Mickey tippte sich gegen die Stirn, „hier oben nicht mehr ganz richtig."

Dagegen konnte Eve nichts einwenden.

„Alte Menschen sind manchmal etwas wunderlich. Ich wusste aber nicht, wie unverfroren du lügen kannst."

„Lügen? Ich?"

Eve nickte. „Von wegen Schularbeiten!"

„Ach, ich wollte uns doch nur loseisen." Mickey grinste. „Oder wolltest du etwa noch länger in diesem muffigen, düsteren Zimmer bleiben?"

„Vielleicht hätte er noch etwas über diese Evelyn gesagt", erwiderte Eve. „Wer das wohl ist?"

„Irgendjemand aus der Vergangenheit des Alten, vielleicht ein Dienstmädchen oder so", antwortete Mickey. „Was interessiert uns das? Also, ich bin froh, wenn ich ihm aus dem Weg gehen kann. Ich beneide dich nicht darum, ihm jeden Nachmittag Tee bringen zu müssen."

Eve war bei der Vorstellung, Lord Tremaine täglich zu begegnen, auch nicht wohl zumute. Auf der anderen Seite jedoch interessierte er sie. Ihn umgab etwas Faszinierendes, und Eve war gespannt, ob er noch mal auf diese Evelyn zu sprechen kommen würde.

Helen schlug sie Hände über dem Kopf zusammen, als Eve ihr am Abend von dem nachmittäglichen Erlebnis berichtete. Da Sir Alwyn auf ihre Besuche bestand, konnte sie Helen die Begegnung nicht verschweigen.

„War er denn nicht furchtbar wütend?", fragte Helen überrascht.

„Zuerst schon ein wenig", gab Eve zu. „Dann war er aber recht freundlich. Er war nur irritiert, als er meinen Namen erfuhr."

„Deinen Namen?", wiederholte Helen und runzelte die Stirn.

Eve nickte. „Nicht Eve, sondern Evelyn, er hat ihn mehrmals wiederholt. Kennst du jemanden, der so heißt und den Sir Alwyn kannte? Ich hatte den Eindruck, ich würde ihn an jemanden erinnern."

Helen zögerte mit der Antwort, als würde sie sich diese genau überlegen.

„Nicht dass ich wüsste", sagte sie schließlich und wich Eves Blick aus. „Natürlich bin ich der einen oder anderen Evelyn schon begegnet, hier auf Higher Barton gibt oder gab es aber niemanden mit diesem Namen."

„Das spielt auch keine Rolle." Eve zuckte die Schultern. „Eigentlich ist es gut, wenn ich jetzt jeden Nachmittag zu ihm gehe, dann kannst du dich ein wenig ausruhen."

„Ich weiß nicht, was er damit bezwecken will,

Mädchen", gab Helen zu bedenken. „Wenn er dich unfreundlich behandelt, dann musst du es mir sofort sagen, ja?"

„Natürlich, Helen. Erlaube mir noch eine Frage: Was fehlt Sir Alwyn eigentlich? Er wirkte nicht besonders krank."

„Ach, dies und das." Helen lächelte zwar, es kam Eve aber gezwungen vor. „Es ist einfach das Alter, und er schafft die Treppen nicht mehr, darum bringe ich ihm das Essen nach oben. Walter und ich haben schon überlegt, einen Lift einbauen zu lassen, dann wurde mein Mann aber eingezogen. Alwyn ist ohnehin lieber für sich."

Eve wusste nicht, wie sie den alten Mann einschätzen sollte, und sie beschloss, einfach abzuwarten. So leicht ließ sie sich nicht einschüchtern. Und ehrlich gesagt war sie gespannt, Sir Alwyn näher kennenzulernen. Sie und Mickey hatten keine Großeltern mehr, Eve erinnerte sich aber noch an die Mutter ihres Vaters, die erst vor fünf Jahren gestorben war. Die Frau hatte ihr häufig Geschichten aus der Vergangenheit erzählt. Sir Alwyn war über achtzig Jahre alt – er hatte bestimmt viel erlebt, war sicher im Großen Krieg gewesen und war vielleicht sogar noch Königin Victoria persönlich begegnet. Während es Mickey langweilte, wenn ältere Leute von früher erzählten, konnte Eve gar nicht genug davon bekommen, denn niemand konnte die Vergangenheit so gut schildern wie die Augenzeugen selbst.

In dieser Nacht träumte Eve wirres Zeug. Sie befand ich in einem düsteren Korridor, an dem die Tapeten in Fetzen von den Wänden hingen, und wollte unbedingt eine

Tür am Ende des Flurs erreichen. Es erschien ihr sehr wichtig, diese Tür zu öffnen, ihr Vater hielt sie jedoch am Arm fest und hinderte sie daran, einen Schritt nach vorn zu machen.

Mickey stand hinter ihrem Vater und feuerte sie an: „Lauf! Lauf, so schnell du kannst, Evelyn."

„Nenn mich nicht Evelyn!"

Eve wusste, dass es nur ein Traum war, und wunderte sich, dass sie glaubte, sich mit ihrem Bruder zu unterhalten.

„Evelyn ... Evelyn ... Evelyn ..."

Der Name hallte durch den Korridor, schien direkt aus den Wänden zu kommen. Eve konnte den Widerhall körperlich spüren, es war, als würde sie von diesem regelrecht erdrückt.

Schweißgebadet erwachte sie, ihr Herz pochte heftig.

„Nur ein Traum", murmelte sie, das Gefühl der Beklommenheit verflog jedoch nicht. Sie tastete nach dem Schalter, und erst, als die Nachttischlampe aufleuchtete, wurde sie ruhiger. Das Nachthemd klebte feucht und kalt an ihrem Körper. Sie hatte häufig sehr realistische Träume, dieser war jedoch anders gewesen. Beinahe so, als wollte ihr jemand etwas mitteilen. Sie konnte allerdings nicht sagen, wer und was es war. Die geheimnisvolle Frauenstimme, die ihren Namen rief?

Sie stand auf, holte ein frisches Nachthemd aus der Kommode, ging über den Korridor ins Bad und wusch sich Gesicht und Oberkörper mit kaltem Wasser. Das beruhigte sie, und sie konnte wieder klar denken. Als sie das Bad verließ, öffnete Mickey seine Tür.

„Bist du neuerdings Schlafwandlerin?" Er rieb sich die müden Augen, das Haar war zerzaust, und in dem gestreiften Schlafanzug wirkte er recht kindlich.

„Entschuldigung, ich wollte dich nicht wecken. Geh wieder ins Bett und schlaf weiter." Mickey wollte die Tür gerade wieder schließen, als Eve herausplatzte: „Oder hast du die Stimme etwa auch gehört?"

„Was für eine Stimme? Ich hab nur deine Tür klappen und das Rauschen des Wassers gehört, davon bin ich aufgewacht."

„Jemand hat meinen Namen gerufen", sagte Eve leise. „Ich meine den Namen Evelyn. Es war mehr so ein Flüstern, trotzdem ganz deutlich."

Obwohl Mickey schlaftrunken war, begann er zu verstehen und grinste. „Der Alte hat deine Fantasie ganz schön angeregt. Kein Wunder, dass du komische Träume hast. Kann ich jetzt weiterschlafen? Es ist noch nicht mal fünf."

„Natürlich, und entschuldige, dass ich dich geweckt habe."

Nachdenklich ging sie wieder ins Bett. Sie wusste nicht, warum sie Mickey von der Stimme erzählt hatte. Natürlich hatte er *nichts* gehört, wie hätte er auch etwas hören können, das sie *träumte*?

Bis der Morgen dämmerte, wälzte Eve sich ruhelos hin und her. Ihr gesunder Menschenverstand sagte ihr, dass sie dem Traum und der seltsamen Stimme keine Bedeutung beimessen sollte, trotzdem spürte sie eine Unruhe, die ihr bisher fremd gewesen war.

# 4

Obwohl Eve alles andere als schüchtern war, fühlte sie sich in Alwyn Tremaines Gegenwart befangen und wusste nicht, was sie sagen sollte, daher antwortete sie nur, wenn er das Wort an sie richtete. Nach einigen Tagen stellte sie fest, dass der Lord starken Stimmungsschwankungen unterlag. Einmal war er freundlich und aufgeschlossen, plauderte über das Wetter und fragte Eve nach ihrer Familie, der Arbeit ihres Vaters und ihrem Haus in London. Am nächsten Tag bedachte er sie nicht mit einem einzigen Blick und brummelte nur unwirsch: „Stell das Tablett auf den Tisch und verschwinde. Ich brauche meine Ruhe."

Von Helen erfuhr Eve, dass dieses Verhalten die Regel war, wobei Sir Alwyn seiner Schwiegertochter gegenüber noch nie sonderlich freundlich gesinnt war.

„Er kann Walter nicht verzeihen, dass er unter seinem Stand geheiratet hat."

„Solche verstaubten Ansichten passen doch nicht mehr in die heutige Zeit", erwiderte Eve erstaunt.

„Sir Alwyn lebt in der Vergangenheit." Helen lächelte bitter. „Er wurde nach strengen viktorianischen Regeln erzogen und hat diese an seinen Sohn weitergegeben. Als Walter dann mit der Tochter eines Dorfschullehrers ankam, war Sir Alwyn entsetzt und drohte sogar mit Enterbung."

„Trotzdem hat Walter dich geheiratet."

„Walter hat einen ebensolchen Dickkopf wie sein Vater." Helen lächelte versonnen. „Er sagte ihm, er würde lieber auf Higher Barton als auf mich verzichten. Da blieb Sir Alwyn nichts anderes übrig, als sich zähneknirschend mit den Gegebenheiten abzufinden, da Walter sein einziger Sohn ist. Allerdings boykottierte er unsere Hochzeit und erschien nicht einmal zu dem späteren Umtrunk in der großen Halle."

„Der Lord war schon ziemlich alt, als dein Mann geboren wurde", überlegte Eve laut. „Wahrscheinlich hatte er Angst, allein in dem riesigen Haus leben zu müssen."

Helen nickte. „Mein Schwiegervater war zweimal verheiratet. Die erste Ehe blieb kinderlos, und seine Frau starb an Tuberkulose. Seine zweite Frau, Walters Mutter, war fast dreißig Jahre jünger als Sir Alwyn. Ich habe sie nicht mehr kennengelernt. Als sie starb, war Walter erst achtzehn Jahre alt."

„Anscheinend liegt kein Glück über der Familie Tremaine", sinnierte Eve, deren Fantasie zu arbeiten begann. „Vielleicht gibt es sogar eine Art Familienfluch? Jemand, der von der Familie schlecht behandelt wurde, hat einen Fluch über sie ausgesprochen, daher …"

In diesem Moment öffnete sich die Tür. Melanie trat in die Küche und hörte Eves letzte Worte. „Was faselst du für einen Unsinn, Kind?", sagte sie scharf. „Denkst du dir etwa wieder irgendwelche fantastischen Geschichten aus?"

Bevor Eve antworten konnte, erwiderte Helen beschwichtigend: „Ich mag es, wenn Menschen eine lebhafte Fantasie haben. Das reale Leben ist oft trist genug. Lass deiner Tochter ihre Fantasien, denn sie zeigen, wie aufgeweckt Eve ist."

Darauf wusste Melanie nichts zu entgegnen, und Eve lächelte Helen dankbar zu.

Am Spätnachmittag war Eve mit der Hausarbeit fertig. Sie sehnte sich nach frischer Luft und beschloss, einen Spaziergang zu machen, denn sie wollte mit ihren Gedanken allein sein. Die BBC-Nachrichten, die sie und Helen jeden Abend im Radio hörten, verbreiteten alles andere als Hoffnung. Premierminister Winston Churchill versuchte zwar, das Volk zu ermutigen, und verwies auf die historische Tatsache, dass England seit Jahrhunderten von keiner fremden Macht mehr erobert worden war. Immer wieder wurde auf seine *Blut-, Schweiß- und Tränen-* Rede vom vergangenen Mai verwiesen. Obwohl Eve von Politik nicht viel verstand, bewunderte sie den Premier für seine Offenheit. Dem Volk gegenüber versuchte er nicht, die Situation herunterzuspielen, wie es andere Politiker gern taten, sondern forderte alle auf, dem Feind ins Auge zu sehen.

Melanie Carlyon weigerte sich, die Nachrichten anzuhören. Sie betrieb eine Vogel-Strauß-Taktik: Wenn sie sich mit den Geschehnissen nicht beschäftigte, dann waren diese auch nicht existent. Heute Morgen hatte sie wieder einen ihrer Anfälle gehabt, sich ins Bett gelegt und es den ganzen Tag über nicht verlassen. Eve hatte ihr das Mittagessen hinaufgebracht, Melanie hatte aber nichts angerührt.

„Ich glaube, ich sterbe", hatte sie nur gehaucht. „Ich habe keine Kraft mehr, alles ist so schwer. Ich wünsche, dein Vater wäre hier. Wahrscheinlich werde ich ihn nie wiedersehen."

Eve nahm ihre Hand und streichelte sie zärtlich. Trotz allem war Melanie ihre Mutter, und heute sah sie wirklich ausgesprochen blass aus, und dunkle Schatten lagen unter ihren Augen.

„Du stirbst nicht", sagte sie leise. „Jedenfalls nicht hier und nicht jetzt, und Daddy kommt uns bald besuchen. Wir werden den Krieg gewinnen, dann wird alles wieder so werden wie früher."

Wenn Vater doch nur hier sein könnte, dachte Eve, als sie durch den Park schlenderte. Sie vermisste ihn schrecklich, denn er war der Einzige, mit dem sie offen über alles, was sie bedrückte, sprechen konnte. Mickey war mehr ein Kind, als ein junger Erwachsener, und Helen hatte genügend eigene Sorgen. Auch wenn sie sich nichts anmerken ließ, wusste Eve, dass Helen in ständiger Angst um ihren Mann lebte, von dem nur in unregelmäßigen Abständen Nachrichten eintrafen.

Eve hatte den Park hinter sich gelassen und stieß auf eine hohe Trockenmauer mit einer hölzernen Leiter, über die man über die Mauer klettern konnte. Dahinter breitete sich eine flache, mit Heidekraut überwucherte Ebene aus. Die hoch aufragende Ruine eines Maschinenhauses und verfallene, kleine Steinhäuser waren die letzten Überreste der Zinnmine Wheal Kerris. Helen hatte ihr erzählt, die Familie Tremaine habe im 19. Jahrhundert drei Zinn- und Kupferminen besessen, die den Wohlstand von Higher Barton begründet hatten. Die Minen waren aber seit Jahrzehnten erschöpft und schon lange stillgelegt. Seit der Bronzezeit hatte der Bergbau eine wichtige Rolle in Cornwalls Geschichte gespielt. In der Hochzeit des Abbaus hatten die Minen Hundertausenden von Menschen Lohn und Brot gegeben und waren bedeutender als der Fischfang gewesen. Dann jedoch war das meiste Erz abgebaut, die Minen wurden geschlossen, während in Südafrika, Südamerika und Australien die Bergbauindustrie einem neuen Höhepunkt zusteuerte. Da das Reisen einfacher geworden war, wanderte ein Großteil der Arbeiter aus, um in den fremden Ländern ihr Glück zu suchen. Im Großen Krieg kam die Arbeit dann fast vollständig zum Erliegen, da alle Männer an der Front waren. An der Westküste Cornwalls und in der Gegend um Redruth herum förderten zwar noch eine Handvoll Minen das wertvolle Zinn- und Kupfererz, eine Wiederinbetriebnahme von Wheal Kerris wäre aber zu aufwendig und auch zu teuer.

Interessiert näherte Eve sich dem Maschinenhaus, da hörte sie einen scharfen Pfiff hinter sich. Sie blieb stehen und sah sich um. Mit dem Rücken gegen die Mauer gelehnt, stand der junge Mann, dem sie auf den Klippen bei Polperro begegnet war, ihr gegenüber.

„Du solltest lieber zurückkommen", rief er ihr zu. „Der Boden hier ist durchlöchert wie ein Käse, es gibt überall Minenschächte, in die man schneller stürzen kann, als man es bemerkt."

Eve sah sich um. Nichts wies auf solche Schächte hin, sie ging aber trotzdem zu dem jungen Mann zurück.

„Davon ist aber nichts zu erkennen. Es sieht alles ganz harmlos aus."

„Du solltest mir besser glauben, ich sage das nicht, um dich zu ängstigen." Er musterte sie von oben bis unten. „Wenn man aus der Stadt kommt, neigt man dazu, die Tücken der alten Minen zu unterschätzen."

„Du bist von hier?"

„Klar, ich kenne die Gegend wie meine Westentasche, denn ich bin ganz in der Nähe geboren", antwortete er grinsend. „In Polperro habe ich nur einen Onkel besucht."

„Auch ich wohne hier", sagte Eve. „Jedenfalls derzeit.

Er nickte. „Ich weiß, die Evakuierung." Er streckte ihr seine nicht ganz saubere Hand hin. „Billy Penrose, meine Eltern betreiben eine Farm."

„Eve Carlyon." Sie schüttelte seine Hand. „Ich wohne auf Higher Barton."

Er pfiff durch die kleine Lücke zwischen seinen Schneidezähnen.

„Respekt! Dann bist du mit den Tremaines verwandt?"

Eve winkte lachend ab. „Über sieben Ecken, wenn überhaupt. Helen Tremaine und meine Familie sind uns nie zuvor begegnet."

Er stimmte in ihr Lachen ein. „Dann muss ich dich also nicht Eure Ladyschaft nennen?"

„Bloß nicht!"

Verstohlen musterte Eve den jungen Mann. Billy war wirklich attraktiv, und er hatte Humor. Und das schätzte sie sehr. Sie war überrascht, wie zwanglos sie miteinander plauderten, dabei kannten sie sich erst wenige Minuten, von der Begegnung in Polperro einmal abgesehen.

„Hast du das Gespenst schon gesehen?", fragte er plötzlich.

„Gespenst?" Eve zuckte zusammen und starrte Billy perplex an, aber er grinste nur.

„Sag bloß, das hat dir noch niemand erzählt! Auf Higher Barton soll es spuken, offenbar eine Frau. Das sagen alle hier in der Gegend."

Eves Herz schlug schneller, sie ließ sich aber nichts anmerken und erwiderte lapidar: „Hat nicht fast jedes alte Haus einen Geist? Warum sollte Higher Barton eine Ausnahme sein? Ich jedenfalls hatte bisher noch nicht das Vergnügen, auf ein Gespenst zu treffen."

„Du glaubst also nicht daran?"

„Natürlich nicht, wir leben schließlich im zwanzigsten Jahrhundert." Eve wusste nicht, ob er sich über sie lustig machte, und fragte: „Hast du den Geist etwa schon gesehen?"

„Darauf bin ich nicht scharf. Vor einigen Jahrzehnten soll es aber ein Dienstmädchen gegeben haben, der die Frau erschienen ist. Daraufhin verlor das Mädchen seinen Verstand und vegetierte bis an sein Lebensende in einem Irrenhaus."

Nun prustete Eve laut los. Er nahm sie wirklich auf den Arm.

„Meine Mutter meint, ich hätte zu viel Fantasie. Sie sollte dich kennenlernen, gegen dich bin ich der nüchternste Mensch unter der Sonne."

Billys Augen verengten sich, er wurde plötzlich sehr ernst.

„Natürlich glaube ich nicht an Geister und solche Dinge. Was aber mit der armen Evelyn passiert ist, weiß niemand so richtig, und da entstehen leicht solche Geschichten."

„Evelyn?"

Die Farbe wich aus Eves Wangen. Billy schien es nicht zu bemerken, denn er fuhr fort, und seine Stimme bekam einen so geheimnisvollen Klang, dass Eve ein Schauer über den Rücken lief. „Evelyn Tremaine soll ermordet worden sein. Seitdem wandert ihre arme Seele auf der Suche nach Erlösung ruhelos durch das Haus."

„Du nimmst mich auf den Arm, Billy Penrose!

Jetzt bemerkte er, wie mitgenommen Eve war. Besorgt beugte er sich zu ihr vor und berührte sie an der Schulter. „Du bist ja leichenblass! Ich dachte, du glaubst einen solchen Unsinn nicht?"

Eve schüttelte den Kopf. „Das glaube ich auch nicht, aber der alte Lord Tremaine ... Er hat den Namen Evelyn auch erwähnt, und ich habe ..."

Sie biss sich auf die Zunge. Beinahe hätte sie von der seltsamen Stimme erzählt, dabei war Billy Penrose ein Fremder. Ein äußerst sympathischer und gut aussehender Fremder zwar, aber niemand, dem sie von ihren wirren Träumen erzählen würde. Er würde sie für verrückt halten, und Eve erschien es plötzlich sehr wichtig, was Billy von ihr dachte.

„Ich muss jetzt zurück", sagte sie daher nur.

Er nickte. „War nett, dich kennenzulernen, Eve. Wenn du die Geschichte dieser Evelyn wissen möchtest oder vielmehr das, was man sich im Ort so erzählt, dann besuch mich einfach mal." Er deutete nach Osten. „Unsere Farm liegt etwa zwei Meilen den Weg hinunter in Richtung Kilminorth, du kannst sie nicht verfehlen."

„Gern." Eve hoffte, er würde nicht bemerken, wie sehr sie sich über die Einladung freute. „Also, dann ..."

Zum Abschied hob er grüßend die Hand, und Eve ging zum Haus zurück. Sie musste sich beherrschen, damit sie sich nicht umdrehte. Ob er ihr wohl nachsah? Dann siegte ihr Verstand. Sie war kein Mädchen, dem ein Mann nachsah. Billy Penrose war zwar nett, und seine Einladung war freundlich gewesen, wahrscheinlich aber nur eine unbedacht ausgesprochene Floskel. Auf keinen Fall würde sie die Familie Penrose aufsuchen. Das könnte den Eindruck erwecken, sie würde Billy nachlaufen.

Am nächsten Nachmittag konnte Eve es kaum erwarten, Sir Alwyn den Tee hinaufzubringen. Sie hoffte, ihn in einer seiner besseren Stimmungen anzutreffen, und ihre Hoffnung wurde nicht enttäuscht.

„Trink eine Tasse mit mir", forderte er sie auf. „Oder hast du keine Zeit?"

Eve dachte an die Schmutzwäsche, um die sie sich heute noch kümmern musste, eine halbe Stunde konnte sie jedoch erübrigen.

„Habt ihr euch inzwischen eingelebt?", fragte Sir Alwyn redselig.

„Danke, ja, Higher Barton ist ein wundervolles Anwesen", antwortete Eve. „Besonders die Geschichte des Hauses interessiert mich, und ich leihe mir oft Bücher aus der Bibliothek aus. Ich hoffe, Sie haben nichts dagegen?"

Er sah sie ernst an. „Lies, so viel du möchtest, Mädchen. Man sollte über die Historie gut Bescheid wissen, nur so kann man die Gegenwart verstehen und die Zukunft meistern."

Eves Kehle wurde trocken, sie trank einen Schluck Tee, dann stieß sie hervor: „War Evelyn Tremaine eine direkte Vorfahrin von Ihnen, Mylord?"

Die Tasse fiel Sir Alwyn aus der Hand, der Tee spritzte auf den Teppich, und seine Augen wurden groß. „Warum fragst du ausgerechnet nach Evelyn?"

„Sie haben den Namen selbst erwähnt", erwiderte Eve selbstsicher. „Als mein Bruder und ich das erste Mal bei Ihnen waren und Sie erfuhren, dass ich ebenfalls Evelyn heiße."

„So heißen viele Mädchen." Die buschigen, grauen Augenbrauen zogen sich über seiner Nasenwurzel zusammen. „Putz die Sauerei auf und dann verschwinde. Ich bin müde und muss mich ausruhen."

Schnell holte Eve einen Lappen und etwas Seife, um die Flecken aus dem Teppich zu reiben. Während sie das tat, saß Alwyn Tremaine, den Rücken ihr zugewandt, am Fenster und starrte hinaus. Auf ihren Abschiedsgruß reagierte er nicht.

Eve fragte sich, warum die Erwähnung des Namens Evelyn Tremaine den alten Mann derart aus der Fassung gebracht hatte. Sicher kannte er die Legende, die Billy erwähnt hatte, ebenso wie die Gerüchte, auf Higher Barton solle ein Gespenst sein Unwesen treiben. Sir Alwyn war jedoch ein Mann, der an solche Dinge sicher nicht glaubte. Oder etwa doch? Hatte er den Geist vielleicht sogar selbst schon mal gesehen?

Eves Fantasie schlug Purzelbäume. Wer war Evelyn Tremaine gewesen? Wann hatte sie gelebt, und wann war sie gestorben? Und *wie* war sie gestorben? Natürlich spukte sie nicht in den alten Mauern, auch wenn sie geglaubt hatte, ein paar Mal eine weibliche Stimme diesen Namen rufen zu hören. Das war nichts als Einbildung gewesen. Tatsache war jedoch, dass Eve die Stimme gehört hatte, bevor sie von der Existenz Evelyn Tremaines überhaupt erfuhr.

„Ein Zufall", sagte sie zu sich selbst und war sich nicht sicher, ob nicht ihr Vater den Namen erwähnte, als er von den entfernten Verwandten in Cornwall erzählt hatte.

In der Küche traf sie Helen an.

„Ich beginne sofort mit dem Waschen", sagte sie.

„Was ist passiert?", fragte Helen, als sie den Putzlappen in Eves Hand sah.

„Ach, Sir Alwyn hat seinen Tee verschüttet", erwiderte Eve ausweichend und fragte dann geradeaus: „Ich habe deinen Schwiegervater nach Evelyn Tremaine gefragt."

Hatte Helen vor ein paar Tagen, als Eve nur den Namen Evelyn erwähnte, noch unbefangen reagiert, wurde ihre Haut nun eine Nuance blasser, und sie fragte: „Wie kommst du ausgerechnet auf diesen Namen?"

„Jemand hat mir erzählt, dass sie im Haus spuken soll", antwortete Eve leichthin, ließ Helen aber nicht aus den Augen. „War sie eine Verwandte von euch?"

Helen wich ihrem Blick aus, verschränkte die Finger und knetete sie so sehr, dass die Gelenke knackten. „Du darfst nicht alles glauben, was die Leute reden", sagte sie schließlich leise. „Natürlich spukt es nicht auf Higher Barton und, ja, Evelyn Tremaine ist eine Ahnin. Sie lebte im neunzehnten Jahrhundert, mehr weiß ich nicht. Sir Alwyn regt es sehr auf, wenn jemand den angeblichen Geist erwähnt, daher sprechen wir nicht darüber. Ich bitte dich, den Namen nicht mehr zu erwähnen. Am besten suchst du den alten Herrn auch nicht mehr auf, und wir vergessen die Sache einfach."

Helen war so verschlossen, wie Eve sie nie zuvor erlebt hatte. Sie verschwieg ihr etwas! Welches Geheimnis rankte sich um Evelyn Tremaine?

Am Abend, nachdem sie sich zurückgezogen hatte, berichtete Eve ihrem Bruder von Billy und davon, was er ihr erzählt hatte, aber Mickey lachte nur. „Ein Gespenst im Haus wäre wenigstens mal etwas Abwechslung in dieser öden Langeweile." Das war sein einziger Kommentar.

„Interessiert es dich gar nicht, wer die Frau war?", fragte Eve.

„Nicht die Bohne, Schwesterherz. Warum siehst du nicht mal auf dem Friedhof nach? Solche Leute haben doch eine Gruft oder zumindest ein Familiengrab."

Eve sprang auf. „Du hast ja direkt eine gute Idee! Gleich morgen gehe ich zum Friedhof."

Mickey zuckte mit den Schultern. „Von mir aus, und wenn du dem Geist begegnen solltest: Sag ihm, er kann mich gern mal besuchen, damit Leben in die Bude kommt."

Im Laufe der Woche änderte sich das Wetter. Dunkle Wolken ballten sich am Himmel, immer wieder gingen heftige Regengüsse auf die Landschaft nieder, und der Wind war stürmisch und kalt. In ihren warmen Mantel gehüllt, um Kopf und Hals einen Schal geschlungen, trat Eve kräftig in die Pedale, um gegen den Wind anzukommen. Sie war auf dem Friedhof von Lower Barton gewesen, der mit den alten, schief stehenden Grabsteinen sogar an einem sonnigen Tag unheimlich wirkte. Sie hatte einige Gräber der Tremaines gefunden, darunter aber keines, auf dem der Name Evelyn stand. Das hatte aber nichts zu sagen, denn auf vielen Grabsteinen waren die Namen derart verwittert, dass sie nicht mehr entziffert werden konnten. Obwohl Eve unter keinen Umständen den Anschein erwecken wollte, bewusst die Nähe von Billy Penrose zu suchen, hatte sie sich jetzt doch auf den Weg zu der Farm seiner Familie gemacht. Die mysteriösen Gerüchte um Evelyn Tremaine ließen sie nicht zur Ruhe kommen. In der vergangenen Nacht hatte sie geglaubt, wieder den Namen Evelyn flüstern zu hören. Sie musste der Sache auf den Grund gehen, sonst würde sie noch verrückt werden, außerdem hoffte ein kleiner Teil ihres Herzens, Billy wiederzusehen.

Die Penrose-Farm war größer, als sie vermutet hatte. Neben dem zweistöckigen Haupthaus, erbaut aus dem typischen grauen Stein der Gegend, gab es mehrere Ställe und Geräteschuppen. Das Wohngebäude mit der hellblau gestrichenen Tür und den hellblauen Fensterläden wirkte gemütlich und einladend. Als Eve vom Rad stieg, wurde die Tür geöffnet, und eine leicht korpulente Frau mit rosigen Wangen trat heraus.

„Guten Tag", grüßte Eve freundlich. „Verzeihen Sie die Störung, ich möchte Billy besuchen."

„Meinen Sohn?" Die Frau machte eine Handbewegung nach links. „Er ist mit seinem Vater draußen auf der Weide, um einen Zaun auszubessern."

Eve besann sich auf ihre guten Manieren und stellte sich vor. Ein Lächeln huschte über Mrs Penroses Gesicht. „Eve! Wie nett, Sie kennenzulernen, Billy hat schon von Ihnen erzählt."

In letzter Sekunde verkniff Eve es sich, zu fragen, was er denn über sie gesagt hatte, konnte aber nicht verhindern, dass ihr Herz schneller schlug.

„Kommen Sie herein, Miss Eve, und trinken Sie einen Tee mit mir, die Männer werden bald wieder hier sein."

Eve folgte der freundlichen Frau mit den dunklen Augen, die Billys Augen glichen, in die große, gemütliche Küche, die von einem Esstisch dominiert wurde, an dem gut und gern ein Dutzend Menschen Platz fanden. Ein moderner Herd, Schränke aus Kiefernholz

und weiße Stores machten den Raum hell und gemütlich. Allerdings gab es auch hier die dunklen, schweren
Vorhänge, die am Abend vor die Fenster gezogen
wurden.

Während Mrs Penrose mit dem Teegeschirr hantierte,
fragte sie:

„Sie leben derzeit also auf Higher Barton?"

Eve bejahte. „Helen Tremaine ist eine entfernte Verwandte meines Vaters."

Mrs Penrose stellte zwei Tassen auf den Tisch und
sah Eve fragend an. „Wie lebt es sich denn in einem
Haus, in dem ein Mensch ermordet wurde?"

„Ermordet?" Eve schnappte nach Luft. Obwohl Billy
etwas in dieser Richtung angedeutet hatte, war sie über
die direkte Frage seiner Mutter überrascht.

„Die Leiche wurde niemals gefunden." Mrs Penrose
senkte ihre Stimme und ließ Eve nicht aus den Augen.
„Man hat sie bestimmt zerstückelt und irgendwo versteckt, was in einem so großen Haus wie Higher Barton
leicht möglich ist."

„Dann kennen Sie die Legende über Evelyn Tremaine?",
fragte Eve gespannt.

Mrs Penrose nickte. „Furchtbare Sache. Billy meinte,
er hätte Ihnen davon erzählt."

„Aus diesem Grund bin ich gekommen", gab Eve zu.
„Ich würde gern mehr über diese Evelyn erfahren. Auf
dem Friedhof habe ich kein Grab gefunden."

„Wie auch, wenn ihre Leiche bis heute verschwunden
ist", murmelte Mrs Penrose. „Deswegen irrt das arme
Mädchen ja ruhelos durch die Räume. Also, ich würde es
keine Nacht in dem Haus aushalten."

„Mum, du ängstigst unseren Gast", war von der Tür

her zu hören, und Eve drehte sich um. Erneut schlug ihr Herz schneller, denn Billy sah auch in Arbeitskleidung und mit zerzausten Haaren unglaublich gut aus.

Er grinste, trat einen Schritt näher, zögerte jedoch und schaute auf seine Hände.

„Wie schön, dich zu sehen, Eve. Die Begrüßung verschieben wir besser auf später, ich muss mich erst waschen."

Hinter Billy trat ein hochgewachsener Mann ein. Es hätte keiner Erklärung bedurft, dass er Billys Vater war, die Ähnlichkeit war deutlich zu erkennen. Auch seine Hose und Jacke waren schmutzig, und Mrs Penrose rief: „Ab ins Bad, alle beide! So kommt ihr mir nicht in meine Küche, ich habe erst vorhin den Boden gewischt."

Das Grinsen des jungen und des älteren Mannes war nahezu identisch, dann gingen sie hintereinander die Treppe hinauf. Dabei bemerkte Eve, dass Mr Penrose das rechte Bein nachzog.

„Haben Sie Land- oder Viehwirtschaft?", fragte Eve interessiert.

„Kühe, Schafe, wie die meisten hier, und ein paar Getreidefelder. Was die Schafe einbringen, fressen Sie uns aber im Winter wieder weg." Sie seufzte und lächelte gleichzeitig. „Trotzdem geht es uns besser als vielen anderen. Charles, mein Mann, wurde im Großen Krieg verwundet. Er wird deswegen nicht eingezogen, worüber ich sehr dankbar bin. Billy allerdings ..."

„Ja?" Gespannt beugte Eve sich vor.

Sie seufzte erneut. „Ich weiß, unser Land braucht jeden Mann, um die Feinde zu besiegen, und Tausende von Müttern bangen um ihre Söhne. In ein paar Wochen muss Billy sich bei der Armee melden."

Eves Herz schien im Hals zu pochen, während ihr Magen nach unten rutschte. „Benötigen Sie ihn nicht auf der Farm?", fragte sie zaghaft. „Vor allem, da Ihr Mann nicht gesund ist ..."

Mrs Penrose winkte ab. „Tom und Beth sind auch noch da. Das sind Billys jüngere Geschwister", fügte sie erklärend hinzu. „Billy hat sich freiwillig gemeldet. Er meint, er könne nicht tatenlos herumsitzen und zusehen, wie die Welt um uns herum in Trümmer fällt. Eigentlich sollte ich stolz auf ihn sein, dabei habe ich furchtbare Angst. Verzeihen Sie, Miss Eve, wenn ich so offen zu Ihnen spreche."

Eves Gedanken wirbelten durcheinander. Heute traf sie Billy erst zum dritten Mal, konnte allerdings nicht verhindern, dass sie begann, mehr als Sympathie für ihn zu empfinden. Sie wollte sich aber keinesfalls verlieben! Nicht in einen Mann, der in den Krieg ziehen und um den sie bangen würde. Am besten war es, sie kehrte auf der Stelle nach Hause zurück und ging Billy künftig aus dem Weg.

Da in diesem Moment Billy, nun gewaschen und umgezogen, wieder in die Küche trat, blieb Eve wie angewurzelt sitzen. Sein Lächeln war unwiderstehlich, auch wenn sie es sich gewiss nur einbildete, dass seine Augen leuchteten, als er ihr die Hand gab und diese kräftig drückte. Kurz darauf kam auch Charles Penrose, und Eve brachte es nicht fertig, die Einladung zu einer zweiten Tasse Tee abzulehnen. Von den Scones rührte sie jedoch nichts an, ihr Magen war wie zugeschnürt.

„Ich bin gekommen, um mehr über Evelyn Tremaine zu erfahren", sagte sie schließlich. „Die Sache lässt mir keine Ruhe."

„Kann ich verstehen", entgegnete Billy. „Wollen wir ein paar Schritte gehen, dann erzähle ich dir, was ich weiß."

Eve sah zum Fenster. Die Sonne brach durch eine Lücke in den Wolken, daher nickte sie und stand auf. „Gern, ich liebe geheimnisvolle Geschichten."

„Dann passen Sie gut zu Billy." Zum ersten Mal sprach Charles Penrose. „Anstatt Farmer sollte er lieber Schriftsteller werden bei der Fantasie, über die er verfügt, daher dürfen Sie nicht alles glauben, was er erzählt, Miss."

„Aber Daddy!", rief Billy entrüstet, während Eve errötete.

Er nahm ihren Arm und führte sie nach draußen. Der Wind war immer noch kalt, Eve nahm es jedoch nicht wahr. Durch den Stoff ihres Mantels spürte sie Billys Hand, die immer noch auf ihrem Arm lag, und es war ihr wohlig warm. Sie umrundeten einen der Ställe, aus denen das Muhen von Kühen zu hören war. Dahinter erstreckte sich ein weites, freies Feld.

„Ich freue mich, dass du gekommen bist", wiederholte Billy, sein Blick war in die Ferne gerichtet. „Wenngleich unsere Farm es natürlich nicht mit Higher Barton aufnehmen kann."

„Deine Mutter sagte, du willst zur Armee", erwiderte Eve, ohne auf seine Worte einzugehen. Er nickte, jetzt war das Leuchten in seinen Augen keine Täuschung.

„Zur Marine", antwortete er stolz. „Wenn ich Glück habe, komme ich nach der sechswöchigen Ausbildung auf ein U-Boot. Du musst wissen, unter meinen Vorfahren waren einige Seefahrer, und der Vater meiner Mutter war Fischer unten in East Looe. Für die Farmarbeit eigne ich mich nicht so richtig, ich wollte schon immer aufs Meer."

„Verstehe … ja, schön", murmelte Eve und dachte: Schlag dir den Mann sofort aus dem Kopf! Betont burschikos fuhr sie fort: „Du wolltest mir von Evelyn Tremaine erzählen."

Er sah sie wieder an und deutete zum Himmel, an dem sich dunkle Regenwolken ballten. „Lass uns in den Stall gehen, sonst werden wir noch nass."

Er führte sie zu einem der Schafställe, der etwa dreihundert Yards vom Farmhaus entfernt lag. In dem Stall war es warm und trocken, und es roch nach den Tieren, von denen sich vier im hinteren Teil befanden. Als Stadtkind war es für Eve eine ungewohnte Umgebung, und sie zögerte.

„Sie tun nichts", sagte Billy leise, nahm ihre Hand und führte sie zu den Schafen.

Eves Herz schlug aufgeregt – ob wegen der Tiere, die ihr bis zur Hüfte reichten, oder wegen der Tatsache, dass Billy ihre Hand hielt, mochte sie im Moment nicht sagen.

„Es sind schottische Schwarzkopfschafe", erklärte Billy. „Sie heißen so, weil sie ursprünglich in Schottland gezüchtet wurden. Dort ist das Klima sehr rau, daher zählt diese Rasse zu den widerstandsfähigsten und ist für unsere cornischen Verhältnisse bestens geeignet, da die Schafe in der Regel das ganze Jahr auf den Weiden sind."

„Warum sind die vier dann im Stall?", fragte Eve.

„Sie sind trächtig, deshalb halten wir sie unter Aufsicht. Draußen würden sich die Muttertiere von der Herde absondern, könnten sich verirren und verloren gehen. Es ist sicherer, sie bis zur Lammung im Stall zu halten."

„Du kennst dich ja gut aus", rief Eve bewundernd. „Vielleicht bist du doch nicht so ein schlechter Farmer."

„Das ist möglich. Ich möchte aber auch etwas anderes ausprobieren, dann kann ich entscheiden, wie meine Zukunft aussehen soll." Er sah sie an. „Möchtest du sie streicheln?"

Eve zuckte zurück. „Besser nicht. Du wolltest mir doch von Evelyn Tremaine erzählen", wechselte sie schnell das Thema, da die Schafe ihr großen Respekt einflößten.

„Setzen wir uns dort drüben hin", er deutete auf ein paar Strohballen, „denn es wird eine längere Geschichte werden."

„Ich habe Zeit", antwortete Eve. „Na ja, bevor es dunkel wird, muss ich wieder zu Hause sein."

„Wie wir alle", murmelte Bill und fuhr lauter fort: „Viel weiß ich nicht, nur das, was die Leute so reden, aber in jeder Legende steckt auch ein Körnchen Wahrheit. Evelyn wurde in den Dreißigerjahren des letzten Jahrhunderts geboren. Ihre Mutter starb wenig später, und ihr Vater heiratete erneut. Eine Witwe mit einem Sohn, ein paar Jahre älter als Evelyn. Das Mädchen soll sehr wissensdurstig und intelligent gewesen sein und hat offenbar auch eine gute Schulbildung erhalten. Erben konnte sie Higher Barton allerdings nicht."

„Warum?", fragte Evelyn. „Wenn sie die einzige leibliche Tochter war …"

„Damals konnte eine Frau nicht so einfach erben", unterbrach Billy sie. „Die Gesetze waren eben so. Man sagt, Lord Tremaine habe den Sohn seiner zweiten Frau adoptiert, damit der Titel und das Land in der Familie bleiben. Die Tremaines waren sehr vermögend, hauptsächlich durch die Einnahmen aus den Zinn- und Kupferminen."

„Davon zeugen ja noch die Überreste von Wheal Kerris."

„Tja, heute rottet alles vor sich hin, und es ist eine einsame Gegend", entgegnete Billy. „Damals wimmelte das Gelände von Menschen, und es heißt, dass Evelyn weitaus mehr Interesse am Bergbau zeigte als ihr Stiefbruder. Der war offenbar so etwas, was wir heute als Lebemann bezeichnen würden."

„Also wäre Evelyn die bessere Erbin gewesen", stellte Eve fest. „Vielleicht hätte es doch eine Möglichkeit gegeben?"

Billy nickte.

„In der Tat, man kann Gesetze auch umgehen, besonders, wenn man im neunzehnten Jahrhundert zum Adelsstand gehörte. Doch dann kam alles anders …"

# Evelyn

*Cornwall,*
*April 1850*

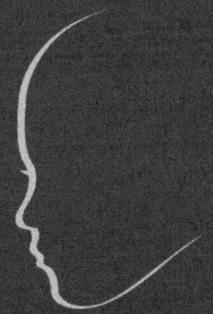

# 5

Hunderte von Menschen drängten sich aneinander, drei Zelte, in denen Erfrischungen gereicht wurden, säumten den Platz, und bunte, im Wind flatternde Wimpel waren über die Wiese gespannt. Die Kapelle spielte einen Tusch, und Evelyn drängte sich weiter nach vorn, um besser sehen und hören zu können. Ihr Vater betrat das Podium, räusperte sich mehrmals, und plötzlich wurde es mucksmäuschenstill.

„Es ist mir eine Freude, die neue Mine offiziell in Betrieb nehmen zu können", sagte er mit seiner sonoren Stimme. „Neben Wheal Brane und Wheal Carn wird nun auch Wheal Kerris vielen Familien Lohn und Brot geben." Er nickte einem kräftigen Mann zu, der daraufhin an seine Seite trat. „Roger Banfield, den die meisten von euch als hervorragenden Obersteiger kennen, habe ich zum Verwalter der neuen Mine bestellt, Peter Carson ist euer Obersteiger. Ihr seht also, dass jeder von euch aufsteigen kann, wenn er fleißig und ehrlich ist. Die ersten Schürfungen sind Erfolg versprechend. Unter unseren Füßen liegt jede Menge Kupfer- und Zinnerz, das darauf wartet, an die Oberfläche geholt zu werden. Männer, packt also an und höhlt den Boden aus, was das Zeug hält."

Der einfache Arbeiterslang entlockte den Menschen ein Lachen, auch Evelyn schmunzelte und klatschte mit leuchtenden Augen Beifall. Sie war sehr stolz auf ihren Vater. Groß und stattlich, in einen dunklen, eleganten Rock und helle Hosen gekleidet, stand er auf dem

Podium, und niemand zweifelte daran, dass Wheal Kerris ertragreich sein würde.

„Morgen werden wir mit der Arbeit beginnen, heute soll jedoch gefeiert werden", fuhr Richard Tremaine fort. „Für die Männer gibt es Freibier, die Frauen und Kinder erhalten Limonade, und die Köchin von Higher Barton hat süße Brötchen und Kuchen gebacken. Lasst es euch schmecken, denkt aber daran, euch zu mäßigen, denn morgen will ich niemanden mit einem dicken Kopf bei der Arbeit sehen. Hiermit erkläre ich Wheal Kerris offiziell für eröffnet."

Eine schmale, beringte Hand legte sich auf Evelyns Schulter, und sie zuckte zusammen.

Clarissa Tremaine musterte die Szene missbilligend. „Was für ein Theater! Es ist absolut unnötig, unser Geld für Freibier rauszuwerfen. Das hat es noch nie gegeben, aber dein Vater muss sich ja mal wieder mit dem einfachen Volk auf eine Stufe stellen."

„Man muss die Arbeiter bei Laune halten", wandte Evelyn ein. Das soziale Verhalten ihres Vaters und seine Bemühungen, die Arbeiter gerecht zu behandeln, anstatt sie auszunutzen, war ihrer Stiefmutter seit Jahren ein Dorn im Auge.

„Wir könnten das Geld für wichtigere Dinge verwenden."

Clarissas Lippen wurden zu einem schmalen Strich, was sie älter erscheinen ließ, als sie war. An den Schläfen zeigten sich die ersten grauen Strähnen, ihre Figur war aber noch rank und schlank wie die eines jungen Mädchens. Evelyn musterte Clarissas pflaumenblaues Samtkleid mit den aufwendigen Stickereien am Ausschnitt und an den Ärmeln, dazu trug sie eine Halskette mit Saphiren und ebensolche Ohrringe. Ihr Kleid hätte zu einer Gartenparty der Königin gepasst, in dieser Umgebung wirkte sie jedoch fehl am Platz. Und so fühlte sie sich auch, denn geradezu angewidert blickte sie auf die einfachen Männer, Frauen und Kinder, die jetzt in Erwartung der Erfrischungen die Zelte stürmten. Evelyn fühlte sich in ihrem hellbraunen, schlichten Kleid wohl, auch trug sie derbe Schnürstiefel, da der Boden an vielen Stellen feucht und matschig war und man manchmal fast bis zu den Knöcheln einsank.

Richard Tremaine hatte das Podium verlassen, trat zu seiner Familie, und Evelyn hängte sich bei ihm ein.

„Es war eine wunderbare Rede, Dad", sagte sie und sah ihn liebevoll an. Er streichelte ihren Handrücken.

„Hoffen wir, dass die Mine auch wirklich so ertragreich ist, wie die Geologen es vorausgesagt haben." Er zwinkerte ihr zu. „Wir haben viel in technische Neuerungen investiert, aber ich denke, in zwei oder drei Jahren werden wir Profit machen."

„Wheal Brane und Wheal Carn fördern doch auch gut", entgegnete Evelyn. Sie liebte die Fachsimpeleien mit ihrem Vater. „Allerdings müssen wir in die anderen Minen in Bälde investieren, denn die Förderung ist dort nicht mehr auf dem neuesten Stand."

„Können wir jetzt endlich nach Hause gehen?", unterbrach Clarissa harsch. „Wenn ich noch lange in der Sonne bin, bräune ich wie eine Bäuerin, und meine Schuhe sind ohnehin ruiniert."

Evelyn verkniff sich ein Grinsen. Für einen Apriltag war es sehr warm und sonnig, und Clarissas zierliches Schirmchen spendete nur wenig Schatten. Glücklicherweise sprach Clarissa das Thema, dass Richard zur

Eröffnung der Mine ein kleines Fest für die Arbeiter und deren Familien gab, nicht erneut an. Seit Wochen hatte es deswegen heftige Diskussionen zwischen den Eheleuten gegeben, Richard Tremaine war jedoch kein Mann, der sich Vorschriften machen ließ.

„Ja, gehen wir zurück", sagte er und sah sich um. „Den Leuten ist es auch lieber, allein zu feiern, dann sind sie ausgelassener, als wenn der Herr dabei ist. Schade, dass Ralph alles verpasst. Er hätte heute hier sein müssen, wie es sich für einen Tremaine gehört."

Den letzten Satz hatte er zwar sehr leise gesagt, Clarissas Augenbrauen schossen aber sofort nach oben. „Ralph wird schon kommen, wenn es notwendig ist", erwiderte sie scharf, denn auch dieses Thema war ein ständiger Zankapfel. „Manchmal glaube ich, du gönnst ihm den Aufenthalt auf dem Kontinent nicht, dabei sollte jeder junge Gentleman seinen Horizont durch Reisen erweitern."

„Ein Jahr war ausgemacht", gab Richard zu bedenken. „Ralph ist aber seit beinahe zwei Jahren fort. Ich bin nicht gewillt, seine Eskapaden länger zu unterstützen."

„Lieber wirfst du dein Geld den armen Leuten in den Rachen", erwiderte Clarissa scharf, „und deinem Sohn gegenüber geizt du mit jedem Penny."

„Bitte, Clarissa, nicht hier!" Richard sah sie streng an, nahm ihren Arm und führte sie vom Platz.

Evelyn sah sich peinlich berührt um. Der kurze Disput schien indes von niemandem verfolgt worden zu sein. Ralph Tremaine war einundzwanzig Jahre alt, vier Jahre älter als Evelyn, und Clarissas Sohn aus ihrer ersten Ehe. Evelyns Mutter Eleonor starb an Typhus, als Evelyn erst ein paar Monate alt war, und sie konnte sich nicht an sie erinnern. Seit sie denken konnte, war Clarissa an der Seite ihres Vaters gewesen, und Ralph war ihr Bruder. Vor einigen Jahren hatte sie begonnen, Clarissa nicht mehr Mum zu nennen, was Clarissa noch heute gekränkt zur Kenntnis nahm. Es war nicht so, dass Evelyn ihre Stiefmutter nicht mochte, aber ein richtig herzliches Gefühl hatte sich bei ihr nie eingestellt.

Ihr Stiefbruder befand sich auf *Grand Tour* auf dem Festland. Die letzte Nachricht war vor etwa vier Wochen aus Florenz gekommen, und Ralph hatte mit keinem Wort erwähnt, dass er daran denke, wieder nach England zurückzukehren. Seinen Schulabschluss hatte er mit Ach und Krach bestanden, und das nur, weil Richard Tremaine ihm jede finanzielle Unterstützung und die Reise verweigert hätte, hätte er Eton ohne Abschluss verlassen. Ein Studium hatte Ralph jedoch abgelehnt, er wollte lieber reisen und auf diesem Weg seine Bildung vervollständigen.

Evelyn konnte das nicht verstehen. Bekäme sie die Möglichkeit, an einer der großen Universitäten zu studieren, dann hätte sie Tag und Nacht gelernt, um alles über Geologie und Bergbau zu erfahren. Sie aber war ein Mädchen, und Mädchen studierten nicht. Zuerst war Evelyn von einer Gouvernante, später dann in einem Pensionat in Dorset erzogen worden. Dort hatte sie all das gelernt, was eine Frau brauchte: nähen, sticken, singen, musizieren und tanzen und auch, wie man ein großes Haus wie Higher Barton führt. Die wirklich wichtigen Dinge, die, die Evelyn *interessierten*, konnte sie aber nur aus den Büchern lernen, die ihr Vater ihr freundlicherweise zur Verfügung stellte, und natürlich von ihm selbst.

Nachdem sie in Higher Barton angekommen waren, suchten Clarissa und Richard den Salon auf, während Evelyn sich in ihr Zimmer zurückzog, um einen Brief an eine Freundin aus dem Pensionat zu schreiben. Kaum hatte der Diener den Tee serviert, konnte Richard nicht länger an sich halten.

„Wenn Ralph nicht binnen der nächsten vier Wochen zu Hause ist, dann sehe ich mich gezwungen, den monatlichen Wechsel einzustellen."

Clarissa fuhr aus dem Sessel hoch. „Das kannst du nicht tun!"

„Oh doch, ich kann und ich werde." Richard Tremaine wirkte äußerst entschlossen. „Ich habe die ständigen Eskapaden deines Sohnes satt. Er wird sich künftig mit den Belangen des Besitzes und der Minen beschäftigen, schließlich wird er einmal alles übernehmen."

Clarissa, die ihren Mann gut genug kannte, um zu wissen, wie ernst es ihm war, verlegte sich aufs Schmeicheln.

„Ach, Richard, bis dahin ist noch lange Zeit. Du wirst Higher Barton noch viele Jahre leiten, und Ralph muss sich die Hörner abstoßen, wie man so schön sagt. Junge Männer in diesem Alter binden sich eben nicht gern. Sie wollen in die Welt hinaus und etwas erleben."

Ich wollte und konnte das nie, dachte Richard. Als sein Vater gestorben war, war er erst vierzehn Jahre alt gewesen und hatte früh lernen müssen, einen Besitz wie Higher Barton gewinnbringend zu führen. Obwohl ihm ein fähiger Verwalter zur Seite gestanden hatte, war er nicht gereist, sondern hatte dafür gesorgt, dass die Familie Tremaine sich nicht nur einen angesehenen Namen in Cornwall machte, sondern er hatte auch das

Familienvermögen vermehrt. Sein Vater besaß nur Wheal Brane, und er hatte zwei neue Minen geschaffen, worauf er sehr stolz war.

„Es bleibt dabei", sagte er laut. „Mein letzter Brief an Ralph war unmissverständlich. Ich hatte gehofft, er würde heute hier sein. Das war aber Wunschdenken. Sobald er nach England zurückkehrt, wird er an meiner Seite arbeiten und alles lernen, was es über den Bergbau zu wissen gibt." Er wandte sich zur Tür. „Ich ziehe mich in meine Räume zurück, Clarissa. Wir sehen uns beim Dinner."

Sobald sie allein war, ballte Clarissa in hilfloser Wut die Hände zu Fäusten und schlug auf die Sessellehne. Ralph sollte *arbeiten*! Womöglich noch selbst in die Schächte steigen! Er war schließlich ein Gentleman, und ein Gentleman machte sich nicht die Hände schmutzig, dafür gab es das einfache Volk. Die Leute sollten dankbar sein, Arbeit zu haben. Als Clarissa Richard Tremaines Frau wurde, war sie froh gewesen, so schnell einen Mann gefunden zu haben, der nicht nur sie versorgte, sondern ihren Sohn adoptierte und zu seinem Erben machte. Ihr erster Mann, Ralphs Vater, war nämlich mehr den Spieltischen als seinem Besitz zugeneigt gewesen. Als er bei einer Schlägerei, die er selbst angezettelt hatte, durch einen Genickbruch ums Leben gekommen war, hatte er seine Familie unversorgt zurückgelassen. Glücklicherweise war Clarissa durch gemeinsame Bekannte Richard vorgestellt worden. Er, ebenfalls verwitwet, brauchte eine Ehefrau und eine Mutter für seine Tochter. Darüber hinaus war Richard vermögend und einflussreich. Bereits nach vier Monaten ihrer Bekanntschaft wurde sie die neue Herrin von

Higher Barton. Erst dann stellte sie fest, dass Richard nichts von feudalen Festen, Einladungen und Reisen hielt, sondern sich wie ein gewöhnlicher Arbeiter benahm, der nichts seinen Verwaltern überließ, sich persönlich sogar um die Minen kümmerte und sich nicht scheute, mit den Männern in die Schächte zu steigen.

Clarissa stand auf und trat vor den Spiegel, der über dem Kamin hing. Das Alter ging zwar nicht spurlos an ihr vorüber, aber sie und der zehn Jahre ältere Richard hätten nicht nur äußerlich ein schönes Paar sein können. Am Anfang hatte sie sich auch um Evelyn bemüht. Sie wollte ihr wirklich eine gute Mutter sein. Das Kind war aber ein richtiger Wildfang und wurde vom Vater verwöhnt, ein Mädchen, das bereits mit fünf Jahren lesen, schreiben und rechnen konnte, an Handarbeiten und dem Pianoforte jedoch kein Interesse zeigte. Es war sinnlos, mit Richard über Evelyn zu sprechen. Er ließ keine Kritik an ihr zu, und Clarissa wusste auch, warum: Evelyn war ihrer verstorbenen Mutter wie aus dem Gesicht geschnitten. Nirgendwo im Haus gab es ein Bild der toten Eleonor Tremaine, glaubte man aber dem Getuschel der Dienstboten – und Clarissa hatte durchaus Mittel und Wege gefunden, mehr zu erfahren –, dann war Richards erste Frau nicht nur atemberaubend schön, sondern auch außergewöhnlich intelligent gewesen.

„Sie war Mylord nicht nur eine Ehefrau, sondern auch seine beste Kameradin", hatte die Köchin in einer schwachen Stunde verraten. „Als sie starb, dachten wir alle, Mylord würde ihr ins Grab folgen, so verzweifelt war er gewesen. Einzig die kleine Evelyn, für die er sorgen musste, hielt ihn am Leben."

Clarissa hatte längst begriffen, dass Richard sie niemals so lieben würde, wie er Eleonor geliebt hatte. Er gab sich Mühe, das tat er wirklich, und die Tatsache, dass Ralph der nächste Lord Tremaine werden würde, stimmte Clarissa dankbar, trotzdem wünschte sie sich, Evelyn würde bald heiraten und das Haus verlassen. Am besten weit weg in den Norden oder gleich aufs Festland ziehen! Wenn sie Evelyn nur nicht länger in ihrer unmittelbaren Nähe ertragen und täglich miterleben musste, wie Richard dem Mädchen mehr Liebe und Aufmerksamkeit schenkte als ihr, der eigenen Ehefrau.

Gemächlich ließ Ralph Tremaine seine Stute über die Waldwege traben. Für April war die Luft schon angenehm lau, und Vögel zwitscherten in den Hecken. Er hatte keine Eile. Wenn er erst am späten Abend Higher Barton erreichte, würde Richard bereits schlafen, und er musste sich erst am nächsten Morgen mit den unweigerlich folgenden Vorwürfen auseinandersetzen. Er war noch ein kleiner Junge gewesen, als Richard ihn adoptiert und zu seinem Erben gemacht hatte. Folglich war er zwar sein Vater, Ralph konnte ihn aber nicht so nennen. Es war nicht die vage Erinnerung an seinen richtigen Vater, sondern die Tatsache, dass er und Richard Tremaine nichts gemein hatten. Der Mann verstand es einfach nicht, zu leben, obwohl er die finanziellen Mittel dafür hatte. Er war schließlich ein Baronet, Nachfahre eines Adelsgeschlechts, dessen Wurzeln im 16. Jahrhundert lagen. Anstatt sich auch so zu benehmen, kletterte Tremaine lieber persönlich in modrigen Schächten herum und machte sich gemein mit den ungebildeten und derben Arbeitern. Obwohl

Ralph seinem Stiefvater nichts Schlechtes wünschte, hoffte er, sein Erbe bald antreten zu können. Dann würde sich auf Higher Barton manches ändern. Die Saison in London zu verbringen, rauschende Bälle, elegante Dinnerpartys und Fuchsjagden – damit beschäftigte sich ein Gentleman! Seine Mutter hatte ein besseres Leben verdient. Auch wenn es ihr materiell an nichts fehlte, versauerte sie auf dem Land.

Nachdem der Brief von Lord Tremaine Ralph in Florenz erreicht hatte, wollte er diesen erst – wie alle anderen zuvor – achtlos ins Feuer werfen, besann sich dann aber doch und packte zähneknirschend seine Sachen. Er zweifelte nicht daran, dass Richard ihm wirklich die finanzielle Unterstützung streichen würde. Da war es besser, sich für ein paar Wochen in Cornwall blicken zu lassen, den folgsamen Sohn zu mimen, um Richard milde zu stimmen. Wenn der Winter kam, wollte er wieder auf Reisen gehen: Rom, Neapel, Südfrankreich – irgendwohin, wo es warm war und es willige Mädchen gab.

Ein Lächeln huschte über Ralphs Lippen, als er an das Schankmädchen dachte, das ihm seine Nächte in Florenz versüßt hatte. Zu Hause musste er sich allerdings diskreter verhalten. Die Grafschaft war klein, und die Leute redeten schnell und viel. Hübsche Mädchen gab es zuhauf, aber selbst seine Mutter war in diesem Punkt ausnahmsweise mit ihrem Mann einer Meinung.

„Bring bloß kein Mädchen aus der Gegend in irgendwelche Schwierigkeiten! Einen solchen Skandal können wir uns nicht leisten."

Die mahnenden Worte klangen noch in seinen Ohren. Natürlich hatte Ralph auch in Lower Barton und der

Umgebung das eine und andere Techtelmechtel gehabt. Jetzt war er fast zwei Jahre fort gewesen, wollte aber an alte Kontakte anknüpfen, denn er hatte so manches Herz gebrochen, als er England verlassen hatte. Und wenn die Mädchen von früher inzwischen anderweitig gebunden waren, würde er sich eben auf die Suche nach neuer Beute begeben.

Das Herrenhaus lag in Stille und war in Dunkelheit gehüllt, als Ralph Higher Barton erreichte. Er saß ab, führte das Pferd in den Stall und weckte einen der Burschen, die über den Stallungen hausten.

„Sir ..." Der Junge rieb sich verschlafen die Augen. „Wir wussten nicht ..."

„Quatsch nicht rum", wies Ralph ihn harsch zurecht, „und kümmere dich um das Pferd. Ich bin von Exeter durchgeritten, das Tier braucht Wasser und etwas zu fressen."

Ohne dem Burschen einen weiteren Blick zu gönnen, verließ er den Stall und stapfte zum Haus. Wie erwartet, fand er eine der Hintertüren unverschlossen vor. Er war müde und wollte so schnell wie möglich ins Bett. Kurz überlegte er, seine Mutter aufzusuchen, entschied sich aber dagegen. Obwohl Clarissa sich über seine Rückkehr freuen würde, wollte er sie nicht wecken. Frauen in ihrem Alter brauchten ihren Schlaf, dachte er gehässig.

Sein Zimmer befand sich im Ostflügel des ersten Stocks, und der dicke Teppich im Korridor dämpfte seine Schritte. Er hatte schon fast die Tür erreicht, als sich ihm ein Lichtschein näherte.

„Wer ist da?", rief eine leise Stimme.

„Ich, Ralph."

Evelyn, in der Hand eine Öllampe, trat vor ihn.

„Du bist zurück?", fragte sie, obwohl es offensichtlich war. „Es ist schon so spät …"

„Genau, und deswegen will ich jetzt ins Bett." Er musterte seine Stiefschwester abschätzend. „Warum schleichst du mitten in der Nacht hier herum?"

„Ich habe mir ein Buch aus Vaters Arbeitszimmer geholt", antwortete Evelyn, und Ralph sah das Buch in ihrer anderen Hand. „Ich kann nicht schlafen, der Tag war so aufregend."

Ralph runzelte die Stirn. „Ach, war was Besonderes los?"

„Heute wurde Wheal Kerris eröffnet", erklärte Evelyn. „Vater hat gehofft, du würdest auch eine Rede halten."

Mit einer gespielten hilflosen Geste hob Ralph die Hände und grinste. „Ich wollte ja früher kommen, aber leider verlor mein Pferd ein Hufeisen", log er unverfroren. „Der Schmied war völlig unfähig, so musste ich ein paar Tage warten, bis ich weiterreiten konnte."

Blitzschnell war ihm diese Erklärung eingefallen, warum er nicht, wie von Richard Tremaine gefordert, rechtzeitig zur Eröffnung nach Hause gekommen war. Er hatte nämlich überhaupt keine Lust gehabt, bei dem Spektakel anwesend zu sein und sich unter das einfache Volk zu mischen, sonst würden die Arbeiter womöglich noch denken, er würde sich künftig persönlich um sie kümmern.

„Ich nehme nicht an, dass du Vater wecken möchtest?", fragte Evelyn, und Ralph schüttelte den Kopf.

„Ich bin müde, wir sehen uns morgen."

Er öffnete die Tür zu seinem Zimmer, und Evelyn

flüsterte noch „gute Nacht", dann war er endlich allein. Kurz überlegte er, ob er nach Vaters Kammerdiener klingeln sollte, um sich beim Auskleiden helfen zu lassen. Dieser Mann wurde für seine Arbeit schließlich bezahlt, auch wenn es mitten in der Nacht war. Das war auch so ein Punkt, in dem er mit Richard uneins war, denn sein Stiefvater behandelte das Hauspersonal viel zu nachsichtig und hätte nach Mitternacht niemals jemanden aus dem Bett geholt. Es war aber besser, sich erst mal ruhig zu verhalten, bis sich die Wogen geglättet hatten. Während Ralph sich entkleidete, dachte er an Evelyn. Die Stiefschwester hatte sich in den vergangenen zwei Jahren gemausert. Immer schon ein hübsches Mädchen, hatte sie sich nun zu einer schönen, jungen Frau entwickelt. Ihr rotblondes Haar war leicht gewellt, ihre grünen Augen erinnerten an eine Katze, und die winzigen Sommersprossen auf ihrer Nase wirkten nicht bäuerlich, sondern verliehen ihrem herzförmigen Gesicht einen gewissen Reiz. Durch Evelyns Morgenmantel hatte er erkennen können, dass sich ihre Figur an den richtigen Stellen fraulich gerundet hatte. Alles in allem entsprach Evelyn genau seinem Geschmack, er würde sich aber hüten, ihr zu nahe zu treten. Sie waren zwar nicht blutsverwandt, und er wusste, Richard hätte es gern gesehen, wenn Evelyn und er einander heiraten würden, das war aber so ziemlich das Letzte, das Ralph sich vorstellen konnte. Evelyn Tremaine war nämlich ein richtiger Blaustrumpf, wie gewisse Frauen seit einigen Jahren genannt wurden, die sich ihrer Stellung in der Gesellschaft nicht bewusst waren und versuchten, sich mit den Männern auf eine Stufe zu stellen. Dabei wusste doch jeder, dass das

Gehirn einer Frau für logische Denkweisen ungeeignet und viel zu klein war. Allein die Tatsache, dass Evelyn sich mitten in der Nacht ein Buch aus Richards Arbeitszimmer holte, sprach für sich. Es war ganz sicher kein Roman, der für ein Mädchen wie sie angemessen gewesen wäre, sondern irgendein wissenschaftlicher Quatsch über Geologie und Bergbau. Mochte Evelyn äußerlich auch sehr anziehend sein – seine Ehefrau würde sie niemals werden.

Mit einem Schrei stürzte sich Clarissa auf ihren Sohn, als er das Morgenzimmer betrat, in dem die Familie das Frühstück einnahm.

„Ralph! Mein Liebling, endlich bist du wieder hier!"

Sie umklammerte ihn fest und küsste ihn auf die Wange.

„Mum, du siehst wundervoll aus", sagte Ralph galant und befreite sich aus der Umarmung. Bevor sie fragen konnte, fuhr er fort: „Ich bin nach Mitternacht angekommen und wollte niemanden wecken. Unterwegs verlor mein Pferd leider ein Hufeisen, daher konnte ich nicht pünktlich zur Eröffnung da sein. Ich hoffe, alles ist zu eurer Zufriedenheit verlaufen?"

„Wheal Kerris hat heute Morgen den Betrieb aufgenommen", erklärte Clarissa. „Dein Vater ist bereits auf dem Weg, ich erwarte ihn nicht vor dem Dinner zurück."

Eine Galgenfrist, dachte Ralph und grinste zufrieden. Er ließ es zu, dass Clarissa ihm Kaffee einschenkte und ihn bediente. Verstohlen betrachtete er seine Mutter von der Seite. So, wie Evelyn zu voller Schönheit erblüht war, war Clarissas Attraktivität am Verblühen. Vor zwei

Jahren war ihr Haar noch frei von Grau gewesen, und aus den feinen Linien um ihre Augen waren nun Falten geworden.

„Ist Evelyn schon wach?", fragte Ralph.

Clarissa sah ihn bedeutungsvoll an und seufzte. „Das Mädchen ist mit Richard zusammen zur Mine geritten, obwohl wir heute die Schneiderin erwarten. Evelyn braucht dringend neue Garderobe. Ich verstehe nicht, warum sich dein Vater so vehement dagegen wehrt, sie in die Gesellschaft einzuführen."

„Er ist nicht mein Vater", murmelte Ralph, und seine Mundwinkel zogen sich nach unten. „Kannst du dir Evelyn auf dem Parkett der Londoner Gesellschaft vorstellen? Ich höre sie schon, wie sie den Gentlemen erklärt, wie ein Schacht in den Berg getrieben wird, anstatt mit ihnen zu tanzen."

Diese Vorstellung entlockte Clarissa ein Lächeln.

„Es wird höchste Zeit, dass sie eingeführt wird, sie wird schließlich nicht jünger. Nicht, dass jemand glaubt, es wäre nicht möglich, sie zu verheiraten."

Ralph kannte Clarissas Empfindungen gegenüber ihrer Stieftochter. Er hatte aber Zweifel, ob Richard das Mädchen überhaupt einem Mann geben würde, so wie er seine Tochter vergötterte. Dennoch konnte er sich der Tatsache, dass Evelyn bald heiraten musste, nicht länger verschließen. Das war schließlich die Aufgabe einer Frau, und mit siebzehn Jahren war Evelyn alt genug, sich wenigstens zu verloben.

„Lass uns von etwas Erfreulicherem sprechen", sagte Clarissa und riss ihn aus seinen Gedanken. „Ich möchte jetzt sofort hören, wie es auf dem Festland war. Paris! Rom! Mailand! Florenz! Sicher hast du viele interessante und wichtige Leute getroffen. Du musst mir alles ganz genau erzählen."

Das tat Ralph nur zu gern, denn so ein verplauderter Vormittag war ganz nach seinem Geschmack.

Richard Tremaine hatte beschlossen, seinem Stiefsohn gegenüber Nachsicht walten zu lassen und auf eine Strafpredigt zu verzichten.

„Junge, das wurde auch Zeit", brummelte er nur und nickte ihm wohlwollend zu. „Ich hoffe, du hast deine lange Reise genossen, denn jetzt brauche ich deine Hilfe bei der Verwaltung des Besitzes ... und natürlich auch in den Minen", fügte er schnell hinzu.

Ralph lächelte unverbindlich, während Clarissa ihm das Wort aus dem Mund nahm: „Lass den Jungen sich erst mal wieder eingewöhnen, Richard. Er war zwei Jahre fort, und ich möchte ihn nicht gleich wieder den ganzen Tag außer Haus wissen."

Richard runzelte die Stirn, verzichtete aber auf eine Antwort. Er wollte an Ralphs erstem Abend keine Disharmonie aufkommen lassen.

Clarissas Blick fiel auf Evelyn. Scharf zog sie die Luft ein und stieß hervor: „Wie siehst du denn aus? Dein Kleid, das offensichtlich von einer Dienerin stammt, ist schmutzig, und in deinen Haaren klebt Erde! Richard", sie wandte sich an ihren Mann, „kannst du nicht dafür sorgen, dass sich deine Tochter anständig verhält und auch so kleidet?"

„Ich habe mir nur die neue Mine angesehen", entgegnete Evelyn trotzig. „Die Stollen sind viel größer und lichter als die in Wheal Brane, und das neue Belüftungssystem ..."

„Schluss damit!", unterbrach Clarissa, griff sich an die Stirn und stöhnte: „Ich bekomme gleich Kopfschmerzen! Die Schneiderin war heute Nachmittag da, aber ich musste sie fortschicken. Sie kommt morgen wieder, und ich erwarte, dass du dann im Haus bist."

„Das habe ich vergessen." Evelyn tat es leid, sie hatte an die Schneiderin wirklich nicht mehr gedacht. Zu gespannt war sie auf die neue Mine gewesen und wollte es sich nicht nehmen lassen, beim ersten Abstieg der Männer dabei zu sein, auch wenn ihr Vater ihr leider nicht erlaubte, dass sie sich den Kumpels anschloss. „Ich habe doch genügend Kleider, außerdem will ich nicht nach London, um dort wie auf einer Viehauktion vorgeführt und an den Meistbietenden versteigert zu werden."

Stöhnend sank Clarissa in einen Sessel und presste beide Hände an die Schläfen. „Sei still!", zischte sie. „Halt sofort den Mund! Geh in dein Zimmer und wasch dich. Ich sage einem Mädchen, es soll dir das Essen hinaufbringen, denn ich glaube, ich möchte dich heute nicht mehr sehen."

Hilfesuchend irrte Evelyns Blick zu ihrem Vater. An Richard Tremaines Schläfe pochte eine Ader, ein Zeichen, dass er seinen Ärger nur mühsam unterdrückte. Er nickte ihr kurz zu, und sein Blick bat, Clarissas Wunsch zu befolgen. Ebenfalls bemerkte sie, dass Ralph selbstzufrieden grinste.

Warum nur bin ich kein Mann, dachte sie. Warum war die Welt so ungerecht, dass Frauen nicht die gleichen Tätigkeiten wie Männer ausüben durften? Sie brannte darauf, die Arbeit nicht nur über, sondern auch unter Tage zu erleben. Frauen hatten unter der Erde aber nichts zu suchen, da war selbst ihr Vater unnachgiebig. Das brachte Unglück und verärgerte die Knockers. Der Legende nach handelt es sich bei den Knockers um Kobolde, die wie Bergleute gekleidet waren und in den Minenstollen ihr Unwesen trieben. Sie erschreckten die Kumpels, versteckten deren Werkzeuge und stahlen ihr Essen. Aus diesem Grund ließ jeder Arbeiter einen Teil seines Essens am Stolleneingang zurück, um die Knockers gnädig zu stimmen, denn viele glaubten, die Kobolde wären die Geister von verstorbenen Bergleuten, die nun über das Leben ihrer Nachfahren wachten. Da die Knockers gern an die Wände klopften und sich dadurch bemerkbar machten, leitete sich ihr Namen von dem Begriff *to knock* ab. Obwohl Evelyn, ebenso wie ihr Vater, an solche Geschichten nicht glaubte, respektierten sie den Aberglauben der Arbeiter und ließen diese gewähren.

Sie trat ans Fenster und sah in die Abenddämmerung. In der Ferne konnte sie auf einem Hügel noch die Überreste eines eisenzeitlichen Forts und die dort weidenden Schafe erkennen. Sie drückte ihre Stirn an die Fensterscheibe und flüsterte: „Gott, bitte lass ein Wunder geschehen, dass ich als Frau Bergbau studieren darf. Vater hätte sicher nichts dagegen."

In Camborne, einer Bergbaustadt westlich von Higher Barton, gab es seit einigen Jahren eine Schule, in der Männer aus ganz England, und sogar aus dem Ausland, sich als Minenbauingenieure ausbilden lassen konnten. Es wäre aber wirklich ein Wunder erforderlich, dass eine Frau aufgenommen werden würde, obwohl es in Evelyns Leben nichts gab, was sie sich sehnlicher wünschte.

# 6

„Wir sollten einen Ball geben."

„Was?" Richard Tremaine sah von dem Wirtschaftsteil der Zeitung auf.

„Wir haben schon lange kein größeres Fest mehr gegeben", sagte Clarissa eifrig. „Evelyn ist in einem Alter, in dem sie tanzen und sich amüsieren sollte, auch wenn sie noch nicht in die Gesellschaft eingeführt ist. Als ich in ihrem Alter war, hatte ich bereits die zweite Saison in London mitgemacht und nicht weniger als zehn Heiratsanträge erhalten."

In ihrem letzten Satz schwang ein unterschwelliger Vorwurf mit, und Richard seufzte leise.

„Ich stimme Evelyn zu und werde sie nicht wie auf einer Auktion anbieten", entgegnete er bestimmt. „Nichts anderes ist die Einführung in die Gesellschaft doch. Sehen und gesehen werden, um einen vermögenden Ehemann zu ködern! Nein, diesem Spektakel werde ich meine Tochter nicht aussetzen."

Es war nicht die erste Diskussion, die Richard und Clarissa führten, und sie verlegte sich aufs Schmeicheln: „Liebling, auch ich möchte Evelyn schützen", sagte sie zuckersüß. „Ihr Wohl liegt mir sehr am Herzen, denn ich liebe sie wie eine eigene Tochter und möchte, dass sie glücklich wird. Uns Frauen ist es aber bestimmt, zu heiraten und Kinder zu bekommen. Mit siebzehn Jahren sind viele Mädchen bereits verheiratet, zumindest aber verlobt. Du kannst nicht wollen, dass aus Evelyn eine alte Jungfer wird, die niemand mehr will."

„Nein, das möchte ich natürlich nicht." Richard erhob sich und ging, die Hände auf dem Rücken verschränkt, hin und her. „Ich will aber auch nicht, dass irgendein Galan um ihre Hand anhält, der nur auf ihre Mitgift aus ist. Wenn Evelyn heiratet, dann soll es aus Liebe und nicht aus materiellen Gründen sein."

Clarissa seufzte verstohlen. Auf der einen Seite war ihr Ehemann ein guter Geschäftsmann, der das Anwesen und die Minen streng, aber gerecht leitete. Es gab jedoch auch die sensible, romantische Seite in ihm. Richard würde es nicht ertragen, Evelyn von Higher Barton fortgehen zu sehen. Sollte sie etwa einen Bauernlümmel aus der Gegend heiraten, nur um hierbleiben zu können?

„Hast du Evelyn schon mal gefragt, was sie möchte?" Clarissa versuchte es nun auf einem anderen Weg. „Sicher, das Mädchen scheint mit der derzeitigen Situation zufrieden zu sein. Es kann aber nicht angehen, dass sie sich wie ein Mann kleidet und fast jeden Tag bei den Minen verbringt. In ein paar Jahren, wenn es für eine Ehe und Kinder zu spät ist, wird sie dir Vorwürfe machen, dass dein Egoismus ihr Mutterglück verhindert hat."

Richard trat ans Fenster und sah über den Terrassengarten, in dem an den ersten Rosenbüschen die Knospen zu sprießen begannen. Die Dämmerung brach herein, und bald würde der Gong zum Abendessen geschlagen werden. Insgeheim musste er seiner Frau zustimmen. Evelyn hatte sich zu einer Schönheit entwickelt, die aber in der einfachen, praktischen Kleidung, die sie meistens trug, nicht zur Geltung kam. Ihre leuchtenden grünen Augen, wenn sie Seite an Seite mit dem Vater über Bauplänen saß oder das Erz, das die Männer an die Oberfläche brachten, erwartungsvoll betrachtete, zeigten ihm, dass sie glücklich war. Wäre Evelyn doch nur ein Mann, dachte Richard nicht zum ersten Mal. Wenn er eines Tages die Augen für immer schließen musste, dann wüsste er Higher Barton bei Evelyn in den besten Händen. Wenn sie gemeinsam arbeiteten, dann vergaß Richard, dass sie ein junges Mädchen war, denn Evelyn besaß bereits jetzt schon so viel Sachverstand, was den Abbau des Erzes anging, wie nicht mal manch älterer Arbeiter.

„Ich werde mit ihr sprechen", sagte er leise.

Wie aufs Stichwort öffnete sich die Tür. Zum Abendessen hatte Evelyn sich umgekleidet und trug ein dunkelblaues Kleid mit weißem Spitzenbesatz. Ihr Haar war zu einer lockeren Frisur aufgesteckt, und Richard ging bei ihrem Anblick das Herz auf. Obwohl sie nur im Familienkreis speisten, bestand selbst Richard darauf, dass sie angemessen gekleidet war.

„Was müsst ihr mit mir besprechen?", fragte Evelyn, die die Worte ihres Vaters gehört hatte.

Bevor er antworten konnte, sagte Clarissa schnell: „Wir planen einen Ball auf Higher Barton, zu dem wir alle Nachbarn und Freunde einladen werden. Das wird dir bestimmt gefallen."

„Einen Ball?" Evelyns Augen leuchteten, dann wandte sie zögerlich ein: „Aber ich habe seit dem Pensionat nicht mehr getanzt und das meiste sicher verlernt ..."

„Höchste Zeit, dass du deine Kenntnisse auffrischst", unterbrach Clarissa und warf ihrem Mann einen triumphierenden Blick zu. Sie stand auf und nahm Evelyns Hand. Dabei spürte sie, wie rau die Haut war, und sah die abgebrochenen Fingernägel, die allerdings sauber waren. „Ich glaube, in etwa vier oder fünf Wochen werden wir den Ball veranstalten. Bis dahin ist genügend

Zeit, dich zu unterweisen. Wir haben zu lange versäumt, an Vergnügungen zu denken. Bevor du im Herbst nach London gehst, ist es notwendig, dass du in der Gesellschaft etwas sicherer wirst und auch die gängigen Tänze beherrschst."

Evelyn sah zu ihrem Vater, der bedrückt zu sein schien. Die Aussicht auf einen Ball indes war verlockend, so erwiderte Evelyn: „Gern helfe ich dir bei den Vorbereitungen, Clarissa."

Clarissa nickte ihr wohlwollend zu und drückte ihre Hand. Spätestens im Herbst hatte sie einen Ehemann für sie gefunden. Das war ein Ziel, auf das sie mit allen ihr zur Verfügung stehenden Mitteln hinarbeiten würde.

„Bitte stehen Sie still, Miss, sonst steche ich Sie noch."

„Entschuldigung", murmelte Evelyn und versuchte, bewegungslos zu verharren, bis die Schneiderin die Taille abgesteckt hatte. Mrs Kayne war in Lower Barton als gute Schneiderin bekannt und freute sich über volle Auftragsbücher, sie war aber auch resolut, und Evelyn hatte das ständige Stillstehen satt. Seit zwei Wochen musste sie täglich Anproben, die zum Teil Stunden dauerten, über sich ergehen lassen. Allerdings ließen sie der schwere, weiche Samt, die knisternde Seide, der luftige Georgette oder auch ein warmer Wollstoff nicht unbeeindruckt. Mrs Kayne hatte Evelyn ihr ganzes Angebot unterbreitet, und Evelyn war die Auswahl schwergefallen. Sie fragte sich zwar, wann sie die vielen Kleider tragen sollte, erinnerte sich aber daran, dass sie nicht nur ein neues Kleid für den bevorstehenden Ball brauchte, sondern zusätzlich eine komplette neue Garderobe für die kommende Saison in London.

Clarissa hatte ihr erklärt, dass man in der Öffentlichkeit kein Kleid zweimal trug. Für Evelyn war das eine unglaubliche Verschwendung. Das Geld hätte sie lieber in die Hütten auf dem Minengelände investiert, in denen die Frauen und Kinder das Erz zerkleinerten, auswuschen und für den Transport zur Schmelzung vorbereiteten. Die Hütten waren nicht mehr als primitive Unterstände aus Holz und ohne Seitenwände. Durch die Dächer tropfte das Regenwasser, und die Frauen und Kinder waren der Witterung schutzlos ausgesetzt. Man könnte auch Schuhe für die Kinder und warme Schals für die Frauen kaufen. Oder …

„Sie haben ein ideale Wespentaille", sagte Mrs Kayne und riss Evelyn aus ihren Gedanken. „Wenn es nicht unschicklich wäre, könnten Sie fast auf ein Korsett verzichten, Miss Evelyn."

„Das wünschte ich auch", murmelte Evelyn, die kaum atmen konnte, so eng war das Korsett geschnürt. Du meine Güte, wie sollte sie sich ungezwungen bewegen, essen oder gar tanzen können? Zu Hause trug sie nie ein Korsett, was Clarissa zwar missfiel, Evelyn nahm darauf aber keine Rücksicht.

Jetzt konnte sie das Kleid, das für eine Abendgesellschaft gedacht und so gut wie fertiggestellt war, wieder ablegen, und Mrs Kayne schnallte ihr die Krinoline um. Darüber kam das Kleid, das sie zum Ball tragen würde. Evelyn fühlte sich wie in einem Käfig eingesperrt, als sie dann aber vor den Spiegel trat, zog sie hörbar die Luft ein. Eine völlig fremde Frau blickte ihr entgegen. Die grün-blau schimmernde Seide spiegelte die Farbe ihrer Augen wider, das dezente Dekolleté ließ ihren schlanken Hals länger erscheinen, und die

Ärmel schmiegten sich eng an ihre Arme und weiteten sich zu den Händen hin. Evelyns Haar war nicht frisiert, sie hatte es nur locker mit einem Kamm hochgesteckt, trotzdem hatte sie in diesem Moment zum ersten Mal das Gefühl, schön zu sein. Eitelkeit war ihr bisher fremd und ein Spiegel nur Mittel zum Zweck gewesen, um zu sehen, ob ihr Gesicht sauber war, doch jetzt begann Evelyn, sich auf den Ball zu freuen.

Endlich entließ Mrs Kayne sie für den heutigen Nachmittag, und Evelyn schlenderte durch den Garten. Für einen Besuch in der Mine war es zu spät. Seit zehn Tagen war sie nicht mehr dort gewesen, es war auch keine Zeit geblieben, mit dem Vater über die Fortschritte von Wheal Kerris zu sprechen. Wenn Evelyn keine Anprobe oder Tanzunterricht hatte, dann musste sie Clarissa bei der Organisation des Balles helfen. Letzte Woche hatte sie rund vier Dutzend Einladungen geschrieben. Die meisten Namen waren Evelyn unbekannt, und ein wenig fürchtete sie sich vor den vielen Fremden. Beim Tanzen machte sie hingegen gute Fortschritte. Im Pensionat war kein Walzer gelehrt worden, da die Leitung des Mädchenstifts der Meinung war, dieser Tanz sei skandalös, obwohl er auf der ganzen Welt längst Einzug in die Ballsäle gehalten hatte.

„Ein, zwei drei, eins, zwei drei ..."

In Gedanken ging Evelyn die nicht einfachen Schritte durch. Clarissa hatte Ralph zu ihrem Übungspartner bestimmt, und er war ein guter Tänzer, das musste Evelyn zugeben. Er blieb auch geduldig, wenn sie ihm immer wieder auf die Zehen trat.

„Du musst dich meiner Führung überlassen", sagte er. „Kein Mann möchte eine Partnerin, die an ihm herumzieht und sich seiner Führung widersetzt. Weder beim Tanzen noch im Leben", fügte er augenzwinkernd hinzu.

Der gemeinsame Unterricht trug dazu bei, dass Evelyn ihren Stiefbruder mit anderen Augen sah. Als er vor zwei Jahren zu seiner Reise aufgebrochen war, war er ein verwöhntes Muttersöhnchen und stets auf den eigenen Vorteil bedacht gewesen. Jetzt zeigte er sich charmant, aufmerksam und geduldig. Auch schien Ralph sich für die Führung des Besitzes zu interessieren. Evelyn gab es jedoch einen Stich, wenn sie sah, wie ihr Stiefbruder Seite an Seite mit ihrem Vater arbeitete. Seit heute Morgen war Ralph auf den Höfen der Pächter unterwegs, um sich deren Sorgen und Nöte anzuhören. Zuvor hatte ihr Vater sie, Evelyn, zu diesen Inspektionen mitgenommen oder ihr sogar eigenständig Aufgaben übertragen, stattdessen musste sie nun endlose Kleideranproben über sich ergehen lassen. Am liebsten hätte Evelyn beides gehabt: Die Zusammenarbeit mit dem Vater und die Verantwortung für den Besitz *und* das Tanzen und die schönen Kleider. Ralph jedoch war der gesetzliche Erbe und sie nur eine unbedeutende Frau.

Ralph Tremaine steckte die Münzen in seine Börse und lächelte zufrieden.

„Schluss für heute", sagte er. „Ich muss pünktlich zum Familienabendessen zurück sein."

„Mir reicht es auch", entgegnete ein Mann in Ralphs Alter mürrisch. „Du hast uns heute bis aufs Hemd ausgezogen! Wenn ich das gewusst hätte, hätte ich dich nie an den Kartentisch gebeten."

Kameradschaftlich schlug Ralph ihm auf die Schulter.

„Einmal verliert man, das nächste Mal gewinnen die

anderen", scherzte er grinsend. „Ich gebe euch natürlich Revanche, das heißt, wenn ihr wieder flüssig für ein neues Spielchen seid."

Seine Freunde lächelten gezwungen. In den letzten Stunden hatte Ralph ihnen ein hübsches Sümmchen aus der Tasche gezogen. Er hatte einfach immer ein gutes Blatt auf der Hand gehabt, dabei war Poker ein Glücksspiel, und kein Mensch konnte immer Glück haben. Daher hatten die Freunde die Einsätze von Spiel zu Spiel erhöht, in der Hoffnung, dass die Karten Ralph im Stich lassen würden. Das war aber nicht der Fall gewesen, und besonders Edmund war es ziemlich mulmig zumute, wenn er daran dachte, dass er in nur vier Stunden die monatliche Apanage, die er von seinem Vater erhielt, gänzlich verspielt hatte.

Zufrieden ritt Ralph nach Hause. Der Nachmittag war äußerst gut für ihn gelaufen, sodass er morgen die Schulden, die er bei einem Buchmacher in West Looe hatte, begleichen konnte. In Frankreich hatte er einen Amerikaner kennengelernt, der ihm das Pokerspiel beigebracht und ihn in entsprechende Lokale, in denen man diesem neuen Kartenspiel nachging, mitgenommen hatte. Auch in Cornwall wurde inzwischen gepokert, wenn auch im Verborgenen, denn das Gesetz verbot Glücksspiele. Das hielt aber niemanden davon ab, sich trotzdem an die Kartentische zu setzen. Schnell hatte Ralph Gleichgesinnte gefunden, darunter Derek Williams, den er seit seiner Kindheit kannte. Seitdem trafen sie sich beinahe täglich zum Spielen, manchmal kamen noch andere Männer hinzu. Ralph brauchte diesen Nervenkitzel wie die Luft zum Atmen, er hatte aber auch schon hohe Summen verloren. Wenn er heute nicht gewonnen hätte, dann wäre ihm nichts anderes übrig geblieben, seine Mutter um Geld zu bitten, denn die Buchmacher verstanden keinen Spaß. Clarissa hätte ihn sicher nicht im Stich gelassen, sie verfügte aber nicht über eigene Mittel, sondern musste ihrerseits ihren Gatten um Geld bitten.

Richard Tremaine hatte Ralph auf die ausgedehnten Ländereien geschickt, damit er sich die Sorgen und Nöte der Pächter anhörte. Doch was ging es ihn an, ob ein Dach undicht, eine Fensterscheibe geborsten, ein Pächter Keuchhusten oder seine Frau soeben Zwillinge geboren hatte und die Familie deswegen nun neun Kinder versorgen musste? Wenn man sich Kinder nicht leisten konnte, dann sollte man auch keine machen, aber diese Bauern vermehrten sich ja wie die Karnickel. Für Ralph waren das alles Ausreden, mit denen die Leute versuchten, die Pacht zu senken oder sogar auszusetzen. Pah! Das Pack lebte einfach zu verschwenderisch und sollte das Geld besser zusammenhalten! Schließlich waren sie, die Familie Tremaine, die Privilegierten, und die anderen waren für die Arbeit zuständig. Das war immer schon so gewesen und von Gott gewollt. Zeigte man Verständnis oder gar Milde, dann würden die Leute nur noch fauler und arbeitsscheuer werden.

Als das Herrenhaus in Sicht kam, huschte ein Lächeln über Ralphs Gesicht. Natürlich würde er Richard berichten, dass auf den Höfen alles in Ordnung war. Wegen der neuen Mine war sein Stiefvater zu beschäftigt, sich selbst um die Pachthöfe zu kümmern, und würde Ralphs Angaben nicht überprüfen. Er, Ralph, würde dem faulen Pack jedoch Beine machen. Es war an der Zeit, dass sich auf Higher Barton einiges änderte.

Erneut stand Evelyn vor dem Spiegel. An diesem Vormittag trug sie jedoch kein elegantes Ballkleid, sondern derbe Hosen, ein dickes Hemd mit einer Weste, feste Schnürschuhe, und ihr lockiges Haar hatte sie unter einer Kappe festgesteckt. Es war aussortierte Kleidung von Ralph, die Evelyn heimlich beiseitegeschafft hatte. Bauschige Röcke und Lederstiefelchen waren in der Mine fehl am Platz. Nachdem sie sich vergewissert hatte, dass die Korridore verwaist waren, verließ sie durch die Hintertür das Haus. Es war besser, wenn niemand sie sah, am wenigstens wollte sie Clarissa begegnen. Morgen Abend war der Ball, da würde Evelyn wie eine Prinzessin aussehen und sich auch so benehmen – der heutige Tag gehörte jedoch ihr ganz allein.

Mr Carson, der Obersteiger von Wheal Kerris, war den Anblick von Evelyn in Männerbekleidung gewöhnt. Längst hatten er und die anderen es aufgegeben, hinter vorgehaltener Hand über das Mädchen zu tuscheln oder gar ihr Verhalten zu kritisieren, denn die junge Lady konnte ebenso hart wie ein Mann zupacken und verfügte über einen wachen Verstand.

„Wie geht es voran?", fragte Evelyn und drückte einem Jungen die Zügel ihres Pferdes in die Hand. „Arbeitet das neue Belüftungssystem problemlos?"

„Ja, Miss." Mr Carson neigte leicht den Kopf. „Die Temperatur in den Stollen konnte um rund zwanzig Grad Fahrenheit gesenkt werden, was die Arbeit angenehmer macht. Ich habe bereits mit Mylord gesprochen und vorgeschlagen, auch die anderen Minen mit dem System auszustatten."

„Ein guter und sinnvoller Gedanke."

Evelyn atmete tief durch. Der Geruch der mit Kohle betriebenen Dampfmaschinen war für sie wie Nektar. Das kontinuierliche Stampfen und Zischen in den Maschinenhäusern, in denen die Balancierpumpen angetrieben wurden, klang in ihren Ohren angenehmer als die schönste Musik. In Wheal Kerris wurde rund um die Uhr gearbeitet, die Männer stiegen in drei Schichten zu je acht Stunden hinab. Unter Tage herrschte eine Temperatur von an die hundert Grad Fahrenheit, und je weiter man nach unten gelangte, desto stickiger wurde es. Das machte den Abbau des Erzes in den engen, niedrigen Stollen, die oft nicht einmal mannshoch waren, zusätzlich beschwerlich, und die Männer waren nach wenigen Stunden völlig erschöpft. Basierend auf den bahnbrechenden Erfindungen von Sir Richard Trevithick, die den Bergbau grundlegend revolutioniert und modernisiert hatten, dienten die neuen, mit Dampf betriebenen Pumpen nicht nur zur Entwässerung der tiefer gelegenen Flöze, sondern auch dazu, Frischluft bis weit unter die Erde zu pumpen. Das schmälerte die enorme Anstrengung der *Miners*, wie die Bergbauarbeiter allgemein genannt wurden, zwar nur gering, war aber ein Schritt in Richtung besserer Arbeitsbedingungen.

„Muss wieder an meine Arbeit", sagte Mr Carson und tippte an seine Mütze. „Gibt es noch etwas, Miss Evelyn?"

„Im Moment nicht, ich sehe mich nur ein wenig um."

Evelyn schlenderte über das Gelände. Von allen wurde sie respektvoll gegrüßt, und sie lächelte freundlich zurück. Die Menschen hatten sich längst daran gewöhnt, die Tochter des Eigners zu sehen. Sechs von einem Pony gezogene Loren kamen soeben aus einem Schacht heraus. Frauen und Kinder eilten herbei, die Erzbrocken zu entladen und zu sortieren. Die ganze Familie arbeitete mit. Frauen, Mädchen und kleine Jungen nahmen das Erz entgegen und machten sich an die weitere Verarbeitung. Wenn ein Junge zehn Jahre alt war, stieg er an der Seite seines Vaters ebenfalls in die Schächte hinab. Diese Jungen wurden in die engsten Stollen geschickt, die von Erwachsenen oft nicht begehbar waren. Evelyn taten die Kinder furchtbar leid. Sie konnten weder lesen noch schreiben und hatten auch keine Möglichkeit, sich fortzubilden, außer in der Sonntagsschule, in der aber nur die Bibel gelehrt wurde, denn sie wurden für die Arbeit in der Mine gebraucht. Wenn man in eine Bergarbeiterfamilie hineingeboren wurde, so blieb man sein Leben lang Miner. Nur ganz wenigen gelang es, auszubrechen und ein anderes – besseres – Leben zu führen.

Evelyn trat zum Hauptschacht und spähte hinab. An der Seite führte eine Leiter in die schwarze Tiefe. Niemand schenkte ihr Beachtung, und der nächste Schichtwechsel stand erst in zwei Stunden an. In einem Verschlag, wenige Schritte entfernt, befanden sich die Helme aus dickem, strapazierfähigem Leder. Evelyn nahm einen, entzündete eine Talgkerze, die nicht nur Licht spendete, sondern auch vor Schlagwetter warnen sollte, und steckte sie in die dafür vorgesehene Halterung auf dem Helm. Evelyn holte tief Luft, schwang zuerst ein Bein über den Schachtrand, dann das andere und klammerte sich mit beiden Händen an die Sprossen der Leiter. Sie würde bis zum ersten Level absteigen, um wenigstens ein Mal die Atmosphäre unter Tage zu erleben, denn sie wollte nicht nur theoretisch wissen, wie es dort unten war. Nur dann konnte sie beurteilen, welche Maßnahmen in Zukunft ergriffen werden mussten, um die Arbeit zu erleichtern. Im Gegensatz zu den meisten Minenbesitzern, die nur ihren eigenen Profit im Auge hatten und denen das Wohl der Arbeiter gleichgültig war, dachte Richard Tremaine fortschrittlich. Die Menschen lagen ihm am Herzen, auch wenn er nicht verhindern konnte, dass es unter Tage immer wieder zu tödlichen Unfällen kam. Er wurde von den Menschen verehrt, und selbst die Methodistenprediger, die in Cornwall in den letzten Jahren wie Pilze aus dem Boden schossen, respektierten Sir Tremaine. Nicht selten stachelten die Prediger die Miners zum offenen Widerstand oder gar zum Streik für bessere Löhne und Arbeitsbedingungen auf. Immer häufiger kam es zu Aufständen, die durch die Miliz blutig niedergeschlagen wurden. Doch Richard Tremaine brauchte einen solchen Aufstand nicht zu fürchten. Sicher, es gab immer wieder mal Querulanten, die Mehrheit der Arbeiter stand aber hinter ihrem Herrn und wäre für ihn durchs Feuer gegangen.

Langsam ertasteten Evelyns Füße den Weg nach unten. Die einzelnen Sprossen der Leiter waren in einem großen Abstand angebracht, sodass sie nicht zügig klettern konnte. Nun wurde es ihr doch etwas flau im Magen. Sie hatte die Anstrengung unterschätzt, und nach wenigen Metern begannen ihre Arme zu zittern, und Schweiß rann über ihren Körper. Das helle Rechteck über ihr wurde immer kleiner und die Luft knapper. Sie biss die Zähne zusammen und sah nicht nach unten in die dunkle Tiefe. Wenn ein zehnjähriger Junge den Abstieg schaffte, dann konnte sie das ebenfalls. Evelyn hatte schon von den sogenannten *Men Engines* gelesen, die in den Kohle- und Silberminen in Deutschland vermehrt Verwendung fanden. Bei diesem System wurden an den zwei metallenen Schlegeln, die das Wasser aus den Schächten herausbeförderten und die Luft hineinpumpten, schmale Plattformen angebracht. Da die Schlegel gegengleich auf- und niederfuhren, trat ein Mann auf die erste Plattform, ließ sich von dieser ein Stück hinuntertragen und sprang dann auf die nächste Plattform am anderen Schlegel, um weiter in die Tiefe zu kommen. So ging es, bis der Schachtboden erreicht war. Das war zwar weniger anstrengend als das Klettern über die Leitern, erforderte aber ein hohes Maß an Geschicklichkeit und Gleichgewichtssinn. Nicht selten verfehlte ein Mann eine Plattform, stürzte zwischen den Schlegeln in die Tiefe und wurde von diesen zermalmt. Als erste Mine in Cornwall arbeitete die Tresavean Mine in Lanner bei Redruth mit dieser Beförderungsmöglichkeit. Richard Tremaine traute dieser Technik aber nicht und hatte deshalb bei der Erschließung von Wheal Kerris auf eine *Men Engine* verzichtet. Er wollte erst die weitere Entwicklung abwarten und gegebenenfalls nachrüsten. Jetzt, da sie die Anstrengung selbst erlebte, beschloss Evelyn, sich über das neue System ausgiebig zu informieren, denn ein solcher Aufzug wäre eine wesentliche Erleichterung für die Männer.

Sie konnte nicht abschätzen, wie tief unten sie war, als sie endlich eine mit Erzbrocken übersäte Plattform erreichte, von der nach beiden Seiten niedrige Stollen abzweigten. Das Tageslicht drang nicht mehr hierher, und im flackernden Licht der Kerze konnte sie die Felswände nur schemenhaft erkennen. Von weiter hinten drang metallisches Hämmern und das eine oder andere Wort an ihr Ohr. Sie tastete sich an dem linken Stollen entlang, Wasser tropfte von den Wänden. Die Decke war niedrig, und Evelyn stieß mehrmals mit dem Kopf an den Fels, der Helm schützte sie jedoch vor Verletzungen. Die Luft war nun so stickig und voller Staub, dass sie husten musste. Kein Wunder, dass die meisten Männer an einer Staublunge erkrankten und daran zugrunde gingen. Ein Miner erlebte selten seinen vierzigsten Geburtstag, denn das Erz war mit Arsen und anderen giftigen Substanzen versetzt, das zusätzlich eingeatmet wurde. Evelyn näherte sich ein Lichtschein, und schnell kauerte sie sich in eine Nische. Wenn man sie hier unten entdeckte, würde der Vater ihr die Hölle heiß machen. Im tanzenden Schattenspiel des Kerzenscheins tauchten aus einem niedrigen Stollen drei schmutzige Männer auf, die nackten Oberkörper vor Schweiß glänzend. Einer schob eine vollbeladene Schubkarre, die beiden anderen trugen Werkzeuge in den Händen. Evelyn hielt die Luft an, und die Männer gingen an ihr vorüber, ohne sie zu bemerken. Nun verließ sie jedoch der Mut für weitere Erkundungen. Sie wartete, bis die Männer verschwunden waren, dann tastete sie sich zum Hauptschacht zurück. Der Aufstieg war noch anstrengender als der Abstieg, und Evelyn wünschte, sie hätte auf ihren Vater gehört. Er hatte schon recht, dass die Arbeit unter Tage nichts für eine Frau war, und sie fragte sich, wie die Kinder Tag für Tag den Ab- und Aufstieg bewältigten, vom Herausschlagen des Erzes mal ganz abgesehen. Mit schmerzenden, steifen Fingern umklammerte sie Sprosse für Sprosse und zog sich langsam in die Höhe. Ihre Muskeln brannten, und sie keuchte. Es schien eine Ewigkeit zu dauern, bis sie hoch über ihrem Kopf das Tageslicht endlich wieder sehen konnte. In diesem Moment schob sich ein Körper vor den Eingang. Offenbar war ein Arbeiter dabei, sich an den Abstieg zu machen. Verflixt, daran hatte sie nicht gedacht! Die Leiter war viel zu schmal für zwei Personen. Es würde ihr also nichts anderes übrig bleiben, als wieder zu der Plattform hinunterzuklettern und sich erneut zu verstecken. Die Kräfte in ihren Armen ließen jedoch nach, und sie konnte sich kaum noch an den Sprossen halten. Der Mann hatte sie noch nicht bemerkt, er näherte sich aber schneller, als Evelyn absteigen konnte. Plötzlich hatte sie keine Kontrolle mehr über ihre Arme und Beine. Ihr Fuß trat ins Leere, ihre Hand verfehlte die nächste Sprosse, und sie stürzte in die Tiefe. Hart prallte sie auf den felsigen Untergrund der ersten Plattform, wobei sie Glück hatte, nicht tiefer zu fallen.

„Au!", schrie sie. Ein so heftiger Schmerz schoss durch ihr rechtes Bein, dass sie meinte, es würde mit glühenden Zangen in Stücke gerissen.

„Ist etwas passiert?", rief eine tiefe, männliche Stimme. „Warte, ich bin gleich bei dir."

Der Mann stieg nun schneller und scheinbar mühelos herab, bis er Evelyn erreicht hatte. Auch er trug einen Helm mit Talgkerze, die Schatten auf sein Gesicht warf. Trotz der Schmerzen registrierte Evelyn, dass er noch recht jung und ihr unbekannt war.

„Mein Bein." Tapfer unterdrückte Evelyn die Tränen, obwohl sie vor Schmerzen am liebsten laut geschrien hätte. Mühsam presste sie hervor: „Ich wollte gerade nach oben steigen, als Sie kamen. Plötzlich konnte ich mich nicht mehr halten ..."

„Was hast du hier überhaupt zu suchen, Junge?", unterbrach er barsch. „Soviel ich weiß, ist die Schicht noch nicht zu Ende."

Eine erneute Schmerzwelle machte es Evelyn unmöglich, zu antworten, sie konnte nur stöhnen. Trotzdem hatte sie den ungewohnten, harten Akzent in der Sprache des Fremden bemerkt. Besonders das „r" rollte er auf eine Art, die sie nie zuvor gehört hatte.

Vorsichtig tasteten seine Finger über ihren rechten Knöchel, und Evelyn konnte die Tränen nun nicht mehr zurückhalten.

„Ich weiß nicht, ob etwas gebrochen ist, das muss ein Arzt feststellen", sagte er schließlich. „Zuerst muss ich dich hier rausbringen. Du musst dich an meinen Rücken klammern, dann klettern wir gemeinsam hoch. Scheinst nicht viel zu wiegen, Bürschchen, es wird aber wehtun. Musst die Zähne zusammenbeißen, und hör auf zu flennen, das kann ich jetzt nicht gebrauchen."

Mühsam rappelte Evelyn sich so weit auf, dass sie die Arme um seinen Hals legen konnte. Als sie mit dem rechten Bein auftrat, biss sie sich auf die Zunge, um nicht laut zu schreien. Bestimmt war der Knöchel oder vielleicht sogar das Schienbein gebrochen. Der Fremde war groß gewachsen, athletisch gebaut und sehr kräftig. Er keuchte zwar laut, als er langsam, Sprosse für Sprosse, mit ihr auf dem Rücken, die Leiter erklomm, aber schließlich erreichten sie den Rand des Schachtes. Jetzt musste sie mithelfen, um hinauszuklettern. Vor Schmerzen war sie einer Ohnmacht nah.

„Bleib hier liegen, ich hole Hilfe", wies er sie an, und

im Tageslicht erkannte Evelyn, dass er nur ein paar Jahre älter war als sie und strahlend blaue Augen hatte.

Binnen kurzer Zeit kehrte der Fremde mit Carson zurück, der bei Evelyns Anblick erbleichte.

„Mein Gott, was ist passiert?"

Mit einem flehenden Blick gab Evelyn dem Obersteiger zu verstehen, ihre Identität nicht zu verraten, und er schüttelte nur fassungslos den Kopf.

„Das Jüngelchen wollte hoch und ich runter, dabei ist er abgestürzt", erklärte der Fremde, ohne ihr einen Blick zu schenken. „Sein Bein ist verletzt, wir können aber von Glück sagen, dass er sich nicht sämtliche Knochen gebrochen hat und überhaupt noch am Leben ist."

„Ich veranlasse sofort, dass eine Trage gebracht und ein Arzt verständigt wird", murmelte Carson, immer noch fassungslos.

„Dann bin ich hier nicht mehr vonnöten." Der Mann warf Carson einen strengen Blick zu. „Passen Sie auf Ihre Jungs besser auf, dieser hier kletterte mitten während der Schicht nach oben."

Evelyn wollte ihm ein „Danke" nachrufen, ihre Stimme versagte jedoch. Carson kniete sich neben sie.

„Miss Evelyn ... was, in aller Welt, hatten Sie da unten zu suchen? Sie hätten tot sein können! Wie geht es Ihnen?"

Ihr Stöhnen war Antwort genug. Inzwischen waren weitere Arbeiter aufmerksam geworden. Jemand brachte eine Trage, Evelyn wurde auf diese gehievt und in eine der Hütten gebracht. Dann schickte Carson einen Jungen los, um den Arzt aus Lower Barton zu holen.

„Ich muss Lord Tremaine informieren", sagte Carson.

„Es ist meine Pflicht, ich darf den Vorfall nicht verschweigen."

Evelyn nickte unter Tränen. Es war unvermeidlich, dass ihr Vater erfuhr, was sie getan hatte. Sie selbst hätte zwar angeben können, auf dem Gelände ausgerutscht und gestürzt zu sein, sie konnte aber von dem freundlichen Mr Carson nicht verlangen, dass er für sie log. Schuld an allem hatte nur dieser junge Bursche! Wenn er nicht plötzlich aufgetaucht wäre, dann hätte sie den Aufstieg sicher geschafft, und niemand hätte je von ihrem kleinen Abenteuer erfahren.

# 7

Nie zuvor hatte Evelyn ihren Vater derart wütend erlebt. Das Bein hochgelegt, den Knöchel dick einge-bunden, ließ sie das Donnerwetter stumm über sich ergehen.

„Was hast du dir eigentlich dabei gedacht?", rief Richard Tremaine. „Aus gutem Grund hatte ich dir ver-boten, unter Tage zu gehen! Wir können von Glück sagen, dass dir nicht mehr geschehen ist. Mein Gott, Kind, du hättest tot sein können!"

Evelyns Knöchel war zwar nicht gebrochen, aber stark verstaucht, und der Arzt meinte, vielleicht wäre auch ein Band verletzt, wenn nicht sogar gerissen. Außerdem hatte sie zahlreiche Prellungen und Haut-abschürfungen. Sie hatte das Gefühl, dass keine Stelle an ihrem Körper frei von Schmerzen war.

„Ich hätte nicht übel Lust, Carson zu entlassen", fuhr Richard fort. „Wie konnte er das zulassen?"

„Bitte nicht!", rief Evelyn. „Er trägt keine Schuld. Carson wusste nicht, dass ich eingestiegen bin. Ich wollte doch nur mal wissen, wie es da unten ist."

„Jetzt weißt du es", herrschte Richard sie an. „Nämlich äußerst gefährlich, so, wie ich es dir immer gesagt habe. Ich hoffe, du hast deine Lektion gelernt."

Ohne Evelyn einen weiteren Blick zu gönnen, ver-ließ Richard das Zimmer, und die Tür fiel krachend ins Schloss. Evelyn biss die Zähne aufeinander. Sie hatte es nicht anders verdient und musste den Zorn ihres Vaters aushalten.

„Mir fehlen die Worte über dein ungebührliches Verhalten!" Während Richards Anwesenheit hatten weder Clarissa noch Ralph ein Wort gesagt, jetzt fiel Clarissa wie eine Krähe über Evelyn her. „Mit dem Herumstrolchen ist jetzt endgültig Schluss. Ich will dich niemals wieder auch nur in der Nähe einer Mine sehen, hast du verstanden? Dein Vater wird wohl endlich eingesehen haben, wo dein Platz ist. Ab sofort wirst du dich so verhalten, wie es einem Mädchen in deinem Alter geziemt."

Die Pause, die Clarissa brauchte, um Atem zu schöpfen, nutzte Ralph, um zynisch einzuwerfen: „Das wird morgen ja ein schöner Ball werden, bei dem die Hauptperson im Rollstuhl in die Halle geschoben wird."

Der Ball! Evelyn hatte an das morgige Ereignis überhaupt nicht mehr gedacht. Erneut schossen ihr Tränen in die Augen, sie blinzelte sie aber schnell zurück. Sie wollte Clarissa und Ralph nicht den Triumph gönnen, sie weinen zu sehen.

„Natürlich darf niemand erfahren, was wirklich geschehen ist", fuhr Clarissa fort. „Wir werden sagen, dein Pferd hätte gescheut und dich abgeworfen. Zum Glück hat niemand unserer Gäste Kontakt zu den Arbeitern. Besonders Sir Edward Norton darf die Wahrheit nicht wissen."

„Edward Norton?", wiederholte Evelyn und runzelte die Stirn. „Ist er zu dem Ball geladen worden? Ich erinnere mich nicht, eine Einladung mit diesem Namen geschrieben zu haben."

„Edward Norton ist der älteste Sohn und Erbe des Viscounts of Tuckingmill, ein Cousin zweiten Grades meines verstorbenen Mannes", erklärte Clarissa triumphierend. „Durch die Korrespondenz mit meiner Tante weiß ich, dass Norton auf der Suche nach einer Frau ist. Ich habe mir erlaubt, mit ihm zu korrespondieren und ihm eine Miniatur von dir zukommen zu lassen. Norton hat sich wohlwollend über dein Konterfrei geäußert und die Einladung gern angenommen."

„Folglich hast du mich als mögliche Gattin für Norton auserkoren", stellte Evelyn sachlich fest.

„Ganz richtig, und ich erwarte, dass du dich gegenüber Sir Edward freundlich und zuvorkommend verhältst. Trotz dieses Malheurs", sie deutete auf Evelyns Fuß, „wirst du dich um ihn kümmern. Dem Viscount gehören ausgedehnte Ländereien in Wiltshire und in Norfolk und zwei elegante Stadthäuser in London. Eine solche Chance bekommst du nie wieder. Hast du das verstanden?"

Evelyn konnte nur stumm nicken, jeder Widerspruch wäre zwecklos gewesen. Gleichgültig, ob sie verletzt war oder nicht – Edward Norton hatte bei der Sache auch ein Wort mitzureden, schließlich musste er sie überhaupt zur Frau wollen. Ob er wohl ahnte, was Clarissa mit dieser Einladung bezweckte? Mit hocherhobenem Kopf rauschte diese aus dem Zimmer, Ralph blieb jedoch und trat dicht neben Evelyn.

„Tja, jetzt wird es wohl nichts aus unserem Eröffnungswalzer. Dann werde ich mir wohl jemand anderen suchen müssen." Er grinste und zwinkerte Evelyn zu. „Ich gebe dir den Rat, die Wünsche meiner Mutter zu befolgen. Soviel ich gehört habe, verfügt Norton über fünfzigtausend Pfund im Jahr. Wenn sein Vater tot ist, wird er einer der reichsten Männer des Landes sein. Einen solchen Fisch sollte man nicht von der Angel lassen. Außerdem brauchst du einen Mann, der dir zeigt, wo dein Platz ist, sonst wirst du noch eine alte, vertrocknete Jungfer." Seine letzten Worte wurden von einem süffisanten Lachen begleitet.

Als Evelyn allein war, wirbelten ihre Gedanken durcheinander. Sie freute sich trotzdem auf den Ball, auch wenn sie die Tanzenden nun nur vom Rand aus verfolgen konnte. Vor der Begegnung mit Edward Norton hatte sie keine Furcht. Es war nicht wichtig, was Clarissa sich in den Kopf gesetzt hatte. Selbst wenn Norton ihr einen Antrag machen würde – ihr Vater würde niemals zulassen, dass sie einen Mann heiratete, dem sie nicht in Liebe zugetan war. Wobei ... nach dem heutigen Vorfall war sich Evelyn plötzlich nicht mehr sicher, ob Richard Tremaine seine Meinung womöglich geändert hatte.

Die große Halle von Higher Barton, mit Blumenkübeln und frischen Frühlingssträußen geschmückt, wurde von Dutzenden von Kerzen hell erleuchtet. Im angrenzenden kleinen Speisezimmer war ein Büfett aufgebaut, von dem sich jeder selbst bedienen konnte, und eine fünf-köpfige Kapelle war auf der Balustrade platziert. Evelyn war der Mittelpunkt – allerdings aus anderen als den ursprünglich geplanten Gründen. Sie trug ihr elegantes, extra für den Anlass geschneidertes Ballkleid. Da sie aber nicht stehen konnte, thronte sie in einem bequemen Sessel und nahm mit gequältem Lächeln die zahlreichen Mitleidsbekundungen entgegen.

„Ausgerechnet jetzt mussten Sie stürzen!"

„Miss Evelyn, Sie sind doch eine gute Reiterin. Wie konnte das geschehen?"

„Ich hoffe, Sie haben das Tier unverzüglich erschossen?"

Bei der letzten Frage runzelte Evelyn unwillig die Stirn. „Natürlich nicht! Das Pferd trägt keine Schuld, ich habe nicht aufgepasst."

In diesem Moment trat ein Herr zu Evelyn. Er war mittelgroß, von untersetzter Statur und mit einem dunkelgrünen Rock, hellen Hosen und einem spitzenverzierten Hemd äußerst elegant gekleidet, ohne dabei dandyhaft zu wirken. In seinen Augenwinkeln tanzten feine Falten, als er sich verbeugte.

„Sir Edward Norton, Miss Tremaine. Ich freue mich, Ihre Bekanntschaft zu machen."

Mit einem freundlichen Lächeln betrachtete Evelyn den Gast. Sie hatte sich keine Vorstellung von Edward Norton gemacht und war jetzt angenehm überrascht.

„Es ist eine Ehre, Sie in unserem Haus begrüßen zu dürfen, Sir Norton", antwortete sie, wie es sich gehörte.

„Ich habe von Ihrem Missgeschick gehört, dabei hoffte ich auf den ersten Tanz mit Ihnen."

„Oh, den hatte ich schon meinem Bruder versprochen."

Edward Norton sah sich kurz um, zog dann einen Stuhl heran und setzte sich neben Evelyn. In diesem Moment stimmte die Kapelle den ersten Walzer an.

„Bitte, lassen Sie sich nicht abhalten", sagte Evelyn. Nun empfand sie doch Bedauern, an dem Vergnügen nicht teilhaben zu können.

„Wenn Sie erlauben, leiste ich Ihnen Gesellschaft", erwiderte Edward Norton und schlug die Beine übereinander. „Ich bin ohnehin kein guter Tänzer."

Verstohlen betrachtete Evelyn ihn von der Seite. Er hatte angenehme Gesichtszüge, ein etwas kantiges Kinn und freundliche hellgraue Augen.

„Und? Gefällt Ihnen, was Sie sehen, und entspreche ich Ihren Erwartungen?", fragte er plötzlich.

Evelyn zuckte zusammen, und Hitze stieg ihr in die Wangen. Bevor sie verlegen eine Entschuldigung vorbringen konnte, schmunzelte er und zwinkerte ihr vertraulich zu. „Verzeihen Sie meine offene Worte, Miss Tremaine, ich bin jedoch ein Mann, der schnell zur Sache kommt. Wir beide wissen, warum ich zu dem Ball eingeladen wurde, nicht wahr? Ihre Mutter möchte, dass wir heiraten, was von meinem Vater unterstützt wird."

Nun war Evelyn tief errötet. Seine Worte waren gesellschaftlich zwar mehr als unschicklich, gleichzeitig atmete sie erleichtert auf. Es war gut, die Fronten von Anfang an zu klären.

„Sie sind sehr offen."

Spöttisch zog er eine Augenbraue hoch. „Es liegt kein Sinn darin, einer jungen Dame wochen- oder monatelang den Hof zu machen, wenn diese Dame überhaupt nicht an eine Ehe denkt. Daher sollten wir klarstellen, wie wir beide dazu stehen, sonst verschwenden wir nur unsere Zeit."

Evelyn war froh, dass Ralph mit Clarissa tanzte, ihr Vater am anderen Ende der Halle in ein Gespräch vertieft war und sich auch sonst niemand in ihrer Nähe befand. Sie würden alle schockiert sein, wenn sie diese Unterhaltung hören könnten.

„Bisher habe ich eine Ehe tatsächlich nicht in Erwägung gezogen", erwiderte Evelyn ehrlich, und er nickte. „Für meine Zukunft habe ich andere Pläne."

„Das habe ich gehört." Er sah ihr in die Augen. „Natürlich habe ich ein paar Erkundigungen über Sie eingeholt, Miss Tremaine. Trotzdem wollte ich Sie kennenlernen."

Evelyn stutzte. Jede andere Dame wäre ob dieser Beleidigung in Ohnmacht gefallen, dann jedoch sah sie das belustigte Zwinkern in seinen Augen und lachte laut.

„Sie sind wirklich sehr direkt, Sir Norton!"

„Nennen Sie mich bitte Edward", antwortete er, „und ich würde mich freuen, wenn ich Sie Evelyn nennen dürfte. Wenn unsere beiden Familien unsere Verbindung wünschen, können wir die Förmlichkeiten ruhig überspringen."

„Was halten Sie eigentlich von diesem Gedanken?", fragte sie kühn.

„Irgendwann muss ich heiraten und dafür Sorge tragen, dass die Linie der Nortons fortgeführt wird", antwortete er nüchtern. „Sie sind sehr schön, das steht außer Frage, darüber hinaus, wie man hört, gebildet und intelligent, wenngleich noch etwas jung. Der letzte Punkt wird sich im Laufe der Jahre ändern, das sollte also kein Hinderungsgrund sein."

Edward Norton wurde ihr immer sympathischer. Sie freute sich mehr über Edwards Kompliment, ihre Intelligenz betreffend, als über das, was sich auf ihre äußere Erscheinung bezog.

„Wie lange werden Sie in der Gegend bleiben?", fragte sie.

„Oh, ich habe keine Eile. Es handelt sich um meinen ersten Besuch in Cornwall, daher möchte ich die Grafschaft kennenlernen. Ich logiere bei Bekannten, den Cavendishs. Sind Sie mit der Familie bekannt?"

„Nicht persönlich, nein." Evelyn lächelte spitzbübisch. „Da ich mit Ihnen offen und ehrlich sprechen kann, möchte ich Ihnen einen Vorschlag unterbreiten: Wir spielen das Spiel für einige Zeit mit, wenn Sie einverstanden sind. Ich zeige Ihnen unsere wunderschöne Gegend", sie deutete auf ihren Fuß, „das heißt, sobald ich wieder beweglich sein werde, und meine Familie wird versöhnlich gestimmt. Besonders mein Vater ist verärgert, weil ich ..." Evelyn biss sich schnell auf die Unterlippe. Beinahe hätte sie Edward Norton die wahren Hintergründe ihrer Verletzung erzählt.

„Ja?" Er war überrascht. „Ihr Verhältnis ist nicht das Beste? Da habe ich aber etwas ganz anderes gehört."

Evelyn winkte ab und bemühte sich um ein ungezwungenes Lächeln. „Nur eine kleine Missstimmung, wie sie immer mal vorkommt, die bald vergessen sein wird."

Er gab sich mit dieser Erklärung zufrieden und fragte: „Sicher haben Sie Hunger, Miss Evelyn? Was darf ich Ihnen bringen?"

Evelyn äußerte ihre Wünsche und sah Edward nach, als er zum Büfett ging. Sie hätte nicht gedacht, dass der Abend derart unterhaltsam werden würde.

In den folgenden Wochen war Edward Norton ein häufiger und gern gesehener Gast auf Higher Barton. Als Evelyn mithilfe eines Stockes ihren Fuß wieder belasten konnte, unternahmen sie Spaziergänge im Park, und sie stützte sich gern auf seinen Arm. Ihr Vater, Clarissa und Ralph beobachteten sie aufmerksam, und Clarissa war plötzlich außergewöhnlich freundlich und zuvorkommend. Richard verzichtete auf weitere Vorwürfe wegen ihres eigenmächtigen Handelns, und sie gingen wie gewohnt miteinander um. Allerdings weihte er sie nicht mehr in die Belange der Minen ein, sondern übertrug Ralph immer mehr Aufgaben. Das bedrückte Evelyn zwar, doch ihre Zeit war durch die Besuche von Edward Norton ausgefüllt. Gemeinsam nahmen sie Teeeinladungen an, gingen zu der einen oder anderen Abendveranstaltung oder fuhren mit dem Wagen an die Küste nach Looe und nach Polperro. Meistens wurden sie von Clarissa als Anstandsdame begleitet, manchmal fuhr aber auch nur ein Dienstmädchen mit. Niemand sprach es direkt aus, Evelyn wusste jedoch, dass hinter ihrem Rücken getuschelt und Spekulationen angestellt wurden, wann die Verlobung zwischen Evelyn Tremaine und Sir Edward Norton, dem künftigen Viscount of Tuckingmill, bekannt gegeben würde. Gemeinsam lachten sie darüber und taten alles, um die Gerüchte am Leben zu halten, denn zwischen ihnen war eine feste Freundschaft entstanden. Evelyn war gern in Edwards Gesellschaft. Er behandelte sie nicht wie ein hübsches Porzellanpüppchen, erwartete nicht, dass sie das Pianoforte spielte, sang oder sich mit Stickereien beschäftigte, sondern er sprach mit ihr über Wirtschaft und Politik, als wäre sie ein Mann. Auch erzählte er von seinem Leben auf seinen Besitztümern. Wie sein Vater strebte Edward eine politische Karriere an und war auf dem besten Weg, an Macht zu gewinnen und Einfluss bis in die Kreise um die Königin zu nehmen, denn er war mit dem Premierminister John Russell entfernt verwandt. Nur für den Bergbau zeigte Edward wenig Interesse. Er hörte zwar interessiert zu, wenn Evelyn von dem Zinn- und Kupferabbau und von ihrem Wunsch redete, die Arbeitsbedingungen der Miners zu verbessern, unterstützte sie darin jedoch nicht.

„Evelyn, Ihnen ist bewusst, dass Sie Higher Barton eines Tages verlassen werden", stellte er fest. „Sie werden heiraten und Ihrem Mann folgen, während Ihr Bruder den Besitz übernehmen wird. Ich finde, Sie sollten Ihr Herz nicht zu sehr an das alles hängen."

Wie immer hielt Edward mit seinen Ansichten nicht hinterm Berg. Selbst wenn sie einen Mann aus der Gegend heiraten und in Cornwall bleiben würde – die Zukunft von Higher Barton lag nicht in ihren Händen.

„Ich habe nicht vor, in den nächsten Jahren zu heiraten." Sie hängte sich bei Edward ein. „Bis Ralph hier der Herr wird, wird es hoffentlich noch viele, viele Jahre dauern, denn Vater ist so gesund, wie man in seinem Alter nur sein kann."

Für einen Moment war sie geneigt, Edward von ihrem Wunsch zu erzählen, Minenbauingenieurswesen zu studieren, schwieg jedoch. Bei allem Verständnis, das Edward zeigte – einen derartigen Gedanken einer Frau würde selbst er nicht akzeptieren.

Nach vier Wochen stellte Evelyn fest, dass sie für Edward nicht mehr als nur Freundschaft empfinden konnte. Sie war zwar gern in seiner Gesellschaft, ihr Herz klopfte aber nicht schneller, und sie empfand kein Bedauern, wenn sie sich ein paar Tage nicht sehen konnten.

Mitte Juni teilte er ihr mit, er habe eine Nachricht von seinem Vater erhalten.

„Leider muss ich abreisen, mein Vater braucht mich", erklärte er. „Er wird dringend in London benötigt, daher muss ich mich um die Verwaltung der Güter kümmern."

„Wann werden Sie abreisen?"

„In zwei, spätestens drei Tagen. Wenn Sie erlauben, komme ich im Herbst wieder."

Spontan griff Evelyn nach seiner Hand und drückte sie.

„Sie sind uns immer willkommen, Edward", antwortete sie aufrichtig.

„Ihrer Familie oder Ihnen im Besonderen, Evelyn?"

Nun wurde sie doch verlegen, senkte den Blick und murmelte: „Ich würde mich freuen, wenn wir uns wiedersehen."

Clarissa Tremaine schlug vor, ein Abschiedsdinner zu geben, als Evelyn von Edwards bevorstehender Abreise berichtete.

„Nur ein kleiner Kreis, die engsten Nachbarn und Freunde."

Evelyn war ausnahmsweise mit ihrer Stiefmutter einer Meinung. In den letzten Wochen hatte sie Gefallen an solchen Veranstaltungen gefunden. Die Verletzung ihres Knöchels war abgeheilt, und sie konnte ihren Fuß wieder richtig belasten.

Als sie allein waren, fragte Clarissa: „Hat Sir Edward sich dir erklärt?"

„Erklärt?"

Evelyn stellte sich absichtlich dumm, und Clarissa runzelte ungeduldig die Stirn. „Hat er dir einen Antrag gemacht? Mit deinem Vater hat er nämlich noch nicht gesprochen, dabei sollte man es erwarten, so viel Zeit, wie ihr miteinander verbracht habt."

Evelyn schüttelte den Kopf und versuchte, nicht zu schmunzeln, als sie antwortete: „Edward und mich verbindet nur eine Freundschaft. Um deine Frage zu beantworten: Nein, er hat mich nicht gefragt, ob ich seine Frau werden möchte."

Clarissa seufzte enttäuscht. „Dann müssen wir dafür sorgen, dass er uns bald wieder besucht. Zu dumm, dass er gerade jetzt abreisen muss, es schien sich alles in die richtige Richtung zu entwickeln." Clarissa kam ein Gedanke, und sie packte Evelyn am Arm. „Du hast ihn doch ermutigt, oder? Du hast nichts gesagt oder getan, das ihn davon abhalten könnte, dich zu heiraten?"

„Aber nein", entgegnete Evelyn mit einem unschuldigen Blick. „Allerdings habe ich mich ihm nicht an den Hals geworfen, wenn du das meinst."

„Natürlich nicht! Ich verstehe allerdings nicht, warum er sich noch zurückhält." Ein plötzliches Lächeln umspielte ihre Lippen. „Vielleicht möchte er bis zum Abschiedsdinner warten. Das wäre ein perfekter Anlass, die Verlobung zu verkünden."

„Wir müssen abwarten", sagte Evelyn, und fragte sich plötzlich, welche Antwort sie Edward geben würde, sollte er sie tatsächlich um ihre Hand bitten.

Evelyn war bereits zu Bett gegangen, als Richard ihr Zimmer betrat.

„Du bist noch wach? Ich möchte kurz mit dir sprechen."

Evelyn fürchtete, ihr Vater würde ihr die gleichen Fragen wie Clarissa stellen, und ihm gegenüber musste sie aufrichtig sein. Richard hatte aber etwas anderes auf dem Herzen und kam gleich zur Sache. „Du weißt, wie sehr deine Mutter sich wünscht, dass du Edward Norton heiratest."

Evelyn nickte. „Du möchtest es ebenfalls."

Er zuckte mit den Schultern. „Ich gebe zu, er wäre mir als Schwiegersohn äußerst willkommen. In erster Linie möchte ich aber, dass du glücklich wirst." Er sah sie so zärtlich an wie seit Wochen nicht mehr. „Liebst du ihn?", fragte er direkt.

Evelyn zögerte. „Ich weiß es nicht", antwortete sie ehrlich. „Ich mag Edward und bin gern mit ihm zusammen, aber Liebe …?"

„Freundschaft und Sympathie sind die besten Grundlagen für eine Ehe", sagte Richard und wich Evelyns Blick aus. „Romantische Gefühle verfliegen oft sehr schnell, und dann merkt man, dass einen nichts verbindet."

„Du und Mum … ihr habt doch aus Liebe geheiratet, nicht wahr?"

Richard nickte traurig. „Ja, deiner Mutter und mir war das große Glück beschieden, dass wir uns in gegenseitiger Liebe zugetan waren, obwohl die Ehe von unseren Familien arrangiert worden ist. Als ich Eleonor das erste Mal begegnete, wusste ich binnen eines Augenblicks: Das ist die Frau, mit der ich den Rest meines Lebens verbringen will! Ihr ging es ebenso, wie sie mir später gestand."

Evelyn nahm seine Hand und drückte sie fest. „Das Schicksal hat jedoch anders entschieden."

Mit der anderen Hand wischte sich Richard fahrig über die Augen, dann hatte er sich wieder im Griff. Er räusperte sich und sagte: „Wenn du Edward heiraten möchtest, dann gebe ich euch meinen Segen, auch wenn es bedeutet, dass du Higher Barton verlassen wirst und wir uns nur noch selten sehen können. Ich will aber, dass du weißt, dass ich dich zu nichts zwingen werde. Du musst dir deiner und seiner Gefühle absolut sicher sein."

„Danke, Dad." Evelyn flog in seine Arme und barg ihr Gesicht an seiner Schulter. „Da mich Edward bisher nicht um meine Hand gebeten hat, muss ich jetzt keine Entscheidung treffen."

Sie verschwieg ihrem Vater, dass zwischen Edward und ihr die Fronten klar waren und es nicht zu einer Ehe kommen würde. Als sie wieder allein war, lag sie im Bett und starrte auf den dunkelroten Baldachin. In ihrem Kopf überschlugen sich die Gedanken. Auch sie hatte Edwards Spiel mitgespielt, und es hatte ihr gefallen, die Leute an der Nase herumzuführen. Mit ihrem Vater hatte sie sich wieder versöhnt, Clarissa ließ sie in Ruhe, und auch Ralph stichelte nicht mehr ständig. Sollte Edward seine Meinung geändert haben und sie vielleicht im Herbst fragen, dann könnte sie sich vorstellen, ihn zu heiraten. Er war ein angenehmer Mann mit vollendeten Manieren, und er behandelte sie gleichberechtigt. In naher Zukunft würde sie jemanden heiraten müssen, und sie könnte es schlechter treffen, als Edward Nortons Frau zu werden.

Der Tisch des großen Speisezimmers im ersten Stock war mit weißem Leinen, feinen Porzellantellern, dem Silberbesteck und frischen Gartenblumen aufwendig gedeckt. Edward Norton war über die Idee, ihm zu Ehren ein Abschiedsdinner zu geben, erfreut und fühlte sich sichtlich wohl. Ebenso wie Evelyn ignorierte er die lauernden Blicke von Clarissa und den Gästen, die hofften, dass noch an diesem Abend die Verlobung verkündet werden würde. Sie wurden enttäuscht. Da Edward am nächsten Morgen bei Sonnenaufgang aufbrechen wollte, verabschiedete er sich als Erster. Clarissa und Evelyn begleiteten ihn zur Tür, vor der bereits seine Kutsche wartete.

„Es ist so schade, dass Sie uns ausgerechnet jetzt verlassen müssen", sagte Clarissa.

„Ich bedauere es ebenfalls, Lady Tremaine." Formvollendet deutete er einen Handkuss an. „Meinen Aufenthalt habe ich länger ausgedehnt, als ursprünglich geplant war, bei so reizender Gesellschaft jedoch …"

Verstohlen zwinkerte er Evelyn zu.

„Sie müssen versprechen zu schreiben!", rief Clarissa. „Wir erwarten jede Woche einen Brief – mindestens! Und Sie müssen uns so bald wie möglich wieder besuchen. Bevor Sie das nicht versprechen, lasse ich Sie nicht ziehen."

„Ich verspreche es", antwortete Edward schlicht.

Nachdem die Kutsche abgefahren war, zischte Clarissa: „Du hättest ja auch was sagen können!"

„Ich fand, deine Worte waren mehr als ausreichend", entgegnete Evelyn kühl. „Der arme Mann fühlte sich ja regelrecht genötigt. Wenn er in Kontakt mit uns bleiben möchte, wird er schon schreiben und uns auch wieder besuchen." Sie nickte Clarissa zu. „Du erlaubst, dass ich mich zurückziehe? Ich bin müde, bitte entschuldige mich bei den Gästen."

Die Lippen zusammengepresst, sah Clarissa ihrer Stieftochter nach, als sie die Treppe hinaufging. Obwohl Edward Norton fast zwei Monate in Cornwall gewesen war, schien es keine Anzeichen einer künftigen Verbindung zu geben. Hoffentlich war der Mann normal und dachte überhaupt daran, in den Ehestand zu treten. Auch wenn Evelyn oft spröde und manchmal wie ein Blaustrumpf wirkte – Norton gegenüber hatte sie sich stets freundlich, zuvorkommend und auch charmant verhalten. An Evelyns äußerer Erscheinung konnte es auch nicht liegen. Diesbezüglich konnte sie der Stieftochter wirklich keine Vorwürfe machen. Clarissa fürchtete, nicht länger auf Edward Norton setzen zu können, und beschloss, nach weiteren Heiratskandidaten Ausschau zu halten. Natürlich ohne das Wissen ihres Mannes. Sie wollte kein Risiko eingehen, falls Norton nichts mehr von sich hören ließ.

# Eve

*Cornwall,*
*April 1940*

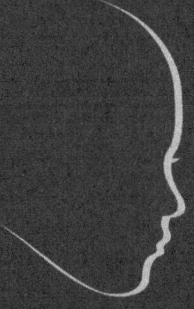

## 8

„Evelyn Tremaine und Edward Norton haben aber nicht geheiratet", kombinierte Eve. „Sonst würde sie den Namen Norton tragen und hätte Cornwall verlassen. Die Legende besagt jedoch, Evelyn sei auf Higher Barton spurlos verschwunden."

Billy zog einen Halm aus dem Strohballen und kaute nachdenklich auf ihm herum.

„Manche Leute behaupten, Evelyn sei bei Nacht und Nebel mit einem Mann durchgebrannt."

„Wohl kaum mit Edward Norton", rief Eve. „Warum hätte sie das tun sollen? Ihre Eltern hatten diese Verbindung doch gewollt."

„Oder es hat einen anderen, in der damaligen Zeit nicht standesgemäßen Mann in Evelyns Leben gegeben", überlegte Billy. „Es sind alles nur Vermutungen, seit Generationen weitergetragen und dabei sicher mehrmals verfälscht worden. Es tut mir leid, dass ich dir nicht mehr sagen kann."

„Oh, du hast mir sehr viel erzählt! Jetzt weiß ich, dass Evelyn Tremaine ein sehr außergewöhnliches Mädchen gewesen sein muss."

Billy stand auf und reichte Eve die Hand. „Ich glaube, du solltest jetzt nach Hause gehen, es wird bald dunkel."

Als Eve auf die Uhr sah, erschrak sie. Über Billys Erzählung hatte sie völlig die Zeit vergessen und würde zum Abendessen zu spät kommen.

„Oje, ich muss mich wirklich beeilen."

„Ich begleite dich."

Eves Herz klopfte vor Freude schneller, sie winkte jedoch ab. „Das ist nicht nötig, ich bin mit dem Fahrrad gekommen."

„Ich habe auch ein Fahrrad." Er grinste und hielt immer noch ihre Hand. „Außerdem hat mich meine Mutter gelehrt, dass man ein junges Mädchen nicht allein durch die Gegend radeln lässt."

Eine kluge Frau, dachte Eve und schmunzelte. Als sie Seite an Seite über den Feldweg in den anbrechenden Abend radelten, fühlte Eve sich so frei und glücklich wie nie zuvor in ihrem Leben. Sie hätte ewig weiterfahren können, obwohl ihr der Wind kalt ins Gesicht blies. Viel zu schnell kam Higher Barton in Sicht.

„Ich danke dir", sagte Eve. „Du kannst sehr anschaulich erzählen. Ich habe die Menschen richtig bildlich vor mir gesehen."

Er winkte ab. „Es war ja nicht viel, was ich überhaupt klären konnte."

„Wahrscheinlich werden wir nie erfahren, was mit Evelyn wirklich geschehen ist."

„Wenn jemand die Wahrheit kennt, dann wohl deine Familie. Du könntest in den Stammbüchern nachsehen", schlug Billy vor. „Alte Häuser haben doch immer solche Aufzeichnungen, vielleicht ist sogar eine Familienchronik vorhanden."

„Daran habe ich noch gar nicht gedacht, danke für den Rat. Jetzt muss ich aber gehen ..."

Sie zögerte und wartete gespannt, ob Billy sich mit ihr verabreden würde. Er rief ihr aber nur einen kurzen Gruß zu, schwang sich auf sein Rad und war gleich darauf hinter der nächsten Biegung verschwunden.

Während Eve das Fahrrad in den Schuppen brachte, rief sie sich in Erinnerung, dass Billy in wenigen Wochen in den Krieg ziehen würde. Sie war zwar nicht frei von Träumen und Fantasien – zu viele Fantasien, wie ihre Eltern meinten –, trotzdem war sie vernünftig genug, zu wissen, dass sie ihr Herz nicht an den jungen Farmerssohn verlieren sollte. Ihre Familie würde nicht dauerhaft auf Higher Barton bleiben, sondern nach Hause zurückkehren, sobald die Luftangriffe vorüber waren. In London waren ihre Freunde und ihre Zukunft, auch wenn Eve Cornwall und das ländliche Leben von Tag zu Tag mehr in ihr Herz schloss. Die Zeit, die sie und Billy hatten, war begrenzt, dann würden sie sich niemals wiedersehen. Vielleicht würden sie noch ein paar Briefe tauschen, der Briefwechsel würde aber bald versiegen, und irgendwann würde Billy, wenn ihr Name fiel, nur sagen: „Ach ja, Eve Carlyon. War das nicht das Mädchen, das aus London evakuiert worden war?"

Mit keiner Geste und mit keinem Wort hatte Billy gezeigt, dass er mehr als Freundschaft für sie empfand. Eve straffte die Schultern, strich eine Haarsträhne aus dem Gesicht und trat in die Küche.

„Wo bist du gewesen? Wir haben uns Sorgen gemacht!"

Helen Tremaine war allein und wirkte ernstlich besorgt.

„Es tut mir leid, ich habe die Zeit vergessen." Eve sah sie um Verzeihung bittend an. „Kann ich dir helfen?"

Helen schüttelte den Kopf. „Wir sind mit dem Essen schon fertig, du kannst dir aber etwas aufwärmen." Sie musterte Eve streng. „Es steht mir nicht zu, dir Vorschriften zu machen, trotzdem möchte ich wissen, wo du den ganzen Nachmittag verbracht hast. Deine Mutter war in großer Sorge, als du zum Essen nicht zurück warst. Noch eine Stunde, und wir hätten dich gesucht."

„Ich war bei den Penroses", antwortete Eve ehrlich. „Billy Penrose hat mir die Geschichte von Evelyn Tremaine erzählt."

„Evelyn?" Wie von einer Nadel gestochen fuhr Helen herum. „Was soll der Sohn eines Farmers mehr als haltlose Spekulationen wissen?"

Täuschte Eve sich, oder flackerte der Blick ihrer Tante plötzlich unruhig? Bereits zuvor hatte sie festgestellt, dass die Bewohner von Higher Barton vermieden, über die Ahnin zu sprechen.

„Ich finde es spannend, zu erfahren, wer früher hier gelebt hat", fuhr Eve ungezwungen fort. „Immerhin trage ich den gleichen Vornamen, und Evelyn war etwa in meinem Alter, als sie spurlos verschwand."

„Spurlos, du sagst es", murmelte Helen und begann, die dunklen Vorhänge zu schließen. „Spurlos bedeutet, dass niemand weiß, was geschehen ist, und es auch niemand jemals wissen möchte."

Während sich Eve ein Stück Käse nahm, fragte sie: „Gibt es eigentlich eine Familienchronik in diesem Haus?"

„Ich weiß es nicht, da ich mich für solche Dinge nicht interessiere." Helen trat dicht vor Eve und sah sie ernst an. „Wir leben im Hier und Jetzt, und das Jetzt ist eine sehr schlimme Zeit! Was macht es für einen Sinn, in der Vergangenheit zu graben, denn was geschehen ist, ist geschehen, und niemand kann etwas daran ändern. Wir müssen unsere ganze Kraft auf die Zukunft richten, wenn es überhaupt eine Zukunft geben wird."

Eve erschrak. „Steht es so schlimm?"

Helens Blick ging an ihr vorbei und fixierte einen imaginären Punkt irgendwo an der Wand.

„London liegt in Schutt und Asche. Tausende sind tot, Hunderttausende haben ihr Heim und ihre Habe verloren. In den großen Städten im Norden sieht es nicht anders aus. Unsere Soldaten kämpfen an allen Fronten, den Deutschen scheint man nicht beikommen zu können. Sie überrollen ein Land nach dem anderen, und unsere Flugzeuge werden wie Fliegen abgeschossen und vom Himmel geholt ..."

Eine schreckliche Ahnung packte Eve. „Hast du Nachrichten von deinem Mann?"

„Nein, nein", antwortete Helen hastig, „aber derzeit sind keine Nachrichten gute Nachrichten."

Eve fühlte sich schuldig. Helen lebte in ständiger Angst – nicht nur um ihren Mann, sondern auch um den Besitz – und in Sorge, wie sie alle ernähren sollte. Die Lebensmittel wurden immer mehr rationiert, und da der Winter vor der Tür stand, würden sie sich in den kommenden Monaten sehr einschränken müssen. Und sie kam mit einer Geschichte daher, von der niemand wusste, was davon Legende und was Wahrheit war, und belastete ihre Tante zusätzlich.

„Die Penroses sind anständige und fleißige Leute", sagte Helen zusammenhangslos und sah Eve wieder an. „Der junge Billy scheint ein netter und ehrlicher Kerl zu sein, ich kenne ihn aber nur flüchtig. Ich habe nichts dagegen, wenn du hier ein paar Freunde findest. Lade ihn doch mal zum Tee ein."

Eves Wangen überzog eine warme Röte, denn sie hatte den Unterton in Helens Stimme sehr wohl wahrgenommen.

„Billy geht bald zur Marine", antwortete sie leise, und Helen verstand. Sie schloss Eve in die Arme.

„Es sind schwere Zeiten", wiederholte sie. „Eine Zeit, die euch eure Jugend stiehlt, du bist aber ein tapferes und starkes Mädchen." Sie ließ Eve wieder frei und fuhr betont fröhlich fort: „Jetzt iss etwas, dann räumen wir die Küche auf. Und du solltest nach deiner Mutter sehen. Sie hat sich wirklich Sorgen wegen deines langen Ausbleibens gemacht. Tu uns nur einen einzigen Gefallen, Eve, bitte."

„Natürlich, jeden."

„Wenn du mal wieder länger wegbleiben möchtest, sag einfach Bescheid, ja?"

Eve versprach, dies zu tun.

Eve sah Billy überraschenderweise bereits zwei Tage später wieder. Sie war damit beschäftigt, den Hühnerstall auszumisten, als er mit dem Rad auf den Hof fuhr. Instinktiv zog sie sich in das Dunkel des Stalls zurück. Sie sah ja furchtbar aus! Das Haar ungekämmt und nur locker mit einem Band zusammengebunden, die Hose abgetragen und viel zu weit, und die grüne Jacke war zum Arbeiten zwar praktisch, sicherlich aber nicht, um einem jungen Mann zu gefallen. Sie überlegte, ob es ihr gelingen könnte, ungesehen ins Haus zu kommen, um sich schnell zu säubern und ein Kleid anzuziehen.

„Eve? Bist du da?", hörte sie ihn rufen, und einen Augenblick später kam er in den Stall.

Ihr blieb nichts anderes übrig, als vorzutreten. Ich rieche bestimmt nach Hühnermist, dachte Eve, dementsprechend verkrampft fiel ihr Lächeln aus.

„Billy, wie nett, dass du vorbeischaust."

Wenigstens war es im Stall dämmrig, da würde er ihren derangierten Aufzug vielleicht nicht bemerken.

„Äh ... ich wollte dich nicht bei der Arbeit stören", sagte Billy und trat von einem Fuß auf den anderen. „Ihr habt alle Hände voll zu tun, jetzt, wo die Männer weg sind."

„Jeder muss mit anpacken", entgegnete Eve. „Ich kann uns aber schnell einen Tee machen."

Bei diesen Worten errötete Eve, was Billy aber nicht zu bemerken schien, und sie fragte sich, woher sie den Mut genommen hatte, ihn einzuladen.

„Tut mir leid, ich muss gleich wieder zurück", antwortete Billy. „Ich bin eigentlich nur gekommen, um dich zu fragen, ob du vielleicht Lust hast, am Samstagnachmittag in die Village Hall nach Lower Barton zu kommen."

Eve befürchtete, ihr Herzklopfen würde von den Wänden des Stalles widerhallen.

„Zum Tanzen?", fragte sie überrascht.

Er nickte. „Die Kirchengemeinde veranstaltet einen Tanznachmittag. Nichts Großes, also nichts in der Art, wie du es sicher aus London gewöhnt bist, nur ein kleiner Dorfhopps, wie wir das hier nennen." Er lachte ungezwungen und zwinkerte ihr zu. „Vielleicht hast du ja Lust, mit mir dorthin zu gehen. Männer sind natürlich in der Minderheit, es wird aber trotzdem recht lustig werden, und der Erlös kommt unseren tapferen Jungs an der Front zugute."

„Ich werde meine Tante fragen." Verstohlen wischte sich Eve die schweißnassen Hände an der Hose ab. „Ich glaube aber nicht, dass sie etwas dagegen hat."

„Vielleicht möchte sie ja auch kommen, ebenso deine Mutter und dein Bruder? Meine ganze Familie wird auch da sein." Er wandte sich zum Gehen. „Der Tanz beginnt um vier Uhr, wir treffen uns dann dort, ja?"

„Gern", krächzte Eve, „und danke für die Einladung."

Kaum dass Billy außer Sichtweite war, ließ sie sich auf einen Schemel fallen, unfähig, weiterzuarbeiten. Ein paar aufgeregte Hühner trippelten um ihre Füße herum und pickten nach ihren Schuhen, Eve bemerkte es nicht. Billy hatte sie zum Tanzen eingeladen! Nun ja, eigentlich die ganze Familie, und er würde sie auch nicht abholen, so war es nicht ganz eine richtige Verabredung. Sie würde aber mit ihm tanzen und ihm ganz nah sein können.

Eve wäre kein siebzehnjähriges Mädchen gewesen, wenn ihr nächster Gedanke nicht gewesen wäre: O Gott, ich habe nichts anzuziehen!

„Natürlich dürft ihr gehen", sagte Helen. „Du hast doch nichts dagegen, Melanie?"

Eves Mutter zuckte nur mit den Schultern. „Solange die Kinder bis spätestens sieben Uhr wieder zurück sind."

Eve hatte Mickey natürlich von dem Tanznachmittag erzählen müssen, und der Bruder war begeistert, obwohl er ausschloss, auch nur einen Schritt zu tanzen.

„Endlich ist hier mal was los."

Helen Tremaine wollte an der Veranstaltung nicht teilnehmen. Sie sprach es nicht aus, Eve vermutete aber, dass es ihr unrecht erschien, sich zu amüsieren, während ihr Mann irgendwo auf der Welt um sein

Leben kämpfte. Sie hatte ihr aber jegliche Bedenken genommen mit den Worten: „Es ist eine gute Sache, die dem Kriegszweck dient."

Die Tage bis zum Samstag schienen sich endlos hinzuziehen. Eve hatte sich für ein marineblaues Kleid mit einem weißen Spitzenkragen entschieden, das für die Jahreszeit zwar etwas dünn, für den Anlass aber am besten geeignet war. Die Farbe passte gut zu ihren blauen Augen und ließ ihren Teint frisch aussehen. Über der gespannten Erwartung vergaß Eve die Geschichte von Evelyn Tremaine und ihre Absicht, in der Bibliothek nach den Stammbüchern oder einer Chronik zu suchen.

Der Samstag war ein klarer, sonniger Herbsttag, in der Luft lag aber schon der Geruch des nahenden Winters. „Vielleicht sollten wir vor dem Winter nach London zurückkehren", hatte Melanie vorgeschlagen, denn die Vorstellung, die kalte Jahreszeit in den zugigen Räumen Higher Bartons zu verbringen, behagte ihr ganz und gar nicht. Robert Carlyon wollte davon aber nichts wissen, denn noch immer fielen Bomben auf die Hauptstadt.

„Das Leben in der zerstörten Stadt ist alles andere als angenehm", hatte er in seinem letzten Brief geschrieben. „Die Rationierungen wirken sich auch auf uns aus, und es ist unmöglich, unser Haus in gewohnter Manier zu führen, daher habe ich es geschlossen und bin in zwei Räume des Ministeriums gezogen. So bin ich sofort vor Ort, wenn es wichtig ist."

Eve dachte zwar oft an ihr Zuhause in London, das bisher von den Bomben verschont geblieben war, heute jedoch verschwendete sie keinen Gedanken an die Stadt, sondern freute sich einfach nur auf den Nachmittag.

Eve und Mickey fuhren mit den Rädern nach Lower Barton. Da auch das Benzin streng rationiert war, wollte Helen nicht einen Tropfen der kostbaren Flüssigkeit verschwenden, um sie in den Ort zu bringen, und da sie zu zweit waren, gab es keine Bedenken, wenn sie später zurückfahren würden. Insgeheim hoffte Eve, dass Billy sie wieder begleiten würde.

Die Village Hall lag direkt hinter der Kirche, die mit ihrem gedrungenen normannischen Turm das Stadtbild Lower Bartons dominierte. Der Raum war nicht sehr groß, aber von fleißigen Helfern mit Herbstblumen und Papiergirlanden bunt geschmückt worden. Unsicher standen Eve und Mickey an der Tür, denn sie kannten niemanden, bis Billys Mutter auf sie zukam.

„Wie schön, dass ihr hier seid! Und du musst Mickey sein, nicht wahr?"

Mickey schüttelte ihr artig die Hand, dann zog Mrs Penrose sie quer durch den Saal. „Ihr sitzt natürlich bei uns. Ich hole euch gleich ein Glas Limonade."

An einem runden Tisch saßen Mr Penrose, Billys Geschwister Tom und Beth sowie zwei Frauen, die Mrs Penrose als Nachbarn vorstellte. Verstohlen sah Eve sich um, konnte Billy aber nirgends entdecken. Er war hoffentlich nicht krank geworden?

Als hätte Mrs Penrose ihre Gedanken erraten, sagte sie: „Billy verspätet sich leider ein wenig. Eines der Schafe lammt, er wollte auf der Farm bleiben, bis alles überstanden ist."

Eve verbarg, so gut es ging, ihre Enttäuschung. Es

sprach für Billy, dass er sich um das Tier kümmerte, aber sie hoffte, das Schaf würde sich mit der Geburt des Lamms etwas beeilen.

Binnen weniger Minuten waren Billys Geschwister mit Mickey in ein anregendes Gespräch vertieft, das hauptsächlich daraus bestand, dass Mickey von London erzählte. Weder Beth noch Tom waren jemals in der Hauptstadt gewesen und daher begierig darauf, alles über die Stadt zu erfahren. Nachdem Mrs Penrose alle mit Limonade versorgt hatte, begann eine ältere Dame, an der Hammondorgel zu spielen. Ihre grauen, kleinen Löckchen wippten im Takt, und Eve erkannte das Lied: *We must all stick together*. In der Originalfassung von Billy Cotton und seiner Band war es in den letzten Monaten so etwas wie die Hymne für den Zusammenhalt der Briten während des Krieges geworden. Trotzdem war es kein schwermütiges Stück, sondern ein beschwingter, flotter Quickstep, und die Tanzfläche füllte sich schnell. Auf rund vier Dutzend Frauen jeglichen Alters kamen lediglich vierzehn Männer. Einige waren in Uniform und auf Heimaturlaub, bei einigen wiesen Verbände auf eine abheilende Verletzung hin. Unwillkürlich wippten Eves Füße im Takt, da verbeugte sich ein junger Soldat vor ihr.

„Darf ich um die Ehre dieses Tanzes bitten?", fragte er formvollendet. Er war noch jung, kaum älter als zwanzig Jahre, und sein rechtes Auge war hinter einer schwarzen Klappe verborgen.

„Sehr gern."

Eve schenkte ihm ein strahlendes Lächeln, und er stellte sich als Steve Marks aus Pelynt, der Nachbarortschaft von Lower Barton, vor. Er war ein guter Tänzer, und Eve ließ sich von ihm gern über das Parkett führen. Auch den nächsten Tanz, einen Slow Foxtrott, tanzte sie mit ihm.

„Muss nächste Woche wieder an die Front", erklärte Steve und grinste. „Kann zwar nicht mehr mit einer Waffe zielen, aber irgendeine Arbeit werden sie für mich schon finden."

Eve verkniff sich die Frage, ob er auf dem Auge dauerhaft erblindet sei, und empfand Mitleid mit Steve und allen Soldaten. Sie lachten, tanzten und sangen – und würden bald wieder dem Tod ins Angesicht sehen müssen. Doch dieses Wissen und Billys Abwesenheit trübte ihre Stimmung ein wenig. Ihre Unbekümmertheit kehrte auch nicht zurück, als weitere Männer sie zum Tanz aufforderten. Sogar Charles Penrose mit seinem lahmen Bein wagte einen Langsamen Walzer, wenngleich ihn der Takt wenig kümmerte. Er hatte aber viel Spaß. Zu ihrer Überraschung sah Eve, dass Mickey und Beth sich zu den Tanzenden gesellten, als zu einem Linientanz gebeten wurde. Die gute Stimmung ließ den Krieg für ein paar Stunden in den Hintergrund treten. Im Saal war es sehr warm, und gerade als Eve sich eine neue Limonade holte und durstig trank, trat Billy ein. Er trug eine dunkle Hose und ein beiges Hemd, das ihm ausgezeichnet stand.

„Tut mir leid", sagte er zu Eve, „ich konnte die Kleine aber nicht allein lassen."

„Ich hoffe, Mutter und Kind geht es gut?", scherzte Eve.

„Bestens, jetzt will ich aber sofort mit dir tanzen." Er nahm ihre Hand und zog sie auf die Tanzfläche. „Allerdings bin ich ein miserabler Tänzer und entschuldige mich im Voraus für die blauen Zehen, die ich dir bescheren werde."

Die Dame an der Hammondorgel stimmte *In the Mood* von Glenn Miller an, und Eve wirbelte in Billys Armen über das Parkett. Seine Schritte waren zwar nicht perfekt, und manchmal kollidierten ihre Knie miteinander, Eve hatte aber nie zuvor einen Tanz derart genossen und wünschte sich, die Musik möge niemals enden. Nach diesen schnellen Rhythmen blieb es zwar bei Glenn Miller, jetzt wurde jedoch die *Moonlight Serenade* gespielt. Bei diesem langsamen, gefühlvollen Stück sah Eve Billy unsicher an, er aber zog sie lachend in die Arme. Eves Herz klopfte zum Zerspringen, als sie ihm so nah war. Er roch noch ein wenig nach Stall, und seine Bartstoppeln kratzten Eve, als er seine Wange an ihre drückte. Eve vergaß Raum und Zeit, vergaß, wer und wo sie war, und wusste in diesem Moment, dass sie sich in Billy verliebt hatte. Es war kein harmloser Flirt, ihre Gefühle gingen tiefer, obwohl sie sich erst seit Kurzem kannten. Es nutzte nichts, sich einzureden, dass ihre Liebe hoffnungslos war, dass Billy bald fortgehen und sie sich niemals wiedersehen würden, davon abgesehen, dass sie, Eve, keine Schönheit war und Billy an jedem Finger viele Mädchen haben könnte. Sie hatte ihr Herz verloren, und in diesem Moment war sie so glücklich wie nie zuvor in ihrem Leben.

Viel zu schnell ging der Nachmittag vorüber. Als *Auld Lang Syne* gespielt wurde, sich alle von den Plätzen erhoben, sich die Hände reichten und laut mitsangen, liefen nicht nur Eve die Tränen über die erhitzten Wangen. Fest drückte Billy ihre Hand, und das Lächeln, das er ihr schenkte, war so warm und herzlich, dass Eves Bedenken mit einem Schlag verflogen. Es folgte noch ein Toast auf den König und die königliche Familie, die allem Unbill zum Trotz tapfer in London ausharrte, und mehrstimmig wurde *God save the King* angestimmt.

„Wir sind eine starke Nation", raunte Billy ihr zu. „Wir schaffen das, so, wie wir alles geschafft haben. Seit neunhundert Jahren ist es keinem Fremden mehr gelungen, unser Land zu erobern."

Zu Eves Freude bot Billy sich an, sie und Mickey nach Higher Barton zu begleiten, da es inzwischen dunkel geworden war. Sie verabschiedete sich von seinen Eltern. Mrs Penrose ließ sie aber erst gehen, als Eve versprach, am nächsten Nachmittag zum Tee auf die Farm zu kommen.

Plötzlich wurde die Tür aufgerissen, und ein älterer Mann stürmte herein.

„Plymouth brennt!", schrie er. „Die Schweine bombardieren Plymouth!"

Mit einem Schlag war die gelöste Stimmung verflogen. Im selben Moment heulten die Sirenen, das Zeichen, sich unverzüglich in die Schutzräume zu begeben.

„In den Keller!", rief irgendjemand. „Ruhig bleiben, einer nach dem anderen!"

Die Menschen drängten zum Kellerabgang, aber keiner drängelte, und es brach keine Panik aus.

„Wo ist Mickey?", rief Eve. „Ich muss zu meinem Bruder!"

„Meine Eltern kümmern sich um ihn", antwortete Billy und umklammerte ihre Hand. „Es ist eine reine

Vorsichtsmaßnahme. Warum sollte Lower Barton angegriffen werden? Hier gibt es nichts von Bedeutung
für die Feinde, sie bombardieren nur die Hafenstädte."

In dem Keller war es heiß und stickig. Eve und Billy
kämpften sich zu den Penroses durch, und Mickey
stürzte sich in Eves Arme.

„Ich habe Angst", flüsterte er und war nun wieder
ganz Kind.

Sie warteten, nur wenige sprachen, alle lauschten
angestrengt nach draußen. Es blieb ruhig, kein Geräusch
von dröhnenden Flugzeugmotoren oder explodierenden
Bomben war zu hören.

„Sie kommen nicht hierher", sagte eine ältere Dame,
„aber die armen Menschen in Plymouth!"

Auch Eve beruhigte sich wieder. Der Krieg hatte nun
auch den Südwesten, die scheinbare Sicherheit, erreicht.
Sie hoffte, ihre Mutter und Helen würden sich nicht zu
sehr um sie ängstigen.

Es vergingen zwei qualvoll lange Stunden, bis endlich
die Entwarnung kam – ein lang anhaltender, heulender
Ton, der nach einer Weile abebbte. Erleichtert traten sie
ins Freie, und Eve atmete tief die frische Nachtluft ein,
die ihr nach dem stickigen Keller wie reinster Nektar
erschien.

Billy deutete zum sternenklaren Himmel. „Dass die
Deutschen bei einer solch klaren Sicht geflogen sind,
verstehe ich nicht. Da war es für unsere Abwehr doch
ein Leichtes, eine Maschine nach der anderen abzuschießen."

„Sie halten sich wohl für unbezwingbar", bemerkte
Charles Penrose und ballte die Hände zu Fäusten.
„Aber sie werden ihre Lektion noch bekommen und

uns kennenlernen." Er sah Eve und Mickey an. „Wir bringen euch natürlich nach Hause."

„Ich mach das schon, Pa", versicherte Billy. „Heute Nacht werden wir wohl keinen zweiten Angriff zu befürchten haben."

Während sie auf den Rädern über die dunklen Feldwege nach Higher Barton radelten, wechselten sie kein Wort. Mickey war es offensichtlich peinlich, dass er in Tränen ausgebrochen war, und Eve wusste nicht, was sie mit Billy reden sollte, ohne ihre Gefühle zu deutlich offenzulegen. Am Hintereingang verabschiedeten sie sich. Auch jetzt wagte Eve nicht, zu fragen, ob die Einladung seiner Mutter für den nächsten Tag noch galt. Auf keinen Fall wollte sie sich aufdrängen. So wünschte sie Billy nur eine gute Heimfahrt, nahm Mickey bei der Hand, und beide traten in die Küche.

Helen und Melanie Carlyon stürzten sich sofort auf sie.

„Gott sei Dank!", rief Melanie. „Ich hin tausend Tode gestorben!" Sie war wachsbleich, zitterte am ganzen Körper und griff sofort nach ihrer Pillendose, nahm eine Tablette und schluckte diese ohne Wasser.

Eve vermutete, dass es nicht das erste Medikament war, das ihre Mutter heute zu sich nahm.

„Weder uns noch jemand anderem ist etwas geschehen", versicherte Eve. „Der Alarm war eine reine Vorsichtsmaßnahme."

Helen hatte die Berichte über die Angriffe auf Plymouth im Radio verfolgt. Die kompletten Hafenanlagen lagen in Schutt und Asche, und die Opfer unter der Zivilbevölkerung waren noch nicht abzuschätzen.

„Die Telefonleitung ist tot", antwortete sie auf Eves Frage, ob sich ihr Vater gemeldet hätte. „Er weiß aber, dass wir hier in Lower Barton nicht in Gefahr sind. Wir sollten jetzt alle zu Bett gehen."

Eve begleitete ihre Mutter in deren Zimmer und half ihr beim Auskleiden. Melanie zitterte immer noch, und Eve machte sich ernsthafte Sorgen um ihre Gesundheit. Wenn auch viele Wehwehchen übertrieben waren – ihre Nerven waren labil, und die Gewissheit, dass die unmittelbare Gefahr bis auf wenige Meilen herangekommen war, versetzte sie in Panik.

„Ich weiß nicht, wie lange ich es noch aushalte!"

„Ach, Mum." Zärtlich nahm Eve ihre Mutter in die Arme. „Ich bin sicher, auf Higher Barton droht uns keine Gefahr. Der heutige Alarm war nur eine Vorsichtsmaßnahme."

Skeptisch schüttelte Melanie den Kopf.

„Das allein beunruhigt mich nicht. Ich habe gehört, in dem Haus hier soll es nicht mit rechten Dingen zugehen."

Eve zuckte zusammen, lächelte jedoch ungezwungen.

„Jedes alte Haus hat doch seine Geschichten", sagte sie leise. „Vor hundert Jahren hat hier ein Mädchen gelebt, das spurlos verschwunden ist. Verständlich, dass darüber Gerüchte kursieren, von einem Spuk kann jedoch keine Rede sein."

Melanie sah ihre Tochter ernst an. „Mickey erwähnte, dass du dich für dieses Mädchen interessierst. Ich finde das alles äußerst bedrückend, und bin froh, wenn wir wieder nach London zurückfahren können. Das Haus macht mir irgendwie Angst."

„Dafür gibt es keinen Grund", murmelte Eve, denn

sie war sich nicht sicher, ob ihre Mutter nicht doch ein wenig recht hatte. Die geheimnisvolle Stimme erwähnte sie lieber nicht, sie wusste ja selbst nicht, was sie davon halten sollte.

Melanie Carlyon nahm eine Schlaftablette, und Eve konnte es ihr nicht verdenken. Zum ersten Mal überlegte sie, ebenfalls etwas einzunehmen, denn zu viele Gedanken wirbelten ihr durch den Kopf: der angenehme Nachmittag, die gelöste Stimmung, die ausgelassene Freude des Tanzens und die Gewissheit, Billy Penrose zu lieben; dann das furchtbare Ende der glücklichen Stunden, auch wenn sie alle unverletzt geblieben waren. Während sie gelacht, getanzt und gesungen hatten, waren nur dreißig Meilen entfernt viele unschuldige Menschen gestorben. Wann würde dieser furchtbare Krieg endlich vorüber sein?

# 9

Am nächsten Morgen meldete das Radio, dass auch die Bucht von Falmouth angegriffen worden war. Den auf Pendennis Castle stationierten Flakgeschützen war es jedoch gelungen, zwei feindliche Maschinen abzuschießen und damit Schlimmeres zu verhindern. Menschenleben waren in Falmouth keine zu beklagen, einige Gebäude in den Hafenanlagen waren jedoch schwer beschädigt. Da es Sonntag war, gingen Helen, Eve und Mickey in die Kirche nach Lower Barton. Der Pfarrer predigte engagiert und wiederholte die Worte des Premierministers, dass sie alle zusammenhalten müssten und sich nicht unterkriegen lassen durften. Nach dem Gottesdienst standen die Menschen zusammen und diskutierten lebhaft, kaum jemanden zog es nach Hause. Der Patriotismus schweißte die Menschen noch enger zusammen, als es auf dem Land ohnehin der Fall war.

„Die Deutschen über Cornwall!" Nie zuvor hatte Eve ihre Tante derart wütend erlebt. Die Hände in die Hüften gestemmt, war Helen fest entschlossen, die Feinde, wenn es sein musste, eigenhändig aus dem Land zu jagen. „Wenn auch nur einer dieser Sauerkraut-fresser es wagt, einen Schritt über die Schwelle von Higher Barton zu setzen, dann wird er mich kennen-lernen!"

Eve sah auch die Penroses, Billy winkte ihr aber lediglich einen knappen Gruß zu, und Mrs Penrose kam nicht mehr auf die Einladung zum Tee zu sprechen. Eve war sich unsicher, ob sie am Nachmittag zur Farm radeln sollte. Die Entscheidung wurde ihr aber abgenommen, denn am frühen Nachmittag traf Robert Carlyon überraschend auf Higher Barton ein. Eve, die gerade mit dem Spülen des Geschirrs beschäftigt war, erkannte durch das Fenster seinen Wagen und rannte ihm mit nassen Händen entgegen.

„Daddy!" Mit einem Schrei stürzte sie sich in seine Arme.

Robert sah müde aus, unter seinen Augen lagen tiefe Schatten, und seine Wangen waren von Bartstoppeln bedeckt.

„Wie geht es deiner Mutter?", fragte er. „Die Telefonleitung ist tot, und ich sagte meinem Vorgesetzten, wenn er mich nicht unverzüglich zu meiner Familie fahren ließe, dann würde ich auf der Stelle kündigen." Er lächelte bitter.

„Uns ist nichts geschehen", antwortete Eve und hängte sich bei ihrem Vater ein. „Mum geht es den Umständen entsprechend gut, sie leidet jedoch an Migräne und hat ihr Zimmer heute noch nicht verlassen."

„Ich gehe gleich zu ihr. Mach mir bitte einen starken Kaffee, den kann ich jetzt gebrauchen." Er stockte und fuhr dann fort: „Das heißt, wenn ihr noch Kaffee habt."

Eve nickte. „Es ist noch welcher in der Vorratskammer, wir trinken ihn nur zu besonderen Anlässen, denn man kann nirgendwo mehr welchen kaufen. Du bekommst aber sofort eine Tasse."

Während das Wasser kochte, eilte Eve in den Stall zu Helen und informierte sie über Roberts Ankunft. Mickey war nach der Kirche mit einem seiner neuen Freunde losgezogen, und Eve hoffte, er würde heimkommen, bevor ihr Vater wieder zurück in die Stadt musste.

Robert Carlyon blieb lange bei seiner Frau, konnte sie aber nicht dazu bewegen, das Bett zu verlassen. Als sie später in der Küche zusammensaßen, Kaffee tranken und ein Stück Victoria Sponge aßen, den Helen am Vortag gebacken hatte, wirkte er um Jahre gealtert.

„Ich dachte, ihr seid auf dem Land in Sicherheit."

Beruhigend legte Helen eine Hand auf seinen Arm. „Du brauchst dich um uns nicht zu sorgen, Robert. Die Angriffe beschränken sich auf die Hafenstädte. Higher Barton wird kein Ziel der Feinde sein."

„Vielleicht solltet ihr nach London zurückkommen ..."

„Bitte nicht!" Eve sprang so heftig auf, dass ihr Stuhl umkippte. „Lass uns hierbleiben!" Sie bemerkte, wie sehr sie sich ereiferte, und fuhr ruhiger fort: „Sonst wäre Helen ganz allein, und die viele Arbeit hier ... ich meine, wir sind doch eine Familie und müssen gerade jetzt zusammenhalten."

In diesem Moment stolperte Mickey in die Küche. Seine Augen leuchteten, als er seinen Vater sah, und er hatte Eves letzte Worte gehört.

„Eve will aus ganz anderen Gründen Cornwall nicht verlassen", bemerkte er grinsend.

„Halt den Mund!", fuhr Eve den Bruder an und errötete bis unter die Haarwurzeln. Waren ihre Gefühle für Billy Penrose so offensichtlich, dass diese sogar dem sonst nicht gerade sensiblen Mickey aufgefallen waren?

„Na, ich meinte ja nur ..." Er stieß seine Schwester in die Seite. „Bevor du das Geheimnis um diese Tote nicht gelüftet hast, wirst du keine Ruhe geben."

„Tote? Was für eine Tote?" Verständnislos sah Robert

in die Runde. „Gibt es irgendetwas, das ich wissen sollte?"

An Eves Stelle antwortete Helen: „Das ist nur eine alte Geschichte aus dem vergangenen Jahrhundert, auf die Eve gestoßen ist. Nichts von Bedeutung."

„Genau, Daddy", fuhr Eve rasch fort, „es ist nicht wichtig."

Sie war erleichtert, dass ihre Freundschaft zu Billy nicht zur Sprache kam, und hoffte, Helen würde den Nachbarsohn ebenfalls nicht erwähnen.

Robert Carlyon sah auf seine Uhr, seufzte und stand auf.

„Ich fürchte, ich muss wieder los. Eve, bitte kümmere dich um deine Mutter. Wenn es ihr schlechter gehen sollte, dann ruf den Arzt. Ich denke zwar nicht, dass sie ernsthaft krank ist, ihr kennt aber ihre schwache Konstitution."

„Melanie ist in den besten Händen", sagte Helen.

Robert sah seine Tochter an. „Begleitest du mich bitte zum Wagen?"

Das tat Eve nur zu gern. Kaum waren sie allein, sah Robert sie ernst an. „Ich möchte nicht, dass deine Mutter sich über irgendwelche deiner Fantasien aufregt", sagte er ernst.

„Aber diese Stimme …" Bevor Eve nachdenken konnte, waren ihr die Worte bereits entschlüpft.

„Welche Stimme?"

Eve wusste, sie durfte ihren Vater nicht zusätzlich beunruhigen, sie musste aber endlich mit jemanden darüber sprechen. Mickey nahm sie ohnehin nicht ernst, und Helen verhielt sich immer so eigenartig, wenn die Sprache auf Evelyn Tremaine kam.

„In manchen Nächten höre ich jemanden den Namen Evelyn rufen", sagte sie leise. „Ich glaube, es ist eine Frauenstimme, bin mir aber nicht sicher. Die Leute sagen, vor vielen Jahren wäre eine Frau in diesem Haus ermordet und ihre Leiche nie gefunden worden."

„So ein Unsinn!" Roberts Augenbrauen zogen sich ärgerlich zusammen. „Auf dem Land gibt es immer irgendwelche Legenden, in einem so alten Haus wie Higher Barton erst recht. Du hast einfach schlecht geträumt, kein Wunder bei der Situation, in der wir uns befinden."

„Aber Daddy, das ist alles so real ..."

„Genug!" Zornig hob er die Hand. „Ich will kein Wort mehr hören. Kein Wunder, dass deine Mutter mit den Nerven am Ende ist."

Eve senkte den Kopf und schwieg. Ihr Vater hatte genügend andere Sorgen. Es war dumm von ihr gewesen, ihn mit etwas, das sie selbst nicht verstand, zu belästigen. Robert hauchte ihr noch einen Kuss auf die Wange, dann fuhr er los. Eve sah ihm nach, bis sein Wagen verschwunden war.

„Mein Schwiegervater hat nach dir gefragt", sagte Helen, als sie zurückkehrte. „Er will dich sprechen. Du kannst ihm den Tee bringen." Ihrem Gesichtsausdruck war deutlich anzusehen, was sie davon hielt. Eve war mit dem Tablett bereits an der Tür, als Helen ihr nachrief: „Und erwähne ihm gegenüber bloß nicht den Namen Evelyn Tremaine! Das könnte ihn aufregen, und eine Kranke im Haus reicht."

Während Eve die Treppen hinaufstieg, fragte sie sich, warum alle derart darauf erpicht waren, nicht über die Vorfahrin zu sprechen. Dass ihr Vater nichts darüber hören wollte, konnte sie verstehen, warum aber sollte allein die Erwähnung des Namens eines Mädchens, das seit fast hundert Jahren tot war, Alwyn Tremaine aufregen?

Lord Alwyn Tremaine saß aufrecht im Lehnstuhl und las in einem Buch. Obwohl er keinen Besuch empfing und sein Zimmer auch nicht verließ, war er mit einer dunklen Hose, einem weißen Hemd mit grüner Weste und farblich passender Krawatte korrekt gekleidet. Anstatt Pantoffeln trug er sogar braune Lederschuhe, und über der Stuhllehne hing ein Jackett.

„Na, endlich! Wie lange soll ich noch auf meinen Tee warten?", blaffte er Eve an, als sie eintrat. „Nur weil dein Vater mal eben hier vorbeischaut, ist das kein Grund, mich verdursten zu lassen."

Eve, inzwischen an seine schroffe Art gewöhnt, verzichtete auf eine Antwort. Als sie das Tablett auf den Tisch stellte, entfuhr es ihr: „Möchten Sie ausgehen, Sir?"

„Ausgehen? Warum, zum Teufel, sollte ich ausgehen? Wie kommst du auf eine solche Idee?"

Er nahm seine Brille ab und musterte sie, Eve ließ sich aber nicht einschüchtern.

„Ich dachte nur, weil Sie gekleidet sind, als hätten Sie noch etwas vor oder würden Besuch erwarten", antwortete sie ruhig, seinem bohrenden Blick standhaltend.

„Wenn man alt und krank ist, ist das noch lange kein Grund, sich gehen zu lassen, Mädchen. Immerhin bestand ja die Möglichkeit, dass euer werter Vater mich aufsucht. Der Herr hielt es aber offenbar nicht für nötig, seine Aufwartung zu machen, obwohl seine Familie unter meinem Dach lebt und ich euch durchfüttern muss."

Eve schluckte bei dieser Beleidigung, bewahrte aber weiterhin die Ruhe. Sie wusste, bei einem Streitgespräch mit Sir Alwyn würde sie den Kürzeren ziehen.

„Mein Vater war in Eile und musste wieder nach London zurück", sagte sie. „Beim nächsten Mal wird er Sie sicher kennenlernen wollen. Da die Telefonleitung gestört ist, wollte mein Vater sich versichern, dass es uns gut geht. Sie haben doch von den Bombenangriffen auf Plymouth und Falmouth am gestrigen Abend gehört?"

„Natürlich, das ist aber kein Grund, gleich in Panik zu geraten." Er machte eine wegwerfende Handbewegung. „Die Deutschen werden uns nicht kleinkriegen. Damals bei den Dardanellen, da haben wir den Feinden auch gezeigt, wo's langgeht."

„Sie waren in Gallipoli?", fragte Eve erstaunt.

„Selbstverständlich!" Seine Augen leuchteten, und er wirkte gleich ein paar Jahre jünger. „Ich war Captain und habe eine Mannschaft von mutigen und tapferen Männern angeführt. Das war meine Pflicht gegenüber Gott, Vaterland und der Krone. War eine gute Zeit damals, da gab es noch richtige Kerle, und wir kämpften Mann gegen Mann, sahen dem Feind ins Auge, anstatt feige aus der Luft Bomben abzuwerfen."

Entweder war es das Alter, oder Lord Alwyn verherrlichte tatsächlich die furchtbaren Kriege. Eve wollte sich aber nicht auf eine Diskussion einlassen, daher verzichtete sie auf den Hinweis, dass auch im Großen Krieg Hunderttausende Zivilisten durch Luftangriffe gestorben waren.

„Warum ist dein Vater nicht an der Front?", fragte Sir Alwyn lauernd. „Er scheint gesund und stark zu sein. Ist er etwa ein Feigling?"

Hinter dem Rücken ballte Eve die Hände zu Fäusten. Sie brauchte ihre ganze Selbstbeherrschung, um nicht zu explodieren.

„Daddy hat einen wichtigen Posten im Kriegsministerium."

„Papperlapapp!", knurrte Sir Alwyn. „Er ist ein Sesselfurzer, nichts weiter. Jetzt gib mit endlich den Tee, wie lange soll ich noch darauf warten?"

Die Lippen zu einem schmalen Strich zusammengepresst, schenkte Eve den Tee ein und reichte Sir Alwyn die Tasse. Obwohl alles in ihr dagegen rebellierte, ihren Vater als Feigling bezichtigen zu lassen, wusste sie, dass jeder Widerspruch zwecklos war. Der erste positive Eindruck, den sie von dem Lord gehabt hatte, verflog, und sie konnte Helen verstehen, dass sie ihren Schwiegervater nur widerwillig aufsuchte. Alte Leute waren oft sonderbar, aber Alwyn Tremaine war alles andere als geistig verwirrt. Er wusste, was er sagte, und meinte jedes seiner Worte ernst.

In gebührendem Abstand, beinahe wie ein Dienstmädchen, wartete Eve, bis er den Tee getrunken und das Sandwich gegessen hatte. Als sie das Zimmer verlassen wollte, sagte er plötzlich: „Ich hörte, die Leute erzählen über unsere Ahnin dummes Zeug."

Eve sah ihn überrascht an, aber eigentlich wunderte sie sich nicht, dass er wusste, dass sie mit Billy Penrose gesprochen hatte. Obwohl er seine Räume nicht verließ, schien er über alles, was mit Higher Barton zu tun hatte, bis ins kleinste Detail informiert zu sein.

Alwyn Tremaine erwartete keine Antwort, denn er fuhr fort: „Ich gebe dir den guten Rat, Mädchen, nicht auf das Gerede zu achten und zu vergessen, den Namen Evelyn Tremaine jemals gehört zu haben."

„Helen sagt, ich soll mit Ihnen nicht über das Mädchen sprechen."

Plötzlich kicherte er wie ein kleiner Junge, und seine Augen blitzten. „Meine Schwiegertochter würde mich am liebsten in Watte packen und alles von mir fernhalten. Sie denkt, ich wäre senil, dabei funktioniert hier oben", er tippte sich gegen die Stirn, „alles noch ganz wunderbar."

Eve zögerte. Hin- und hergerissen zwischen Neugier und der Befürchtung, dem Wunsch ihrer Tante zuwiderzuhandeln, stellte sie das Tablett schließlich wieder ab und sagte: „Billy Penrose hat mir nur das erzählt, was allgemein bekannt ist."

In knappen Sätzen schilderte sie, was sie über Evelyn Tremaine erfahren hatte, und schloss mit den Worten: „Ich glaube, es muss eine plausible Erklärung für das Verschwinden der jungen Frau geben."

Alwyn Tremaine drehte den Kopf, sodass er aus dem Fenster sehen konnte. Es hatte zu regnen begonnen. Dicke, schwere Tropfen schlugen gegen die Scheibe und perlten an ihr herunter. Dann sagte er so leise, dass Eve Mühe hatte, ihn zu verstehen: „Für alles auf dieser Welt gibt es eine logische Erklärung. Manchmal möchte man diese aber gar nicht wissen, sondern sich weiter in der sanften Umarmung der Ungewissheit wiegen."

Mutig geworden, trat Eve neben den Lehnstuhl und legte eine Hand auf seine Schulter. Es war das erste Mal, dass sie ihn berührte, und er ließ es widerspruchslos geschehen.

„Ich würde sehr gern die Wahrheit erfahren", sagte

sie leise. „Manchmal höre ich jemanden meinen Namen rufen, vielleicht ruft auch jemand nach Evelyn Tremaine."

Sein Kopf ruckte herum. Er sah sie ernst an.

„Manche Leute sagen, der ruhelose Geist meiner Ahnin soll in diesen Mauern umgehen. Hast du etwa auch eine gespenstische Erscheinung gesehen?"

Eve schüttelte den Kopf. „Nein, ich höre nur diese Stimme, und ich glaube auch an nicht an Geister und an solche Sachen."

„Mädchen, zwischen Himmel und Erde gibt es mehr Dinge, als wir Sterblichen uns vorstellen können", zitierte Sir Alwyn frei den Dichter William Shakespeare und wischte sich über die Stirn. Seine Hand zitterte. „Ich bin jetzt müde, lass mich allein. Was Evelyn Tremaine angeht, gibt es kein Geheimnis, und ich möchte niemals wieder darüber sprechen. Hast du verstanden?"

Eve verbarg ihre Enttäuschung. Sir Alwyn sah aber von einem Moment zum anderen sehr erschöpft aus. Sein Verhalten täuschte manchmal darüber hinweg, dass er doch schon zweiundachtzig Jahre alt war, wie sie von Helen erfahren hatte.

„Gestatten Sie mir bitte noch eine Frage, Sir. Gibt es ein Porträt von Evelyn Tremaine? Ich habe bisher keines gesehen."

„Woher soll ich das wissen?", knurrte er undeutlich. „Wohl eher nicht, denn sonst würde es irgendwo in diesem Haus hängen."

Er schloss die Augen und lehnte sich zurück. Sein Brustkorb hob und senkte sich regelmäßig, und Eve hatte den Eindruck, Sir Alwyn sei binnen weniger

Sekunden eingeschlafen. Leise nahm sie das Teetablett und verließ das Zimmer. Als Helen fragte, warum sie so lange oben geblieben sei, antwortete sie nur mit der halben Wahrheit: „Sir Alwyn erzählte von seiner Zeit im Krieg."

Mit dieser Antwort gab Helen sich zufrieden, und Eve würde mit keiner Silbe erwähnen, dass das Gespräch erneut auf Evelyn Tremaine gekommen war.

Da Eve auch ihren Bruder nicht einweihen wollte – sie konnte nicht sicher sein, ob Mickey ein Geheimnis für sich behalten würde –, musste sie warten, bis alle schlafen gegangen waren. Es war kurz vor Mitternacht, als sie endlich in die Küche schleichen und aus einer Schublade die Taschenlampe holen konnte. Dann ging sie über eine der Hintertreppen nach oben. Vom Dachgeschoss aus, wo Sir Alwyn seine Räume hatte, führte eine steile Stiege auf den Dachboden im Ostflügel, dem ältesten Teil Higher Bartons. Da sich in der Gemäldegalerie sowie in den anderen Räumen, die Eve und Mickey zur Genüge durchstreift hatten, kein Bild von einem jungen Mädchen aus dem 19. Jahrhundert finden ließ, hoffte Eve, auf dem Dachboden fündig zu werden. Es *gab* ein Geheimnis um Evelyn, dessen war sie sich sicher. Warum sonst verhielt Sir Alwyn sich so abweisend? Und es war eine logische Konsequenz, dass man das Porträt einer Person, die vielleicht Schande über die Familie gebracht hatte, auf den Dachboden verbannte.

Die Tür zu der schmalen Stiege war unverschlossen. Eve atmete erleichtert auf, denn sie hatte keine Ahnung, wo sie einen passenden Schlüssel hätte finden können.

Als Eve die Tür öffnete, knarrte sie so laut, dass sie befürchtete, das Geräusch wäre im ganzen Haus zu hören. Sie verharrte, hielt die Luft an und lauschte. Es vergingen einige Minuten, aber nichts regte sich. Sie musste nicht befürchten, dass jemand ihre Schritte hören würde, denn unter dem Dachboden befanden sich nur die ehemaligen Kammern der männlichen Dienstboten, die heute nicht mehr benutzt wurden.

Im schwachen Lichtschein tastete sie sich die steile Treppe hinauf. Die Luft war muffig, und der Staub flimmerte im Lichtstrahl der Taschenlampe. Der Dachboden war ein niedriger, verwinkelter und mit allerhand Gerümpel vollgestopfter Raum. Beim Anblick der zahlreichen Spinnweben lief Eve ein Schauer über den Rücken. Eigentlich liebte sie Tiere, egal, wie viele Beine sie hatten, als Stadtkind kam sie aber nur selten mit Spinnen in Berührung. Sie sah sich um, entdeckte neben sich einen Besen mit abgebrochenen Borsten und nahm diesen zu Hilfe, um sich durch die Spinnweben einen Weg zu bahnen. Trotzdem streiften die Netze ihren Kopf und das Gesicht, und sie war kurz davor, ihr Vorhaben abzubrechen.

„Reiß dich zusammen!", rief sie sich selbst zur Ordnung. „Die Spinnen haben vor dir mehr Angst als du vor ihnen." Glücklicherweise waren auf dem Dachboden nicht auch noch Ratten zu erwarten.

Eve musste lange suchen, bis sie in der hinteren linken Ecke einen Stapel Gemälde entdeckte, die mit der Bildseite an die Mauer gelehnt waren. Vorsichtig drehte sie eines nach dem anderen um. Es handelte sich um Landschaften, die meisten in Öl, die wohl mal die unteren Räume geschmückt hatten. Erst beim letzten Bild wurde sie fündig. Ein junges Mädchen, vielleicht fünfzehn oder sechzehn Jahre alt, lächelte ihr entgegen. Das rotblonde Haar war in der Mitte gescheitelt, lag eng am Kopf an, und rechts und links kringelten sich einzelne Locken auf die hellen, sanft gerundeten Schultern. Der Blick aus den grünen Augen war fröhlich, auf dem länglichen, wohlproportionierten Gesicht lag ein versonnenes Lächeln. Das Mädchen trug ein cremefarbenes luftiges Kleid, in der rechten Hand hielt sie einen zierlichen Fächer. Ihr Dekolleté schmückte eine goldene Kette mit einem herzförmigen roten Anhänger. Obwohl auf dem Gemälde kein Name genannt war, wusste Eve sofort, dass es sich um das Konterfei von Evelyn Tremaine handelte. Es war seltsam, aber in ihrer Vorstellung hatte sie diese genau so gesehen. Am rechten unteren Bildrand entzifferte sie die Jahreszahl 1849 und ein Namenskürzel, das vermutlich der Maler angebracht hatte. Dieser war ein wahrer Künstler gewesen, denn das Ölgemälde wirkte so lebensecht, als wäre es eine Fotografie.

„Evelyn … bist du endlich gekommen?"

Eve ließ Bild und Taschenlampe fallen und fuhr herum.

„Wer ist da?" Vor Schreck konnte sie nur flüstern. „Mickey, bist du es? Lass solche dummen Scherze!"

Alles blieb ruhig. Mit zitternden Fingern nahm Eve die Taschenlampe wieder auf und leuchtete durch den Raum. Sie war allein.

„Einbildung!", sagte sie laut. „Reine Einbildung! Du darfst dich nicht derart in die Sache hineinsteigern."

Es dauerte einige Minuten, bis sich Eves Herzschlag wieder beruhigt hatte. Fast erwartete sie, eine geisterhafte Lichtgestalt, oder wie man sich sonst ein Gespenst vorstellt, aus einer Ecke auf sich zuschweben zu sehen. Hatte Billys Mutter nicht erwähnt, dass es Menschen gab, die eine solche Erscheinung tatsächlich schon auf Higher Barton gesehen hatten? Ein Hausmädchen hatte deswegen seine Stellung gekündigt und noch in derselben Stunde das Haus verlassen.

Eve stapelte die Bilder wieder so, dass niemand bemerken würde, dass sie hier gewesen war. Allerdings ließen sich die Spuren im Staub und die zerstörten Spinnweben nicht beseitigen. Es war aber unwahrscheinlich, dass Helen auf den Dachboden kam, und ihre Mutter oder Mickey waren auch kaum hier zu erwarten.

Eve fühlte sich erst wieder wohl, als sie die Taschenlampe unbemerkt in die Küche zurückgebracht hatte und in ihrem Zimmer war. Im warmen Lichtschein erschien es ihr surreal, auf dem Dachboden erneut diese Stimme gehört zu haben. Sie hatte das Porträt von Evelyn Tremaine gefunden – na gut, und sich mit dem Mädchen in Gedanken viel beschäftigt. Die dunkle, staubige Umgebung und die Gewissheit, etwas zu tun, was Helen und ihre Mutter nicht gutheißen würden, hatten ein Übriges dazu beigetragen, dass die Fantasie ihr einen Streich gespielt hatte.

Eve ging zu Bett und löschte das Licht. Es war nach ein Uhr, in wenigen Stunden würde der Wecker schon wieder klingeln, denn sie musste früh aufstehen. Zusammen mit Helen würde sie die Gemüsebeete für den Winter vorbereiten, außerdem war in Lower Barton Markt. Helen wollte so viele Äpfel wie möglich kaufen, für den Winter einlagern und einkochen.

Eve hatte gerade die Augen geschlossen, als sie erneut jemanden ihren Namen flüstern hörte. Sie fuhr hoch, knipste die Lampe wieder an und lauschte.

„Evelyn ... bitte ... Evelyn ..."

Nein, jetzt war es keine Einbildung! Die Stimme war so real wie der Schmerz, den Eve spürte, als sie sich in den Unterarm kniff. Das Flüstern schien direkt aus den Wänden um sie herum zu kommen.

„Ich bin hier", wisperte Eve. „Wer bist du?" Sie erhielt keine Antwort. „Hallo, ich höre dich", versuchte Eve es erneut. „Bist du Evelyn Tremaine?"

Sie wusste, wie eigenartig sie sich verhielt. Wenn sie aber nicht dabei war, ihren Verstand zu verlieren – und diese Möglichkeit schloss Eve trotz allem aus –, dann ging auf Higher Barton etwas vor sich, was einfach nicht zu erklären war. Sie hatte auch keine Angst mehr, denn sie war überzeugt, dass die geheimnisvolle Stimme ihr nichts tun würde. Im Gegenteil – vorhin auf dem Dachboden hatte sie sich flehend angehört, fast so, als würde die Stimme sie, Eve, um Hilfe bitten.

Eve wartete eine Stunde, die Stimme war aber nicht mehr zu vernehmen. Sie glaubte nicht länger an Einbildung und war fest entschlossen, der Sache auf den Grund zu gehen. Durfte sie Billy ins Vertrauen ziehen? Oder würde er sie für verrückt halten und sich von ihr abwenden? Das wollte sie lieber nicht riskieren, daher war es besser, sie erzählte niemandem von der flüsternden Stimme.

Zwei Tage später sagte Helen, Sir Alwyn wünsche sie zu sprechen, obwohl noch längst nicht Zeit für seinen Tee war. Helen musterte Eve misstrauisch und fragte:

„Was hast du eigentlich mit meinen Schwiegervater zu schaffen?"

Eve zuckte mit den Schultern. „Ach, Sir Alwyn erzählt gern aus der Vergangenheit. Ich höre ihm einfach zu."

„Bisher hat er nie von früher gesprochen", erwiderte Helen erstaunt. „Seit du hier bist, ist er tatsächlich etwas umgänglicher geworden. Na ja, er grummelt nicht mehr ganz so oft, und heute Morgen hat er sich sogar bedankt, als ich ihm das Frühstück brachte."

„Ich gehe gleich hinauf", sagte Eve, und Helen nickte.

„Lass dir Zeit. Ich muss ohnehin nach Lower Barton und versuchen, noch etwas Fleisch zu bekommen." Um Helens Mundwinkel bildeten sich sorgenvolle Falten. „Die Lebensmittel werden immer mehr rationiert, ich frage mich, wie wir den Winter überstehen sollen."

Alwyn Tremaine saß im Lehnstuhl, den Rücken der Tür zugewandt, und starrte aus dem Fenster. Es regnete, die Tropfen schlugen gegen die Scheibe, Windböen jagten durch den Park, und es war dämmrig in dem Zimmer mit den dunklen, holzgetäfelten Wänden.

„Mach das Licht aus", herrschte er Eve an, als sie den Schalter betätigte. Eve löschte die Lampe sogleich wieder. Offenbar war der Lord heute mal wieder in schlechter Stimmung.

„Sie wollen mich sprechen, Sir?", fragte sie.

Er nickte und wandte leicht den Kopf. „Nimm dir einen Stuhl und setz dich mir gegenüber, damit ich dich ansehen kann."

Eve, die nicht wusste, was das sollte, folgte seiner Anweisung. Auch heute war Sir Alwyn so sorgfältig gekleidet, als erwarte er Besuch. Sein Haar war gekämmt, und seine Wangen waren rasiert. Trotz des trüben Lichts erkannte Eve dunkle Schatten unter seinen Augen.

„Ich habe nachgedacht", sagte er und sah an ihr vorbei, „und bin zu dem Entschluss gekommen, dir von Evelyn Tremaine zu erzählen." Eves Herz machte einen Sprung, und sie beugte sich gespannt vor. „Ich glaube, du bist ein sehr naseweises Mädchen, daher denke ich, es ist besser, wenn du die Wahrheit von mir erfährst, anstatt auf das Gerede der Leute zu hören."

„Ich würde die Wahrheit sehr gern hören", antwortete Eve leise. „Wurde Evelyn wirklich ermordet? Hier, in diesen Mauern?"

„Gemach, gemach." Er hob die Hand. „Du weißt also schon, dass Clarissa Tremaine sie verheiraten wollte. Irgendwie ist es mit diesem Herrn aber nichts geworden. Vorab kann ich dir sagen, dass Evelyn Edward Norton niemals wiedergesehen hat. Die Gerüchte, sie wäre mit ihm durchgebrannt, sind Unsinn. Warum hätte sie das tun sollen? Nein, nein", er schüttelte nachdrücklich den Kopf, „es ist etwas völlig anderes geschehen. Du darfst mich aber nicht unterbrechen und keine Fragen stellen."

„Natürlich, Sir."

Eve hatte Mühe, ihre Aufregung zu verbergen. Seit sie das Porträt gefunden hatte, war ihr Evelyn Tremaine so nahe, als würde sie noch leben. Und dann diese geheimnisvolle Stimme ... Das wollte sie Sir Alwyn gegenüber aber lieber nicht erwähnen, jedenfalls jetzt noch nicht.

Er lehnte sich im Sessel zurück und schloss die

Augen. Als er zu erzählen begann, schien es, als hätte er Eves Anwesenheit vergessen und spräche nur zu sich selbst.

„Alles änderte sich, als Richard Tremaine einen studierten Minenbauingenieur aus Schottland einstellte ..."

# Evelyn

*Cornwall,*
*Juni 1850*

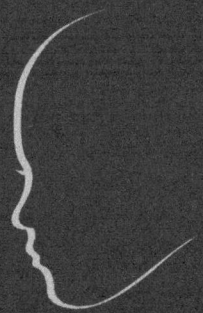

# 10

„Du hast *was*?"

Clarissa Tremaine schäumte vor Wut, aber solange der Diener im Raum war, musste sie sich zügeln. Man stritt nicht vor den Domestiken, das war oberstes Gesetz, auch wenn sie wusste, dass die Dienstboten über Richards unglaubliches Verhalten redeten. Auch Ralph schüttelte fassungslos den Kopf, es hätte nicht viel gefehlt, dann hätte er sich an die Stirn getippt. Evelyn hingegen schien die Nachricht unbeeindruckt zu lassen, sie hatte sich bisher mit keinem Wort zu Richards Ansinnen geäußert. Sie schien mal wieder vor sich hin zu träumen und sich in einer anderen Welt zu befinden. Die Meinung des Mädchens interessierte Clarissa allerdings auch nicht. Wie sie heute wieder aussah! Nach Edward Nortons Abreise war Evelyn erneut dazu übergegangen, einfache, derbe Kleider zu tragen, und ihr Haar war so unordentlich aufgesteckt, dass es wie ein Vogelnest wirkte.

„Wir wollen später darüber sprechen", sagte Richard und riss seine Frau aus den Gedanken. „Lass uns jetzt bitte in Ruhe essen."

Clarissa war der Appetit gründlich vergangen, und sie stocherte lustlos in ihrem Essen herum, während sich Richard die Kalbfleischpastete schmecken ließ. Als er sich erhob und in sein Arbeitszimmer ging, warf Clarissa die Serviette mitten in die Soßenterrine und folgte ihm. Mit letzter Selbstbeherrschung schloss sie die Tür leise hinter sich, dann brach es aus ihr heraus:

„Du verlangst also wirklich, dass ich eine solche ... *Person*", sie spie das Wort wie ein Stück Dreck aus, „in meinem Haus empfange und mich mit ihm an einen Tisch setze?"

„Es ist *mein* Haus", antwortete Richard Tremaine kühl, der mit einer solchen Reaktion seiner Frau gerechnet hatte. „Higher Barton steht für Gäste immer offen."

„Aber er ist ein Minenarbeiter!" Clarissa sah keinen Grund, ihre Stimme zu senken. Das Personal konnte ruhig wissen, wie sie zu diesem absurden Ansinnen ihres Mannes stand. „Es kann unmöglich dein Ernst sein, dass wir deine Angestellten in diesem Haus beherbergen sollen. Soll er etwa auch noch das Dinner mit uns einnehmen?"

„Selbstverständlich, davon gehe ich aus."

Clarissa schnaubte und zerriss das Taschentuch zwischen ihren Fingern.

„Ich bezweifle, dass sich der Mann zu benehmen weiß. Wahrscheinlich schmatzt und rülpst er, und sauber wird er auch nicht sein. Wir werden uns vor allen Nachbarn und Freunden blamieren!"

„Nun ist es aber genug!" Richards Faust traf krachend auf dem Schreibtisch auf. „Sean Faulkners Vater ist Inhaber einer Landmaschinenfirma in Inverness, und der junge Mann hat eine ausgezeichnete Erziehung genossen. Er hat in Leeds und in Manchester Bergbau studiert und mit allerbestem Abschluss bestanden. Er kam nach Cornwall, um in der Levant Mine im Westen zu arbeiten. Es ist mir gelungen, Mr Faulkner von dort abzuwerben." Er sah seine Frau streng an. „Ich brauche dir wohl nicht zu erklären, was es bedeutet, einen

Minenbauingenieur, der in der großen und einzigartigen Levant beschäftigt war, bei uns zu haben? Ich bin nicht gewillt, diesen Mann länger in einem der Cottages hausen zu lassen. In den letzten Wochen hat er bewiesen, dass er nicht nur ein hervorragender Ingenieur, sondern auch ein Gentleman ist, obwohl er nicht von adliger Geburt ist. Du wirst Mr Faulkner in diesem Haus freundlich begrüßen und alles tun, damit er sich auf Higher Barton wohlfühlt, denn ich hoffe, ihn dauerhaft an unsere Minen binden zu können."

Clarissa wusste, wann sie verloren hatte. Bei allem, was mit den Minen zu tun hatte, war ihr Mann unnachgiebig. Sie würde sich also damit abfinden müssen, mit diesem Fremden, der dazu noch Ausländer war, unter einem Dach zu leben.

„Ralph wird viel von ihm lernen können", fuhr Richard versöhnlicher fort. „Wenn er eines Tages das Unternehmen leiten soll, ist er auf Männer wie Faulkner angewiesen, da Ralph ein entsprechendes Studium ja ablehnt. Das habe ich inzwischen akzeptiert, daher stelle ich sicher, dass die Minen auch künftig unter kompetenter Leitung stehen werden."

Viel zu oft hatten sie darüber diskutiert, dass Ralph nicht gewillt war, zu studieren. Clarissa teilte die Ansicht ihres Sohnes, dass ein Herr keine Ausbildung benötigte, solange er sich auf seine Angestellten, die ja schließlich dafür bezahlt wurden, verlassen konnte.

„Also gut, ich muss mich wohl fügen", sagte sie leise, in ihr brodelte es indes heftig. „Ich hoffe nur, dieser Schotte weiß sich zu benehmen. Wir müssen auch an Evelyn denken und dafür sorgen, dass sie so wenig Kontakt wie möglich mit ihm haben wird. Ein alleinstehender Mann im Haus könnte schnell zu Gerüchten führen, die sich auf das Ansehen Evelyns negativ auswirken."

Unwillkürlich musste Richard schmunzeln, denn er wusste, dass Clarissas Einwand nur vorgeschoben war.

„Mr Faulkner wird im Laufe des Nachmittags erwartet", sagte er. „Du wirst veranlassen, dass im Ostflügel ein Raum im zweiten Stock für ihn hergerichtet wird."

Clarissa nickte ihrem Mann nur noch kurz zu und verließ dann das Zimmer. Die Anspielung auf Ralph hatte ihr den Wind aus den Segeln genommen. Vielleicht sollte sich ihr Sohn wirklich etwas mehr mit den Belangen von Higher Barton beschäftigen. Sie würde abwarten, bis Ralph in einer günstigen Stimmung war, und ihn dann bitten, sich mit seinem Stiefvater zu vertragen.

Obwohl Evelyn den Eindruck erweckt hatte, der Gast würde sie nicht weiter interessieren, sah sie seiner Ankunft mit Spannung entgegen. Sean Faulkner hatte studiert und in der Levant Mine gearbeitet – der größten und modernsten Mine im ganzen Südwesten! Dort wurden Schächte bis zu vier Meilen unter das Meer getrieben, ebenso in den benachbarten Botallack-Minen. Seit Jahren wünschte sie sich, die Levant einmal mit eigenen Augen zu sehen, ihr Vater erlaubte eine so weite Reise in den westlichsten Teil Cornwalls jedoch nicht. Obwohl Richard ihr Interesse befürwortete, zog er doch gewisse Grenzen. Seit ihrem Unfall in Wheal Kerris war Evelyn nicht mehr auf dem

Minengelände gewesen. Manchmal fing sie Carson auf seinem Weg nach Hause ab und fragte nach Neuigkeiten, der Obersteiger hielt sich jedoch bedeckt und wich ihr aus – vermutlich auf Anweisung seines Herrn. Heimlich hatte Evelyn aber etwas getan, von dem sie nicht wusste, wie ihr Vater darauf reagieren würde, wenn er es erführe. Vor zwei Wochen hatte sie an die *Camborne School of Mining* geschrieben und sich nach den Aufnahmebedingungen erkundigt. Seitdem hatte Evelyn jeden Vormittag dem Postzusteller aufgelauert und sich nicht getraut, das Haus zu verlassen, damit die Antwort niemand anderem in die Hände fallen würde. Heute Morgen endlich war das ersehnte Schreiben eingetroffen:

*… Wir freuen uns, Sie zu einem Vorstellungsgespräch einladen zu dürfen. Bitte vereinbaren Sie einen Termin mit dem Unterzeichner. Nach einer Prüfung Ihrer Qualifikationen steht einer Aufnahme im Herbst an unserer Schule nichts im Weg …*

Dem Schreiben beigefügt war ein Leitblatt mit Stichpunkten, welche Vorkenntnisse die Schulleitung erwartete. Evelyn erfüllte sie alle. Seitdem trug sie den Brief in ihrem Mieder verborgen und wäre am liebsten jubelnd durchs Haus getanzt. Na gut, ein Hindernis galt es noch zu überwinden: Sie hatte ihre Bewerbung nur mit *E. Tremaine* unterschrieben, daher gingen die Verantwortlichen davon aus, dass die Bewerbung von einem Mann kam. Ihres Wissens gab es aber kein Gesetz, das Frauen verbot, zu studieren oder zumindest als Gasthörerinnen an den Vorlesungen teilzunehmen. Seit zehn Jahren wurden Frauen an der Universität in

Zürich in der Schweiz zugelassen. England rühmte sich, ein modernes und fortschrittliches Land zu sein, warum sollte es hier also nicht auch möglich werden? Was zählte, war einzig der Wille und die Bereitschaft, diesen Beruf erlernen zu wollen.

„Und wenn ich mir die Haare abschneiden und mich als Mann verkleiden muss – ich gehe nach Camborne!", sagte sie laut und lachte ihrem Spiegelbild zu. Das war vielleicht eine zu radikale Idee, die kaum umsetzbar war. Evelyn hoffte, durch Sean Faulkner mehr zu erfahren und schlussendlich auch ihren Vater überzeugen zu können. Dann würde sie die Schulleitung ebenfalls davon überzeugen, sie zuzulassen.

„Mylord bittet Sie zum Tee in den Salon."

„Danke, Winston." Evelyn nickte dem Butler zu. „Ich nehme an, unser Gast ist eingetroffen?"

„Ja, Miss Evelyn."

Evelyn strich sich den Rock glatt und warf einen letzten Blick in den Spiegel. Sie trug ein schlichtes, grünes Nachmittagskleid, hatte ihr Haar aber anständig frisiert, denn sie wollte auf den Ingenieur Eindruck machen, da sie viele Fragen an ihn hatte.

Aus dem Salon hörte sie Stimmen, und schwungvoll öffnete sie die Tür. Auf der Schwelle hätte sie jedoch am liebsten auf dem Absatz kehrtgemacht und wäre geflüchtet, ihr Vater hatte sie aber schon bemerkt.

„Ah, Evelyn, wie schön." Er nahm ihren Arm und zog sie ins Zimmer zu dem hochgewachsenen Fremden, der sich aus dem Sessel erhob und ihr gespannt entgegensah.

„Mr Faulkner, darf ich Sie mit meiner Tochter Evelyn

bekannt machen?" Er sah zu Evelyn. „Das ist Sean Faulkner, Minenbauingenieur aus Schottland."

Sean Faulkners blaue Augen blitzten, bevor er sich formvollendet verbeugte. Evelyns Hand war eiskalt und zitterte, als er sie ergriff und einen Kuss andeutete, ohne dass seine Lippen ihre Haut berührten.

„Ich freue mich, Ihre Bekanntschaft zu machen, Miss Tremaine." Seine Stimme war wohlklingend, aber er sprach das „r" hart und rollend aus.

„Herzlich willkommen auf Higher Barton."

Evelyn wunderte sich, dass sie die Worte ohne zu stottern hervorbrachte, denn bei Sean Faulkner handelte es sich um niemand anderen als ihren Retter aus dem Minenschacht. Mit keiner Geste ließ er erkennen, ob er sie wiedererkannte, hatte er sie damals doch für einen Jungen gehalten.

„Evelyn, bitte übernimm das Einschenken", hörte sie ihren Vater sagen. „Meine Frau lässt sich leider entschuldigen, sie fühlt sich nicht wohl. Sie werden sie beim Dinner kennenlernen."

Alles in Evelyn war in Aufruhr. Eigentlich konnte es ihr gleichgültig sein, ob Sean Faulkner ihrem Vater von ihrer ersten Begegnung in der Mine berichtete, denn dieser wusste ohnehin Bescheid. Es war ihr aber peinlich, dass sie sich unter Umständen kennengelernt hatten, bei denen sie sich bis auf die Knochen blamiert hatte. Nachdem der Tee eingeschenkt war, bemühte sie sich um eine zwanglose Konversation.

„Ich hörte, Sie waren in der Levant? Ist die Mine wirklich so groß und produktiv, wie man allgemein sagt?"

Er lachte. „In der Tat. Ich glaube, die Levant ist die größte Mine Cornwalls."

„Meine Tochter interessiert sich sehr für den Zinn- und Kupferabbau", warf Richard ein.

„Das habe ich bereits bemerkt." Sean Faulkner zwinkerte Evelyn verstohlen zu. „Ungewöhnlich für eine junge Frau, aber durchaus interessant."

„Ich unterstütze Evelyn, soweit es in meiner Macht steht", antwortete Richard mit einem zufriedenen Lächeln. „Ich teile keineswegs die allgemeine Meinung, dass eine Frau nur für den Haushalt und die Küche zuständig sein sollte."

„Das ist zwar unüblich, aber lobenswert, Mylord", erwiderte Sean Faulkner. „Leider ist eine so moderne Einstellung nur selten zu finden, aber ich denke, Sie, Miss Tremaine, können vielen Frauen ein Vorbild sein, wenngleich eine Arbeit unter Tage natürlich ausgeschlossen ist. Ich nehme nicht an, dass Sie schon einmal abgestiegen sind?"

„Ich ... äh ... also ..."

Nie zuvor war Evelyn so erleichtert, ihren Stiefbruder zu sehen, enthob sein Eintreten sie doch einer Antwort. Nachdem die Männer miteinander bekannt gemacht worden waren, wobei Ralph sich zwar höflich, aber nicht gerade freundlich zeigte, schleppte sich das Gespräch dahin. In erster Linie plauderten sie über das Wetter, dann erhob sich Mr Faulkner.

„Ich denke, ich sollte mich jetzt einrichten. Mylord, ich danke Ihnen sehr für Ihre Gastfreundschaft und hoffe, keine Belastung zu sein. Das Cottage war für mich völlig ausreichend, ich freue mich aber, so enger mit Ihnen zusammenarbeiten zu können."

Er drückte sich sehr gewählt aus, wenngleich er mit starkem schottischen Akzent sprach. Evelyn klingelte nach einem Mädchen, das dem Gast sein Zimmer zeigen sollte.

Auch Evelyn begab sich auf ihr Zimmer. Dort presste sie ihre heiße Stirn an die Fensterscheibe und atmete tief durch. Er hatte sie wiedererkannt, dessen war sie sich sicher. Die Worte ihres Vaters indes hatten ihr Mut gemacht. Offenbar zürnte er ihr nicht länger und war bereit, sie wieder in seine Arbeit einzubinden. Auch Sean Faulkner war nicht der Meinung, die Aufgabe einer Frau wäre es, hübsch und auch noch dumm zu sein. Gespannt sah sie der kommenden Zeit entgegen und hoffte, dass sie und der junge Ingenieur Freunde werden würden.

Selbst Clarissa Tremaine musste zugeben, dass Sean Faulkner ein angenehmer und höflicher Gast war, von dem sie kaum etwas bemerkte. Bei Sonnenaufgang verließ er das Haus, verbrachte den ganzen Tag in Wheal Kerris, wo er auch den Lunch einnahm, und kehrte erst zum Dinner zurück. Danach saßen er und Richard oft bis weit in die Nacht über Plänen zusammen, denn Richard Tremaine plante Modernisierungen von Wheal Brane und einen weiteren Ausbau von Wheal Kerris. Zu Evelyns Freude wurde sie oft gebeten, den Männern Gesellschaft zu leisten. Sie lauschte aufmerksam und sog jede Information begierig auf. Es war geplant, nach dem Vorbild der Levant Mine, Wasch- und Umkleideräume für die Männer zu bauen.

„Nach einer achtstündigen Schicht und dem mühsamen Aufstieg sind die Männer nass und schmutzig", erklärte Sean Faulkner. „Oft müssen sie dann noch vier oder fünf Meilen bis nach Hause gehen, und das bei Wind und Wetter. Das führt zu Erkältungen, bis hin zu schweren Lungenentzündungen und, da die Lungen der Miners ohnehin angegriffen sind, oft zu einem frühzeitigen Tod."

„Ich verstehe." Evelyn nickte. „Wenn die Männer nach dem Aufstieg sich waschen und umziehen könnten, dann würden sie nicht sooft krank werden."

Sean winkte ihr, näher zu kommen, und zeigte auf den vor ihm liegenden Plan. „Wo würden Sie ein Waschhaus errichten?", fragte er.

„Genau hier." Evelyn deutete auf einen Punkt auf dem Gelände. „Es würde sich direkt neben dem Hauptschacht befinden, und die Männer hätten nur wenige Schritte, bis sie im Warmen wären."

Wohlwollend betrachtete Richard seine Tochter und den jungen Ingenieur. Sie wären das perfekte Paar – nicht nur privat, sondern auch beruflich. In der kurzen Zeit, seit Faulkner hier war, hatte Evelyn ihr Wissen mehr als verdoppelt, während Ralph es vorzog, ständig unterwegs zu sein und sich nur selten im Haus und noch weniger in den Minen blicken ließ. Richard seufzte verhalten. Seit Wochen hatte in seinem Kopf eine Idee Gestalt angenommen, die von Tag zu Tag wuchs. Es war vermessen, vielleicht sogar unmöglich – doch hatte es nicht immer Pioniere gegeben, die das scheinbar Unmögliche möglich gemacht hatten? Er wollte aber nichts überstürzen, sondern die weitere Entwicklung abwarten. Er lehnte sich entspannt zurück und lächelte zufrieden. Die Zukunft lag vielversprechend vor Richard Tremaine.

Es war ein herrlicher Frühsommertag. Evelyn beugte sich aus dem geöffneten Fenster und atmete die kühle Morgenluft ein. Die Sonne stand an einem wolkenlosen Himmel, und in den Bäumen und Sträuchern vor ihrem Fenster zwitscherten die Vögel. Da hörte sie das Getrappel von Pferdehufen und sah, wie ihr Vater und Sean Seite an Seite vom Hof ritten. Vor drei Tagen war das Fundament für das neue Waschhaus gegossen worden, heute sollten die Maurer mit ihrer Arbeit beginnen. Evelyn wusch sich und zog sich rasch an. Sie wollte später auch zur Mine reiten und bei den Arbeiten zusehen. Ihr Vater hatte ihr nicht länger verboten, sich auf dem Gelände aufzuhalten.

Im Morgenzimmer traf sie zu ihrer Überraschung auf ihre Stiefmutter, die nur selten vor zehn Uhr ihr Zimmer verließ. Heute war sie aber schon zum Ausgehen angekleidet.

„Ich fahre in die Stadt", erklärte sie, ohne dass Evelyn eine Frage gestellt hatte. „Wir brauchen neue Tisch- und Bettwäsche. Diese Einkäufe überlasse ich ungern dem Personal. Du kannst mich begleiten."

Evelyn goss sich erst eine Tasse Kaffee ein, bevor sie antwortete: „Ich habe heute etwas anderes vor."

Clarissas Augen verengten sich. „Willst wohl wieder zu den Minen, was?"

Evelyn nickte. Sie sah keine Veranlassung, Clarissa die Wahrheit zu verschweigen.

„Vater hat es erlaubt", sagte sie trotzig. „Ralph kann dich ja begleiten. Apropos Ralph – wo ist er eigentlich? Vater würde sich freuen, wenn er auch bei den Bauarbeiten anwesend wäre."

„Er ist beschäftigt."

Auf keinen Fall wollte Clarissa Evelyn verraten, dass Ralph mal wieder die ganze Nacht nicht nach Hause gekommen war. Das war in den letzten Wochen häufig geschehen, außerdem hatte er sie wiederholt um Geld gebeten, obwohl er von Richard eine großzügige Apanage erhielt. Clarissa vermutete, dass er in Plymouth an Kartentischen seine Zeit verbrachte, vielleicht steckte auch eine Frau dahinter. Entsprechenden Fragen wich er stets aus, küsste sie auf die Stirn und sagte nur:

„Mach dir keine Sorgen, Mum, ich weiß, was ich tue."

Clarissa konnte ihrem Sohn nicht zürnen. Er lebte schließlich so, wie es einem Mann seiner Gesellschaftsschicht zustand.

Evelyn wartete, bis Clarissa mit der Kutsche abgefahren war, dann zog sie die Reitkleidung an und wollte gerade zu den Stallungen gehen, als zwei Männer auf den Hof gestürmt kamen. Sie waren über und über mit Schmutz bedeckt und außer Atem. Evelyn erkannte in ihnen zwei der Arbeiter von Wheal Brane.

„Miss Evelyn … Miss Evelyn … Sie müssen sofort kommen …"

„Was ist passiert?" Eine furchtbare Ahnung stieg in Evelyn hoch, ihr wurde plötzlich eiskalt.

„Wassereinbruch in einem tiefer liegenden Stollen", stieß der eine Mann hervor. „Wahrscheinlich durch die Arbeiten am Fundament des Waschhauses."

„Verletzte?"

Die Männer nickten. „Ein paar konnten sich selbst retten, es sind aber noch Kumpels unten." Betreten nahmen die beiden ihre Mützen ab und kneteten diese in den Händen. Evelyn spürte, das war noch nicht alles.

„Mein Vater? Und Mr Faulkner?"

„Der Herr ist noch unten …"

Evelyn stellte keine weiteren Fragen und rannte zum Stall. Über die Schulter rief sie den Männern zu: „Lasst euch in der Küche etwas zu trinken geben und kommt dann so schnell wie möglich zur Mine."

Wheal Brane lag südöstlich, etwa drei Meilen von Higher Barton entfernt. Evelyn legte die Strecke im Galopp zurück, sie konnte ihr Pferd jetzt nicht schonen. Schon von Weitem sah sie die Menschenmenge, die sich auf dem Gelände drängte. Unter den Männern bemerkte sie Carson, den Obersteiger von Wheal Kerris, den Verwalter Roger Banfield und weitere Kumpels, die ihr bekannt waren. Es musste sehr ernst sein, wenn Carson die Arbeit unterbrochen und mit seinen Männern zu Hilfe geeilt war. Nass und schmutzig taumelte Sean Faulkner auf sie zu und fing Evelyn auf, als sie aus dem Sattel glitt.

„Dein Vater ist noch unten." Es war das erste Mal, dass er sie duzte. „Wir tun alles, um an die Männer heranzukommen."

Er brauchte Evelyn nicht zu erklären, wie ernst und gefährlich die Situation war.

„Wie viele?", fragte Evelyn.

„Neun und dein Vater", antwortete Sean, nahm ihren Arm und führte sie zum Hauptschacht. Evelyn musste einige Zeit warten, die ihr unendlich lang erschien, dann stieg ein Mann aus dem Loch. Er war völlig durchnässt, und die Erschöpfung stand ihm ins Gesicht geschrieben.

„Sie scheinen im rechten Stollen auf Level fünf zu sein", rief er. „Ich kam bis zum vierten Level, dort steht das Wasser nur kniehoch, und ich habe Klopfzeichen gehört. Es ist zumindest noch jemand am Leben."

„Gott sei Dank", murmelte Evelyn.

Die Männer hatten das hereinströmende Wasser offenbar rechtzeitig bemerkt, und es war ihnen gelungen, in einen der Seitenstollen zu flüchten, der nicht überflutet worden war. Noch nicht, denn niemand konnte sagen, ob das Wasser weiter steigen würde.

„Hört alle zu!" Sean ließ Evelyn los und stieg auf eine Kiste. „Seid ruhig, bitte!" Sofort wandten alle ihre Aufmerksamkeit dem jungen Schotten zu. „Wir müssen den Schacht auspumpen", rief Sean. „Das wird zwar dauern, aber wenn unsere Männer noch am Leben sind, werden sie durchhalten. Oder hat jemand eine andere Idee?"

Unsicher traten die Männer von einem Fuß auf den anderen, dann sagte Carson: „Sir, ich glaube, das ist die einzige Möglichkeit. Wenn Sie gestatten, werden wir die neuen Pumpen in Wheal Kerris ausbauen und hierherbringen. Sie arbeiten schneller als die Pumpen dieser Mine. Allerdings werden wir in Wheal Kerris dann nicht mehr fördern können, was einen erheblichen finanziellen Verlust bedeutet ..."

„Das spielt keine Rolle!" Mit einem Satz sprang Evelyn neben Sean auf die Kiste. „Wir müssen alles tun, um die Männer so schnell wie möglich rauszuholen.

Jeder, der zwei gesunde Beine und Hände hat, folgt Mr Carson zu Wheal Kerris, um die Pumpen herzuschaffen. Bis das geschehen ist, werden die hiesigen Pumpen eingesetzt, zusätzlich wird eine Kette gebildet und das Wasser mit Eimern aus dem Schacht geschöpft. Es zählt jede Minute!" Sie schaute über die Menschen, und ihr Blick blieb an einer kräftigen Frau in mittleren Jahren hängen. „Wie ist Ihr Name?"

„Ellis Mayers, Miss", antwortete die Frau.

„Gut, Mrs Mayers, Sie nehmen sich ein Dutzend Frauen und Mädchen, kochen Suppe und backen Brot, die Männer brauchen ein kräftiges Essen. Alles, was Sie dafür benötigen, erhalten Sie aus Higher Barton, wenn es hier nicht genügend Vorräte geben sollte." Evelyn sah in die Runde, niemand widersprach ihr. „Na los, worauf wartet ihr noch? Fangt an!"

„Respekt, gut gesprochen", sagte Sean anerkennend und half Evelyn von der Kiste herunter. Trotz der ernsten Situation grinste er. „Ich glaube, niemand zweifelt daran, dass du nun der Boss bist."

„Nur so lange, bis mein Vater gerettet ist." Sie klammerte sich an seinen Arm. „Sean, er lebt noch und wird wieder rauskommen? Wir werden doch alle Männer retten, nicht wahr?"

Zuversichtlicher, als ihm zumute war, antwortete Sean: „In Leeds habe ich ein ähnliches Unglück erlebt. Damals wurden alle gerettet, und nur ein paar Männer wurden leicht verletzt. Dein Vater ist ein erfahrener Mann, ich bin sicher, er hat sich und die Kumpels rechtzeitig in Sicherheit gebracht. Wie gut, dass Sir Tremaine sich unter Tage auskennt. Die meisten Besitzer haben niemals auch nur einen Fuß unter Tage gesetzt."

Durch Seans Worte etwas beruhigt, erwiderte Evelyn: „Wir müssen so schnell wie möglich einen weiteren Wassereinbruch verhindern und den Stollen auspumpen, damit die Männer zu den Eingeschlossenen hinabsteigen können."

„Es wird alles getan, was in unserer Macht steht."

Sean zögerte, am liebsten hätte er Evelyn in die Arme geschlossen und ihr Trost gespendet. Er trat aber schnell einen Schritt zurück, um sich nicht zu etwas hinreißen zu lassen, von dem er nicht wusste, wie das Mädchen darauf reagieren würde. Obwohl sie sich erst kurze Zeit kannten, wollte Sean ihre Gesellschaft nicht mehr missen. Bereits als er Evelyn das erste Mal gesehen hatte – verletzt und schmutzig am Boden liegend –, hatte er gespürt, dass etwas Besonderes von ihr ausging, obwohl er damals nicht erkannt hatte, dass sie ein Mädchen war, und auf diesen *Jungen* ziemlich wütend gewesen war. Heute fragte er sich, wie er es nicht hatte bemerken können, denn sie war eines der schönsten Mädchen, denen er jemals begegnet war. Es war aber nicht nur ihr hübsches Gesicht mit den feinen Zügen, sondern vor allem ihre Lebensfreude, ihre Spontanität und auch ihr Wille, sich in einer Männerdomäne durchzusetzen, was ihn faszinierte. Wie Jeanne d'Arc hatte sie zu den Arbeitern gesprochen, entschlossen und fest, und niemand würde es wagen, sich ihren Anweisungen zu widersetzen.

„Wo sind eigentlich deine Mutter und dein Bruder?", fragte er schnell, bevor er doch dem Impuls folgte und über ihr Haar strich.

„Meine *Stief*mutter wollte nach Bodmin, Einkäufe erledigen", antwortete Evelyn und zog die Mundwinkel nach unten. „Und wo mein *Stief*bruder sich aufhält, entzieht sich meiner Kenntnis. Winston wird ihnen sagen, was geschehen ist, wenn sie nach Higher Barton zurückkehren."

„Du magst sie nicht besonders?", entfuhr es Sean. „Verzeih bitte, das geht mich natürlich nichts an."

„Wenn es so offensichtlich ist, warum sollte ich es verschweigen?" Evelyn zuckte mit den Schultern. „Ich war noch sehr klein, als meine richtige Mutter starb. Dann kam Clarissa. Ich verstehe meinen Vater, dass er nicht allein bleiben wollte. Sie hat sich auch immer um mich bemüht, aber irgendwie ..." Sie sah Sean offen an. „Ich kann es nicht erklären, warum ich sie nicht richtig lieben kann. Mit Ralph ist es ebenso. Es gab mal eine Zeit, da hoffte mein Vater, dass wir heiraten würden ..."

„Heute nicht mehr?", unterbrach Sean Evelyn und hielt unwillkürlich die Luft an.

„Ich glaube nicht", antwortete Evelyn und seufzte. „Ich glaube, mein Vater hat längst erkannt, dass Ralph der nötige Ernst fehlt, um einen Besitz wie Higher Barton zu leiten. Er ist aber sein einziger Sohn, denn er hat Ralph adoptiert."

„Ich verstehe."

Erleichtert lächelte Sean. Die Vorstellung von Evelyn und diesem Dandy als Paar war ihm alles andere als angenehm.

„Dabei habe ich meinen Vater hintergangen", sagte Evelyn plötzlich.

„Was?" Erschrocken sah Sean sie an. „Das kann ich mir nicht vorstellen."

„Doch, doch." Evelyn nickte eifrig und sah sehr

traurig aus. „Wenn er das Unglück nicht überlebt, dann werde ich mir das nie verzeihen können."

„Denk nicht mal daran!" Nun legte Sean doch einen Arm um ihre bebenden Schultern, und sie ließ es widerstandslos geschehen. „In zwei, drei Tagen wird er ebenso wie die anderen wieder bei uns sein."

„Ich habe mich bei der Miningschool in Camborne beworben." Evelyn hatte den Kopf gesenkt und sprach so leise, dass Sean zuerst glaubte, sich verhört zu haben. „Sie denken, ich wäre ein Mann, und ich darf mich tatsächlich persönlich vorstellen, und sie würden mich studieren lassen, wenn ich die Aufnahmeprüfung bestehe. Mit Vater habe ich noch nicht darüber gesprochen, das Schreiben kam erst heute Vormittag."

Für einen Moment verschlug es Sean die Sprache, dann lachte er trotz der angespannten Situation.

„Ich kenne keine andere Frau, die so etwas wagen würde. Dein Vater wird sehr stolz auf dich sein, Evelyn."

„Ist ja auch egal, ich kann ohnehin nicht studieren, weil ich eine Frau bin."

Der Druck seiner Finger auf ihrer Schulter verstärkte sich, Evelyn zuckte nicht zurück.

„Darüber musst du mit deinem Vater sprechen. Wenn man etwas wirklich will, gibt es immer eine Möglichkeit."

Sie hob den Kopf und sah ihn an.

„Du bist ein seltsamer Mann, Sean Faulkner", sagte sie unverblümt. „Andere Männer sind der Meinung, die Aufgabe einer Frau bestünde darin, ihrem Ehemann ein schönes Zuhause zu schaffen und die Kinder zu erziehen. Ganz sicher jedoch nicht, unter Tage in feuchten Stollen herumzukriechen."

„Ich bin eben anders als andere." Er zwinkerte ihr zu. „Meine Mutter hat immer an der Seite meines Vaters gearbeitet, auch als wir Kinder da waren, sonst wäre die Fabrik nicht das, was sie heute ist. Sie ist eine sehr gebildete Frau und wird von den Arbeitern ebenso respektiert, wie du hier anerkannt bist."

„Ich wünsche, ich könnte sie kennenlernen", erwiderte Evelyn unbedacht.

Sean sah sie ernst an. „Das wünsche ich mir ebenfalls. Sehr sogar, und ich hoffe, es wird nicht nur ein Wunsch bleiben."

Verlegen senkte Evelyn den Kopf. Ihr Herz pochte auf einmal schneller und ihr Blut schoss heiß durch ihre Adern. Jetzt war aber weder der richtige Zeitpunkt noch der Platz, sich über ihre Gefühle für Sean Faulkner klar zu werden.

# 11

Es dämmerte bereits, als der Trupp mit der ersten Pumpe eintraf. Die Männer hatten die Maschine auf einen Karren gehievt und mit vereinten Kräften über die unwegsamen und steinigen Wege gezogen und geschoben, da die Pferde das aus eigener Kraft nicht hätten bewältigen können. Aber nicht nur alle Männer aus Wheal Kerris und Wheal Carn, wo ebenfalls die Arbeit eingestellt worden war, waren gekommen, sondern noch Dutzende aus den umliegenden Minen. Die Nachricht von dem Unglück hatte sich binnen weniger Stunden wie ein Lauffeuer verbreitet, und die meisten Minenbesitzer hatten die Arbeit eingestellt und ihre Männer geschickt, um zu helfen. Herrschte üblicherweise ein harter Konkurrenzkampf in der Zinn- und Kupferförderung – Richard Tremaine war einer von ihnen, und in der Not musste man zusammenhalten. So ein Unglück konnte jede Mine treffen, und es gab kaum einen Eigner, der keine Männer durch Einstürze, Wassereinbrüche oder Explosionen unter Tage verloren hatte.

Evelyn war gerührt über die große Anteilnahme. Jeder der Männer, ob er sie kannte oder nicht, lupfte seine Mütze und murmelte ihr aufmunternde Worte zu. Zeitgleich mit der zweiten Pumpe traf auch Ralph Tremaine ein. Noch bevor sein Pferd zum Stillstand gekommen war, glitt er aus dem Sattel, eilte zu Evelyn und nahm ihre Hände.

„Ich habe es eben erst erfahren und bin so schnell gekommen, wie ich konnte", keuchte er, atemlos von dem schnellen Ritt. „Es ist schrecklich! Glaubst du, dass Vater tot ist?"

Bevor Evelyn antworten konnte, trat Sean, entsetzt über so viel Unsensibilität, vor.

„Selbstverständlich nicht!", rief er scharf. „Er und die Kumpels konnten sich in einen trockenen Nebenstollen retten. Es wurden Klopfzeichen gehört."

„Mit Ihnen hat niemand gesprochen." Rücksichtslos schob Ralph Sean zur Seite und wandte sich wieder an Evelyn. „Mutter ist außer sich vor Sorge und erlitt einen Nervenzusammenbruch. Ich habe nach dem Arzt schicken lassen, eines der Dienstmädchen ist jetzt bei ihr."

Evelyn verkniff sich die Bemerkung, dass Clarissa immer schon einen Hang zum Theatralischen gehabt hatte. Wenn ihr Vater starb, würde Ralph erben und hätte für den Rest seines Lebens ausgesorgt. Wegen dieses Gedankens leistete sie im Stillen sogleich Abbitte. Wahrscheinlich liebte Clarissa ihren Mann wirklich, und auch Ralph schien aufrichtig besorgt zu sein, daher sagte sie ruhig: „Wir pumpen das Wasser aus dem Hauptschacht, um zu dem Nebenstollen zu gelangen. Das fünfte Level ist überflutet, und das Wasser steigt in Level vier."

„Ach ja?" Evelyn sah Ralph an, dass er kein Wort von dem, was sie sagte, verstand. Wie sollte er auch? Er hatte ja niemals die Pläne studiert und wusste nicht, wie eine Mine aufgebaut war und wie es unter ihren Füßen aussah.

„Die Männer werden die ganze Nacht durcharbeiten", fuhr sie fort. „Du kannst ihnen helfen, wir brauchen jede Hand."

„Ich?" Für einen Moment sah es aus, als würde Ralph dieses Ansinnen von sich weisen, dann besann er sich eines Besseren. „Das ist eine gute Idee. Ich schau mal, was ich tun kann."

Kaum war Ralph außer Hörweite, sagte Sean: „Hoffentlich macht er sich seine seidenen Hosen nicht schmutzig." Bei einem Blick auf Evelyns Gesicht, fuhr er schnell fort: „Entschuldige bitte, ich habe deinen Bruder wohl falsch eingeschätzt."

„Ja, das hast du wohl", antwortete Evelyn kühl. Obwohl sie selbst ähnliche Gedanken hegte, würde sie es nicht zulassen, dass ein Außenstehender schlecht über ein Mitglied ihrer Familie sprach, obwohl sie zuvor Sean gegenüber zugegeben hatte, dass ihr Verhältnis zu Ralph nicht das beste war. „Ich werde den Frauen beim Kochen helfen, die Männer brauchen kräftige Nahrung."

Ohne Sean noch einen Blick zu gönnen, ging Evelyn mit steifen Schritten in Richtung der Hütten. Vor den meisten brannten bereits große Feuer, über denen Kessel mit Gemüsesuppe hingen. Dazu hatten die Frauen Brot gebacken, und sogar der Wirt des Pubs *Sailor's Rest* in Lower Barton war mit einer Wagenladung Fässer gekommen. Er verdünnte das Bier mit Wasser und verteilte es kostenlos an die Arbeiter.

„Die Jungs brauchen eine Stärkung", brummte er, als Evelyn sich bedankte. „Sollen sich aber nicht betrinken. Und das mit dem Geld, das lassen Sie mal gut sein, Miss. Mein Junge ist nämlich auch da unten."

„Das wusste ich nicht, tut mir leid", antwortete Evelyn betroffen. „Ich bin sicher, es geht ihm gut und er wird bald wieder bei Ihnen sein."

Der Wirt verzog das Gesicht. „Weiß nicht, warum es ihn in den Berg zieht, anstatt Schankwirt zu werden. Kann ihn aber nicht daran hindern, er ist erwachsen."

Bei Einbruch der Nacht wurde das Gelände von Wheal Brane von Fackeln und Öllampen hell erleuchtet. Niemand schlief oder schien an Schlaf auch nur zu denken. Unermüdlich stampften die Maschinen, die die Pumpen antrieben, und jagten zischend den Dampf in den nachtschwarzen Himmel. Zwei Wagen hatten zusätzliche Kohlen gebracht, denn die Vorräte in Wheal Brane reichten nicht aus. Männer mit geschwärzten Gesichtern schippten die Kohlen ins hell lodernde Feuer. Irgendwann, Evelyn hatte jedes Zeitgefühl verloren, trat Ralph an ihre Seite. Er hatte seinen Rock abgelegt, die Hose und das Hemd waren schmutzig und nass, und sein Haar stand ihm wirr vom Kopf ab. Evelyn konnte sich nicht erinnern, den Stiefbruder jemals in einem derart desolaten Zustand gesehen zu haben. Offenbar packte er kräftig mit an. Unwillkürlich dachte sie, dass eine solch ungewohnte Aktivität ihren Vater sehr freuen würde. Mochte Ralph auch oft oberflächlich wirken, wenn es darauf ankam, war er zur Stelle, und man konnte sich auf ihn verlassen. Sie waren eine Familie, die in diesen schweren Stunden zusammenhalten musste. Zum ersten Mal seit Jahren empfand Evelyn ein nahezu zärtliches Gefühl für ihren Stiefbruder und war froh, ihn an ihrer Seite zu wissen.

„Kommt ihr voran?", fragte sie bang.

Ralph strich sich eine feuchte Haarsträhne aus der schmutzigen Stirn.

„Es sieht gut aus. Das Wasser steht nur noch etwa drei Fuß im unteren Stollen. Wenn die Pumpen weiter arbeiten, werden wir morgen Mittag einsteigen können. Allerdings …"

„Was?" Evelyn fuhr auf.

„Die Nässe hat dem ohnehin morschen Holz der Stützbalken zugesetzt. Keiner weiß, wie lange sie noch halten werden."

Evelyn wurde es eiskalt. Wenn die Stützbalken brachen, dann gab es für die Männer unter Tage keine Rettung mehr. „Daher wurden Bedenken geäußert, hinunterzugehen und weitere Menschenleben zu riskieren. Die kleinste Erschütterung reicht, um den Fels einstürzen zu lassen."

„Dann werde ich gehen", rief Evelyn und straffte sich. „Ich habe keine Angst und lasse Vater und die Männer nicht im Stich."

„Und ich werde dich begleiten." Sie hatten Sean nicht bemerkt, der aus dem Dunkel zu ihnen trat. „Aber ich bin sicher, dass die meisten Kumpels keine Angsthasen sind, da haben die Männer schon ganz andere Dinge erlebt und vollbracht."

Ralph zog eine Augenbraue hoch, sein Blick huschte zwischen Evelyn und Sean hin und her. Schließlich zuckte er die Schultern und sagte: „Ihr müsst wissen, was ihr tut. Mich jedenfalls bringen keine zehn Pferde in das Loch runter. Jetzt reite ich nach Hause, ich brauche ein heißes Bad und trockene Sachen, sonst hole ich mir noch den Tod. Evelyn, du kommst mit mir."

„Ich lasse die Leute hier nicht allein."

„Mutter braucht dich ebenso", argumentierte Ralph. „Heute Nachmittag ging es ihr wirklich schlecht."

„Ich denke, sie wird meine Abwesenheit gar nicht

bemerken", antwortete Evelyn kühl. „Ich werde hierbleiben, bis der letzte Mann wieder oben ist." Tot oder lebendig, fügte sie in Gedanken hinzu.

„Du kannst im Moment nichts ausrichten, wir müssen abwarten." Ein erneutes Schulterzucken. „Papas Liebling macht aber ohnehin, was sie will. Ich bin nur gespannt, wie lange du damit noch durchkommen wirst." Er trat so dicht vor Evelyn, dass ihre Gesichter nur noch eine Handbreit voneinander entfernt waren. „Eines sollst du wissen, liebste Schwester: Sobald ich das Sagen auf Higher Barton habe, werde ich dafür sorgen, dass du heiratest, und wenn ich dich höchstpersönlich vor den Altar schleifen muss."

„Dann käme es dir ja gerade recht, wenn Vater da unten sterben würde." Evelyn konnte sich nicht länger beherrschen. „Das ist es doch, was du willst, nicht wahr? Vorhin dachte ich wirklich, du machst dir Sorgen, aber es geht dir nur um das Erbe, und je früher du es in deine Finger bekommst, desto besser."

„Ach, glaub doch, was du willst." Ralph knirschte mit den Zähnen, er bereute, sich nicht beherrscht zu haben. „Du bist doch nur sauer, weil du die Minen nie bekommen wirst. Anstatt sich wie eine normale Frau zu benehmen, scheinst du ein morbides Vergnügen daran zu haben, in der Erde herumzuwühlen und nicht nur dich, sondern die ganze Familie lächerlich zu machen. Du brauchst dringend einen Mann, der dir zeigt, wo es langgeht, und der dich richtig an die Kandare nimmt. Vater wird deine Mitgift drastisch erhöhen müssen, damit es uns gelingt, überhaupt jemanden zu finden. Jeder, der auch nur ein bisschen Verstand im Kopf hat, macht nämlich einen großen Bogen um dich."

Evelyn schnappte empört nach Luft, bevor sie aber etwas entgegnen konnte, hatte Ralph sich schon umgedreht und war in der Dunkelheit verschwunden.

„Sag bitte nichts", bat Evelyn Sean, als dieser den Mund öffnete. „Über meine Familie möchte ich nicht sprechen." Ihr zärtliches Gefühl für Ralph schwand und machte grenzenlosem Zorn Platz. Wie hatte sie auch nur einen Moment glauben können, er hätte sich geändert!

„Ich wollte dir lediglich vorschlagen, dich ein wenig auszuruhen", sagte Sean leise. „In Carsons Cottage steht ein Feldbett, da kannst du dich ungestört hinlegen. Ich informiere dich unverzüglich, wenn es etwas Neues gibt."

Evelyn zögerte. Sie war erschöpft, und ausrichten konnte sie im Moment nichts.

„Gut, ich ruhe mich eine Stunde aus", sagte sie, überzeugt, kein Auge zutun zu können.

Als der erste Kumpel aus dem Schacht heraufgezogen wurde, fiel Evelyn in dem Schlamm auf die Knie und schämte sich ihrer Tränen nicht. Der Mann war über und über mit Schmutz bedeckt, seine Kleidung zerrissen, aber außer einer blutverkrusteten Schramme an der Stirn und wunden Händen schien er unversehrt zu sein.

„Alle sind am Leben", keuchte er mit letzter Kraft, dann brach er bewusstlos zusammen.

Seit dem Mittag war der Hauptschacht so weit trocken gelegt, dass die Retter einsteigen konnten. Sean hatte recht behalten: Keiner der Arbeiter war vor der Gefahr eines möglichen Einsturzes zurückgeschreckt.

Jeder wollte dazu beitragen, die Freunde und den Herrn zu retten. Richard Tremaine hatte darauf bestanden, als Letzter zu gehen, und so musste Evelyn noch über eine Stunde ausharren. Es kam zu rührenden Szenen, als die Männer nach und nach an die Oberfläche kamen. Eine junge, hochschwangere Frau fiel vor Erleichterung in Ohnmacht, als ihr Mann heraufgebracht wurde und sie sah, dass er unverletzt war.

„Das ist nur die Freude", sagte eine ältere Frau. „Die beiden sind erst ein paar Monate verheiratet, wir kümmern uns um sie."

Den Männern stand der Schreck deutlich in die Gesichter geschrieben. Alle, die im Bergbau arbeiteten, wussten, dass ein solches Unglück jederzeit geschehen konnte, und doch hoffte jeder, dass es nicht ausgerechnet ihn treffen würde. Dieses Mal war die Sache noch relativ glimpflich verlaufen, und es hatte keine Toten gegeben, aber schon morgen, wenn die Männer wieder tief in die Erde hinabstiegen, lauerte die nächste Gefahr auf sie.

Auch der Sohn des Wirtes hatte nur leichte Blessuren davongetragen, und der Wirt, ein sonst eher grob wirkender Mann, schämte sich seiner Tränen nicht, als er den jungen Mann in die Arme schloss.

„Der Herr!", rief Hugh Banfield. „Packt alle an und zieht."

Richard Tremaines Gesicht war schwarz vor Schmutz, vermischt mit dem verkrusteten Blut einer Kopfverletzung. Nachdem ihn zwei starke Männer auf festen Untergrund gezogen hatten, klammerte Evelyn sich an ihn. Er zitterte, erwiderte aber schwach ihre Umarmung.

„Mein Mädchen ... mein liebes Mädchen ... ich befürchtete schon, dich niemals wiederzusehen."

Carson, in gebührendem Abstand stehend, fragte zögernd: „Sind alle oben?"

Richard nickte. „Ich war der Letzte. Es war höchste Zeit, denn das Wasser steigt weiter und dringt bereits in den Stollen, in dem wir Zuflucht gesucht hatten." Auf Evelyn gestützt, stand er langsam auf und sah in die Runde. „Ich danke euch! Danke euch allen, ihr habt großartige Arbeit geleistet. Jetzt geht nach Hause und schlaft euch aus. Jeder bekommt bei vollem Lohn einen Tag frei, das habt ihr euch verdient."

Jubel brandete auf, viele Frauen weinten.

„Äh ... Sir ..." Carson räusperte sich verlegen und sagte leise: „Ich fürchte, wir können die Arbeit in Wheal Brane nicht wieder aufnehmen. Selbst wenn die Pumpen Tag und Nacht laufen – wir werden die Stollen nicht trocken bekommen, denn es dringt weiter Wasser ein. Und die Stützen sind verrottet, es wäre Selbstmord, noch einmal da runterzugehen."

Richard Tremaine drehte sich um. Die Feuer in den Dampfmaschinen waren erloschen, und Wheal Brane lag so friedlich in der Mittagssonne, als wäre nichts geschehen. Er blickte über die Maschinenhäuser, aus deren hohen Schornsteinen kein Rauch mehr quoll, über die Reihen der hölzernen Baracken, in denen das Erz zerkleinert, sortiert und mehrmals ausgewaschen wurde, bevor es zum Schmelzen nach Südwales verschifft wurde. Aus und vorbei – alles war gestorben und würde niemals wieder zum Leben erweckt werden können. In den Stunden völliger Dunkelheit viele Fuß unter der Erde war sich Richard über die Konsequenz des Unglücks bewusst geworden: Wheal Brane war tot, obwohl unter der Erde noch jede Menge Kupfer lag. Nach der Überflutung des Hauptschachtes war es unmöglich, die Mine wieder instand zu setzen. Sie war zu alt, der Aufwand würde Unsummen verschlingen und in keinem Verhältnis zum Nutzen stehen. Von der Gefahr für die Arbeiter mal abgesehen, denn Richard wusste um die maroden Stützen, außerdem war der Fels ausgespült und konnte jederzeit einbrechen.

„Ich bringe dich nach Hause", sagte Evelyn leise. Sie las in Richards Gesicht wie in einem offenen Buch. Auch sie schluckte, denn durch die Schließung von Wheal Brane würden Dutzende von Familien ihre Arbeit verlieren. „Du musst dich ausruhen, dann können wir entscheiden, was zu tun ist."

Richard Tremaine nickte. Zu Carson gewandt, sagte er: „Schicken Sie die Leute nach Hause und sagen Sie ihnen, dass alle ihren Lohn bis Ende des Monats erhalten werden. Niemand braucht sich Sorgen um die Zukunft zu machen. Wir werden eine Lösung finden."

Das Unglück hatte Richard Tremaine mehr zugesetzt, als es auf den ersten Blick zu erkennen gewesen war. Gegen Abend bekam er Fieber, und kalter Schweiß bedeckte seinen Körper. Der Arzt konnte keine inneren Verletzungen feststellen und diagnostizierte einen schweren Schock.

„Das ist nach einem solchen Erlebnis normal", sagte er, nachdem er seine ausführliche Untersuchung beendet hatte. „Was Sir Richard jetzt braucht, ist absolute Ruhe. Ich verordne mindestens vier Wochen Bettruhe und eine leichte Kost. Am besten Hühnersuppe und etwas Obst und Gemüse."

Clarissa, die unmittelbar, nachdem ihr Mann gerettet worden war, eine plötzliche Wunderheilung erfahren hatte, denn von einem Nervenzusammenbruch war nichts mehr zu bemerken, rief: „Er wird aber nicht sterben, Doktor?"

Der alte Arzt, der geholfen hatte, Evelyn zur Welt zu bringen, lächelte beruhigend. „Das ist nicht zu befürchten, Mylady. Machen Sie sich keine Sorgen, Sir Richard ist ein zäher Bursche."

Während des Abendessens, das sie zu dritt im kleinen Speisezimmer einnahmen, denn Sean Faulkner hielt sich noch in der Mine auf, um den Rücktransport der Pumpen nach Wheal Kerris zu überwachen, sagte Ralph wie nebenbei: „Ich werde Anweisung geben, dass die Hütten bis Ende der Woche zu räumen sind, damit wir zügig mit den Abrissarbeiten beginnen können." Er sprach, als würde es um die Frage gehen, welches Pferd er am nächsten Tag reiten wollte, und Evelyn blieb eine Kartoffel im Hals stecken. Sie musste heftig husten, bis sie, krebsrot im Gesicht, hervorstoßen konnte: „Es war Vaters Wunsch, dass die Arbeiter vorerst bleiben können, auch erhalten sie bis zum Monatsende den Lohn."

„Warum?" Ralphs Augen verengten sich. „Die Leute müssen sich um eine andere Arbeit bemühen. Ich werde ihnen kein Geld in den Rachen werfen, wenn keine Gegenleistung erbracht wird."

„Das hast wohl nicht du zu bestimmen."

„Ach, nein?" Ralph erhob sich halb von seinem Stuhl und sah Evelyn fest an. „Vater ist krank. Wahrscheinlich wird er sich mehrere Wochen nicht um die Geschäfte kümmern können. Ab sofort werde ich übernehmen."

„Das wirst du nicht! Du hast doch gar keine Ahnung!"

Auch Evelyn war aufgestanden, wie zwei Kampfhähne standen sie sich gegenüber.

„Kinder, Kinder, bitte keinen Streit!", rief Clarissa und rang die Hände. „Euer Vater ist nur knapp dem Tod entronnen, und ihr habt nichts Besseres zu tun, als zu streiten." Streng sah sie Evelyn an. „Jemand muss dafür sorgen, dass es weitergeht. Ich teile Ralphs Meinung, dass wir so schnell wie möglich die Belange der Mine abwickeln sollten, die wohl unwiderruflich verloren ist. Der Bau des Waschhauses hat schon genügend Geld verschlungen. Wozu brauchen die Leute ein Waschhaus? Beinahe hätte dieser Unsinn, gegen den ich immer war, deinem Vater das Leben gekostet."

Gegen das Argument konnte Evelyn nichts erwidern. Carson hatte ihr gesagt, dass es beim Gießen des Fundaments des Waschhauses zu Rissen im Untergrund gekommen war, die wahrscheinlich zu dem Wassereinbruch geführt hatten.

„Vater ist nur krank", sagte sie mühsam beherrscht, „aber durchaus in der Lage, die Geschäfte weiterzuführen. Seine Anweisung war eindeutig, und er wird dafür sorgen, dass alle Familien neue Arbeit finden."

„Und bis dahin fressen sie uns die Haare vom Kopf." Zynisch grinste Ralph. „Ich werde nicht zusehen, wie mein Erbe immer weniger wird. Allein der Verlust von Wheal Brane kostet uns Unsummen."

Evelyn stand auf und warf die Serviette auf den Tisch. Ihr war der Appetit gründlich vergangen.

„Ihr entschuldigt mich?"

Sie erwartete keine Antwort und stürmte aus dem Zimmer. Am liebsten hätte sie die Tür hinter sich zugeknallt, beherrschte sich aber. Sie musste unbedingt mit ihrem Vater sprechen, der Ralph in seine Schranken weisen musste. Der Arzt hatte aber jede Aufregung verboten, damit das Fieber nicht weiter stieg.

In der großen Halle traf sie auf Sean. Er trug schmutzige und zerrissene Arbeitskleidung. Unter seinen Augen lagen dunkle Schatten, denn auch er hatte seit zwei Tagen nicht mehr geschlafen.

„Ärger?", fragte er, als er einen Blick in Evelyns Gesicht warf.

„Das kann man sagen." In hilfloser Wut ballte Evelyn die Hände zu Fäusten. „Ralph will die Leute von Wheal Brane vertreiben und so schnell wie möglich alles abreißen lassen."

„Aber dein Vater hat gesagt …"

„Ich weiß, was er gesagt hat, ich stand schließlich daneben", entgegnete Evelyn zornig. „Meinen Stiefbruder interessiert das aber nicht, jetzt, da mein Vater krank ist."

Sean näherte sich zögernd.

„Wenn ich dir irgendwie helfen kann …"

„Danke, aber ich wüsste nicht, wie. Wenn Vater von Ralphs Ansinnen erfährt, könnte es seinen Zustand verschlimmern."

Sean nickte. „Wir sollten jetzt schlafen gehen, und morgen überlegen wir gemeinsam, was wir tun können."

Es war Sean gelungen, Evelyn ein wenig zu beruhigen. Sie war nicht allein, auch wenn ein Ingenieur aus

Schottland und ein junges Mädchen wohl kaum etwas gegen den Willen von Ralph Tremaine ausrichten konnten.

Da Evelyn wusste, dass Ralph in der Regel lange schlief und auch heute keine Ausnahme machen würde, ritt sie bei Sonnenaufgang zu Wheal Brane. Die Spuren des Unglücks waren noch deutlich sichtbar, die Pumpen waren aber noch in der Nacht abgebaut und zurück nach Wheal Kerris gebracht worden, damit die Arbeit dort wieder aufgenommen werden konnte. Evelyn traf Mr Carson in seinem Cottage beim Frühstück an.

„Miss Evelyn!" Der Obersteiger sprang bei ihrem Anblick sofort auf und verbeugte sich. „Wie geht es Sir Tremaine?"

Evelyn rührte die offensichtliche Sorge. Sie berichtete, dass ihr Vater zwar krank und erschöpft sei, es jedoch keinen Grund zur Sorge gebe.

„Allerdings will Mr Ralph, dass die Leute unverzüglich das Gelände und ihre Häuser räumen", sagte sie und verbarg nicht ihre Missbilligung. „Sie haben mit eigenen Ohren gehört, was mein Vater diesbezüglich angeordnet hat, daher bitte ich Sie, die Anweisungen meines Stiefbruders zu ignorieren."

Unbehaglich trat Carson von einem Fuß auf den anderen.

„Wenn Mr Ralph jetzt jedoch …"

Evelyn unterbrach ihn mit einer Handbewegung. „Ich weiß, was Sie denken, mein Vater ist aber noch nicht tot, wird in naher Zukunft auch nicht sterben und befindet sich im Vollbesitz seiner geistigen Kräfte. Wheal Brane ist verloren, das ist uns allen klar, wir werden aber niemanden dem Elend preisgeben. Sie werden sich sofort nach Wheal Kerris begeben und die Arbeit auf vier Schichten verteilen." Dieser Gedanke war Evelyn in der Nacht gekommen, und sie wollte ihn in die Tat umsetzen, bevor Ralph ihr zuvorkommen konnte.

„Wie bitte?" Carson sah sie ungläubig an. „Ich glaube, ich verstehe nicht."

Selbstsicher fuhr Evelyn fort: „Aus bisher drei Schichten zu je acht Stunden machen Sie vier Schichten zu je sechs Stunden. In die zusätzliche Schicht teilen Sie so viele Männer wie möglich von Wheal Brane ein. Alle erhalten natürlich ihren bisherigen Lohn."

„Das ist sehr großzügig, Miss Evelyn, aber ..." Carson verbarg nicht seine Zweifel. „Wenn ich zu bedenken geben darf, dass selbst ein Unternehmen wie Higher Barton solch zusätzliche Kosten auf Dauer nicht durchhalten kann."

Evelyn stemmte die Hände auf die Tischplatte und sah Carson entschlossen an. „In Wheal Kerris liegt mehr Kupfer, als wir im Moment fördern können, das haben alle geologischen Gutachten bestätigt. Wir werden diese Mine ausbauen, neue Maschinen anschaffen und weitere Stollen ins Erdreich treiben. Ich schätze, binnen eines Jahres werden wir für den Abbau doppelt so viele Arbeiter wie bisher benötigen, von den Arbeiten an der Oberfläche ganz zu schweigen. Der Preis für Kupfer hat sich in den letzten vier Monaten beinahe verdoppelt. Wir müssen das nutzen, bevor der Preis wieder fällt. Dafür möchte ich die Miners, die seit Jahren bei uns arbeiten und die wir kennen und schätzen, halten, anstatt später neue Männer einzustellen, auch wenn es momentan eine finanzielle Belastung bedeutet."

Carson lächelte respektvoll. „Das wäre ganz im Sinn Ihres Vaters", sagte er bewundernd. „Ich mache mich sofort auf den Weg." Er griff nach seiner Jacke und dem Hut, dann wandte er sich noch mal zu Evelyn um. „Wenn Sie mir noch eine Bemerkung erlauben, Miss Evelyn, und diese bitte nicht missverstehen wollen."

„Welche?"

„Sie sind ein Teufelsweib! Ihr Bruder wird das auch noch einsehen."

„Das bezweifle ich", murmelte Evelyn, freute sich aber über das Kompliment. Sie war fest entschlossen, sich die Zügel nicht aus der Hand nehmen zu lassen, auch wenn ihr heftige Auseinandersetzungen mit Ralph und Clarissa bevorstanden. Sean Faulkner würde ihr jedoch zur Seite stehen. Der Gedanke an Sean machte Evelyn Mut und gab ihr Kraft. Eine Kraft, die sie in den kommenden Wochen, bis ihr Vater wieder gesund wäre, dringend benötigen würde.

## 12

Seine Hand hielt die Miniatur fest umklammert. Im flackernden Schein einer einzelnen Kerze konnte er die Gesichtszüge nur schwach erkennen. Das war auch nicht nötig, denn ihr Antlitz hatte sich fest in seine Erinnerung gebrannt. Wenn er die Augen schloss, dann sah er jedes noch so kleine Detail vor sich.

In den dunklen, schrecklichen Stunden unter Tage hatte Richard Tremaine das Gefühl gehabt, seine Frau wäre an seiner Seite. Seine verstorbene Frau – Eleonor –, die Mutter von Evelyn. Obwohl er sich seinen Männern gegenüber optimistisch gezeigt hatte – „Jungs, die werden uns herausholen!" –, gab es Momente, in denen er mit seinem Leben abgeschlossen hatte. Richard Tremaine ging zwar regelmäßig zur Kirche, war aber kein besonders gläubiger Mensch. Wenn es stimmte, was die Geistlichen sagten, dann gab es nach dem Tod ein Wiedersehen mit all den Lieben, die man im irdischen Leben schmerzlich vermisste. Richard klammerte sich an diese Vorstellung, und es gab Momente, da fürchtete er den Tod nicht länger. Nicht den Tod, nur das Sterben, das sich lange hinziehen konnte. Einmal war er für einige Zeit eingenickt, da hatte er Eleonors Hand gespürt, die ihm sanft über die Wange streichelte, und er hatte sogar ihren zarten Duft gerochen. Plötzlich hatte er keine Angst mehr gehabt. Der Tod war nicht das Ende, sondern nur der Anfang von etwas anderem, etwas Größerem. Über sechzehn Jahre musste er nun schon ohne Eleonor leben. Das waren fast sechstausend

Tage, von denen nicht ein Einziger vergangen war, ohne dass er an seine geliebte Frau gedacht hätte.

Als er damals Clarissa heiratete, hatte Richard gewusst, dass er sie niemals mit der gleichen Intensität wie Eleonor würde lieben können. Er hatte aber gehofft, aus der anfänglichen Sympathie würde sich allmählich eine tiefe Zuneigung entwickeln. Er achtete und respektierte Clarissa, lieben konnte er sie jedoch nicht. Vielleicht wäre es anders, wenn sie ein gemeinsames Kind gehabt hätten. Nicht unbedingt einen Sohn, denn Richard war nicht der Mann, für den nur Söhne zählten, eine zweite Tochter wäre ihm ebenso willkommen gewesen. Das Schicksal hatte es anders gewollt. Er durfte sich aber nicht gehen lassen, so verlockend die Aussicht, im Jenseits wieder mit Eleonor vereint zu sein, auch war. Er musste kämpfen, er musste leben, denn Evelyn brauchte ihn! Richard machte sich längst keine Illusionen mehr über seine Frau und seinen Stiefsohn. Wenn er starb, dann wäre Evelyn deren Willkür ausgeliefert. Clarissa würde das Mädchen an den Erstbesten verheiraten und Ralph all das, was Generationen von Tremaines im Schweiße ihres Angesichts aufgebaut hatten, innerhalb kurzer Zeit zugrunde richten.

Er hatte überlebt. Er war zwar schwach und wurde von Fieberkrämpfen geschüttelt, aber er würde wieder gesund werden. Richard rollte sich auf die Seite, öffnete die Lade des Nachttisches und legte das Bild seiner verstorbenen Frau hinein. In diesem Moment hörte er ein Geräusch.

„Wer ist da?", rief er, denn die Kerze beleuchtete nicht den ganzen Raum. Aus dem Schatten trat Clarissa auf das Bett zu.

„Ich wollte sehen, wie es dir geht und ob du zur Nacht noch etwas brauchst."

Ihre Stimme klang ruhig, auch an ihrem Gesicht konnte er nicht erkennen, wie lange sie schon dagestanden und ihn beobachtet hatte. Vielleicht hatte Clarissa gesehen, wie er Eleonors Bild betrachtet hatte. Er schämte sich für diese Sentimentalität, denn trotz allem wollte er seine Frau nicht verletzen.

„Danke, es geht mir gut."

Clarissa zog einen Stuhl heran, setzte sich und nahm seine Hand. „Richard, ich weiß, wir müssen dich schonen, und ich möchte dich nicht beunruhigen, aber ..."

Das waren genau die Worte, die Richard erst recht beunruhigten.

„Was ist geschehen? Hat es ein weiteres Unglück gegeben? Ich bin zwar krank, aber es ist nicht notwendig, von mir alles fernzuhalten."

Diese Reaktion hatte Clarissa erhofft, und sie setzte eine sorgenvolle Miene auf. „Der Arzt meint, du brauchst noch ein paar Wochen Ruhe, mein Lieber. Die Arbeit muss aber weitergehen. Sollte sich nicht Ralph um die Belange kümmern?"

„Ralph?" Richard runzelte die Stirn. „Ich glaube kaum, dass er Interesse zeigt, die Arbeit in den Minen zu koordinieren."

„Oh, da kennst du deinen Sohn aber schlecht!" Clarissa lächelte stolz. „Eigenhändig hat er mitgeholfen, die Pumpen zu installieren und euch herauszuholen. Er hat sich nicht geschont, und wie ein Ackergaul Seite an Seite mit den Männern geschuftet, bis er völlig erschöpft war."

„Ralph?", wiederholte Richard ungläubig. „Sprechen wir von demselben Ralph?"

Clarissa nickte und verbarg nicht ihren Stolz.

„Wenn es darauf ankommt, dann weiß unser Sohn, wo sein Platz ist. Daher meine ich, es wäre nur recht und billig, wenn du ihm für die Zeit, bis du wieder völlig gesund bist, offiziell die Leitung der Minen überträgst."

Clarissa sah, wie es in ihrem Mann arbeitete. Bewusst hatte sie Evelyn und ihr eigenmächtiges Handeln nicht erwähnt, denn bei jedem Wort gegen die geliebte Tochter würde sich Richard stur stellen. Innerlich schäumte sie jedoch vor Wut. Dieser furchtbare Carson hatte tatsächlich die Schichten in Wheal Kerris auf vier erhöht und beschäftigte die Arbeiter von Wheal Brane, ausnahmslos mit der gleichen Entlohnung, obwohl die Männer täglich zwei Stunden weniger arbeiteten.

„Du hast vielleicht recht", sagte Richard nachdenklich. „Es wird ja nur für zwei, drei Wochen sein, und durch den Verlust von Wheal Brane müssen wir in den anderen Minen so schnell wie möglich wieder fördern, damit das Geschäft nicht ins Stocken gerät."

Clarissa verbarg ihr zufriedenes Lächeln und stand auf.

„Am besten setzt du gleich morgen ein entsprechendes Schriftstück auf, mein Lieber." Sie beugte sich vor und küsste ihren Mann auf die Stirn. „Jetzt schlaf gut, ich komme morgen früh wieder."

Draußen lehnte Clarissa sich an die Tür und atmete erleichtert auf. Die erste Hürde wäre geschafft! Sobald Ralph offiziell die Leitung übernommen hatte, würde er sofort diesen impertinenten Schotten entlassen. Clarissa war nicht dumm. Sie sah, dass sich zwischen ihm und

Evelyn etwas anbahnte, auch wenn die jungen Leute es selbst noch nicht wahrhaben wollten. Sie kannte ihren Mann gut genug, um zu wissen, dass Richard sich nicht an dem Standesunterschied stören und seine Zustimmung zu einer solchen Verbindung geben würde. Clarissa hätte die Stieftochter gern verheiratet gesehen – aber sicher nicht mit einem Minenbauingenieur! Sean Faulkner würde auf Higher Barton bleiben, wenn nicht sogar die Leitung von Wheal Kerris übernehmen und Ralph von seinem angestammten Platz verdrängen. Das musste sie unter allen Umständen verhindern.

Konzentriert starrte Evelyn auf die Pläne, die auf dem Tisch verteilt lagen. Die Unterlippe zwischen den Zähnen, fuhr sie mit dem Zeigefinger einen Schacht entlang, der sich von der Oberfläche in direkter Linie etwa sechshundert Fuß in die Tiefe zog und sich in Dutzende von Gängen verzweigte.

„So einen tiefen Stollen gibt es in ganz Cornwall nicht", murmelte sie und sah auf. „Wie sollen die Männer da hinunterkommen? Sie werden bereits nach der Hälfte auf der Leiter erschöpft sein, von der Gefahr, abzurutschen und in den Tod zu stürzen, mal abgesehen."

„Mit dem Aufzug", antwortete Sean. „Wie du siehst, wird dieser Schacht mehr als doppelt so breit sein wie die anderen. Somit ist Platz zum Einbau einer Men Engine."

Evelyns Augen leuchteten zwar vor Begeisterung, ein Rest Zweifel blieb jedoch.

„Gerade jetzt nach dem schrecklichen Unglück … Sollen wir wirklich eine solche, noch nicht vollständig erprobte, technische Neuerung ausprobieren?"

„Seit Jahren verfolge ich die Entwicklung", erwiderte Sean eifrig. „Im Harz in Deutschland arbeiten die Silberminen schon lange mit einem solchen Aufzug, und Lanner bei Redruth hat vor zwei Jahren die erste Men Engine eingebaut. Bisher gab es keine Probleme."

„Schlussendlich muss mein Vater entscheiden." Evelyn seufzte, schob die Papiere zur Seite und rieb sich ihren verspannten Nacken. „Ralph wird sich vehement dagegen verwehren, allein wegen der Kosten. Das Geld geht ja seinem Erbe verloren."

„In dieser Tiefe befindet sich jede Menge Kupfererz", bemerkte Sean. „Nach vier, fünf Jahren wird sich die Investition amortisiert haben."

„Wir werden mit Vater sprechen, wenn er wieder kräftiger ist." Evelyn stand auf, trat zum Fenster und sah über das Gelände, auf dem es von Menschen wimmelte. „Derzeit besuche ich ihn zwei, drei Mal am Tag, vermeide jedoch, über die Arbeit zu sprechen. Er fragt zwar immer, ich beruhige ihn aber und sage, dass alles seinen gewohnten Gang geht." Sie griff nach einem eng beschriebenen Blatt. „Sean, da ist noch etwas anderes, das ich auf dem Herzen habe."

„Ja?" Er warf einen Blick auf das Papier. „Was ist das für eine Aufstellung?"

„Seit Längerem mache ich mir Gedanken um die Kinder und habe ein paar Zahlen zusammengetragen." Sie sah Sean ernst an. „In den Minen sind derzeit achthundertsiebenunddreißig Mädchen und fünfhundertneunzehn Jungen im Alter zwischen vier und neunzehn Jahren beschäftigt. Wobei es sich bei den Älteren nur um Mädchen handelt, da die Jungen ja mit zehn, spätestens elf Jahren unter Tage gehen."

Sean trat neben sie und widerstand der Versuchung, einen Arm um ihre Schultern zu legen. Stattdessen sagte er: „Das ist in allen Minen so, auch in den Kohlebergwerken im Norden. Die Kinder bearbeiten an der Seite ihrer Mütter das Erz, bis es zur Verschiffung geeignet ist."

Evelyn seufzte. „Ich weiß, aber hast du mal in die Gesichter der Kinder gesehen? Sie rackern sich zehn, zwölf Stunden pro Tag ab, sechs Tage die Woche. Sie haben nicht einmal die Möglichkeit, zur Schule zu gehen, ausgenommen die Sonntagsschule, dort lernen sie aber weder rechnen, noch schreiben oder lesen." Evelyn zog ein weiteres Blatt Papier aus einem Stapel und reichte es Sean. „Und für ihre schwere Arbeit erhalten die Kinder nicht einmal einen anständigen Lohn, sondern nur einen Kanten Brot und ein Stück Käse pro Tag."

„Du hast ein gutes Herz, Evelyn", sagte Sean leise. „Es ist aber unmöglich, dieses System zu ändern. Wenn die Arbeit, die jetzt die Kinder machen, von Erwachsenen geleistet und diese entsprechend dafür entlohnt werden würden, könnte keine Mine überleben."

„Aber es sind *Kinder*!" Evelyn sprang auf und lief aufgeregt umher. „Sie sollten lernen, aber auch spielen. Sean, versteh mich bitte nicht falsch, aber auch du stammst aus bescheidenen Verhältnissen. Trotzdem konntest du zur Schule gehen und studieren. Die Kinder da draußen haben keine Chance! Sie werden ihr Leben in den Minen verbringen, sofern sie nicht in jungen Jahren sterben."

„Was meint dein Vater zu dieser Problematik?"

„Es möchte davon nichts hören. So fortschrittlich

er in vielen Dingen denkt, ist er nicht bereit, an dem bestehenden System etwas zu verändern."

„Und was würdest *du* tun, wenn du die Macht dazu hättest?", fragte Sean leise.

Evelyn antwortete, ohne zu zögern, denn das Thema beschäftigte sie schon lange: „Ich weiß, dass wir auf die Mitarbeit der Kinder nicht verzichten können, aber ich würde vorschreiben, dass sie mindestens dreimal in der Woche eine Schule besuchen müssen, weiter würde ich einen Lohn einführen und die tägliche Arbeitszeit je nach Alter staffeln. Und kein Junge unter vierzehn Jahren dürfte gezwungen werden, unter Tage zu arbeiten."

„Das sind revolutionäre Pläne." Sean lächelte, es war aber ein verständnisvolles Lächeln. „Wir würden heute immer noch in Höhlen hausen und mit Keulen auf die Jagd gehen, wenn es nicht Menschen wie dich gegeben hätte. Gerade die revolutionären Gedanken sind es, die der Menschheit den Fortschritt bringen." Er nahm ihr die Blätter aus der Hand und legte sie zur Seite. „Du kannst in allem, was du vorhast, auf mich zählen. Ich hoffe, das weißt du?"

Sein Blick war so zärtlich, dass Evelyn die Knie weich wurden.

„Es ist schön, einen solchen Freund zu haben", erwiderte sie leise.

„Bin ich nur dein Freund?", murmelte er, dann sagte er laut: „Eigentlich bin ich heute gekommen, um dich etwas zu fragen, Evelyn. Hast du morgen Lust auf einen kleinen Ausflug?"

„Einen Ausflug?" Evelyn war überrascht. „Mitten in der Woche?"

Sean nickte. „Ich denke, wir haben uns einen freien

Tag verdient. Du arbeitest von früh bis spät, und Banfield und Carson haben alles wunderbar im Griff. Ich habe bereits mit dem Verwalter gesprochen, er kann durchaus einen Tag auf mich verzichten."

„Und woran hast du gedacht?"

Sean zwinkerte ihr zu und grinste. „Lass dich überraschen. Aber nur du und ich, wir beide, sonst wird es keine Überraschung."

Evelyn zögerte. Obwohl sie sich häufig und gern über die gängigen Konventionen hinwegsetzte und es ihr gleichgültig war, was andere von ihr dachten, konnte sie unmöglich allein mit einem jungen Mann einen Ausflug machen. Zumindest ein Dienstmädchen müsste sie begleiten, um den Anstand zu wahren. Die Leute würden sich die Mäuler zerreißen, was Evelyn zwar nicht kümmerte, aber auch ihr Vater würde es nicht gutheißen, obwohl er Sean schätzte und ihm vertraute. Von Clarissa ganz zu schweigen, deren Meinung Evelyn allerdings herzlich gleichgültig war.

Sean las Evelyns widerstreitende Gefühle wie in einem offenen Buch von ihrem Gesicht ab. Er räusperte sich und sagte: „Ich verstehe, dass du Bedenken hast, allein mit mir auszufahren, aber ich …"

Evelyn hob schnell die Hand. „Du bist natürlich ein Gentleman, das steht außer Frage, die Leute und mein Vater jedoch …"

„Lass mich bitte aussprechen", unterbrach Sean sie nun. „Also, ich glaube, es würde niemand reden, wenn wir verlobt wären."

„Verlobt?" Evelyns Augen weiteten sich überrascht, unwillkürlich wich sie einen Schritt zurück. „Sean Faulkner, soll das etwa ein Antrag sein?"

Unsicher trat er von einem Fuß auf den anderen. „Nicht sehr romantisch, ich weiß, aber ich habe damit keine Erfahrung. Es ist das erste Mal, dass ich ein Mädchen bitte, meine Frau zu werden."

Evelyn lachte laut auf. „Das will ich doch sehr hoffen."

Plötzlich wurde Sean ernst. „Ich weiß, dass uns der gesellschaftliche Unterschied trennt und es vermessen ist, dich um deine Hand zu bitten. Ich bin nur der Sohn eines einfachen Fabrikbesitzers, der sich seinen Lebensunterhalt selbst verdienen muss. Ich habe keine exklusive Erziehung in Eton oder Oxford genossen und bin auch kein weltgewandter Mann, der ..."

Rasch legte Evelyn eine Hand auf seinen Mund. „Bist du wohl still, Sean Faulkner!" In ihren Augen funkelte der Schalk. „Du solltest mich inzwischen gut genug kennen, um zu wissen, wie gleichgültig es mir ist, woher ein Mensch kommt."

„Die Leute werden aber denken, dass ich dich nur heiraten will, um in der Gesellschaft aufzusteigen. Außerdem bist du eine reiche Erbin."

„Das bin ich nicht. All das hier", Evelyn machte eine weit ausholende Geste, „wird eines Tages Ralph gehören. Natürlich werde ich eine Mitgift erhalten, aber Higher Barton wird niemals mir gehören."

„Dein Vater wird Einwände erheben. Er wird für seine Tochter eine bessere Partie als einen Minenarbeiter wollen."

Evelyn trat einen Schritt zurück, stemmte die Hände in die Hüften und musterte ihn von oben bis unten. „Sean Faulkner, erst machst du mir einen Heiratsantrag, und dann führst du ein Argument nach dem anderen ins Feld, damit ich diesen ablehne. Ich fürchte, ich kann dich nicht ganz ernst nehmen."

Nun konnte Sean sich nicht länger beherrschen. Er schloss sie in die Arme und küsste sie. Zuerst versteifte sich Evelyn, denn nie zuvor hatte ein Mann sie auf den Mund geküsst, dann gab sie sich seinen weichen Lippen hin und schmiegte sich an seinen muskulösen Körper.

„Ich liebe dich, Evelyn Tremaine", murmelte er an ihrem Ohr. „Ich habe dich vom ersten Moment an geliebt, als du schmutzig im Schlamm lagst."

„Da dachtest du aber noch, ich wäre ein Junge."

Er lachte. „Stimmt, trotzdem mochte ich dich." Sanft schob er sie ein Stück von sich und sah sie ernst an. „Willst du meine Frau werden, Evelyn Tremaine? Gegen alle möglichen Widerstände?"

„Natürlich, du dummer Kerl." Mutig geworden küsste Evelyn ihn nun. „Ich glaube nicht, dass mein Vater Einwände erheben wird. Wenn doch, dann brennen wir einfach nach Gretna Green durch."

„Vielleicht müssen wir auch warten, bis du einundzwanzig", gab Sean zu bedenken. „Ich werde warten."

„Also sind wir jetzt verlobt?"

Er nickte, dann fiel ihm siedend heiß etwas ein. „Den Ring besorge ich selbstverständlich noch."

Sie lachte hell auf. „Der ist nicht wichtig. Vorerst darf aber niemand davon erfahren, Sean. Ich möchte es meinem Vater selbst sagen. Er ist inzwischen kräftig genug, sodass du in zwei, drei Tagen mit ihm sprechen kannst."

„Oje." Unbehaglich wand sich Sean. „Deine Mutter wird alles andere als begeistert sein."

„Was Clarissa denkt, soll uns nicht kümmern." Evelyn schmiegte sich wieder an ihn. „Ich hoffe jedoch, dass du mich nicht zu einem Heimchen am Herd machen möchtest. Ich werde weiterhin lernen, Bücher lesen, die nicht unbedingt für Frauen bestimmt sind, und möchte Seite an Seite mit dir in den Minen arbeiten. Auf keinen Fall habe ich vor, meine Zeit mit Putzen, Waschen und Kochen zu verbringen. Wir werden eine unkonventionelle Ehe führen, und die meisten Leute werden den Kopf schütteln, mich für unweiblich halten und sich fragen, warum du ausgerechnet mich zur Frau genommen hast."

Evelyn hatte leise gesprochen, Sean erkannte jedoch den Ernst ihrer Worte. Sanft schob er sie von sich und sah ihr in die Augen.

„Eben aus diesem Grund liebe ich dich. Wenn du anders wärst, dann würde ich dich nicht zur Frau wollen."

„Ich hoffe, ich werde dich eines Tages nicht an deine heutigen Worte erinnern müssen." Sie lächelte verschmitzt. „Jetzt sag doch: Was hast du vor?"

„Nein, sonst wäre es ja keine Überraschung mehr."

„Ach, nur ein bisschen, bitte! Nur eine kleine Andeutung!"

Er gab ihr einen zärtlichen Nasenstüber. „Wart ab, mein Liebling. Wir treffen uns um fünf Uhr, am besten hier bei der Mine. Zieh etwas Nettes, aber nichts Elegantes an, und festes Schuhwerk."

„Sean Faulkner, du verstehst es wirklich, einen auf die Folter zu spannen."

Er lachte, zog sie an sich, und sie küssten sich erneut. Nie zuvor war Evelyn so glücklich gewesen.

Obwohl Evelyn die ganze Nacht vor Erwartung kein Auge zugetan hatte, war sie bereits zehn Minuten vor der vereinbarten Zeit bei Wheal Kerris. So früh morgens schliefen auf Higher Barton alle noch, also hatte sie ihre Stute selbst gesattelt und leise vom Hof geführt. Sie hatte niemanden über den Ausflug informiert. Da sie in den letzten Tagen immer sehr früh nach Wheal Kerris geritten war und dort den ganzen Tag verbrachte, würden weder Clarissa noch Ralph sie vermissen.

Sean und sie ritten Seite an Seite gen Westen. Noch lag Nebel über der Landschaft, der sich verdichtete, als sie die Höhe von Lostwithiel erreichten, und sich nach und nach lichtete, als der Weg nach St. Austell abfiel. Zuerst hatte Evelyn gedacht, Sean würde sie zu einer benachbarten Mine führen, je weiter sie jedoch ritten, desto mehr steigerte sich Evelyns Aufregung. Sie wusste, die Lanner-Mine lag in dieser Richtung. Wahrscheinlich wollte Sean ihr die *Men Engine* zeigen und sie davon überzeugen, einen solchen Aufzug in Wheal Kerris einzubauen. Nach zwei Stunden rasteten sie in einem stillen Flusstal, und Sean packte aus seinen Satteltaschen Köstlichkeiten, die sie sich schmecken ließen. Er hatte an alles gedacht. Tatsächlich näherten sie sich dann dem kleinen Ort Lanner, und Evelyn sah das riesengroße Gebiet der Mine, die neben der Levant im Westen zu den größten Minen in Cornwall zählte. Sie ritten jedoch daran vorbei.

„Wohin willst du, Sean?", rief Evelyn ihm zu. „Ich dachte, wir besuchen die Mine wegen der Men Engine."

Er zwinkerte ihr zu. „Vielleicht haben wir später dafür Zeit, zuerst müssen wir noch ein Stück weiter. Wir sollten uns beeilen, denn wir werden erwartet."

In schnellem Ritt ging es talabwärts weiter, bis vor ihnen eine größere Stadt auftauchte, über der eine Dunstwolke lag. Die Stadt war von unzähligen Dampfmaschinenhäusern umgeben, die unermüdlich den Rauch aus den hohen, schlanken Schloten stießen. Als sie die Fore Street erreicht hatten, mussten sie die Pferde zügeln, denn auf der Straße herrschte dichtes Gedränge. Die Menschen waren alle ärmlich gekleidet, wirkten gehetzt, und Evelyn sah auch keine herrschaftlichen Gebäude, sondern nur einfache, meist zwei- oder dreistöckige Häuser. Einzig das Tower House verfügte über eine Fassade, von der der Putz nicht abbröckelte.

Sean wandte sich ihr zu. „Camborne ist zwar eine blühende Metropole des Zinn- und Kupferhandels, sonst aber keine besonders schöne Stadt. Hier leben nur die Bergarbeiter mit ihren Familien und natürlich die Kaufleute."

Camborne ... Der Name schwirrte durch Evelyns Kopf. Sie ahnte, wohin der Weg führen würde. Das konnte aber doch nicht sein ...

Am Ende der Fore Street bog Sean zuerst nach rechts, dann bald wieder nach links ab. Er bewegte sich, als würde er sich hier gut auskennen. Die Straße endete vor einem imposanten dreistöckigen Gebäude, einem kleinen Herrensitz gleich, aus dem typischen cornischen grauen Stein erbaut. Um einen geräumigen Innenhof reihten sich rund ein Dutzend Nebengebäude. Sie stiegen ab, und Sean drückte einem herbeieilenden Jungen die Zügel in die Hand.

„Reib die Pferde gut trocken und gib ihnen Wasser", wies er ihn an. „Wir haben einen langen Ritt hinter uns."

Evelyn folgte ihm schweigend durch die Eingangstür in eine über zwei Stockwerke reichende Halle. An einem Schreibtisch saß ein junger Mann.

„Guten Tag, mein Name ist Sean Faulkner. Miss Tremaine und ich haben einen Termin bei Mr Harris."

„Ich werde Sie sofort anmelden." Der Mann sprang auf und verschwand hinter einer Tür auf der rechten Seite.

„Harris?", flüsterte Evelyn, und alles Blut wich aus ihrem Gesicht. „Sean, das geht doch nicht …"

Sie wurde unterbrochen, denn der junge Mann winkte ihnen, dass sie näher kommen sollten. Sie betraten einen Büroraum und hinter dem Schreibtisch erhob sich ein nicht mehr ganz junger Mann mit spärlichem Haupthaar, der die Besucher durch seine dicken Brillengläser erstaunt musterte.

„Mr Faulkner, ich habe Sie erwartet", sagte er. „Allerdings wurde mir ein Mr Tremaine angekündigt." Sein Blick ging zu Evelyn. „Ist Ihr Bruder verhindert, Miss Tremaine?"

Bevor Evelyn nach Worten suchen konnte, antwortete Sean schnell: „Ich muss Sie wegen dieser kleinen Schwindelei um Verzeihung bitten, Mr Harris. In der Tat handelt es sich bei meiner Begleitung um E. Tremaine – um die Person, die sich an Ihrer Schule beworben hat, wie ich ihnen schriftlich mitteilte."

„Ein Mädchen?" Das Entsetzen stand dem Schulleiter deutlich ins Gesicht geschrieben, und Evelyn wäre am liebsten in einem Mauseloch verschwunden. Er seufzte, als läge alle Last der Welt auf seinen Schultern, und fuhr fort: „Nun ja, gut, wenn Sie schon mal hier sind … Setzen wir uns doch. Allerdings fürchte ich, Sie haben den weiten Weg umsonst gemacht."

„Warum?", fragte Sean. „Ich habe mir erlaubt, Erkundigungen über Ihre Ausbildungsstätte einzuholen. In Ihren Statuten wird kein Passus aufgeführt, der Frauen die Aufnahme verweigert."

Für einen Moment war Mr Harris sprachlos, dann lachte er laut.

„Fallen Sie immer mit der Tür ins Haus, Mr Faulkner? Das ist gut, ich mag keine Leute, die um den heißen Brei herumreden." Sein Blick ging zu Evelyn. „Eine solche Bestimmung gibt es in der Tat nicht, da haben Sie recht, und zwar aus dem ganz einfachen Grund: Weil es schlichtweg unmöglich ist, Frauen das Studium des Bergbaus zu erlauben. Das gab es noch nie …"

„Dann wird es Zeit, das zu ändern", fiel Evelyn ihm, durch seine freundliche Art mutiger geworden, ins Wort.

Er seufzte erneut. „Sie meinen es also ernst und möchten sich tatsächlich um einen Studienplatz bewerben?"

Evelyn erwiderte mit fester Stimme: „Ich wusste, wenn ich Ihnen schreibe, dass ich eine Frau bin, werden Sie mein Ansuchen sofort ablehnen."

„Damit liegen Sie richtig." Mr Harris hakte die Daumen in seine Weste und lehnte sich zurück. „Minenbauingenieurswesen ist eine Männerdomäne. Bisher hat keine Frau auch nur daran gedacht, dieses Metier zu erlernen", wiederholte er.

„Ich sehe keinen Grund, warum das auch weiterhin so bleiben sollte", sagte Sean bestimmt. „Mr Harris, ich bitte Sie, Miss Tremaine auf Herz und Nieren zu prüfen. Sie werden feststellen, dass die junge Dame bereits jetzt weit mehr kann und weiß als viele der

Männer, die sich bei Ihnen bewerben. Schließlich hat Miss Tremaine seit ihrer Kindheit die meiste Zeit in den Tremaine-Minen in Lower Barton verbracht und wurde von ihrem Vater, Lord Richard Tremaine, in alle Belange involviert."

„Die Tremaine-Minen im Osten?" Der Ausdruck des Erkennens zog über das Gesicht von Mr Harris. „Geschah dort nicht erst kürzlich ein schrecklicher Zwischenfall?"

Evelyn schilderte in knappen Sätzen das Unglück. Als sie geendet hatte, schmunzelte Harris und meinte: „Dann müssen Sie die junge Dame sein, die das Zepter in die Hand genommen und schnell und überlegt gehandelt hat. Das hat sich sogar bis nach Camborne herumgesprochen, und ich kann nicht umhin, Ihnen Respekt zu zollen."

Evelyn errötete, und Sean rief: „Das sage ich doch! Wenn es sich lohnt, eine Frau auszubilden, dann Miss Tremaine, darauf gebe ich Ihnen mein Wort!"

„Nun mal langsam, junger Mann. Das ist keine Entscheidung, die ich allein treffen kann. Ich muss die Sache dem Komitee vorlegen, das dann darüber entscheidet. Wie alt sind Sie, Miss Tremaine?"

„Ich werde Ende des Jahres achtzehn."

„Wir bräuchten natürlich die Einwilligung ihres Vaters", fuhr Harris nachdenklich fort. „Ich kenne Lord Tremaine nicht persönlich, ihm eilt jedoch der Ruf voraus, recht fortschrittlich und modern zu sein. Wenn er einverstanden ist und es mir gelingt, das Komitee zu überzeugen …"

Evelyn sprang auf, ihre Wangen glühten vor Erregung.

„Das heißt, ich darf studieren? Ich darf das alles wirklich von Grund auf lernen und kann einen Abschluss machen?"

Harris nickte zustimmend, gab dann aber zu bedenken: „Ich fürchte, Sie müssen sich auf massive Gegenwehr, wenn nicht sogar auf Ablehnung von Seiten der männlichen Studenten gefasst machen."

„Damit werde ich schon fertig", sagte Evelyn und setzte sich wieder.

Sean bestätigte: „Daran habe ich keinen Zweifel."

„Noch etwas, Miss Tremaine", fuhr Harris fort. „Wir müssen die Frage, Ihre Unterkunft betreffend, klären. Sofern unsere Schüler von auswärts kommen, wohnen sie hier in der Schule in einem der Nebengebäude. Das kommt für Sie natürlich nicht infrage. Ich hätte aber eine Lösung anzubieten."

„Ja?" Gespannt sah Evelyn den Mann an.

„Meine Schwester ist verwitwet, ihr Haus ist für eine Person viel zu groß. Daher vermietet sie immer mal wieder Zimmer. Ich denke, dass Sie bei ihr wohnen könnten, und es ist nicht weit von der Schule entfernt. Ihr Vater wird es sicher begrüßen, wenn Sie unter der Aufsicht einer älteren Dame sind, nicht wahr?"

In Evelyns Kopf wirbelten die Gedanken durcheinander. So richtig begreifen konnte sie noch nicht, dass sie wirklich die Möglichkeit erhalten sollte, das zu studieren, wovon sie ihr ganzes Leben lang träumte. Das Einzige, was fehlte, war die Zustimmung ihres Vaters. Evelyn war jedoch überzeugt, dass er keine Einwände erheben würde. Nun ja, und das Komitee musste auch noch einverstanden sein. Wenn sich Mr Harris aber für sie einsetzte – und sie hatte keinen Zweifel daran, dass er das tun würde –, dann war das nur eine Form-sache.

Sean und sie verabschiedeten sich höflich. Auf der Straße fragte Sean: „Hast du Hunger? Ich lade dich zum Essen ein, in der Fore Street habe ich ein Lokal gesehen, das ganz passabel zu sein scheint."

„Ich könnte keinen Bissen hinunterbekommen."

Erst, als das Essen serviert wurde, bemerkte Evelyn, wie hungrig sie war, und aß mit gutem Appetit. Dabei schmiedeten sie Zukunftspläne. Das Studium dauerte zwei Jahre. Sean hoffte, so lange in Wheal Kerris oder einer anderen Mine in Cornwall arbeiten zu können. An den Wochenenden wollte er Evelyn in Camborne besuchen, und die Ferien würde sie ohnehin auf Higher Barton verbringen.

„Wir müssen unsere Verlobung natürlich bekannt machen, damit die Leute nichts Falsches denken", erklärte Sean. „Wenn du mit der Schule fertig bist, können wir heiraten."

„Und gemeinsam Wheal Kerris verwalten", voll-endete Evelyn den Satz. Sie war derart euphorisch, dass sie nicht daran dachte, dass ihr Stiefbruder alles tun würde, um das zu verhindern. In Evelyns Träumen und Vorstellungen sah sie sich und Sean als Eigen-tümer von Higher Barton. Seite an Seite würden sie neue Minen erschließen, denn unter der Erde lag so viel kostbares Erz, dass die kommenden Generationen ausgesorgt hatten. Die Zukunft konnte nicht glanzvoller vor Evelyn liegen.

# 13

Clarissa war außer sich vor Wut, als Evelyn erst am späten Abend nach Higher Barton zurückkehrte.

„Wo bist du gewesen?", fauchte sie. „Haben wir dir nicht gesagt, dass du dich nicht herumtreiben sollst wie eine gewöhnliche ..."

„Sag es nicht!", unterbrach Evelyn laut. „Ich hatte etwas Wichtiges zu erledigen und weiß, dass Vater, wenn ich mit ihm darüber gesprochen habe, einverstanden sein wird."

„Was kann das schon gewesen sein?"

Aus dem Hintergrund trat Ralph in die Halle, in der Hand ein Glas Brandy. Es war nicht der erste Drink an diesem Abend, wie sein glasiger Blick bewies.

„Herumgetrieben hat sie sich mit dem Schotten", giftete Clarissa und drückte ihren Zeigefinger auf Evelyns Brustbein. „Glaube nicht, ich wüsste nicht, dass er sich heute freigenommen hat und den ganzen Tag verschwunden war. Wenn dir dein Ruf egal ist, dann könntest du wenigstens an deine Familie denken. "

Evelyn hatte keine Lust auf eine weitere Diskussion und drängte sich an Clarissa vorbei. „Ihr entschuldigt mich? Ich bin müde und möchte zu Bett gehen."

„Lass sie, Mum", sagte Ralph und leerte das Glas mit einem Schluck. „Sie wird schon sehen, was sie davon hat, wenn die Gesellschaft ihre Türen vor ihr verschließt und sie ausgrenzt."

In Evelyn brodelte es zwar, sie hielt sich aber

zurück, die Verlobung mit Sean zu erwähnen. Insgeheim schmunzelte sie jedoch. Ralph und Clarissa würden sich noch wundern!

Als sie am nächsten Tag beim Lunch saßen, überbrachte Winston einen Brief.

„Für Miss Evelyn", sagte der Butler, aber bevor diese ihn nehmen konnte, fuhr Clarissa hoch und riss Winston das Schreiben aus den Händen.

„Von Edward Norton", rief sie, nachdem sie einen Blick auf den Absender geworfen hatte „Endlich!"

Kühl musterte Evelyn ihre Stiefmutter. „Da der Brief für mich bestimmt ist – dürfte ich ihn bitte haben?"

Widerwillig gab Clarissa ihr den Umschlag, lauerte aber wie eine Katze auf frische Sahne, als Evelyn das Schreiben öffnete und die wenigen Zeilen las.

„Schreibt er, wann er uns besuchen kommt?", fragte Clarissa ungeduldig.

Evelyn schüttelte den Kopf. „Norton schreibt nur, dass es ihm gut ginge und er eine Menge Arbeit habe, weil einer der Verwalter gekündigt hat." Sie reichte Clarissa den Brief. „Du kannst es gern selbst lesen."

Während Clarissas Augen über die Zeilen glitten, wurde es Evelyn bewusst, dass sie seit Wochen nicht mehr an Edward Norton gedacht hatte. Sie konnte kaum glauben, dass es eine Zeit gegeben hatte, in der sie in Erwägung gezogen hatte, seine Frau zu werden. Damals erschien es ihr vernünftig, heute jedoch wusste sie, was Liebe bedeutete. Für Sean empfand sie Gefühle, die sie Norton gegenüber nie gehabt hatte. Nur gut, dass auch er von Anfang an keine Verbindung ins Auge gefasst hatte.

„Du musst ihm antworten und ihn zu deiner Einführung in die Gesellschaft einladen", sagte Clarissa und riss Evelyn aus ihren Gedanken. „Sicher kann er es einrichten, im Herbst nach London zu kommen."

Die Einführung! Mühsam verbarg Evelyn ein Lächeln. Im Herbst würde sie studieren, außerdem war sie verlobt. Somit war das ganze Theater hinfällig geworden. Die Zeit, ihr Geheimnis aufzudecken, war aber noch nicht gekommen, daher sagte Evelyn anscheinend nachgiebig: „Du hast recht, ich werde Norton noch heute schreiben."

Evelyn würde ihm die Wahrheit gestehen, nicht, dass er sich doch vielleicht mit dem Gedanken trug, ihr einen Antrag zu machen. Sie bezweifelte zwar, dass Norton ihre Ausbildung gutheißen würde, aber – obwohl sie Edward schätzte – darauf konnte sie keine Rücksicht nehmen.

Zufrieden lächelnd lehnte Clarissa sich zurück. „Du scheinst zur Vernunft zu kommen, Mädchen", sagte sie wohlwollend. „Wir können nur hoffen, dass deine ... Eskapaden, den Schotten betreffend, nicht bis zu Norton gedrungen sind."

Evelyn lächelte und aß mit gutem Appetit ihre Suppe.

Richard Tremaine unterschrieb keine Vollmacht für seinen Stiefsohn. Sein Körper war zwar geschwächt, sein Verstand arbeitete jedoch hervorragend, und nach einer ruhelosen Nacht war er zu dem Entschluss gekommen, Ralph die Macht noch nicht zu übergeben. Stattdessen bat er, dass Hugh Banfield und der Obersteiger Carson ihn jeden Nachmittag aufsuchten und ihm Bericht erstatteten. So war Richard auf dem Laufenden und erfuhr, wie umsichtig Evelyn gehandelt hatte, um den Bergleuten von Wheal Brane Lohn und Brot zu erhalten. Als Carson erzählte, dass Ralph die Arbeiter entlassen und deren Familien aus ihren Cottages vertreiben wollte, unterdrückte Richard seinen Ärger, und sagte: „Es war richtig, dass Sie den Anweisungen meiner Tochter gefolgt sind."

Carson und Banfield tauschten einen vielsagenden Blick. Die Männer hatten längst erkannt, dass die Leitung der Minen in Evelyns Händen lag, und sie würden einen Teufel tun, sich dagegen zu wehren. Nicht, weil sie sich keinen Ärger mit Sir Tremaine einhandeln wollten, sondern weil es bei der jungen Miss keinen Zweifel an ihrer Kompetenz gab. Richard hatte Clarissa unmissverständlich erklärt: „Ralph hatte seine Chance, er hat sie nicht genutzt. Sein Verhalten und sein Versuch, entgegen meinen Anweisungen zu handeln, kann und werde ich nicht billigen. Mit Banfield und Carson habe ich hervorragende Männer, Evelyn hat auf alles ein Auge, und bald werde ich mich wieder vollständig erholt haben."

Da Richard es abgelehnt hatte, persönlich mit Ralph zu sprechen – er hatte die Befürchtung, er könne die Beherrschung verlieren und Worte sagen, die er später bereuen würde –, hatte Ralph vor zwei Tagen Higher Barton wutschnaubend verlassen. Nicht ohne einen großzügigen Scheck von Clarissa in der Tasche, die dafür ein paar ihrer Schmuckstücke versetzt hatte, denn Richard würde ihr sicher kein Geld für Ralph geben. Sie hatte gejammert und gefleht, er möge bleiben, Ralph hatte indes nur zynisch gelacht.

„Ich weiß, wann ich nicht mehr erwünscht bin, Mum. Mein lieber *Vater* kann sich Higher Barton und alles andere in den Allerwertesten stecken, mich bekommt ihr so schnell nicht wieder zu Gesicht. Deutlicher konnte er mir nicht zeigen, wie wenig er von mir hält und dass ich nie sein richtiger Sohn war und werden kann."

„Wohin willst du denn gehen?", hatte Clarissa bang gefragt. „Nach London oder wieder aufs Festland?"

„Ich werde dir schreiben, Mum." Ralph hatte sie auf die Stirn geküsst und war, ohne einen Blick zurückzuwerfen, vom Hof geritten.

So musste Clarissa hilflos mit ansehen, wie Evelyn immer mehr an Einfluss gewann, und die Erzförderung in gewohnter Manier weiterging. Die neue Mine war so ertragreich wie vorausgesagt. Die Wagen waren voll beladen mit Erz und fuhren an die Nordküste nach Portreath, um von dort nach Südwales zur Schmelzung des Metalls verschifft zu werden. Und selbst Clarissa erkannte, dass es unter Ralphs Leitung eine solche Effektivität wohl nicht geben würde. Obwohl sie ihren Sohn über alles liebte, war sie nicht so verblendet, um nicht zu erkennen, dass Ralph kein guter Geschäftsmann war und noch weniger ein Mann, der sich die Hände schmutzig machen würde.

Zum ersten Mal seit dem Unglück kam Richard Tremaine zum Essen nach unten. Beim Gehen musste er sich noch auf einen Stock stützen, seine Wangen hatten aber wieder Farbe bekommen, und er weigerte sich, noch länger die Medizin einzunehmen. Nach dem Lunch hatte Clarissa sich zum Tee zu Lady Carter nach Allerby House, einem Landsitz in der Nähe von Fowey, fahren lassen, so waren Richard und Evelyn allein. Da ihr Vater wieder fast bei Kräften war, beschloss Evelyn, einen Vorstoß zu wagen.

„Dad, ist es dir warm genug?", begann sie, und wollte eine Decke über seine Beine breiten.

„Wir haben Hochsommer, und ich bin kein Invalide." Er lachte und zwinkerte ihr zu. „Auch wenn Clarissa so tut, als würde ich mit einem Bein im Grab stehen. Mir geht es wieder hervorragend, und ich denke, ich werde nächste Woche den Minen einen Besuch abstatten können."

„Ich bin so froh, dass alle Männer gerettet wurden und dir nicht mehr geschehen ist", sagte Evelyn ernst.

„Heraus damit", sagte Richard plötzlich.

„Was meinst du?"

„Ich sehe dir doch an, dass du etwas auf dem Herzen hast, mein Mädchen." Liebevoll sah er sie an. „Seit Tagen schleichst du wie eine Katze um den heißen Brei herum. Gibt es Probleme in den Minen? Du kannst mir alles sagen, ich brauche keine weitere Schonung."

„Das ist es nicht, Dad." Evelyn glitt von ihrem Stuhl und kauerte sich zu seinen Füßen, wie sie es schon als Kind getan hatte. So fühlte sie sich ihrem Vater besonders nah. „Es geht um Sean … Sean Faulkner, den Ingenieur."

„Ich weiß, wer Sean ist." Richard legte eine Hand auf ihr Haar. „Ein hervorragender Mann, der uns hoffentlich auf längere Zeit erhalten bleibt. Ich möchte auf seine Mitarbeit nicht mehr verzichten, besonders jetzt, wenn die nächsten Modernisierungen anstehen. Der junge Mann hat nicht nur hervorragende Ideen, er weiß sie auch umzusetzen."

Evelyn suchte nach den richtigen Worten, räusperte sich, und stieß dann hervor: „Sean und ich ... also ... wir ... du darfst aber nicht böse sein."

„Ihr habt euch ineinander verliebt", stellte Richard nüchtern fest. „Nun, das habe ich kommen sehen."

Evelyn hob den Kopf. Richard lächelte, und all ihre Bedenken lösten sich in Luft auf.

„Er möchte mich heiraten", flüsterte sie heiser. Richard nickte.

„Eine logische Konsequenz, wenn man sich liebt."

„Du hast also nichts dagegen? Weil seine Familie doch einer anderen Gesellschaftsschicht angehört."

„Wenn eine Ehe zwischen euch bedeutet, dass der Schotte für immer in Higher Barton bleiben wird, gibt es nichts, was ich mir sehnlicher wünschen würde. Was werden seine Eltern jedoch sagen, den Sohn auf Dauer in der Fremde zu wissen?"

„Sean hat seinen Eltern bereits geschrieben", antwortete Evelyn. „Sie sind einverstanden, denn sie möchten ihren Sohn glücklich sehen. Wir werden uns natürlich gegenseitig besuchen, auch wenn Mr Faulkner die Firma auf längere Zeit nicht allein lassen kann."

„Wir könnten im Herbst einige Zeit in Schottland verbringen", schlug Richard vor. „Schließlich will ich die Familie des Mannes, dem ich meine Tochter anvertraue, kennenlernen."

„Dann darf dich Sean also um ein Gespräch bitten?"

Ein erneutes Augenzwinkern. „Selbstverständlich, ich werde ihn mit Freude erwarten, obwohl es kaum noch etwas zu sagen gibt, da ihr beide euch ja offensichtlich einig seid."

Dass es so einfach werden würde, hätte Evelyn nicht

gedacht. Sie sprang auf und lief aufgeregt im Zimmer auf und ab.

„Clarissa wird dagegen sein."

Richard winkte ab. „Das lass meine Sorge sein. Evelyn, auch ich habe etwas auf dem Herzen, das mich schon länger beschäftigt. Die wundervolle Nachricht von dir und Sean bekräftigt mich in meinem Vorhaben, und es wird Zeit, die Sache anzugehen."

„Was meinst du?" Gespannt sah Evelyn ihren Vater an.

Er räusperte sich mehrmals, bevor er leise sagte: „Wir beide wissen, dass Ralph als Erbe absolut ungeeignet ist. Er würde Higher Barton binnen kurzer Zeit in den Ruin führen. Daher habe ich beschlossen, mein Testament zu ändern und dich als Erbin einzusetzen. Da ich nun weiß, dass an deiner Seite ein hervorragender Ingenieur sein wird, bestärkt das meinen Entschluss."

Evelyn starrte ihren Vater mit offenem Mund an. Sie brauchte ein paar Minuten, bevor sie heiser fragen konnte: „Du meinst das ernst? Ja, geht das denn, dass eine Frau erbt? Ich dachte, es wäre unmöglich."

„Alles ist möglich, wenn man es wirklich will." Für einen Moment fiel ein Schatten über Richards Gesicht. „Ich habe geglaubt, in Ralph einen würdigen Erben zu haben, der Junge ist aber eine einzige Enttäuschung. Natürlich werde ich ihn entsprechend abfinden müssen, das bin ich ihm und auch seiner Mutter schuldig. Higher Barton, der Landbesitz und die Minen werden aber eines Tages dir und Sean gehören."

„Hast du darüber mit Clarissa gesprochen?", fragte Evelyn bang.

Richard schüttelte den Kopf. „Es soll vorerst unser Geheimnis bleiben. Ich hoffe, noch viele Jahre leben zu dürfen. Und wenn ihr, du und Sean, einen Sohn bekommt, so wird er dir als Erbe folgen. Wenn es ein Mädchen sein sollte, dann wird das nicht viel ändern, denn ich weiß, du wirst eine Tochter entsprechend erziehen."

Evelyn sah ihren Vater fest an und sagte ernst: „Ich werde mich deines Vertrauens würdig erweisen, Dad. Es gibt aber noch etwas, das du wissen musst."

Richard zuckte zusammen. „Sean hat dich hoffentlich nicht in irgendwelche Schwierigkeiten gebracht, sodass eine schnelle Hochzeit nötig ist. Du bist noch sehr jung."

Evelyn errötete und wandte verlegen den Blick ab.

„Nein, nein", versicherte sie hastig. „Es ist etwas anderes, das nichts mit Sean zu tun hat. Ich hoffe, es regt dich nicht zu sehr auf."

„Raus damit, Mädchen!" Er schmunzelte verständnisvoll. „Du weißt, du kannst mir alles sagen."

Offen und ehrlich berichtete Evelyn von ihrer Bewerbung an der *First School of Cornish Mining* und ihrem dortigen Besuch.

„Mr Harris will sich dafür einsetzen, dass ich aufgenommen werde. Er braucht natürlich deine Einwilligung."

Richard Tremaine verschlug es die Sprache, was bisher noch nie vorgekommen war. Evelyn dachte, er würde nun furchtbar wütend werden, er lachte jedoch so heftig, dass ihm Tränen in die Augen stiegen.

„Du bist wahrlich meine Tochter! Ich hätte nicht anders gehandelt und bewundere dich für deinen Mut."

„Dann erlaubst du es mir, die Schule zu besuchen?"

„Selbstverständlich, auch wenn es mir schwerfallen wird, dich für zwei Jahre in der Ferne zu wissen. Du hast vor nichts Angst, Mädchen, das muss man dir lassen! Du wirst dich gegen deine männlichen Kollegen durchsetzen, denn in meinem ganzen Leben habe ich keine stärkere und entschlossenere Frau als dich kennengelernt. Und das sage ich nicht nur, weil du meine Tochter bist."

Evelyn wusste, dass seine Worte von Herzen kamen, und küsste ihren Vater zärtlich auf die Wange.

Die Nachricht von der Verlobung zwischen Evelyn und Sean riss Clarissa den Boden unter den Füßen weg. Sie war sich der Konsequenzen dieser Verbindung für Ralph bewusst, wusste aber, dass jeder Einwand ungehört verpuffen würde. Vater und Tochter waren sich einig, und zusammen bildeten sie ein starkes Bollwerk, das Clarissa niemals einreißen konnte. Sie zog sich in ihre Räume zurück und ließ sich das Essen ins Zimmer bringen. Selbst an der kleinen Verlobungsfeier, die zwei Wochen später auf Higher Barton stattfand, nahm sie nicht teil. Es war eine deutliche Brüskierung, denn von den Gästen glaubte natürlich niemand, sie wäre nur *unpässlich*, wie es offiziell hieß. Die Reaktionen auf die Verlobung waren unterschiedlich. Während die Bergarbeiter das Brautpaar hochleben ließen, gab es auch kritische Stimmen unter den Nachbarn und Freunden.

„Der Schotte ist doch nur auf ihr Geld aus" und „Wer ist der Mann schon? Der setzt sich in ein gemachtes Nest" waren noch harmlose Bemerkungen.

Evelyn, die mit solchen Reaktionen gerechnet hatte, hörte nicht auf sie. Die Neuigkeit, dass sie studieren würde, blieb jedoch ein streng gehütetes Geheimnis zwischen ihr, Richard und Sean. Das sollten die Leute und auch Clarissa erst erfahren, wenn sie im September nach Camborne abreisen würde.

Evelyn hatte einen freien Nachmittag und saß unter einem Baum am Bach, der sich durch den Park von Higher Barton schlängelte. Die Zweige der Trauerweide reichten bis auf die Wasseroberfläche hinab und spendeten ihr an diesem heißen Augusttag wohltuenden Schatten. Eine angenehme Kühle stieg vom Wasser auf, das über die Steine plätscherte. Evelyn wähnte sich allein, daher zog sie Schuhe und Strümpfe aus und tauchte die Füße ins kühle Nass. Als Kinder hatten sie und Ralph oft hier gespielt und in dem flachen Gewässer geplanscht. Heute würde Clarissa toben, wenn sie Evelyn dabei erwischen würde, aber von der Stiefmutter war keine Störung zu erwarten.

„Die Hitze bringt mich noch um", hatte Clarissa beim Frühstück geklagt. „Ich muss mich wieder hinlegen."

Ihr Vater arbeitete seit drei Tagen wieder in den Minen, niemand hätte ihn einen Tag länger im Bett halten können. Der Stolz, den Schotten bald als Schwiegersohn in der Familie zu haben, war Richard anzusehen. Bis zur Hochzeit würden aber noch zwei Jahre vergehen, denn zuerst wollte Evelyn das Studium abschließen.

„Mein Studium", murmelte sie und lächelte versonnen. Wie sich das anhörte! Eine Frau, die studierte. Obwohl sie sich danach sehnte, Seans Frau zu werden – die Erwartung auf die Schule in Camborne verdrängte alles andere. Ob sie Gelegenheit erhalten würde, in die Stollen zu steigen? Bestimmt, denn ein guter Ingenieur musste auch praktische Erfahrungen unter Tage sammeln. Ihr kleines Erlebnis vom Frühjahr erschien jetzt, mit Abstand betrachtet, romantisch und weit weniger gefährlich, als es gewesen war. Leider waren ihr Vater und Sean unnachgiebig, wenn Evelyn darum bat, sie auf ihren Inspektionen unter Tage begleiten zu dürfen.

„Bei allem Fortschritt, mein Mädchen", sagte Richard Tremaine, „ich erlaube nicht, dass du dich einer solchen Gefahr aussetzt." Mit einem Augenzwinkern fügte er hinzu: „Und wir möchten die Knockers doch nicht böse stimmen."


Nicht mehr lange, und sie würde nach Camborne reisen, und dann begann ein neues und aufregendes Leben. Evelyn machte sich keine Illusionen, dass es einfach werden würde. Vor dem Lernpensum hatte sie keine Furcht. Mit Sean zusammen bereitete sie sich in jeder freien Minute vor, außerdem war sie fleißig und lernte gern. Gestern war die Liste der Bücher eingetroffen, die sie mitbringen musste. Einige fanden sich in der Bibliothek von Higher Barton, und Evelyn hatte sie bereits früher gelesen, den Rest wollte ihr Vater in den nächsten Tagen bestellen. Einzig die Trennung von Sean trübte ihre Vorfreude. Sie würden sich nur an den Sonntagen sehen können, und erst zu Weihnachten würde Evelyn wieder nach Higher Barton kommen. Es gab aber Papier, Feder und Tinte, und Sean, eigentlich kein begeisterter Briefschreiber, hatte versprochen, ihr mindestens zwei Mal die Woche zu schreiben. Evelyn lächelte. Wie sie sich kannte, würde sie ihm wohl täglich schreiben.

„Miss Evelyn!" Sie zuckte zusammen und sah zum Haus. Über die Wiese kam Sally, eines der Hausmädchen, auf sie zugelaufen. „Miss Evelyn! Da sind Sie ja!"

Seufzend zog Evelyn die Füße aus dem Wasser. Sally würde sie nicht an Clarissa verraten, trotzdem fühlte sie sich gestört.

„Was gibt es?"

Das Mädchen hatte rote Flecken auf den Wangen und holte erst mal tief Luft, bevor sie hervorstieß: „Mylady bittet sie, sofort ins Haus zu kommen."

„Ich denke, meine Stiefmutter schläft."

„Es ist Besuch gekommen", erklärte Sally. „Mr Winston hat gesagt, dass Mylady nicht empfängt, die Frau hat aber darauf bestanden. Dann haben Mylady und sie lange miteinander gesprochen, und mir wurde aufgetragen, Sie sofort zu holen."

Sally hatte *eine Frau* und nicht etwa *eine Dame* gesagt. Das Personal machte hier große Unterschiede, daher fragte Evelyn sich, was die Besucherin wohl ausgerechnet von Clarissa wollte. Wenn sie eine Pächterin war, dann würde sie sich nie an die Hausherrin wenden.

„Es ist gut, danke, Sally. Du kannst gehen, ich komme sofort."

Mit einem Taschentuch trocknete Evelyn sich die Füße ab, zog die Strümpfe und Schuhe an und strich ihren Rock glatt. Eine dumpfe Ahnung sagte ihr, dass es mit dem Müßiggang des Sommertages vorbei war.

Sie fand ihre Stiefmutter und eine fremde, junge Frau in der Halle vor. Auf den ersten Blick sah Evelyn, dass die Fremde von ungewöhnlicher Schönheit war und sich in anderen Umständen befand. Deutlich rundete sich ihr Bauch unter dem schlichten, aber sauberen Kleid. Unwillkürlich schoss ihr durch den Kopf, ob Ralph das Mädchen wohl in Schwierigkeiten gebracht hatte. Zuzutrauen war es ihm, was hatte jedoch sie damit zu tun? Die Tatsache, dass Clarissa den Gast nicht in den Salon oder zumindest in die Bibliothek gebeten hatte, zeigte Evelyn, dass es sich um eine Person niedriger Stellung handelte.

„Evelyn, da bist du endlich!" Scharf hallte Clarissas Stimme durch die Halle. „Ich muss mir dir sprechen."

„Miss." Die Frau knickste und machte einen demütigen Eindruck. Evelyn sah verständnislos von einem zum anderem.

„Wenn es um Ralph geht, dann ..."

„Es geht um dich!", unterbrach Clarissa scharf. „Oder vielmehr um den Mann, der dir den Kopf verdreht hat und auf den du in deinem jugendlichen Leichtsinn hereingefallen bist."

Verständnislos schüttelte Evelyn den Kopf.

„Wer sind Sie?", fragte sie die Fremde.

Diese knickste erneut und sagte mit gesenktem Blick: „Mein Name ist Fiona Armstrong. Ich bin in der Nähe von Inverness in Schottland zu Hause."

Schottland? Eine ungute Vorahnung erfasste Evelyn.

„Miss Armstrong, sagen Sie meiner Tochter, was Sie veranlasst hat, die weite Reise nach Cornwall zu unternehmen."

Clarissas Stimme klang ruhig, doch ihr Blick ruhte geradezu lauernd auf Evelyn.

„Ich bin gekommen, um mit Sean zu sprechen." Fiona Armstrong hob den Kopf und sah Evelyn an. „Sean Faulkner, er lebt doch in diesem Haus, nicht wahr?"

Automatisch nickte Evelyn. „Er ist bei meinem Vater angestellt." Plötzlich wurde ihre Kehle eng. „Was wollen Sie von meinem Verlobten?"

Fionas Augen weiteten sich, und sie schnappte nach Luft.

„Sie sind verlobt?", stieß sie hervor. „Das sieht dem Schuft ähnlich, aber Sie sind natürlich ein lohnenswerteres Objekt als ein einfaches Mädchen vom Land."

„Würden Sie mir bitte endlich sagen, was hier gespielt wird?"

Die junge Frau legte eine Hand auf ihre Leibesmitte, die andere streckte sie Evelyn entgegen. Deutlich war der schmale Goldreif an ihrem rechten Ringfinger zu erkennen.

„Ich fürchte, Miss, Ihr und mein Verlobter sind ein und dieselbe Person."

„Sean? Das kann nicht sein."

Mit einem Schritt war Clarissa an Evelyns Seite und packte ihren Arm. „Oh, es sieht aber alles danach aus", sagte sie grimmig, die Brauen zornig gerunzelt. „Miss Armstrong ist seit rund zwei Jahren mit Faulkner verlobt. Und nicht nur das, sie erwartet ein Kind, wie unschwer zu erkennen ist."

Evelyn taumelte und war froh, dass Clarissa sie stützte.

„Im Frühjahr wollte er nur für ein paar Wochen nach Cornwall reisen", erklärte Fiona, „spätestens jedoch im Sommer zurückkehren, um mich zu heiraten. Wenn er das nicht versprochen hätte, hätte ich doch niemals …" Eine leichte Röte zog über ihre porzellanweiße Haut, und Evelyn verstand.

„Es muss sich um einen Irrtum handeln", presste

sie hervor. „Sie meinen bestimmt einen anderen Sean Faulkner, der Name wird in Schottland sicher häufiger vorkommen."

„Aber nicht alle Sean Faulkners stammen aus Inverness, sind die Söhne eines Mannes, der eine Landmaschinenfabrik betreibt, haben im Norden Englands Minenbauingenieurswesen studiert und ihren Eltern exakt unsere Adresse genannt." Die Gehässigkeit tropfte aus jedem von Clarissas Worten. „Welche Beweise brauchst du denn noch?"

Evelyn taumelte zu einem Stuhl und sank darauf. Das war eine Verwechselung, ein furchtbarer Irrtum, der sich sicher bald aufklären würde.

„Ich habe bereits nach deinem Vater und diesem Mitgiftjäger schicken lassen", fuhr Clarissa ungerührt fort. „Von Anfang an wusste ich, dass er nur auf dein Geld und auf die Minen scharf ist. Nur gut, dass Miss Armstrong gekommen ist und dich vor einem großen Fehler bewahrt."

Evelyn konnte nur ungläubig den Kopf schütteln. Sie kannte Sean doch! Niemals hätte er sie derart hintergangen! Sean würde auch nie eine Frau in Schwierigkeiten bringen und sie dann sitzenlassen. Er war ein Mann, der zu seinem Wort stand. Selbst wenn er bereits verlobt war – er hätte es ihr gesagt! Die Auflösung einer Verlobung war für beide Seiten immer eine schwierige, keineswegs jedoch unmögliche Angelegenheit.

Durch das Fenster sah Evelyn, wie ihr Vater und Sean sich dem Haus näherten. Die Tür ging auf, und die beiden Männer traten in die Halle. Richards Blick schweifte über die drei Frauen.

„Was gibt es so Dringendes, dass du uns von der Arbeit wegholen lässt?", fragte er Clarissa.

Evelyn beobachtete Sean. Auch er hatte Fiona Armstrong einen kurzen Blick geschenkt, nichts wies jedoch auf ein Erkennen oder gar ein Erschrecken hin. Im Gegenteil, er kam direkt zu ihr und sah sie besorgt an.

„Du bist weiß wie eine Wand", sagte er. „Ist etwas passiert? Bist du krank?"

„Sie können Ihr unwürdiges Spiel beenden!" Wie eine Furie schoss Clarissa auf ihn zu. „Fiona Armstrong hat uns alles gesagt."

„Fiona wer?" Sean drehte sich zu der jungen Frau um und runzelte die Stirn. „Verzeihen Sie bitte, aber sollte ich Sie kennen?"

Fiona schlug die Hände vors Gesicht und begann bitterlich zu weinen. Ohne dazu aufgefordert zu sein, sank sie auf einen Stuhl. Evelyn kam sich wie in einem schlechten Theaterstück vor, bei dem sie nur eine unbeteiligte Zuschauerin war, dabei war sie mittendrin, und es ging um ihr zukünftiges Leben.

„Sean, wer ist dieses Mädchen?", flüsterte sie heiser.

Er sah Fiona lange an, zuckte dann die Schultern und schüttelte gleichzeitig den Kopf. „Ich habe die Frau nie zuvor gesehen."

„Aber Sean!" Fiona Armstrongs Entsetzen schien echt zu sein. „Du kannst doch nicht alles vergessen haben!"

„Würde mir jetzt endlich jemand sagen, was das alles zu bedeuten hat?", rief Richard. „Und warum stehen wir hier in der Halle herum? Wir sollten in mein Arbeitszimmer gehen. Um was es sich auch handelt, es ist nicht nötig, dass das Personal es mitbekommt."

Entschlossen ging Richard voraus, die anderen folgten ihm. Nachdem Sean die Tür geschlossen hatte, forderte Richard seine Frau auf: „Ich erwarte, über die Vorgänge aufgeklärt zu werden."

Clarissa straffte sich, als sie mit klarer Stimme sagte: „Diese Frau behauptet, mit Mr Faulkner verlobt zu sein und sein Kind unter dem Herzen zu tragen. Die Hochzeit war für diesen Sommer geplant."

„Das ist nicht wahr!"

„Unmöglich!"

Sean und Richard hatten gleichzeitig gesprochen, jetzt sahen sie sich an.

„Sir ...", stammelte Sean, „ich versichere Ihnen, ich habe die Frau nie zuvor gesehen!"

„Ach, Sean." Fiona lief zu ihm und klammerte sich an seinen Arm. „Ich verstehe ja, dass du die Chance ergreifen und eine gute Partie machen willst. Der Bergbau geht dir über alles, und nun hast du eine reiche Erbin gefunden, die gleich mehrere Minen mitbringt. Ich werde dir nicht im Weg stehen, auch wenn es mir das Herz brechen wird. Wir hatten eine wunderschöne Zeit, die ich nie vergessen werde, und ich liebe dich mehr als sonst etwas auf dieser Welt. Ich kann dich nicht zwingen, mich zu heiraten, du musst aber für unser Kind sorgen, das bist du mir schuldig."

Sean war wie gelähmt. Schwer lag Fionas Hand auf seinem Arm. Er fühlte sich wie in einem Albtraum, und niemand kam, um ihn zu wecken. Über Fiona hinweg sah er in Evelyns wachsbleiches Gesicht und fuhr sich mit dem Handrücken über die schweißnasse Stirn. „Ich kann nur wiederholen, dass ich die Frau nie zuvor gesehen habe. Kein Wort von dem, was sie behauptet, ist wahr! Evelyn, du musst mir glauben! Ich liebe dich, und es gab nie eine andere Frau in meinem Leben."

Müde, als wäre sie binnen Minuten um Jahre gealtert, erhob Evelyn sich und trat zu Fiona. „Haben Sie Beweise, dass Ihre Aussage stimmt?"

„Evelyn, was soll das?", fuhr Clarissa dazwischen, aber Evelyn gebot ihr mit einer Handbewegung, zu schweigen.

„Ich möchte Sie nicht beleidigen, Miss Armstrong", fuhr Evelyn erstaunlich gelassen fort, „Sie müssen aber verstehen, dass gewisse Zweifel bestehen. Bevor ich eine Entscheidung treffen kann, muss ich Gewissheit haben."

„Danke, Evelyn", flüsterte Sean.

Fiona lächelte entspannt, nahm dann den Ring von ihrem Finger und reichte ihn Evelyn.

„Sehen Sie selbst."

*25. März 1850 In Liebe Sean*, las Evelyn, und die Buchstaben verschwammen vor ihren Augen. Trotzdem sagte sie: „Männer dieses Namens gibt es viele."

Fiona Armstrong wandte sich Richard Tremaine zu.

„Mylord, es ist mir zwar schrecklich peinlich, wenn es der Wahrheitsfindung aber dient, dann darf ich aus falscher Scham nicht schweigen. Schon wegen meines Kindes. Dieser Mann hier", ihr ausgestreckter Zeigefinger zeigte auf Sean, der wie ein Kaninchen in der Falle wirkte, „hat eine etwa daumendicke Narbe unterhalb der rechten Brustwarze, und an der linken Hüfte ein sternförmiges Muttermal mit fünf Zacken."

Scharf zog Sean die Luft ein und erstarrte. Richard Tremaine packte seinen Arm.

„Möchten Sie sich dazu äußern, Faulkner? Wir können

die Damen hinausschicken, damit ich mich persönlich von den Angaben überzeugen kann."

„Das ist nicht nötig, Sir." Alle Farbe wich aus Seans Wangen. „Die Angaben entsprechen der Wahrheit. Ich habe tatsächlich die Narbe und auch das beschriebene Muttermal. Ich weiß aber nicht, woher ..."

„Faulkner!", brüllte Richard nun, denn die Beweise hatten seine Zweifel besiegt. Er war von dem Schotten furchtbar enttäuscht und wütend auf sich selbst, weil er dem jungen Mann vorbehaltlos vertraut hatte. „Verlassen Sie auf der Stelle mein Haus! In einer Stunde sind Sie verschwunden, und wenn Sie es wagen, jemals wieder einen Fuß auf mein Land zu setzen, dann wird das furchtbare Konsequenzen haben!"

„Sir Tremaine ... Evelyn ... das kann doch alles nicht sein", stammelte Sean mit blutleeren Lippen, dann wandte er sich an Fiona und stieß hervor: „Das ist eine Intrige! Ich kenne Sie nicht, habe Sie nie in meinem Leben gesehen! Was soll dieses Theater? Sie werden damit nicht durchkommen, das schwöre ich. Ich werde ..."

Er war kurz davor, Fiona kräftig zu schütteln, allein ihre Schwangerschaft hielt ihn davon ab. Mit einem Schritt war Richard an seiner Seite und packte ihn hart am Arm.

„Sie haben alles gehört, was ich zu der Angelegenheit zu sagen habe." Richards Stimme klang nun gefährlich leise. „Sie gehen jetzt, bevor ein Unglück geschieht."

„Dad ... bitte ..."

Evelyns Blick irrte zwischen Sean und ihrem Vater hin und her. Sie war unfähig, einen klaren Gedanken zu fassen, und konnte nicht verhindern, dass Richard

Sean zur Tür schob, was dieser sich widerstandslos gefallen ließ.

Sean drehte aber noch mal den Kopf und rief ihr zu: „Evelyn, kein Wort davon entspricht der Wahrheit! Ich werde es beweisen, so wahr ich Sean Faulkner heiße."

„Ach Sean", sagte Fiona leise, den Tränen nahe, „wie kannst du mich nur derart verraten, nachdem du von Liebe gesprochen hast?"

Evelyn presste die Hände auf die Ohren, sie wollte nicht länger zuhören. Sie taumelte, stieß mit der Hüfte an eine Kommode, spürte den Schmerz aber nicht. Sie wollte schreien, sie wollte weinen, aber kein Laut kam aus ihrer Kehle. Sie sah Sean ein letztes Mal an und rannte dann aus dem Zimmer, als wäre der Teufel höchstpersönlich hinter ihr her.

# Eve

*Cornwall,*
*Herbst 1940*

# *14*

„Einige Wochen später ertränkte sie sich in Talland Bay."

Obwohl er sein Gesicht Eve zugewandt hatte, schien Alwyn Tremaine sie nicht wahrzunehmen. Seine Augen waren stumpf, und er schien um Jahre gealtert. Wie brüchiges Pergament spannte sich die gelbliche Haut über den markanten Wangenknochen, und seine Lippen waren blutleer. Das einzige Geräusch in dem Zimmer war das Ticken der Uhr auf dem Kaminsims, die noch aus georgianischer Zeit stammte. Eve wusste nicht, was sie sagen sollte. Niemals hätte sie eine solche aufwühlende und am Ende traurige Geschichte erwartet.

Der Lord brach zuerst das Schweigen: „Nun weißt du, was geschehen ist, Mädchen. Das ist also das große *Geheimnis* um Evelyn Tremaine."

„Ich verstehe das nicht." Eves Stimme klang blechern. „Die Leute sagen, das Mädchen wäre ermordet worden. Wenn sie sich aber selbst umgebracht hat ..."

„Der Suizid wurde nie publik gemacht", unterbrach Sir Alwyn sie. „Über den Verlust seiner Tochter erlitt Richard Tremaine einen Herzanfall und starb nur wenige Wochen später, und Ralph war nun ein reicher Mann. Die Zeiten haben sich geändert, Mädchen, aber in damaliger Zeit bedeutete es eine Schande, eine Selbstmörderin in der Familie zu haben. Man glaubte, dass Labilität und Schwermut vererbbar wären, und keine ehrbare Familie hätte ihre Tochter einem Mann, dessen Schwester sich selbst getötet hatte, gegeben."

„Ralph und Evelyn waren doch gar nicht blutsverwandt", wandte Eve ein.

Sir Alwyn zuckte die Schultern. „Das spielte keine
Rolle. Außerdem", er beugte sich vor, und sein nun
wieder klarer Blick fixierte Eve, „niemand aus der
Familie hätte eingestehen wollen, dass ein Mädchen,
das auftrat und arbeiten konnte wie ein Mann und sich
anmaßte, Bergbau zu studieren, dann doch derart labil
war und sich wegen einer Lappalie das Leben nehmen
würde."

„Lappalie? Seans Betrug war doch weit mehr", begehrte
Eve auf. „Er hat sie aufs Schändlichste belogen und
betrogen, und sie hat ihn geliebt."

„Eine Sache, die Tausenden von Frauen vorher
geschehen ist, die heute noch geschieht und geschehen wird, solange die Menschheit existiert." Er winkte
lapidar ab. „Wenn jede Frau, die von ihrem Liebhaber
betrogen wird, Suizid begehen würde, würde es um
die Anzahl der weiblichen Wesen schlecht bestellt
sein."

„Wissen Sie, wie Sean auf diese furchtbare Sache
reagiert hat?", fragte Eve. „Er ist vor Selbstvorwürfen
hoffentlich vergangen!"

Sir Alwyn kicherte, es war jedoch ein freudloses
Lachen.

„Der Schotte ist natürlich verschwunden, nachdem
sein Doppelleben ans Licht gekommen war. Vielleicht
hat er dieses Mädchen aus seiner Heimat geheiratet,
wenn er noch einen Rest Ehrgefühl im Leib hatte. Was
ich aber bezweifle. Man hat nie wieder etwas von ihm
gehört."

Eve schüttelte verständnislos den Kopf, tausend Fragen

lagen ihr auf der Zunge. „Warum dann das Gerede, das sich seit fast hundert Jahren hält, und die Legende, dass Evelyns ruhelose Seele in diesem Haus umgehen soll? Das ergibt keinen Sinn, denn sie ist ja nicht einmal auf Higher Barton gestorben." Grübelnd, und ohne von dem Lord unterbrochen zu werden, zog sie die Unterlippe zwischen die Zähne und fuhr erst nach einer Weile fort: „Was, wenn es gar kein Selbstmord war?"

Sie sah, wie Sir Alwyn zusammenzuckte. Er krallte die knochigen Finger um die Sessellehne, sodass die Knöchel weiß hervortraten.

„Es gab einen Abschiedsbrief", flüsterte er. „Du musst jetzt gehen, ich bin müde. Mädchen, lass die Vergangenheit ruhen! Es tut nicht gut, darin herumzustochern."

„Eine letzte Frage, Sir: Wurde deswegen das Porträt von Evelyn auf den Dachboden verbannt?"

„Ich hätte mir denken können, dass du herumschnüffelst", erwiderte er und seufzte. „Ja, ich denke, das ist der Grund. Seit diesem Zeitpunkt wurde der Name Evelyn Tremaine auf Higher Barton nicht mehr erwähnt, denn schlussendlich verschuldete ihr Selbstmord auch den Tod von Richard Tremaine. Und jetzt lass mich allein."

Er machte eine unmissverständliche Handbewegung zur Tür. Eve blieb nichts anderes übrig, als zu gehen, obwohl noch so viele Fragen offen waren. Alles, was Sir Alwyn über Evelyn erzählt hatte, passte nicht zu dem Bild, das sie sich von dem Mädchen gemacht hatte. Eine junge Frau, die in dunklen, feuchten Minenstollen herumstrolchte, Bau- und Maschinenpläne lesen konnte, die sich nicht scheute, gestandenen Männern Anweisungen zu geben und sich offen gegen die Selbstherr-lichkeit ihres Bruders auflehnte – eine solche Frau beendete nicht einfach ihr Leben, nur weil sie ihre erste Liebe verloren hatte. Evelyn war verletzt, ja, sogar tief verletzt, sie hätte sich aber wieder erholt, die Zähne zusammengebissen und „Jetzt erst recht!" gerufen. Allerdings musste Eve sich einzig auf die Ausführungen des Lords verlassen. Er konnte die Geschichte auch nur aus Erzählungen wissen, denn Evelyn Tremaine war vor seiner Geburt gestorben. Blitzschnell rechnete Eve nach. Sir Alwyn war 1858 geboren worden, also acht Jahre nach den schrecklichen Ereignissen. Richard Tremaine wollte zwar sein Testament zugunsten seiner Tochter ändern, das war jedoch hinfällig geworden, selbst wenn er es noch vor ihrem Tod getan hatte. Die Vermutung, dass Sir Alwyn Ralphs Sohn war, lag nahe. Bei der Vorstellung schüttelte Eve sich wie ein nasser Hund, sie wollte Ralph aber nicht vorschnell verurteilen, denn jeder Mensch konnte sich ändern. Die beiden Todes-fälle hatten den jungen Mann vielleicht aufgerüttelt und endlich erwachsen werden lassen. Ralph hatte lernen müssen, Verantwortung zu übernehmen, denn trotz allem glaubte Eve nicht, dass Higher Barton ihm gleichgültig gewesen war. Sie hoffte, bald die Gelegen-heit zu einem weiteren Gespräch mit Sir Alwyn zu erhalten.

Eve beschloss, die Geschichte über Evelyn vorerst für sich zu behalten. Die Nachrichten aus London waren ohnehin besorgniserregend genug. Die Luftangriffe hielten unvermittelt an, und am 14. November forderte der bisher schwerste Angriff auf britischem Boden in der nordenglischen Stadt Coventry in nur einer Nacht über fünfhundert Todesopfer unter der Zivilbevölkerung. England hatte die Kanalinseln im Sommer nahezu kampflos den Feinden überlassen, man hatte lediglich so viele Briten wie möglich evakuiert. Auch auf dem Festland stieß die deutsche Wehrmacht immer weiter vor, überrannte die Ostgebiete und hinterließ eine Spur der Verwüstung. Es schien, als könnte niemand Hitler stoppen, als habe er das Glück für sich gepachtet.

Im ländlichen Cornwall ging das Leben seinen gewohnten Gang, denn alle versuchten, sich so normal wie möglich zu verhalten. Der November des Jahres 1940 war stürmisch, nass und kalt. An manchen Tagen schneite es sogar, die wenigen Flocken blieben jedoch nicht liegen, und alles wirkte grau und trist. Hungern mussten sie nicht, auch wenn es hauptsächlich Gemüse zu essen gab. Helen hatte für den Winter gut vorgesorgt, und Kohl, Steckrüben und Kartoffeln wuchsen aufgrund des relativ milden Klimas das ganze Jahr über. Fleisch kam jetzt lediglich noch an Sonntagen auf den Tisch, aber nur Melanie beklagte das hin und wieder. Helen bezog Rindfleisch und Milch im Tausch gegen Steckrüben und Kartoffeln. Längst hatte Eve Geschmack an den typischen Pasteten gefunden, die in Cornwall in keinem Haushalt fehlen durften. In einem Teig, einem Nudelteig ähnlich, jedoch dicker und fester, wurden diverse Zutaten gebacken. Kartoffeln, Steckrüben, Zwiebeln und Gewürze durften niemals fehlen, und wenn es Rindfleisch gab, dann wurde das klein gehackt der Füllung beigegeben.

„Einst waren unsere Cornish Pasties das Essen der Bergarbeiter", erklärte Helen auf Eves Nachfrage, denn diese Köstlichkeit war in London unbekannt. „Die Männer in den Minen brauchten bei ihrer harten Arbeit stärkende Nahrung, die sie auch unter Tage in den Stollen essen konnten. So etwas wie eine Kantine gab es natürlich nicht. Damals wurde der Rand der Pastete nicht mitgegessen. Nicht nur, weil die Hände der Männer schmutzig waren, sondern weil beim Erzabbau Arsen freigesetzt wird, das natürlich an den Händen klebte."

„Arsen?", rief Eve entsetzt. „Das ist doch giftig!"

Helen nickte. „Nicht nur Arsen steckt in dem Erz, sondern noch andere giftige Substanzen. Das waren ja auch die Gründe dafür, dass Minenarbeiter selten den vierzigsten Geburtstag erlebten, wenn sie nicht ohnehin durch einen Unfall ums Leben kamen." Helen wischte sich mit der Hand über die Stirn. „Lass uns aber nicht länger über den Tod sprechen, diese Zeiten sind längst vergangen. Es freut mich, dass dir meine Pasty schmeckt, auch wenn ich das Rezept in Ermangelung von Fleisch etwas abwandeln muss."

In der gut bestückten Bibliothek von Higher Barton hatte Eve viele Bücher über den Bergbau im vergangenen Jahrhundert entdeckt. Manche befassten sich mit der Bergbautechnik, aber einige schilderten auch das harte Leben der Arbeiter in den Minen, durch die Cornwall im 19. Jahrhundert der Welthauptlieferant an Zinn und Kupfer wurde. Reich waren allerdings nur die Minenbesitzer geworden. Die Tremaines hatten ihre Arbeiter gut und gerecht behandelt, nun ja, was vor hundert Jahren eben als gut und gerecht galt. Durch Evelyn Tremaines Geschichte war Eves Interesse am Bergbau geweckt worden, und sie schmökerte in jeder freien

Minute in den zum Teil dicken Büchern. Es war ihr, als wäre Evelyn lebendig geworden, und sie konnte sich immer besser vorstellen, was die junge Frau dazu bewogen hatte, sich intensiv mit dem Bergbau zu beschäftigen und dieses Metier sogar studieren zu wollen. Eve wünschte sich, mit Billy sprechen zu können, seit dem Tanznachmittag hatte sie ihn aber nicht mehr gesehen. Waren ihre Gefühle zu offensichtlich gewesen? Hatte sie ihm durch Blicke und Gesten verraten, was sie für ihn empfand, und zog er sich deswegen zurück, weil er ihr keine falschen Hoffnungen machen wollte? Eve betrachte sich im Spiegel. Gut, sie war nicht sonderlich hübsch, aber Evelyn war auch betrogen worden, obwohl sie eine Schönheit gewesen war. Ein hübsches Äußeres verging, in einer ernsthaften Beziehung sollten andere Werte gelten. Sie kannte Billy nicht gut genug, um einschätzen zu können, ob er auf Äußerlichkeiten Wert legte oder ein Mann war, der mehr an einer Frau schätzte als nur eine wohlgeformte Figur und ein hübsches Gesicht. Ein Mann, der bald zur Flotte gehen würde, rief sie sich in Erinnerung. Deswegen hatte sie sich nicht ihn in verlieben wollen. Dafür war es jedoch zu spät, auch wenn er ihre Gefühle nie erwidern würde.

„Schlag ihn dir aus dem Kopf", flüsterte sie ihrem Spiegelbild zu, streckte sich selbst die Zunge heraus und brachte ein Lächeln zustande. Wie ihre Namensvetterin erlebte sie ihre erste Liebe, sie würde daran aber nicht sterben wie Evelyn. Der Krieg würde nicht ewig dauern, dann würde sie nach London zurückkehren, in Oxford oder in Cambridge studieren und irgendwann einen netten Mann kennenlernen, ihn heiraten und Kinder bekommen. Und wenn sie alt und grau war, würde sie ihre Enkelkinder auf den Knien schaukeln und ihnen vielleicht von Billy Penrose, ihrer ersten großen Liebe, erzählen. Eve wusste, dass sich im Leben nicht alle Träume verwirklichen ließen.

Melanie Carlyon begleitete Helen inzwischen regelmäßig zu den Treffen des Komitees in Lower Barton. Melanie hatte aber nicht plötzlich ihre Leidenschaft fürs Stricken und Nähen entdeckt, vielmehr lenkte die Tätigkeit sie von den Gedanken an ihren Mann ab. Sofern die Telefonleitungen funktionierten, rief er regelmäßig an und versicherte, dass es ihm gut ginge.

„Seit sechs Tagen gab es keinen Luftangriff mehr", berichtete Robert, als Eve an diesem Abend mit ihm sprechen konnte. „Die Leute atmen auf, wir bleiben jedoch vorsichtig. Ich glaube nicht, dass Hitler aufgegeben hat, unser Land zu erobern."

„Wahrscheinlich will er uns in Sicherheit wiegen, um dann einen Großangriff zu starten", erwiderte Eve. „Ihr müsst besonders wachsam sein und kein Risiko eingehen, auch wenn es den Anschein hat, die Deutschen hätten den Luftkrieg gegen England eingestellt."

Durch die Leitung hörte sie ihren Vater leise lachen. „Eben diese Vermutung äußerte Sir Peter vor einer Stunde im Ministerium. Ich wusste schon immer, dass du ein außergewöhnlich intelligentes Mädchen bist."

Seine Worte erfüllten Eve mit Stolz. Leider mussten sie das Telefonat beenden, da Robert die Leitung frei geben wollte. Eve versprach erneut, sich um ihre Mutter und Mickey zu kümmern. Als sie aus dem Fenster blickte, sah sie, dass es angefangen hatte zu schneien. Die Flocken waren groß und schwer, und binnen kurzer Zeit sah die Landschaft wie verzuckert aus. In sechs Wochen war Weihnachten. Ob sie dann noch auf Higher Barton sein würden? Selbst wenn London wieder sicher sein sollte – sie konnten Helen in diesem großen Haus nicht allein lassen! Nicht gerade zu Weihnachten, wenn sie nicht wusste, wo ihr Mann war. Sollte sie das Fest etwa zusammen mit ihrem griesgrämigen Schwiegervater verbringen? Eve schauderte bei dieser Vorstellung. Beim nächsten Telefonat würde sie ihren Vater bitten, zum Fest Urlaub zu beantragen, damit er nach Cornwall kommen konnte. Dann würden sie alle zusammen ein richtig schönes Weihnachten feiern und die Schrecken des Krieges für ein paar Tage vergessen.

Im Laufe des Abends schneite es stärker. Die Einfahrt, die Trockenmauern und die Bäume lagen bereits unter einer dicken weißen Haube.

„So viel Schnee hat es seit Jahren nicht mehr gegeben." Helen schüttelte fassungslos den Kopf. „Ich erinnere mich, ich muss etwa sieben oder acht Jahre alt gewesen sein, da lag der Schnee beinahe hüfthoch, und ich bin mit meinem Vater Schlitten gefahren. Ein seltenes Vergnügen, das sich seitdem nicht wiederholt hat. Hoffen wir, dass der Winter nicht zu streng wird, damit wir auch weiterhin ernten können."

„Ich habe schreckliche Kopfschmerzen", jammerte Melanie und schob ihre Tasse zur Seite. „Mein Schädel scheint in zwei Teile zu bersten. Ich muss eine Tablette nehmen und zu Bett gehen."

„Das ist der Schnee", stellte Eve fest. „Der Wetterumschwung kam zu plötzlich."

Ihre Mutter sah heute wirklich leidend aus. Ihr Teint war blass, beinahe schon grau, und unter ihren Augen lagen dunkle Schatten. Als sie aufstand, bemerkte Eve, dass sie schwankte. Schnell trat sie an ihre Seite und stützte sie.

„Sollen wir einen Arzt rufen?", fragte Helen, der nicht entgangen war, dass Melanie dieses Mal nicht übertrieb. Melanie schüttelte den Kopf. „Der wäre bei dem Wetter wenig erfreut, nach Higher Barton kommen zu müssen", antwortete sie mit dem Anflug eines Lächelns. „Morgen früh geht es sicher wieder besser, ich bin nur furchtbar müde."

„Ich bringe dich nach oben", bot Eve an.

Als sie allein waren, flüsterte Melanie: „Bleibst du bei mir, bis ich eingeschlafen bin?"

„Gern, Mum." Sie sah ihre Mutter besorgt an. „Geht es dir wirklich so schlecht?"

Melanie nickte und wischte sich fahrig über die Stirn.

„In den letzten Nächten habe ich schlecht geträumt. Es scheint, als würde jemand deinen Namen rufen, aber wenn ich aufwache, ist alles ruhig."

„Du hörst die Stimme auch?", entfuhr es Eve, und am liebsten hätte sie sich die Zunge abgebissen, denn Melanies Augen weiteten sich erschrocken.

„Was meinst du damit?", fragte sie ängstlich. „Hast du auch solche Träume?"

„Es sind nur Träume", sagte Eve schnell und setzte

sich auf die Bettkante. „Es gibt hier nichts, wovor man sich fürchten müsste. Schlaf jetzt, Mum, morgen geht es dir bestimmt wieder besser."

Als Melanie eingeschlafen war und ruhig und gleichmäßig atmete, löschte Eve die Lampe und ging in ihr Zimmer. Nebenan hörte sie Mickey rumoren, er hatte sich also auch schon zurückgezogen. Da sie kein Licht machte, konnte sie einen Fensterflügel öffnen, und kalte, frische Luft strömte herein. Es war still, der Schnee lag wie ein weißes Laken über dem Garten und verschluckte jedes Geräusch. Irgendwie ist es sehr romantisch, dachte Eve, da sie es im Haus warm und trocken hatten. Das Wetter machte auch sie müde, daher zog sie sich schnell aus, ging ins Bad und dann zu Bett. Nicht einmal lesen wollte sie heute noch. Sie schlief schnell ein.

Jemand schrie, dann erfolgte ein lautes Poltern, und Eve fuhr hoch. Zuerst dachte sie, sie hätte wieder schlecht geträumt, und brauchte einen Moment, um sich zu besinnen. Dann jedoch hörte sie, wie Helen aufgeregt etwas rief, und gleich darauf wurde ihre Zimmertür aufgerissen, das Deckenlicht flammte auf, und Mickey stürmte herein. Sein Gesicht war weiß wie die Wand hinter ihm.

„Mum ... sie ist gestürzt", stammelte er. „Komm!"

Mit einem Schlag war Eve hellwach, schlüpfte in ihre Pantoffeln und warf sich den Morgenmantel über.

„Was ist passiert?", fragte sie, während sie Mickey zur Haupttreppe folgte.

„Ich weiß nicht. Sie muss die Stufen hinuntergefallen sein."

Am Fuß der geschwungenen Treppe lag Melanie

Carlyon auf dem Rücken. Sie war wachsbleich, und an ihrer Stirn klebte Blut. Helen kniete neben ihr und hielt ihren Kopf.

„Mum!" Eve lief die Treppe hinab.

„Sie ist bewusstlos", sagte Helen, deren Wangen ebenso weiß wie die von Melanie waren. „Wahrscheinlich hat sie eine Gehirnerschütterung."

„Wie ist das passiert?", fragte Eve, kniete sich ebenfalls hin und tastete nach Melanies Puls. Er war schwach, aber regelmäßig, wie sie erleichtert feststellte.

„Ich bin aufgewacht, weil ich Durst hatte, und ging in die Küche. Da hörte ich Melanie laut schreien, dann polterte es, und als ich in die Halle kam ..."

Ohne dass ihm jemand etwas gesagt hatte, eilte Mickey in die Küche, machte ein Tuch nass und füllte ein Glas mit Wasser. Eve war überrascht, dass der Bruder derart selbstständig handelte, nahm das feuchte Tuch und tupfte Melanies Gesicht ab.

„Mum, wach auf! Bitte", flüsterte sie.

Tatsächlich schlug Melanie die Augen auf.

„Alles wird gut", sagte Helen. „Bleib ganz ruhig liegen, wir holen einen Arzt."

Sie schaute Mickey an. Er verstand und ging in die Bibliothek, wo das Telefon stand. Ein Zettel mit den wichtigsten Rufnummern, darunter die des Hausarztes der Tremaines, lag immer daneben.

„Hast du Schmerzen, Mum?", fragte Eve.

Melanies Augen flackerten panisch.

„Die Frau ... sie hat mich gerufen und wollte mich holen ... Ich habe Angst ..."

Sie flüsterte so leise, dass sie kaum zu verstehen war. Helen und Eve sahen sich verständnislos an.

„Es ist alles in Ordnung, Melanie", erwiderte Helen. „Es gibt keinen Grund, sich zu fürchten, hier ist niemand. Du hast nur einen Albtraum gehabt."

„Die Frau … sie winkte mir zu … sagte, sie wäre Evelyn … es war kein Traum, sie war da …"

Melanie seufzte und verlor wieder das Bewusstsein. Eiseskälte durchströmte Eve.

„Nein, sag es nicht!", fuhr Helen Eve an. „Deine Mutter hat schlecht geträumt, das ist alles."

„Aber …"

„Halt den Mund!" So barsch hatte Eve die Tante nie zuvor erlebt. „Du hast Melanie durch deine Geschichten verwirrt, darum glaubte sie, jemanden gesehen zu haben."

„Wen gesehen zu haben?", fragte Mickey und blickte verständnislos von einer Frau zur anderen. „Wovon sprecht ihr?"

„Hast du den Arzt erreicht?", fragte Helen statt einer Antwort.

„Ja, er macht sich sofort auf den Weg", antwortete Mickey. „Er weiß aber nicht, wie lange er bei diesem Wetter brauchen wird."

„Bring eine Decke und ein Kissen", bat Helen. „Wir müssen Melanie zudecken, denn ich wage nicht, sie zu bewegen. Wir wissen nicht, ob sie innere Verletzungen hat."

Mickey erfüllte auch diesen Auftrag sofort, und Helen schob der wieder bewusstlosen Melanie ein Kissen unter den Kopf und schlang eine dicke Wolldecke um ihren Körper, dann sah sie Eve besorgt an.

„Ich glaube, du solltest deinen Vater anrufen."

Eve erschrak. „Ist es so schlimm? Sie wird doch nicht …" Sie wagte nicht, es auszusprechen.

„Ich weiß es nicht", flüsterte Helen, „aber es wäre besser, wenn Robert kommen würde."

Robert Carlyon wusste sofort, dass etwas Schreckliches passiert sein musste, als kurz nach Mitternacht das Telefon klingelte. Nur mit Mühe konnte er seine Tochter verstehen, denn sie schluchzte und stammelte unverständliche Worte. Zuerst dachte er, Higher Barton wäre von der Luftwaffe angegriffen worden, dann hörte er aber heraus, dass etwas mit Melanie geschehen war.

„Eve, jetzt hol tief Luft und sag mir ruhig, was los ist", forderte er seine Tochter auf.

„Mum … sie ist die Treppe hinuntergefallen", presste Eve hervor. „Sie ist bewusstlos, und wir wissen nicht, wie schlimm es ist."

„Ist ein Arzt da?"

„Er ist auf dem Weg." Allmählich gelang es Eve, zusammenhängende Sätze zu formulieren.

„Ich komme sofort!" Robert sprang auf und angelte mit der freien Hand nach Hemd und Hose.

„Daddy, es schneit ziemlich stark. Ich weiß nicht, ob du jetzt fahren solltest …"

„Hier ist es trocken, ich werde schon durchkommen. In fünf, sechs Stunden bin ich bei euch."

Er hängte ein, und Eve lehnte sich zitternd gegen die Wand. Neben der Sorge um die Mutter, ängstigte sie sich jetzt auch um ihren Vater. Hoffentlich passierte ihm während der Fahrt durch die Nacht nichts! Den Mitarbeitern des Kriegsministeriums stand jederzeit ein Wagen zur Verfügung, auch wurde deren Benzin nicht rationiert. Eve war froh, dass er kommen würde. Im Küchenherd glomm noch heiße Asche. Sie legte Holz nach, entfachte das Feuer und setzte den Wasserkessel auf. Sie alle würden jetzt einen heißen, starken Tee zu schätzen wissen, und bis der Arzt eintraf, gab es nichts, was sie tun konnten, außer Melanie ruhig liegen zu lassen. Während sie mit der Kanne hantierte, kroch ein Schauer nach dem anderen über Eves Rücken. Melanies gestammelte Worte ließen darauf schließen, dass sie Evelyn Tremaine gesehen hatte. Den *Geist* von Evelyn! Sie, Eve, war nicht die Einzige, die dem Spuk erlegen war, wobei sie bisher nur die Stimme gehört hatte.

„Es gibt keine Gespenster!", mahnte sich Eve laut zur Vernunft, während sie das kochende Wasser in die Kanne goss, und dachte an den Moment auf dem Dachboden, als sie geglaubt hatte, nicht allein zu sein. Dort hatte sie die Anwesenheit einer zweiten Person regelrecht spüren können, auch wenn sie niemanden gesehen hatte. Sie fragte sich, ob Sir Alwyn etwas von Melanies Unfall mitbekommen hatte. Der Lord nahm aber immer eine Schlaftablette, außerdem lagen seine Räume zu weit von der Halle entfernt, als dass er etwas hätte hören können. In diesem Moment schlug die Türklingel an. Sie atmete erleichtert auf. Das musste der Arzt sein – endlich! Rasch richtete sie ein Tablett mit vier Tassen, Milch und Zucker und eilte in die Halle. Mickey öffnete gerade die Tür, und ein Mann mittleren Alters trat ein. Obwohl nur wenige Schritte zwischen seinem Auto und dem Haus lagen, waren Haar und Mantel schneebedeckt. Er erfasste die Situation sofort, schenkte weder Mickey noch Eve einen Blick und beugte sich zu der immer noch bewusstlosen Melanie hinunter.

„Lady Tremaine, was ist geschehen?"

„Sie scheint die Treppe heruntergefallen zu sein", antwortete Helen und stand langsam auf. „Vorhin war sie für ein paar Minuten bei Bewusstsein. Ich habe nicht gewagt, sie zu bewegen."

„Das war richtig." Der Arzt nickte und öffnete seine Tasche.

Eve reichte ihrer Tante eine Tasse Tee, die sie dankbar entgegennahm. Ihnen blieb nichts anderes übrig, als abzuwarten, bis der Arzt seine Untersuchung beendet hatte. Er kontrollierte Atmung und Puls von Melanie, öffnete ihre Lider und leuchtete mit einer kleinen Taschenlampe in die Pupillen, bewegte vorsichtig Melanies Gliedmaßen und drehte sanft ihren Kopf nach links und nach rechts.

„Wie schlimm ist es, Dr. Wells?", fragte Helen heiser.

Er zuckte die Schultern. „Auf den ersten Blick kann ich keine schweren Verletzungen feststellen. Der Kreislauf ist stabil, es gibt auch keinen Hinweis auf eine ernste Schädelverletzung. Eine Gehirnerschütterung ist jedoch nicht auszuschließen. Um das abzuklären, muss sie in eine Klinik gebracht werden." Mit kundigen Griffen versorgte er die Kopfwunde, die bereits zu bluten aufgehört hatte, dann fragte er: „Um wen handelt es sich eigentlich bei der Dame?"

„Melanie Carlyon, meine Mutter", antwortete Eve an Helens Stelle. „Wir sind wegen der Bombenangriffe aus London hierhergekommen und mit Lady Tremaine verwandt."

„Ach ja, ich habe davon gehört", sagte der Arzt. „Gibt es hier unten ein Zimmer, in das wir Mrs Carlyon bringen können? Sie sollte nicht länger auf den kalten

Fliesen liegen. Ich wage es aber nicht, sie die Treppen hinaufzubringen."

„In der Bibliothek gibt es ein breites Sofa", erwiderte Helen. Dr. Wells injizierte Melanie eine gelbliche Flüssigkeit, um ihren Kreislauf zu stabilisieren, dann schob er seine Hände unter ihren Oberkörper und Mickey nahm die Beine seiner Mutter, und die beiden trugen sie in die Bibliothek. Helen entfachte das Feuer im Kamin, und Eve deckte ihre Mutter wieder sorgsam zu.

„Robert ..." Langsam erlangte sie das Bewusstsein.

„Daddy ist auf dem Weg hierher", sagte Eve und drückte Melanies Hand.

„Mrs Carlyon, können Sie mich sehen?" Dr. Wells beugte sich über sie, und Melanie nickte. „Sie haben sich am Kopf verletzt. Haben Sie irgendwo Schmerzen, oder ist Ihnen übel?"

„Nein, ich glaube nicht ..." Melanies Blick verschleierte sich wieder. „Ich bin nur so müde ..."

„Schlafen Sie." Der Arzt sah zu Helen. „Ich werde veranlassen, dass ein Krankenwagen Mrs Carlyon in die Klinik nach Truro bringt, sobald die Straßen geräumt sind. Dort gibt es Röntgengeräte. Bis dahin muss Mrs Carlyon ruhen und sollte sich nicht bewegen. Im Moment können wir nichts weiter tun. Rufen Sie mich an, wenn eine Verschlechterung auftreten sollte oder sie anfängt, sich zu übergeben."

„Wir danken Ihnen", sagte Eve. „Ich begleite Sie hinaus." Als sie aus der Tür traten, fragte sie leise: „Dr. Wells, wird sie es schaffen? Bitte sagen Sie mir die Wahrheit!"

Er lächelte beruhigend. „Wie ich sagte, glaube ich

nicht, dass innere Verletzungen oder eine schwere Schädelverletzung vorliegen. Machen Sie sich keine Sorgen, Miss Carlyon. Ihre Mutter sollte die Nacht über aber nicht allein sein."

„Ich bleibe bei ihr, und mein Vater ist unterwegs." Als sie seinen fragenden Blick sah, erklärte sie: „Er kommt aus London."

Skeptisch zog Dr. Wells eine Augenbraue hoch. „Dann hoffen wir, dass es aufhört zu schneien, sonst kommt Ihr Vater womöglich nicht durch."

Tatsächlich mischten sich nun die ersten Regentropfen in den Schnee. Wegen überfrierender Nässe würden die Straßen glatt werden, und Eve hoffte, dass ihr Vater nicht auch noch einen Unfall haben würde.

Als sie in die Bibliothek zurückkehrte, fand sie Helen allein an der Seite ihrer Mutter vor.

„Ich habe Mickey ins Bett geschickt", erklärte Helen. „Du solltest auch wieder schlafen gehen."

„Ich bleibe bei meiner Mutter."

Helen runzelte die Stirn. „Es ist wohl besser, wenn ich mich um sie kümmere. Wenn Melanie aufwacht, darf sie sich nicht aufregen."

Eve wusste, worauf Helen anspielte. Leise sagte sie: „Ich glaube auch nicht, dass sie den Geist von Evelyn gesehen hat."

„Hör endlich mit diesem Quatsch auf!", brauste Helen auf. „Es ist schlimm genug, was du mit deinen fantastischen Geschichten angerichtet hast."

Eve zögerte, dann platzte sie heraus: „Ich weiß, dass Evelyn sich ertränkt hat. Dein Schwiegervater hat mir alles erzählt."

„Ach, hat er das?" Helen schien diese Nachricht nicht

zu überraschen. „Na, wenn Alwyn das gesagt hat, wird es wohl stimmen."

„Wollt ihr deswegen nicht über sie sprechen?", fragte sie. „Der Selbstmord liegt fast hundert Jahre zurück."

„Welchen Teil des Satzes, dass ich nichts mehr davon hören möchte, verstehst du eigentlich nicht?"

Etwas in Helens Stimme ließ Eve aufhorchen. Sie wollte aber am Krankenbett ihrer Mutter nicht über das Schicksal von Evelyn Tremaine diskutieren. Die Angelegenheit war abgeschlossen, und wenn Melanie von ihrem Sturz dauerhafte Schäden davontragen würde, würde Eve sich das niemals verzeihen.

# 15

Niemals zuvor hatte Robert Carlyon sich derart beherrschen müssen, seine Tochter nicht zu ohrfeigen. Er
hasste Gewalt in jeglicher Form, jetzt gingen aber die
Nerven mit ihm durch. Mit hochrotem Kopf brüllte er:
„Helen hat mir alles erzählt! Du weißt, wie schwach
die Nerven deiner Mutter sind, trotzdem hast du sie
mit deinen dummen Geistergeschichten beunruhigt. Sie
hätte tot sein können!"

„Daddy … ich wollte nicht …", versuchte Eve zu
erklären, er ließ sie aber nicht aussprechen.

„Geh in dein Zimmer! Du bleibst vorerst im Haus.
Sobald ich aus der Klinik zurück bin, werde ich mir
überlegen, welche Konsequenzen dein Verhalten haben
wird. Ich bin sehr enttäuscht von dir."

Gegen fünf Uhr morgens war Robert Carlyon angekommen. Inzwischen regnete es heftig, und die letzten
Meilen waren eine einzige Rutschpartie auf den vereisten
Straßen gewesen. Zuerst war er an Melanies Seite geeilt,
und Helen hatte Eve aus dem Zimmer geschickt. Glücklich, dass ihr Vater gut angekommen war, aber auch mit
bangem Herzen, hatte sie in der Halle ausgeharrt, bis er
nach etwa einer Stunde zu ihr gekommen war und sie
seinen Zornesausbruch über sich ergehen lassen musste.

„Ich habe nie behauptet, dass es im Haus spukt",
versuchte Eve, sich zu verteidigen. „Ich habe Mum doch
nur gesagt, was die Leute hier reden. Sie hat bestimmt
schlecht geträumt und gemeint, jemanden gesehen zu
haben."

„Halt den Mund!", fuhr Robert sie an. „Ich möchte kein Wort mehr hören, und jetzt gehst du mir am besten aus den Augen."

Eve blieb nichts anderes übrig, als sich in ihr Zimmer zurückzuziehen. Mickey öffnete die Tür seines Zimmers und spähte heraus.

„Daddy scheint ja richtig wütend zu sein. Am besten warte ich noch ein Weilchen, bevor ich ihn begrüße."

Eve trat in sein Zimmer, und er schloss die Tür.

„Mum hat die ganze Zeit geschlafen", erklärte sie. „Sie ist ruhig und scheint auch keine Schmerzen zu haben. Ich hoffe, der Krankenwagen kommt bald."

Mickey setzte sich aufs Bett und sah seine Schwester fragend an. „Glaubst du, es gibt dieses Gespenst wirklich und Mum hat es gesehen?"

Aufgeregt lief Eve auf und ab. „Ich weiß es nicht", antwortete sie ehrlich. „Mickey, ich habe nie darüber gesprochen, aber seit wir in diesem Haus sind, habe ich immer wieder eine Stimme gehört, die meinen Namen rief. Es war eine Frauenstimme, ich habe jedoch nie jemanden gesehen. Trotzdem war es unheimlich."

„O je, müssen wir uns nun auch Sorgen um dich machen?" Mickey grinste zwar, doch sein Blick war ungewöhnlich ernst. „Ich hielt die ganze Sache für eine nette, alte Geschichte, und die Jungs in der Schule ziehen mich auch damit auf, dass hier nicht alles mit rechten Dingen zugehen soll", fuhr er fort.

Eve erzählte ihm nun, was sie von Lord Alwyn erfahren hatte. Sie schloss mit den Worten: „Es gibt folglich keinen Grund, warum Evelyn in diesem Haus spuken sollte. Davon mal abgesehen, dass es keine Geister oder so etwas gibt."

„Endlich wirst du vernünftig." Mickey seufzte. „Und hör doch bitte auf, andauernd hier herumzurennen. Das macht einen ja ganz nervös."

Eve hatte nicht bemerkt, dass sie während ihres Berichts ständig hin und her gelaufen war. Sie trat ans Fenster und sah hinaus. Im Osten zeigte sich der erste helle Schimmer. Der Regen der letzten Stunden hatte die weiße Pracht beinahe zum Schmelzen gebracht, was dem Krankenwagen den Weg erleichtern würde. In der Dämmerung erkannte Eve plötzlich zwei Gestalten, die sich dem Haus näherten.

„Da kommt jemand."

Mickey trat neben sie, kniff die Augen zusammen und spähte hinaus. Es waren zwei Männer, der eine etwas größer als der andere, und sie kamen über den nördlichen Weg durch den Park, einen Weg, den Besucher eigentlich nie nahmen, außer wenn sie …

„Das ist Billy", rief Eve aufgeregt, „und der andere ist sein Vater. Was führt die denn zu uns?" Plötzlich klopfte ihr Herz schneller, und sie lief zur Tür.

„Hey, hast du vergessen, dass du Daddy im Moment lieber nicht unter die Augen kommen sollst?"

„Das ist mir egal", entgegnete Eve. „Es muss etwas passiert sein, sonst würden die Penroses nicht um diese Zeit nach Higher Barton kommen, oder sie würden anrufen."

„Warte, ich zieh mich nur rasch an", rief Mickey, aber Eve war bereits im Treppenhaus. Im selben Moment, als Eve die Tür öffnete, traten Helen und Robert in die große Halle.

Charles Penroses und Billys Schuhe waren von den aufgeweichten Wegen schmutzig und voller Schlamm, was aber niemanden kümmerte. Besorgt musterten die beiden Männer die Anwesenden.

„Sind Sie Robert Carlyon?", fragte Charles Penrose statt eines Grußes.

„Ja, und wer sind Sie und was führt Sie um diese Zeit hierher?" Robert schien Eves Anwesenheit nicht zu bemerken, er beachtete sie jedenfalls nicht.

„Das sind Charles Penrose und sein ältester Sohn Billy", erklärte Helen. „Was ist geschehen?"

Billy tauschte mit seinem Vater einen Blick, beide atmeten erleichtert auf, dann nahm Charles seine Mütze ab und drehte sie unschlüssig zwischen den Fingern.

„Verzeihen Sie, Mylady, wir wissen, es ist sehr früh, wir wussten aber nicht, ob sie heute Nacht die Meldungen im Radio verfolgt haben." Sein Blick ging zwischen Robert und Helen hin und her. „Da Sie aber angekleidet sind, denke ich, Sie haben es bereits gehört, und ich bin froh, dass Sie, Sir", er deutete nun auf Robert, „in Sicherheit sind."

„Kann mir mal jemand erklären, wovon die Rede ist?", fragte Robert. „Meine Frau ist gestürzt, es geht ihr nicht gut, aus diesem Grund bin ich heute Nacht aus London gekommen. Wir warten auf den Krankenwagen, um ins Hospital zu fahren."

„Gott sei Dank!" Zum ersten Mal sprach Billy, sein Blick suchte den von Eve.

„Was soll daran gut sein, dass meine Frau verletzt ist?", fragte Robert verständnislos.

„Das meinte ich natürlich nicht, und es tut mir sehr leid", erwiderte Billy. „Wir wollten anrufen, aber die Leitungen funktionieren mal wieder nicht. Außerdem dachte ich, es wäre gut, wenn jemand bei Ihnen ist, falls was passiert wäre. Von Eve wusste ich ja, dass Sie, Sir, im Kriegsministerium sind und auch dort wohnen."

„Wenn *was* passiert wäre?" Helen wurde immer ungeduldiger. „So reden Sie doch endlich, Charles!"

„Wir haben es vorhin im Radio gehört", erklärte Charles Penrose. „Wir stehen ja immer so früh auf, um die Tiere zu versorgen, und da haben sie es gebracht. Letzte Nacht gab es schwere Luftangriffe auf London, offenbar war es das größte Geschwader der Luftwaffe, das jemals über England gesichtet worden ist. Ganze Straßenzüge gingen in Flammen auf, und die Zahl der Opfer ist noch nicht absehbar."

„Westminster wurde schwer getroffen", fuhr Billy fort, „und damit auch das Kriegsministerium. Alles liegt in Schutt und Asche. Niemand, der da drin war, scheint überlebt zu haben."

Eve keuchte und presste eine Hand auf den Mund, auch Helen schnappte entsetzt nach Luft. Robert klammerte sich mit einer Hand an eine Stuhllehne.

„Wann?", presste er hervor.

„Die erste Angriffswelle begann gegen halb zwei Uhr nachts", antwortete Charles Penrose. „Der Luftwaffe ist es irgendwie gelungen, durch das Abwehrnetz zu schlüpfen, es gab nämlich keinen Alarm. Erst als die Bomben fielen, erwachten die Menschen, da war es für die meisten aber schon zu spät. Der Angriff dauerte bis nach vier Uhr, obwohl unsere Jungs alles taten, die Flugzeuge herunterzuholen. Es waren aber zu viele."

„Eine Stunde zuvor habe ich London verlassen." Robert atmete schwer. „Da war alles ruhig. Mein Gott, wenn ich nicht ..."

Plötzlich schwankte Eve und sank zu Boden. Sofort war Billy an ihrer Seite und stützte sie.

Die Augen vor Entsetzen weit aufgerissen, flüsterte sie: „Das war Evelyn! Evelyn hat Mum dazu gebracht, dass sie stürzt. Wenn Mum nicht die Treppe hinuntergefallen wäre, wäre Daddy nicht gekommen." Ihr Blick suchte den ihres Vaters. „Du wärst im Ministerium gewesen und hättest geschlafen und jetzt ..." Ihr versagte die Stimme, und sie schlug die Hände vors Gesicht.

„Ich glaube, ich verstehe nicht ...", murmelte Billy.

„Das kann auch niemand verstehen", erklärte Helen, die von allen noch am ehesten die Fassung wahrte. „Ich mache uns jetzt einen starken Tee. Charles, Billy, kommt mit in die Küche. Da ist es warm, ihr müsst völlig durchgefroren sein. Und, Mickey ... du kannst mir helfen."

Als Eve mit ihrem Vater allein war, der sich immer noch wie gelähmt an die Stuhllehne klammerte, rappelte sie sich langsam auf und trat zu ihm. Vorsichtig berührte sie seinen Arm.

„Daddy, Evelyn Tremaine hat dir das Leben gerettet."

Mit einem Schlag erwachte er aus seiner Erstarrung, fuhr herum und starrte sie an.

„Fängst du schon wieder damit an? Habe ich dir nicht gesagt, dass ich kein Wort mehr darüber hören möchte? Es war ein Zufall, nichts weiter als eine glückliche Fügung des Schicksals."

„Aber Daddy, das *kann* kein Zufall sein", beharrte Eve. „Ich glaube ja auch nicht an irgendeinen Spuk, aber etwas Unerklärliches ist passiert."

„Lass mich allein", sagte Robert leise und müde.

„Wir sprechen, wenn ich deine Mutter in der Klinik in ärztlicher Versorgung weiß und zurück bin. Mickey soll dir einen Tee hinaufbringen, im Moment möchte ich nichts mehr von deinen verrückten Fantastereien hören."

Eve spürte, dass es besser war, dem Wunsch ihres Vaters Folge zu leisten. Sie war verwirrt, gleichzeitig jedoch wurde ihr alles klar. Gleichgültig, was vor hundert Jahren in diesem Haus vorgefallen war – Evelyn Tremaine hatte in dieser Nacht ihrem Vater das Leben gerettet. Wenn sie Melanie nicht erschienen wäre, würde er jetzt tot unter den Trümmern des Ministeriums liegen.

Vom Fenster aus beobachtete Eve das Eintreffen des Krankenwagens. Melanie wurde auf einer Trage in das Fahrzeug geschoben, und Robert und Helen begleiteten sie. Es gab ihr einen Stich, dass sie nicht gefragt wurde, ob sie in die Klinik mitfahren wollte. Mickey war in die Schule geschickt worden. Auch wenn er die ganze Nacht wach gewesen war, hatte Helen keinen Grund gesehen, dass er dem Unterricht fernblieb. Billy und Charles Penrose mussten Higher Barton wieder verlassen haben. Es deprimierte Eve, dass Billy sich nicht von ihr verabschiedet hatte. Die Erinnerung, wie besorgt er gewesen war, als sie zusammengebrochen war, hellte ihre Stimmung ein wenig auf. Wenn Billy sie auch nicht mit der gleichen Intensität lieben konnte, die sie für ihn empfand – eine gewisse Sympathie brachte er ihr entgegen. Das musste ihr im Moment genügen.

Eve war also allein im Haus. Fast allein, denn der alte Lord war natürlich auch noch da, aber wie üblich bemerkte man seine Anwesenheit so gut wie nicht. Sie wunderte sich, dass er von all dem, was in den letzten Stunden geschehen war, nichts mitbekommen hatte. Hoffentlich ging es ihm gut, sie nahm aber an, dass Helen sich um ihn gekümmert hatte, bevor sie in die Klinik gefahren war. Es könnte jedoch nicht schaden, wenn sie mal kurz nach ihm sehen würde. Sollte sie ihm sagen, dass Melanie glaubte, Evelyns Geist gesehen zu haben? Oder würde es ihn zu sehr aufregen?

Eve wurde die Entscheidung abgenommen, denn als sie ihre Tür öffnen wollte, war diese verschlossen. Sie rüttelte am Knauf, dachte zuerst, das Schloss würde klemmen, es war aber eine Tatsache: Jemand hatte sie in ihr Zimmer eingeschlossen.

„Verdammt!", fluchte sie wenig damenhaft, doch sie war schrecklich wütend. Vor allem, weil sie nicht bemerkt hatte, wie die Tür abgeschlossen worden war. Sie vermutete, dass es Helen gewesen war. Ebenso wie ihr Vater musste sie schrecklich ärgerlich sein.

Da ihr Zimmer im zweiten Stock lag, schied ein Sprung aus dem Fenster aus. Sie hätte sich dabei alle Knochen gebrochen, und den Gedanken, sich aus Laken eine Art Seil zu knüpfen, verwarf Eve gleich wieder. Das wäre doch zu kindisch! Am besten legte sie sich hin und versuchte, zur Ruhe zu kommen. Die Ereignisse der letzten Nacht beschäftigten Eve aber zu sehr, als dass sie jetzt einfach schlafen konnte. Wie zuvor in Mickeys Zimmer lief sie ruhelos auf und ab, zerfressen von der Sorge um ihre Mutter. Hoffentlich hatte sie außer der kleinen Kopfwunde keine weiteren Verletzungen erlitten. Abgesehen von den körperlichen Schäden – Eve hatte eine Ahnung davon, wie es um ihre Seele bestellt sein musste. Sie zweifelte ja selbst daran, dass es nur ein böser Traum gewesen war, ausgelöst von ihren Erzählungen über Evelyn. Wobei – Evelyns tragischen Selbstmord hatte sie gegenüber ihrer Mutter mit keinem Wort erwähnt, und sie bezweifelte, dass Helen es getan hatte. Noch weniger Lord Alwyn, denn er und Melanie hatten keinen Kontakt zueinander.

Die Stunden verrannen langsam und zäh, und Eve, die den Tee längst ausgetrunken hatte, verspürte ein leichtes Hungergefühl. Wie lange sollte sie hier eingeschlossen sein? Man würde sie doch nicht etwa zu Wasser und Brot verdammen, dachte sie theatralisch. Grimmig presste sie die Zähne zusammen und ging erneut auf und ab. Sie war zu nervös, um Ruhe zu finden.

„Sieben, acht, neun ..."

Sie fühlte sich wie in einer Zelle, in dem ein Gefangener die Schritte von einer Wand zur anderen zählte.

„Eins, zwei, drei, vier, fünf, sechs, sieben, acht, neun ..."

Eve stutzte und runzelte die Stirn. Erneut durchquerte sie den Raum und zählte nun bewusst ihre Schritte. Von der Wand, die sich an den Flur anschloss, bis zur nördlichen Außenwand waren es genau neun Schritte. Sie erinnerte sich, wie sie einige Stunden zuvor eine ähnliche Wanderung in Mickeys Zimmer unternommen hatte. Auch hier hatte sie im Stillen die Schritte mitgezählt – es waren zwölf gewesen. Dabei lagen beide Zimmer auf einer Höhe und wurden von der Außenwand begrenzt. Allerdings hatte Mickeys Raum ein Fenster nach Norden, während ihr Fenster nach

Westen ging. Eve hatte sich darüber nie Gedanken gemacht, sondern war froh gewesen, das Zimmer mit der schöneren Aussicht und der Abendsonne bekommen zu haben. Seltsam war es aber schon, dass Mickeys Raum länger war. Vielleicht hatte sie sich auch getäuscht, oder heute Morgen in der Aufregung kleinere Schritte gemacht. Trotzdem ... Eve betrachtete die nördliche Außenwand. Sie schien massiv zu sein, die hellrote Tapete mit den Sternchen musste schon älter sein, denn an einigen Stellen in den Ecken löste sie sich ab. Probeweise klopfte Eve mit den Fingerknöcheln gegen die Wand, dann ging sie zur westlichen Wand und klopfte diese ebenfalls ab. Sie konnte keinen Unterschied feststellen.

„Jetzt geht deine Fantasie wieder mal mit dir durch", sagte sie laut zu sich selbst und musste grinsen. Trotzdem sah sie sich um, nahm den Kerzenleuchter aus massivem Zinn und klopfte erneut gegen die beiden Wände. Sie stutzte und wiederholte das Klopfen. Nein, sie täuschte sich nicht! Das Geräusch an der Nordwand klang irgendwie hohl. Sie schlug stärker zu, und prompt bröckelte ein faustgroßes Stück Mauerwerk ab.

„Ach herrje", seufzte Eve und überlegte, wie sie das Helen erklären sollte. Sie hatte schon genügend Ärger, daher nahm sie das Stück, versuchte, es wieder in die Lücke zu drücken, und sah, dass es sich um roten Backstein handelte. Higher Barton war aus grauem Granit erbaut. Warum hätte jemand eine Außenwand, die Wind und Wetter ausgesetzt war, aus Backsteinen errichten lassen sollen? Natürlich – wenn in den Räumen Mauern eingezogen worden waren, dann hätte man durchaus Ziegelsteine verwendet, da sie günstiger als Granit waren. Warum hätte jedoch jemand eine zusätzliche Mauer in einem Zimmer, das von zwei Seiten von Außenmauern begrenzt war, einziehen sollen? Das ergab keinen Sinn, es sei denn ...

Eve sank auf einen Stuhl, eine Hitzewelle schoss durch ihren Körper. Fahrig wischte sie sich über die Stirn, sagte sich, dass sie ihre Fantasie zügeln sollte. Sie war aufgeregt, übermüdet und hungrig. Da konnte man sich schon mal etwas einbilden. Trotzdem nahm sie den Kerzenleuchter erneut zur Hand und schlug mehrmals kräftig gegen die Wand. Nach zehn, elf Schlägen klaffte ein kleines Loch in der Mauer. Sie presste ein Auge dagegen, sah aber nur völlige Dunkelheit. Sie zögerte kurz, dann schob sie ihre Hand in den Spalt. Sie hatte recht gehabt – hinter der Mauer gab es einen Hohlraum, denn ihre Finger tasteten ins Leere. In diesem Moment hörte sie Schritte auf der Treppe.

„Eve? Was machst du?", hörte sie Mickey rufen, gleich darauf rüttelte er an der Tür. „Es hört sich an, als würdest du das Haus einreißen. Mach doch auf!"

„Das würde ich nur zu gern", rief sie. „Nur leider hat mich jemand eingeschlossen."

Sie hörte Mickey lachen. „Also, wenn Daddy was macht, dann richtig."

„Steckt der Schlüssel von außen?", fragte Eve.

„Nein, hier ist kein Schlüssel, und ich denke nicht, dass ich dich herauslassen sollte ..." In der Ferne klingelte das Telefon. „Oh, offenbar funktioniert die Leitung wieder! Eve, ich bin gleich wieder zurück."

Eve hörte, wie Mickeys Schritte sich entfernten. Obwohl es kühl im Zimmer war, war sie schweißgebadet.

Noch einmal schlug sie gegen die Wand, und das Loch vergrößerte sich weiter. Dann klopfte es wieder an die Tür.

„Das war Helen", sagte Mickey. „Mum geht es so weit gut. Sie hat eine leichte Gehirnerschütterung. Mehr konnten die Ärzte nicht feststellen." Seine Erleichterung war deutlich zu hören. „Allerdings steht Mum offenbar kurz vor einem Nervenzusammenbruch, daher soll sie ein paar Tage in der Klinik bleiben. Daddy nimmt sich ein Zimmer in Truro, und Helen kommt mit dem Bus zurück. Sie meinte, es würde aber Abend werden."

„Was ist mit mir?", fragte Eve. „Soll ich hier verhungern? Außerdem muss ich dringend ins Bad."

Mickey verstand, und Eve konnte sein Grinsen spüren.

„Schau mal unters Bett, vielleicht steht da ein Nachttopf."

„Danke, das hilft mir ungemein weiter", erwiderte Eve. „Hast du Helen nicht nach dem Schlüssel gefragt?"

„Nein, sie hat so schnell wieder aufgelegt, ich kam nicht mehr dazu."

Eve überlegte. Sie wusste, sie würde weder verhungern noch verdursten und Helen würde sie herauslassen, sobald sie zurück war. Das Problem mit ihrer Blase würde sie auch lösen können, allerdings brannte ihr etwas anderes unter den Nägeln.

„Mickey, bist du noch da?"

„Ja, aber ich will gleich mal zu Ben rüber, wir wollen Schularbeiten zusammen machen."

„Bruderherz, du musst Billy Penrose holen", sagte Eve. „Es ist sehr wichtig, und er soll Werkzeug mitbringen."

„Werkzeug?", wiederholte Mickey ungläubig. „Du willst die Tür aufbrechen? Ich glaube, das sollten wir lieber nicht tun, du hast schon genügend Ärger."

„Mickey, bitte!", flehte Eve. „Es geht um etwas völlig anderes. Wir brauchen eine Spitzhacke oder etwas Ähnliches."

„Ich wollte doch zu Ben ..."

„Es ist wichtig!", unterbrach Eve. „Billy muss sofort kommen, bevor Helen zurück ist. Du findest doch zur Farm?"

„Ich glaube schon", sie hörte Mickeys Zögern, „ich weiß aber wirklich nicht ..."

„Vertrau mir! Ich werde alle Schuld auf mich nehmen, das verspreche ich dir. Bitte, du musst Billy holen! Sprich aber nur mit ihm, seine Eltern dürfen unter keinen Umständen etwas mitbekommen."

„Also gut, ich mach es, aber Daddy wird dich ins nördlichste Schottland verbannen und mich wahrscheinlich gleich mit."

Eve ließ sich nicht anmerken, dass sie ähnliche Befürchtungen hegte. Darüber würde sie sich Gedanken machen, wenn es so weit war. Sie hörte, wie Mickey die Treppe hinunterging, und sah ihn wenig später durch den Garten in Richtung der Penrose-Farm laufen. Hoffentlich war Billy zu Hause und würde ihrer Bitte folgen.

Eine schier endlose Stunde verging, und es begann zu dämmern. Trotz der angespannten Situation schloss Eve sorgfältig die schweren, dichten Vorhänge, bevor sie das Licht anmachte. Immer wieder sah sie zu dem Loch in der Wand und fragte sich, wie sie aus dieser Sache wieder herauskommen sollte, wenn ihr Verdacht sich nicht bestätigen würde. Helen Tremaine hatte ihre Familie mit offenen Armen auf Higher Barton aufgenommen und war immer herzlich gewesen, und Eve dankte es ihr, indem sie das Haus zertrümmerte. Jetzt war aber keine Zeit für Zweifel oder gar Schuldgefühle. Der Schaden war bereits angerichtet, und sie würde es auch zu Ende bringen.

Billy war über Mickeys Bitte, ihn nach Higher Barton zu begleiten, überrascht, folgte ihm jedoch, zögerte allerdings, die Tür aufzubrechen.

„Eve, das ist Beschädigung fremden Eigentums. Lady Tremaine kann mich dafür anzeigen, dann kann ich die Marine vergessen."

Eve wusste, was sie von dem Freund verlangte.

„Vertrau mir", wiederholte sie. „Du wirst verstehen, wenn du siehst, was ich entdeckt habe."

„Wir sollten warten, bis deine Tante zurück ist …"

„Sie wird nicht auf mich hören", unterbrach Eve schnell. „Jetzt mach endlich die Tür auf!"

Es stellte sich heraus, dass es nicht nötig war, einen weiteren Schaden anzurichten, denn es handelte sich um ein einfaches Schloss, das Billy mit einem Stück Draht mühelos öffnen konnte. Als er, gefolgt von Mickey, hereinkam, hielten beide erschrocken die Luft an.

„Du meine Güte, was hast du denn gemacht?" Billy spähte durch das inzwischen kopfgroße Loch, dann trafen sich seine und Eves Blicke, und er verstand. Seufzend griff er zu der mitgebrachten Spitzhacke. „Dafür komme ich vor den Kadi", sagte er. „Ich hoffe, du besuchst mich im Gefängnis."

„Sofern das in Schottland ist, natürlich", erwiderte Mickey ironisch.

Ihm war nicht vollständig klar, was hier eigentlich vor sich ging, er sah aber die Entschlossenheit in Eves Augen und wusste, nichts würde seine Schwester daran hindern, die Wand einzureißen.

Wieder und wieder krachte die Hacke gegen die Wand, und bald war auch Billy schweißüberströmt. Das Loch vergrößerte sich immer weiter, und Staub wirbelte durch das ganze Zimmer.

„Hol bitte die Taschenlampe aus der Küche und bring etwas zum Trinken mit", bat Eve ihren Bruder. Mickey folgte nur widerwillig, denn auch ihn hatte die Spannung gepackt, und er wollte nichts Wichtiges versäumen.

Zwanzig Minuten später war das Loch so groß, dass sich ein Mensch hindurchzwängen konnte. Abgestandene Luft schlug ihnen entgegen, als Eve Mickey die Taschenlampe abnahm und an die Öffnung trat. Eve war auf den Anblick gefasst, trotzdem schrie sie laut auf. Der Schein der Lampe fiel auf blanke Knochen und einen skelettierten Schädel. An einigen Knochen hingen noch Reste von Kleidung, und direkt daneben lag eine goldene Kette mit einem roten, herzförmigen Stein.

„Mein Gott!"

Billy stöhnte und taumelte zurück, Mickey keuchte und griff Halt suchend nach Eves Arm. Diese schluckte mehrmals trocken, bevor es ihr gelang, zu sagen: „Ich glaube, wir haben die sterblichen Überreste von Evelyn Tremaine gefunden."

„Was, zur Hölle, soll das bedeuten?"

Erschrocken fuhren die drei herum. Sie hatten Sir

Alwyn nicht kommen hören. Er stützte sich auf seinen Stock, seine Wangen hatten die Farbe von frischem Gips, und er zitterte so sehr, dass Eve befürchtete, er würde jeden Moment zusammenbrechen. Geistesgegenwärtig eilte sie an seine Seite, umfasste stützend seinen Oberkörper und führte ihn zu einem Sessel.

„Ich glaube, Sie sollten sich lieber setzen, Sir."

Er folgte ihr, sein Blick war jedoch auf das Loch gerichtet.

„Also ist es wahr", murmelte er so leise, dass Eve ihn kaum verstehen konnte.

„Sie haben es gewusst", stellte sie fest und wunderte sich darüber, wie ruhig sie plötzlich war. „Die Geschichte, dass Evelyn sich umgebracht hat, ist eine Lüge. Sie kennen die Wahrheit, die *richtige* Wahrheit, nicht wahr?"

Er nickte und wirkte unendlich müde. „Auf ihrem Sterbebett hat mir meine Großmutter alles gebeichtet, eine schwere Bürde für einen damals elfjährigen Jungen."

„Ihre Großmutter?", fragte Eve.

„Clarissa Tremaine, Ralph war mein Vater." Das überraschte Eve nicht, sie hatte es bereits geahnt. Sir Alwyn fuhr fort: „Wahrscheinlich wollte sie ihr Gewissen erleichtern, bevor sie starb. Sie war keine einfache Frau, bei Gott nicht, aber als ihr Ende nahte, hatte sie dennoch Angst. Ich wünschte, sie hätte ihre Beichte einem Geistlichen anvertraut, denn so musste ich Jahrzehnte damit leben und das Gerücht des Suizids aufrechterhalten, sobald jemand sich zu sehr für Evelyn interessierte." Zum ersten Mal sah er Eve an, sein Blick war überraschend klar. „Ich bin froh, dass es vorbei ist."

„Was ist mit Helen?", fragte Eve. „Und kennt Ihr Sohn die Wahrheit?"

Er schüttelte kaum merklich den Kopf. „Ich habe sie in dem Glauben gelassen, Evelyn Tremaine habe sich umgebracht, dabei war alles anders. Ganz anders …"

Wie aufs Stichwort klappte die Haustür, und sie hörten Helen rufen: „Ich bin wieder zurück. Eve, Mickey, seid ihr da?"

Mickey saß mitten auf dem Teppich, außerstande, auch nur ein Wort herauszubringen, aber Eve sagte ruhig zu Sir Alwyn: „Wäre es nicht an der Zeit, die Wahrheit zu erzählen, Sir?"

Er nickte müde. „Hol Helen herauf, sie hat ein Recht, alles zu erfahren."

Eve entdeckte Helen am Fuß der Treppe, als sie sich gerade den Mantel und die Handschuhe auszog.

„Wie siehst du denn aus?", rief Helen entsetzt, als ihr Blick auf Eve fiel, die über und über mit Staub bedeckt war. „Was ist jetzt wieder passiert?"

Bevor sie Helen eine Erklärung geben würde, fragte Eve: „Warum hast du mich in mein Zimmer eingeschlossen, ohne mir etwas zu sagen?"

„Ich habe dich nicht eingeschlossen", antwortete Helen erstaunt.

„Dann war es mein Vater."

Helen schüttelte den Kopf. „Nachdem du heute Morgen hinaufgegangen warst, war er nicht mehr oben. Robert hielt sich, bis der Krankenwagen eintraf, die ganze Zeit bei Melanie auf. Wieso sollte dich jemand eingeschlossen haben?"

Erneut schauerte Eve. Mickey war es auch nicht gewesen, und Sir Alwyn kam ohnehin nicht infrage.

Dann gab es nur eine Erklärung: Evelyn Tremaine wollte, dass sie ihr grausames Versteck entdeckte, und hatte sie in dem Zimmer gefangen.

„Ich glaube, du musst dich auf etwas Furchtbares gefasst machen", sagte Eve leise. „Komm bitte in mein Zimmer."

Oben ließ Eve Helen an sich vorbei eintreten, und Helen starrte entsetzt auf die eingerissene Wand und ihren aschfahlen Schwiegervater, der wie ein Häufchen Elend im Sessel kauerte.

„Was hat das zu bedeuten? Eve, warum hast du das getan?"

Langsam hob Alwyn Tremaine den Kopf und sah seine Schwiegertochter müde an.

„Es geht um Evelyn, ich habe dir und Walter nicht die Wahrheit gesagt. Diese Kinder hier haben das Geheimnis jedoch entdeckt."

„Was für ein Geheimnis?", fragte Helen verblüfft.

„Evelyn hat sich doch umgebracht, aber wir sollten darüber nicht sprechen, weil es peinlich für die Familie ist. Wenn es jedoch etwas gibt, das ich wissen sollte, dann möchte ich es erfahren. Schließlich gehöre ich seit Jahren zu dieser Familie, auch wenn du mich nie gemocht und mir das deutlich zu verstehen gegeben hast."

„Das ist es nicht", erwiderte Alwyn. „Ja, ich gebe zu, es wäre mir lieber gewesen, wenn Walter eine Adlige zur Frau genommen hätte, schließlich habe ich mich aber damit abgefunden."

„Sie wollten uns von Evelyn erzählen", erinnerte Eve ihn. Sie freute sich zwar, dass sich Helen und Alwyn anzunähern schienen, im Augenblick interessierte sie aber nur, was mit dem armen Mädchen, dessen Knochen in dem Hohlraum lagen, geschehen war.

„Wie ihr wisst, waren Evelyn und ich nicht blutsverwandt", begann Alwyn Tremaine. „Zwar wurde mein Vater von Richard adoptiert, in meinen Adern fließt jedoch nicht das Blut dieses alten Adelsgeschlechts. Trotzdem fühlte ich mich der Familie verpflichtet und habe alles getan, damit kein Schatten auf den Namen fällt." Mit einer schnellen Bewegung umklammerten seine knochigen Finger Eves Handgelenk. „Und dann kommt ein kleines, naseweises Mädchen und schnüffelt in Dingen herum, die sie nicht das Geringste angehen."

Eve spürte Billys sanfte Berührung an ihrer Schulter. Leise raunte er ihr zu: „Wir sollten ihn in Ruhe lassen. Er sieht aus, als ob er jeden Moment zusammenklappt."

„Meine Ohren sind noch gut", fuhr Sir Alwyn ihn an, seine Augen funkelten. „Ich sterbe noch lange nicht, und ihr habt recht: Es ist an der Zeit, die Wahrheit zu erzählen, denn jetzt kann man ohnehin nichts mehr verheimlichen. Hört gut zu, dann werdet ihr verstehen, warum ich geschwiegen habe. Schweigen *musste*."

Und Alwyn begann, das letzte Kapitel im Leben von Evelyn Tremaine zu erzählen …

# Evelyn

*Cornwall,*
*August 1850*

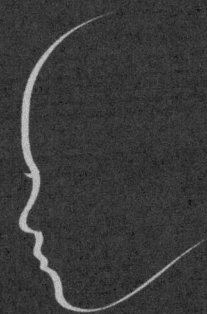

# 16

Um Evelyn abzulenken und da die Minen einen guten Profit abwarfen, beschloss Richard Tremaine, im Sommer einige Umbauten in Higher Barton vorzunehmen. Clarissa drängte ihn schon länger, Badezimmer einbauen zu lassen. Insgeheim leistete Richard ihr Abbitte, da ihre Vorbehalte gegen Sean Faulkner sich als richtig erwiesen hatten.

Clarissa war begeistert. „Das ist auch dringend notwendig", sagte sie. „Lady Carter hat in Allerby House schon seit zwei Jahren ein eigenes Badezimmer."

Auch Evelyns Zimmer sollte ein Bad erhalten, dafür würde man den danebenliegenden Raum umbauen, und die beiden Zimmer mit einer Tür verbinden. Evelyn fand es zwar nicht unbedingt nötig, denn es machte ihr nichts aus, sich nach wie vor in der Waschschüssel zu waschen. Ein Mal in der Woche wurde eine große Zinkwanne mit heißem Wasser gefüllt, in der sie ein Bad nahm. Sie sah aber ein, dass es die Arbeit der Hausmädchen künftig erleichtern würde.

Wenn Richard Tremaine einen Entschluss gefasst hatte, dann setzte er diesen auch unverzüglich in die Tat um. So erschienen bereits drei Tage später die ersten Arbeiter, um entsprechende Ausmessungen vorzunehmen, und eine Woche später wurde mit den Bauarbeiten begonnen. Zuerst wurde Clarissas Zimmer renoviert, sie logierte so lange im grünen Zimmer im Ostflügel. Dorthin würde Evelyn dann auch umziehen, wenn ihr Raum an der Reihe war. Täglich stapften nun

Bauarbeiter durch das Haus, und die Luft war von Staub und Lärm erfüllt. Clarissa schien das nicht zu stören, obwohl sie sonst so empfindlich war. Jetzt jedoch nahm sie die Unannehmlichkeiten gern in Kauf und war mit Feuereifer bei der Sache. Aus London ließ sie sich Muster von Fliesen und Tapeten schicken und verbrachte Stunden damit, das Eleganteste und zugleich Teuerste auszusuchen. Richard ließ sie gewähren. Es war, als würde er sein schlechtes Gewissen beruhigen, wenn er Clarissa diesen Luxus bot. Evelyn zeigte wenig Interesse daran, welche Farbe die Tapete ihres neuen Badezimmers haben sollte, und überließ die Entscheidung ihrer Stiefmutter. Sie war ohnehin den ganzen Tag auf dem Gelände von Wheal Kerris und bekam von den Umbauten kaum etwas mit.

Evelyn schaute auf, als ihr Vater das Büro des Verwalters Banfield betrat.

„Gut, dass du kommst", sagte sie und strich sich eine Haarsträhne aus der schweißnassen Stirn. Der Sommer war ungewöhnlich heiß in Cornwall, und seit dem Morgen war der Seewind, der eine frische Brise vom Meer gebracht hatte, abgeflaut. „Ich habe es noch mal durchgerechnet, Dad. Wir könnten die Schichten der Mädchen auf täglich vier Stunden verkürzen, ohne dass die Arbeit beeinträchtigt wäre."

Richard Tremaine legte eine Hand auf Evelyns Schulter. Erschrocken spürte er ihre spitzen Knochen durch das dünne Baumwollkleid.

„Du bist heute wieder nicht zum Lunch gekommen", sagte er, ohne auf ihre Worte einzugehen. „Mädchen, du musst etwas essen, du bist nur noch Haut und Knochen."

„Mr Banfield hat mir vorhin eine Pasty gebracht", antwortete Evelyn und wich dem bohrenden Blick ihres Vaters aus, der den zur Seite gestellten Teller mit der lediglich angebissenen Pasty bereits gesehen hatte.

„Wenn du verhungerst, dann bringt dir das Sean auch nicht zurück."

Evelyn sprang so heftig auf, dass ihr Stuhl polternd umfiel. Mit blitzenden Augen rief sie: „Ich habe dich gebeten, in meiner Gegenwart diesen Namen niemals wieder zu erwähnen! So schnell verhungert man nicht. Sieh nur mal nach draußen." Sie deutete durch das Fenster auf das Minengelände, auf dem es von Menschen nur so wimmelte. „Siehst du das kleine Mädchen bei der Winde, das die Ponys führt? Wie alt wird sie wohl sein, was meinst du? Sie hat die Größe und Statur einer Sieben- oder Achtjährigen. Sie ist aber dreizehn Jahre alt, ich habe vorhin mit ihr gesprochen. Ihr Vater starb vor drei Jahren bei einer Explosion unter Tage, seitdem versuchen ihre Mutter und sie, sich irgendwie über Wasser zu halten. Das Mädchen arbeitet zwölf Stunden. Tagein, tagaus führt sie die Ponys um die Winde, unterbrochen von einer halben Stunde Mittagspause. Ihre Mutter schuftet sogar sechzehn Stunden bei der Erzzerkleinerung, trotzdem reicht das Geld vorn und hinten nicht. Sie heißt Gwen und hat vor fünf Tagen die letzte warme Mahlzeit erhalten, die aus einer faden Gemüsesuppe ohne Fleisch bestand. Und da sagst du, ich würde hungern?"

Erschöpft stellte Evelyn den Stuhl auf und setzte sich wieder hin. Die Hitze, der ständige Staub, der über dem Gelände lag und durch alle Ritzen der Holzbaracke drang, und die schlaflosen Nächte der letzten zwei Wochen hatten Spuren hinterlassen.

Richard Tremaine hatte sie nicht unterbrochen. Er machte sich große Sorgen um seine Tochter, die versuchte, ihren Schmerz mit übermäßiger Arbeit zu kompensieren. Am liebsten hätte er persönlich diesem Schotten den Hals umgedreht, und es wäre sicher zu einer handgreiflichen Auseinandersetzung gekommen, wenn der feige Hund sich nicht aus dem Staub gemacht hätte, nachdem sein schändliches Spiel aufgeflogen war.

„Geh nach Hause", sagte Richard leise. „Es ist heute zu heiß zum Arbeiten. Ich fürchte, wir werden ein Gewitter bekommen, im Westen ballen sich die ersten schwarzen Wolken zusammen."

„Die Leute da draußen müssen auch arbeiten." Evelyn deutete wieder zum Fenster und kam auf die Angelegenheit zurück, die ihr am Herzen lag. „Dad, ich weiß, du denkst, dass wir auf die Kinder und Frauen nicht verzichten können. Was die Frauen betrifft, gebe ich dir recht, die Kinderarbeit können wir jedoch einschränken."

Er seufzte verhalten. Seit Monaten lag Evelyn ihm mit dem Wunsch in den Ohren, die Kinder zur Schule zu schicken und sie für ihre Arbeit bei den Minen zu entlohnen. Es war nicht so, dass das Schicksal der Kinder Richard nicht rührte, aber in ganz Cornwall war die Mithilfe von Kindern im Bergbau üblich und notwendig. Da Evelyn die Angelegenheit aber so wichtig nahm, hatte er Erkundigungen eingezogen.

„Vor ein paar Tagen sprach ich mit Roger Banfield", sagte er nun. „Da Wheal Kerris sich rühmt, eine modern arbeitende Mine zu sein, und wir planen, die neue Men Engine einzubauen, denke ich, wir können den Kindern einen Lohn bezahlen. Ich dachte an einen Schilling pro Woche für die Mädchen und drei Schillinge für die Jungen, die über Tage arbeiten."

„Was ist mit der Reduzierung der Arbeitszeit, damit die Kinder zur Schule gehen können?" Evelyn war mit seiner Erklärung keinesfalls zufrieden, wie die steile Falte über ihrer Nasenwurzel zeigte.

„Ein Schritt nach dem anderen", erwiderte Richard. „Wir können das bestehende System nicht von einem Tag auf den anderen verändern."

Evelyn gab sich geschlagen, zumindest hatte sie einen Teilerfolg erzielt. So sehr sie sich auf die Ausbildung in Camborne freute, so bedauerte sie doch, ihre Tätigkeit in Wheal Kerris aufgeben zu müssen. Sie hatte sich den Respekt aller errungen, und die Leute kamen mit ihren Sorgen und Nöten gern zu ihr, denn sie wussten, dass die junge Lady stets ein offenes Ohr hatte und ihren Worten auch Taten folgen ließ.

„Gestern war ich bei meinem Anwalt und habe mein Testament geändert", flüsterte Richard Tremaine plötzlich, obwohl sie allein im Raum waren. „Wenn ich mal nicht mehr bin, wird das alles hier dir gehören."

„Ach, Dad." Evelyn stand auf und schmiegte sich in seine Arme. „Bitte sprich nicht vom Tod, dem du gerade erst von der Schippe gesprungen bist. Du wirst noch sehr lange bei uns sein."

Zärtlich strich er über ihre weiße Haube, die ihr Haar verbarg und den Nacken vor Sonne und Staub schützte.

„Clarissa und Ralph brauchen es vorerst nicht zu wissen", sagte er leise. „Es ist vielleicht unrecht,

Geheimnisse vor der eigenen Ehefrau zu haben, aber ..." Er vollendete den Satz nicht, Evelyn verstand jedoch. Daher war sie nicht überrascht, als Richard nachdenklich fortfuhr: „Wenn ich in deinen Augen auch ein alter Mann bin – ich kann sehr wohl verstehen, wie du dich fühlst, mein Mädchen. Als damals deine Mutter von uns ging, da dachte ich, ich müsse sterben und es würde niemals wieder einen Moment in meinem Leben geben, in dem ich lachen würde. Ich weiß, es ist eine Phrase, aber die Zeit heilt wirklich alle Wunden. Nach einer so großen Liebe bleibt natürlich eine Narbe, die hin und wieder schmerzt, aber irgendwann weiß man, dass man an einem zerbrochenen Herzen nicht sterben wird."

Seine Worte trösteten Evelyn ein wenig. Eigentlich war sie auch eher zornig und enttäuscht als traurig. Zusätzlich schämte sie sich entsetzlich, dem jungen Schotten vorschnell vertraut und ihm ihre Liebe so offen gezeigt zu haben. Das würde ihr kein zweites Mal passieren, das hatte sich Evelyn geschworen.

„Als ich dann Clarissa heiratete", fuhr Richard fort, „dachte ich, ich würde sie eines Tages wirklich lieben können. Nicht so sehr, wie ich deine Mutter geliebt habe, aber ich wollte, dass wir wieder eine richtige Familie sind."

„Clarissa führt den Haushalt perfekt und ist eine gute Gastgeberin."

Richard nickte und löste sich mit einem Seufzer von seiner Tochter. „Es ist müßig, über verschüttete Milch zu jammern. Du musst deine Kraft auf die kommenden Aufgaben lenken, die bestimmt nicht einfach sein werden." Er hielt sie eine Armlänge von sich und sah sie ernst an. „Habe ich dir schon mal gesagt, wie stolz ich auf dich bin?"

Evelyns Augen wurden feucht vor Rührung. „Ich weiß es, Dad", flüsterte sie heiser.

In drei Wochen würde sie nach Camborne fahren. Noch immer wussten nur sie und ihr Vater, dass das Komitee ihrer Aufnahme an der *First Cornish School of Mining* zugestimmt hatte. Die Unterkunft bei der Witwe Harris war ebenfalls geregelt. Die Dame hatte Evelyn einen netten Brief geschrieben und zum Ausdruck gebracht, dass sie sich freue, bald wieder jemanden im Haus zu haben. Es war Evelyn gelungen, alle bisherigen Vorbereitungen im Geheimen zu treffen. Beim Bergbau war kein Bedarf an aufwendigen Kleidern, eleganten Hüten oder feinen Lederschuhen, daher brauchte sie nicht viel, und es war unwahrscheinlich, dass sie Zeit und Muße haben würde, um an festlichen Veranstaltungen teilzunehmen. Also hatte Evelyn nur einfache, strapazierfähige Kleidung zusammengepackt, darunter auch zwei abgelegte Hosen von Ralph. Sie bezweifelte jedoch, dass man ihr erlauben würde, diese zu tragen. So weit ging die Emanzipation dann doch nicht. In den Nächten las Evelyn alles, war ihr Vater ihr über den Bergbau besorgt hatte. Sie konnte ohnehin nicht schlafen. Immer wenn sie die Augen schloss, sah sie Sean vor sich, und der Schmerz drohte, übermächtig zu werden. Das Lernen lenkte sie ab, und sie fühlte sich den Herausforderungen der Ausbildung gewachsen. Insgeheim freute sie sich auf Clarissas Gesichtsausdruck, wenn diese es erfahren würde. Die Stiefmutter dachte immer noch, sie und Evelyn würden bald nach London reisen, um die Saison in der Stadt zu verbringen.

Richard hatte beschlossen, seine Frau erst am Vorabend von Evelyns Abreise zu informieren. Er wollte seine Tochter persönlich nach Camborne begleiten und sich davon überzeugen, dass sie dort in guten Händen war.

Ralph war immer noch verschwunden, und Evelyn vermisste ihn nicht. Vor ein paar Tagen hatte Clarissa erwähnt, sie habe einen Brief von Ralph erhalten, in dem er berichtete, dass er sich in London aufhalten würde.

„Schreibt er, weil er mal wieder Geld braucht?", hatte Richard gefragt.

„Dein *Sohn*", sie betonte das Wort, die Mundwinkel heruntergezogen, „macht sich durchaus Sorgen, wie es dir geht. Einzig aus diesem Grund hat er geschrieben."

Richard verzichtete auf eine Antwort, sein Gesichtsausdruck sprach jedoch Bände, und er schämte sich, weil er Ralph ebenfalls nicht vermisste.

Die Kirche war wie jeden Sonntag bis auf den letzten Stehplatz gefüllt. Für die Tremaines waren die Bänke in der ersten Reihe reserviert, und Richard und Evelyn besuchten regelmäßig den Gottesdienst in Lower Barton. Clarissa, obwohl durchaus gläubig, begleitete sie jedoch nur selten.

„Ich finde es unmöglich, sich mit dem einfachen Volk in dem engen Raum zu drängen. Wer weiß, welche Krankheiten man sich dort holt." Das war ihre Meinung dazu.

Heute wurde das erste Kind von Thomas und Mary Blackmore getauft. Thomas Blackmore war einer der Männer, dem Richard Tremaine bei dem Unglück das Leben gerettet hatte. Er hatte sich lediglich den Arm gebrochen und ein paar Rippen geprellt und war inzwischen wieder völlig gesund. Seit dem Unglück war er dem Herrn zutiefst ergeben, und Mary betete Richard beinahe wie einen Heiligen an. Ohne sein schnelles und überlegtes Handeln hätte ihr Sohn seinen Vater niemals kennengelernt. Richard hatte sogar die Patenschaft für den kleinen Jim übernommen. Das bedeutete einen Pluspunkt bei seinen Arbeitern und die Missbilligung von Clarissa. Richard hatte es sich auch nicht nehmen lassen, für die Kosten einer kleinen Tauffeier im Sailor's Rest aufzukommen.

„Eines Tages werden sie dir ein Denkmal errichten", raunte Evelyn ihm zu, als sie die Kirche verließen. Ihr Vater stimmte zwar nicht allen sozialen Reformen zu, unterschied sich jedoch sehr von den meisten Minenbesitzern, die nur ihren eigenen Profit sahen und denen die Arbeiter gleichgültig waren. Was machte es schon, wenn sie verletzt oder krank waren? Auf der Straße standen Hunderte, die ihre Arbeit liebend gern übernahmen.

Richard und Evelyn blieben nur kurz bei der Feier und tranken jeder ein kleines Glas Bier. Die Leute wollten lieber unter sich feiern, denn wenn der Herr anwesend war, fühlten sie sich befangen.

Als sie über die Hauptstraße Lower Bartons gingen, sagte Richard: „Fahr schon mal vor, Evelyn, ich möchte noch etwas mit dem Pfarrer besprechen. Ich komme dann zu Fuß nach."

„Auf keinen Fall", widersprach Evelyn. „Du nimmst den Landauer, denn du musst dich noch schonen. Ich werde zu Fuß gehen, die frische Luft tut mir gut."

Richard zögerte, stimmte dann aber zu, und Evelyn

schlug den Weg nach Higher Barton ein. Als sie die letzten Häuser des Ortes hinter sich gelassen hatte, verschmälerte sich der Weg zu einem Trampelpfad und führte am Rand eines kleinen Mischwaldes entlang. Von hier aus konnte Evelyn die Schornsteine der Maschinenhäuser von Wheal Kerris sehen, aus denen heute kein Rauch quoll, denn an Sonntagen ruhte die Arbeit. Es war immer noch sehr warm, der leichte Südwestwind hatte die drückende Schwüle der vergangenen Tage jedoch vertrieben. Evelyn überlegte, welche Bücher sie nach Camborne einpacken sollte, da sie nicht die halbe Bibliothek von Higher Barton mitnehmen konnte. Derart in Gedanken versunken, bemerkte sie ihn erst, als er aus dem Gebüsch trat und ihr den Weg versperrte.

„Sean!"

Sofort schlug ihr Herz schneller. Am liebsten hätte sie auf dem Absatz kehrtgemacht und wäre davongelaufen, ihre Füße schienen jedoch mit dem Boden verwurzelt zu sein.

„Bitte, Evelyn, auf ein Wort! Du musst mich anhören!"

Er machte eine Handbewegung, als wolle er nach ihr greifen, ihr kalter Blick ließ ihn jedoch zurückweichen.

„Was willst du noch?"

„Du musst mir glauben, ich kenne diese Frau nicht, die behauptet, ein Kind von mir zu erwarten", sagte er eindringlich.

„Dafür kennt sie dich aber nur zu gut."

Sie konnte nur noch flüstern und hoffte, vor Sean nicht in Tränen auszubrechen. Sie hatte geglaubt, ihre Gefühle überwunden zu haben – ein Irrtum, wie sie jetzt feststellte.

„Wenn du die Narbe und das Muttermal meinst ..."
Hilflos zuckte er mit den Schultern. „Ich habe dafür
keine Erklärung." Er zögerte. „Außer einer ..."

„Und welche sollte das sein?"

„Damals, als das Unglück in der Mine geschah, da
habe ich mich am Trog gewaschen und mich bis auf
die Hose entkleidet. Ich erinnere mich, dass Ralph sich
neben mir die Hände gewaschen hat. Er hätte die Male
durchaus sehen können."

Evelyn verstand, was er andeuten wollte.

„Du unterstellst Ralph, er habe irgendeine Frau
dazu gebracht, zu behaupten, sie wäre mit dir verlobt?"
Ungläubig weiteten sich ihre Augen. „Warum sollte
Ralph das tun? Er ist mein Bruder."

„Evelyn, wach endlich auf!" Er trat vor und griff so
schnell nach ihrem Arm, dass sie nicht ausweichen
konnte. „Du neigst dazu, immer das Gute im Menschen
zu sehen, aber Ralph hasst dich! Er hasst dich ebenso,
wie deine Stiefmutter dich hasst."

„Das ist nicht wahr." Ungläubig schüttelte Evelyn
den Kopf. „Wir sind doch eine Familie, und du hast
kein Recht ..."

„Nein, ich habe kein Recht, warum sollte ich auch?",
unterbrach Sean sie bitter. „Ich, ein Ausländer, was die
Schotten in euren Augen immer noch sind, und nur
kurze Zeit in Cornwall. Vielleicht gerade deswegen
erkenne ich Zusammenhänge und einiges mehr, was
du offenbar nicht siehst oder nicht sehen willst." Er
sprach so schnell weiter, dass Evelyn keine Chance hatte,
seinen Redefluss zu stoppen. „Wenn du mich heiratest,
sieht Ralph seine Felle davonschwimmen, denn für
deinen Vater gibt es dann keinen Grund mehr, Higher

Barton ihm zu hinterlassen. Als Frau das Anwesen und die Minen zu leiten, das ist mit großen Schwierigkeiten verbunden, und nicht nur Ralph würde dir alle verfügbaren Steine in den Weg legen. Mit mir als deinem Ehemann würde jedoch niemand etwas einzuwenden haben, und Ralph könnte ein entsprechendes Testament nicht anfechten. Und was deine Stiefmutter betrifft: Dein Vater hat mir einmal das Porträt seiner ersten Frau, deiner Mutter, gezeigt. Hast du nie bemerkt, wie ähnlich du ihr siehst? Wenn Clarissa dich ansieht, dann hat sie ihre Vorgängerin vor Augen, und sie weiß, dass Richard immer einen Vergleich zwischen seinen beiden Ehefrauen zieht, der für Clarissa nicht zufriedenstellend ausfällt."

Evelyn zuckte zusammen, denn Seans Worte deckten sich mit denen ihres Vaters. War Richard aber wirklich so weit gegangen, Sean in einer derart persönlichen Angelegenheit ins Vertrauen zu ziehen? Oder war es nur eine simple Ausrede des Schotten, um sich von seiner Schuld reinzuwaschen?

„Ich weiß nicht ..." Evelyn suchte nach den richtigen Worten. „Es stimmt zwar, dass unsere Beziehung manchmal etwas gespannt ist, Clarissa war aber immer wie eine Mutter zu mir."

Sean ließ sie so plötzlich los, dass sie taumelte. Sein Miene verschloss sich, als er sagte: „Ich bin sehr enttäuscht von dir und werde auch nicht weiter um dein Vertrauen betteln. Einer Frau, die mir nicht vertraut, werde ich nicht nachlaufen. Wir Schotten sind ein sehr stolzes Volk, das hat uns unsere Geschichte gelehrt. Evelyn", er sah sie an, und Evelyn erkannte in seinen Augen neben dem Stolz auch, wie verletzt er war, „ich verstehe, dass du nicht hier und jetzt eine Entscheidung treffen kannst, daher gebe ich dir Zeit. Ich werde heute Abend nach Einbruch der Dunkelheit beim keltischen Steinkreuz an der Weggabelung zur Hendra-Farm sein und bis Sonnenaufgang warten. Wenn du mir glaubst und vertraust, dann wirst du kommen. Wenn deine Zweifel jedoch stärker sind als deine Gefühle und die Gewissheit, dass ich dich über alles liebe, dann gibt es nichts mehr, was mich länger in England hält. Mit der ersten Postkutsche werde ich dann nach Schottland zurückkehren."

Seine Worte beeindruckten Evelyn, und sie hätte ihm so gern geglaubt. Fiona, ihr sicheres Auftreten und ihr gerundeter Bauch standen ihr aber noch deutlich vor Augen. Keine Frau konnte sich derart verstellen und ein solch bühnenreifes Schauspiel liefern.

Sean bemerkte ihr Zögern. Traurig wandte er sich ab und murmelte: „Ich scheine mich wohl in dir getäuscht zu haben."

„Sean ... bitte ..."

Er schenkte ihr einen letzten Blick. „Du allein musst entscheiden, wem du glaubst", sagte er leise. „Dem Mann, den du liebst, oder den Personen, die nichts Gutes mit dir im Sinn haben. Ich werde bis Sonnenaufgang auf dich warten", wiederholte er, „und sag jetzt nicht, dass ein Mädchen nachts nicht allein nach draußen gehen kann. Das würde dich in anderen Zeiten auch nicht kümmern."

Von einer Sekunde auf die andere war Sean zwischen den Bäumen verschwunden und ließ Evelyn zurück, die keinen klaren Gedanken mehr fassen konnte.

Beim Abendessen stocherte Evelyn in ihren Speisen herum. Da sie seit Wochen wenig zu sich nahm, bemerkte niemand ihre innere Zerrissenheit. Richard versuchte, ein Gespräch über die heutige Taufe in Gang zu bringen, da aber auch Clarissa still und in sich gekehrt war, gab er es auf, und die Mahlzeit verlief schweigend. Immer wieder glitt Evelyns Blick zum Fenster. In etwa einer Stunde würde es dunkel werden. Was sollte sie dann tun? Sean hatte aufrichtig gewirkt, und seine Vermutung war nicht von der Hand zu weisen. War er wirklich das unschuldige Opfer einer abscheulichen Intrige geworden, angezettelt von ihrem eigenen Bruder und ihrer Stiefmutter? Ralph kann nichts damit zu tun haben, denn er war viele Meilen entfernt. Aus den Augenwinkeln beobachtete sie Clarissa. Natürlich, Sean hatte recht: Sie wollte, dass Evelyn heiratete und das Haus verließ, damit sie ihrem eigenen Sohn nicht länger im Weg stand. Weder Clarissa noch Ralph konnten wissen, dass ihr Vater entschlossen war, gegen alle Widerstände sie, Evelyn, zu seiner Erbin einzusetzen. Es war aber eine logische Schlussfolgerung, dass – wenn Sean Faulkner einheiratete – es keinen Grund mehr gab, den Besitz einem männlichen Erben zu hinterlassen. Auf der anderen Seite war die Sache zwischen ihr und Sean sehr schnell gegangen. Eigentlich kannte sie ihn kaum, hatte sich aber vom ersten Tag zu ihm hingezogen gefühlt. Verwechselte sie vielleicht Liebe mit Leidenschaft, schließlich war sie nie zuvor verliebt gewesen? Für Sean würde eine solche Verbindung einen sozialen Aufstieg bedeuten, den er sonst niemals erreichen könnte. Er, der Sohn eines Fabrikanten, und die Tochter aus den ersten Adelskreisen Südenglands, die nicht nur einen gut gehenden Besitz und ertragreiche Zinn- und Kupferminen mitbrachte, sondern ihm Türen öffnete, die einem Schotten eigentlich verschlossen blieben.

In Evelyn stritten sich die unterschiedlichsten Empfindungen. Die heutige Begegnung hatte die Wunde wieder aufgerissen, sie blutete und schmerzte stärker als je zuvor. Nur zu gern hätte sie ihm geglaubt. Ein Gedanke schoss ihr durch den Kopf: Sie würde sich mit Sean treffen und ihm sagen, dass sie ihm glaube, aber nichts überstürzen wolle. In drei Wochen würde sie ohnehin nach Camborne reisen, und in zwei Jahren würden sie weitersehen. Wenn Sean sie wirklich liebte, nicht nur auf ihre Mitgift aus war und Fiona keine Rolle in seinem Leben spielte, dann würde er auf sie warten. Evelyn bezweifelte, dass ihr Vater bereit war, Sean wieder einzustellen, in Cornwall gab es derzeit jedoch etwa zweitausendvierhundert Minen, und ständig wurden neue erschlossen. Sean würde eine andere Anstellung finden, er konnte sogar in die Levant zurückkehren. Wenn diese Frau tatsächlich mit Sean verlobt war, dann würden auch seine Eltern darauf drängen, dass er zu seinem Wort stand. Und wenn es tatsächlich eine Intrige gegen Sean war – egal, wer sie angeregt hatte –, dann würde Fiona früher oder später zu dem wahren Vater ihres Kindes gehen. Ja, diese Chance wollte sie Sean geben. Evelyn verstand seine Enttäuschung, da sie nicht zu ihm gestanden und ihm vertraut hatte, aber es war noch nicht zu spät.

Zufrieden griff Evelyn nach ihrem Glas und trank durstig von dem leichten Weißwein.

„Du lächelst?", fragte Clarissa. „Das ist in letzter Zeit

selten geworden. Dich beschäftigen wohl angenehme Gedanken."

In diesem Moment fühlte Evelyn sich so leicht und beschwingt, dass sie Clarissa gegenüber ein beinahe zärtliches Gefühl, aber auch Mitleid, empfand. Ihre Stiefmutter hatte es nicht leicht, sie konnte schließlich nichts dafür, dass ihr Mann ihre Liebe nicht erwiderte.

„Manchmal ist alles einfacher, als man zuerst gedacht hatte", antwortete Evelyn vielsagend. Ihr Vater zwinkerte ihr unmerklich zu, und Evelyn trank den Rest des Weines aus. „Wenn ihr mich bitte entschuldigen wollt. Ich möchte früh zu Bett gehen."

Sie stand auf und gab ihrem Vater einen Kuss auf die Wange, Clarissa nickte sie freundlich zu.

„Schlaf gut, mein Mädchen."

Evelyn war am Fuß der Treppe angekommen, als ihr plötzlich übel wurde. Sie presste die Hand auf den Mund, hastete die Stufen hinauf und schaffte es gerade noch in ihr Zimmer, bevor sie sich in ihr Nachtgeschirr übergab. Danach fühlte sie sich aber keineswegs besser. Im Gegenteil, ihr war so übel wie nie zuvor in ihrem Leben, und kalter Schweiß stand auf ihrer Stirn. Am ganzen Körper zitternd, sank sie aufs Bett, um gleich wieder nach dem Nachttopf zu greifen. Am Essen konnte es nicht liegen, denn sie hatte kaum etwas von dem Rindfleisch, den Kartoffeln und den Karotten zu sich genommen. Auch sonst wusste Evelyn nicht, wo sie sich derart den Magen verdorben haben könnte. Das Bett schwankte unter ihr, bunte Kreise tanzten vor ihren Augen, und bevor sie nach der Klingelschnur greifen konnte, um Hilfe zu holen, rutschte sie vom Bett und sank bewusstlos zu Boden.

# 17

Sally, eines der Hausmädchen, fand sie erst am nächsten Morgen. Evelyn war immer noch bewusstlos und lag in ihrem Erbrochenen. Das Mädchen verständigte Richard, der sofort nach dem Arzt schickte. Als dieser eintraf, erlangte Evelyn langsam wieder das Bewusstsein. Sie fühlte sich sehr schwach, hatte starke Kopfschmerzen, die Übelkeit war jedoch vergangen.

Nach der ersten Untersuchung sagte der Arzt nachdenklich: „Es scheint eine leichte Vergiftung gewesen zu sein. Wahrscheinlich war eine der Speisen, die Ihre Tochter gestern Abend zu sich genommen hat, verdorben."

„Wir haben alle das Gleiche gegessen", wandte Richard ein. „Weder meine Frau noch ich haben irgendwelche Beschwerden."

„Dann muss Miss Evelyn sich anderweitig den Magen verdorben haben."

„Das ist möglich." Besorgt sah Richard den Arzt an. „Ist sie außer Gefahr?"

„Ich denke, ja. Sie hat alles wieder von sich gegeben und Glück gehabt, dass sie während der Bewusstlosigkeit an dem Erbrochenen nicht erstickt ist."

Richard blieb an Evelyns Bett sitzen und hielt ihre Hand. Sie atmete noch schwer, auf ihren Wangen zeigte sich aber wieder etwas Farbe.

„Wie spät ist es?", flüsterte sie leise.

„Wie spät? Gleich Mittag, mein Mädchen, das ist aber egal. Du bleibst im Bett, damit du wieder ganz gesund wirst."

„Mittag?" Evelyn versuchte, sich aufzurichten, sank aber mit einem Stöhnen in die Kissen zurück. „Oh, nein ..."

Plötzlich rannen Tränen über ihre Wangen.

„Evelyn, was ist?" Richard sah sie besorgt an. „Geht es dir wieder schlechter? Soll ich den Arzt zurückholen?"

Evelyn schüttelte nur stumm den Kopf. Es war zu spät! Sean hatte bis zur Morgendämmerung bei dem Steinkreuz gewartet, aber sie war nicht gekommen. Jetzt saß er längst in der Postkutsche nach Exeter. Sie musste ihm nachreisen! Ihn einholen und bitten, nicht zu gehen. Wenn sie nur nicht so furchtbar schwach wäre!

„Dad, Sean ist ... du musst ..."

„Ganz ruhig", unterbrach er. „Wir wollen jetzt nicht von dem verräterischen Schotten sprechen. Schlaf und ruh dich aus."

Evelyn drehte den Kopf zur Seite. Sie wusste, sie würde ihrem Vater nicht verständlich machen können, welch unglaublichen Verdacht Sean gegen Clarissa und Ralph geäußert hatte, und er würde Sean auch niemals zurückholen. So weinte sie vor sich hin, und Richard war in großer Sorge um seine geliebte Tochter.

Nach vier Tagen hatte Evelyn sich wieder erholt, und die ganze Sache erschien ihr wie ein böser Albtraum. Sie konnte sich nicht erklären, was die Übelkeit ausgelöst hatte, auch wenn alle der Meinung waren, sie müsste etwas Verdorbenes gegessen haben. Die Köchin wies jeden Verdacht, es hätte an ihrem Essen gelegen, empört von sich.

„Wir alle hier unten", sie wies auf die Dienstboten, „haben von den Speisen gekostet, und niemand ist auch nur ansatzweise krank geworden."

Richard Tremaine beruhigte die Köchin, denn ihm und Clarissa war es ja auch gut gegangen. Da Evelyn behauptete, seit dem Glas Bier während der Tauffeier nichts zu sich genommen zu haben, würde es wohl niemals geklärt werden, aber Hauptsache, Evelyn war wieder gesund. Clarissa zeigte sich ungewöhnlich besorgt. Es verging kein Tag, an dem sie nicht Evelyns Nähe suchte, ungezwungen über die Umbauten sprach und sogar ihren Rat bei der neuen Ausstattung der Räume einholte. Evelyn hinterfragte nicht, was ihre Stiefmutter verändert hatte, und ließ ihr Geplauder über sich ergehen. Tag und Nacht grübelte sie darüber nach, wie sie Sean eine Nachricht zukommen lassen könnte. Die Adresse seiner Familie in Schottland kannte sie nicht, es würde aber bestimmt nicht viele Fabrikbesitzer in Inverness mit diesem Namen geben. Wahrscheinlich war Sean bereits zu Hause angekommen. Sie wollte ihm einen langen Brief schreiben und eine Möglichkeit finden, dass dieser ihn erreichte. Sean würde sicher Verständnis zeigen dafür, dass sie nicht hatte kommen können.

Am folgenden Wochenende war die Familie nach Allerby House eingeladen. Lady Carter gab am Samstagabend anlässlich ihres Geburtstages ein Dinner für ein paar Nachbarn und Freunde. Evelyn bat, sie wegen ihrer eben erst überstandenen Erkrankung zu entschuldigen, und verabschiedete sich am Vormittag von ihrem Vater und Clarissa. Das Paar wollte über Nacht auf Allerby bleiben, da die beiden Landsitze etwa fünfzehn Meilen voneinander entfernt lagen und für den Sonntag noch ein Picknick geplant war.

„Ich werde meine Sachen packen", flüsterte Evelyn ihrem Vater zu, als sie ihn auf die Wange küsste. „Es sind nur noch wenige Tage, außerdem kann ich ein Auge auf die Handwerker haben."

Er zwinkerte ihr zu und drückte verstohlen ihre Hand. Nachdem sie abgefahren waren, sah sich Evelyn unschlüssig um. Im ersten Stock rissen die Handwerker mit donnernden Schlägen eine Wand ein. Clarissas Badezimmer war nahezu fertig, und seit einem Tag waren die Männer mit ihrem Zimmer beschäftigt und würden bis zur Teestunde arbeiten. Im Flur stapelten sich Sandsäcke und Ziegelsteine, über allem lag eine dicke Staubschicht, und Evelyn bezweifelte, dass sie sich bei diesem Lärm auf irgendetwas konzentrieren konnte. Die Sonne schien von einem wolkenlosen Himmel, es war angenehm warm, aber nicht zu heiß, also beschloss Evelyn, nach Pelynt zu reiten. Beim dortigen Schuster hatte sie vor zwei Wochen ein paar Bergarbeiterstiefel in Auftrag gegeben. Sie schmunzelte, als sie an das Gesicht des Mannes dachte, dem sie ihren Wunsch unterbreitet hatte.

„Es tut mir leid", hatte der Schuster gesagt, „aber Mylord muss selbst vorbeikommen, damit ich die Größe ausmessen kann."

„Die Schuhe sind nicht für meinen Vater."

„Dann sollte Ihr Bruder kommen, oder ich komme zu Ihnen nach Higher Barton, um Maß zu nehmen."

„*Ich* benötige diese Stiefel." Evelyn hatte geschmunzelt, einen Schilling aus der Tasche geholt und diesen dem Schuster hingeschoben. „Ich wäre Ihnen sehr dankbar, wenn das unser kleines Geheimnis bleiben würde."

Die Familie Tremaine war in der Gegend natürlich bekannt, ebenso, dass sich Miss Evelyn sehr von anderen jungen Damen unterschied. Dem Schuster blieb trotzdem vor Verblüffung der Mund offen stehen, dann nahm er aber Maß, und Evelyn wählte ein festes, derbes Leder aus. Für ihre Ausbildung benötigte sie strapazierfähiges Schuhwerk.

Heute würden die Stiefel fertig sein, und Evelyn genoss den Ritt über die grünen Wiesen entlang der Weiden, auf denen Schafe und Kühe grasten, und der kleinen Cottages der Pächter. Der Landbesitz von Higher Barton dehnte sich bis zum Dorf Pelynt aus, das jedoch eigenständig war und bereits im Domesday Book Erwähnung gefunden hatte. Einst war Pelynt ein bedeutender Marktflecken gewesen, wovon noch heute die Kirche mit dem normannischen Turm zeugte, der um einiges höher als der Kirchturm von Lower Barton war.

Die Schusterwerkstatt befand sich in einer schmalen Seitengasse, und Evelyn war an diesem Samstagmittag die einzige Kundin. Der Schuster hatte hervorragende Arbeit geleistet, denn die Stiefel passten wie angegossen. Das Leder war fest, zugleich weich, und Evelyn spürte die Stiefel kaum an ihren Füßen. Sie beglich sofort die Rechnung, dankte dem Schuster und machte sich auf den Rückweg. Da der Tag so schön war, beschloss sie, einen kleinen Umweg durch ein bewaldetes Tal zu reiten. Das grüne Laub der Bäume schloss sich wie in einem Tunnel über sie, die Baumstämme waren bis fast an die Kronen mit Efeu bewachsen, und ein Bach plätscherte über die Steine. Im Geäst zwitscherten Vögel, und einmal huschte ein Fasan vor Evelyn über den unbefestigten Weg. Plötzlich hörte sie das Wiehern eines Pferdes ganz in ihrer Nähe, doch Evelyn ängstigte sich nicht. Cornwall war kein Landstrich für Straßenräuber oder sonstiges Gesindel, und die Familie Tremaine wurde allgemein respektiert. Durch die Bäume erkannte sie die Mauern eines halb verfallenen Cottages, vor dem ein Pferd angebunden war. Evelyn zügelte ihr Tier. Sie kannte die dunkelbraune Stute mit der weißen Blesse und dem gezackten Fleck über der linken Hinterhand – es war Ralphs Pferd! Wie kam Brown Belle hierher? Ralph hatte sie doch mit nach London genommen. War ihr Stiefbruder heute zurückgekehrt, was aber machte er dann hier mitten im Wald in einer Hütte, die seit Jahren nicht mehr bewohnt war? Sie stieg ab, schlang die Zügel ihres Pferdes um einen Baumstamm und schlich langsam auf das Cottage zu. Eine Ahnung sagte ihr, sie sollte sich still verhalten und nicht nach Ralph rufen.

Nur noch wenige Schritte von dem Cottage entfernt, hörte sie auch schon eine Stimme durch das geöffnete Fenster: „Wie lange soll ich eigentlich noch hier ausharren? Du hast gesagt, es wären nur wenige Tage, und jetzt ..."

„Es dauert nicht mehr lange."

Evelyn zuckte zusammen, denn die Antwort kam zweifelsohne von Ralph. Auch die Stimme der Frau kam ihr irgendwie bekannt vor.

„Wann wirst du mit deinem Vater sprechen?" Die Frau klang fordernd und zugleich trotzig. „Ich habe es satt, mich die ganze Zeit verstecken und darauf warten zu müssen, dass du hin und wieder mal vorbeikommst."

„Meine Eltern sind über das Wochenende verreist", antwortete Ralph. „Nächste Woche werde ich mit meinem Vater sprechen. Ich musste abwarten, bis er wieder gesund ist, denn die Nachricht wird ihn ganz schön schockieren."

„Das wird auch höchste Zeit", keifte die Frau, „sonst bekomme ich unser Kind noch in dieser Wildnis."

Evelyn keuchte und presste eine Hand auf den Mund, um sich nicht zu verraten. Nun wusste sie, wer die Frau war! Fiona – die Schottin, die behauptet hatte, ihr Kind wäre von Sean! Mit aller Deutlichkeit wurde Evelyn bewusst, dass nicht Sean, sondern Ralph der Erzeuger des Kindes war. Wie bei einem Mosaik setzte sich nun alles zusammen. Sean hatte mit jedem Wort ins Schwarze getroffen. Ralph hatte ein grausames Spiel mit ihr getrieben, in dem er seine eigene Geliebte als die von Sean ausgab, und Clarissa hatte ihre Hände mit im Spiel gehabt. Vielleicht war Fiona wirklich Schauspielerin, so überzeugend, wie sie ihre Rolle gespielt hatte. Es war Evelyn bekannt, dass Ralph sich gern mit solchen *Damen* umgab.

Obwohl sie vor Zorn Ralph am liebsten unverzüglich gegenübergetreten wäre, zügelte sie sich. Sie wollte sich nicht mit ihm auseinandersetzen, denn das, was er getan hatte, war so verabscheuungswürdig, dass ihr Vater es erfahren musste. Das würde Konsequenzen haben. Dieses Mal sollte Ralph nicht ungeschoren davonkommen! Vorsichtig entfernte sie sich, nahm ihr

Pferd und führte es aus dem Wald heraus. Am liebsten wäre sie sofort nach Allerby House geritten, um ihrem Vater alles zu erzählen, hielt eine solche Reaktion dann aber doch für übertrieben. Morgen Abend würde sie es ihm mitteilen.

Auf Higher Barton schickte sie die Handwerker fort, da sie allein sein wollte, um in Ruhe nachdenken zu können.

„Sie können für heute Feierabend machen. Kommen Sie bitte am Montagmorgen wieder."

Froh, ein paar Stunden früher zu ihren Familien zu kommen, verließen die Arbeiter das Haus. Evelyn betrat ihr Zimmer, das einer Baustelle glich. Es stapelten sich die roten Ziegelsteine für die neuen Wände, die nächste Woche eingezogen werden sollten, Säcke mit Zement und dazwischen allerhand Werkzeug. Über allem lag eine dicke Staubschicht, die Evelyn allerdings nicht bemerkte. Zu groß war ihre Wut, Opfer dieser ausgeklügelten Intrige zu sein, aber auch die Enttäuschung, von Mitgliedern der eigenen Familie derart hintergangen worden zu sein.

„Er hasst dich."

Seans Worte klangen ihr in den Ohren. Er hatte den wahren Charakter ihres Stiefbruders innerhalb kurzer Zeit erkannt, während sie in Ralph immer nach einem guten Kern gesucht hatte. Ihr Vater hatte ihm vieles verziehen, jetzt war das Maß aber voll. Evelyn hatte keinen Zweifel daran, dass er Ralph aus dem Haus weisen würde, und sollte sich herausstellen, dass auch Clarissa involviert war – woran Evelyn ebenfalls nicht zweifelte –, würde es auch für sie Konsequenzen haben. Richard Tremaine war kein Mann, der einen Skandal scheute, wenn es um das Glück seiner Tochter ging.

„Ich weiß, was du denkst, aber du wirst deinen Mund halten!"

Mit einem Schrei fuhr Evelyn herum. In der Tür stand Ralph. Er war schweißgebadet, musste also schnell geritten sein.

„Was machst du hier?"

Er grinste. „Hast nicht damit gerechnet und geglaubt, ich hätte dich nicht bemerkt, was? Wolltest dich heimlich davonschleichen und Vater alles petzen."

Nun konnte Evelyn sich nicht länger beherrschen.

„*Du* bist der Vater des Kindes dieser Frau! *Du* hast sie geschwängert und hast Sean die Schuld in die Schuhe geschoben, damit wir nicht heiraten!"

„Na, das ist mir ja auch gelungen." Grinsend lehnte er sich an den Türrahmen und schien sich seiner Sache sehr sicher zu sein. „Was willst du jetzt machen? Der Schotte ist fort, und endlich kehrt wieder Ruhe in dieses Haus ein."

„Was hast du mit Fiona vor?"

„Für ihre Dienste wird sie großzügig abgefunden werden, wahrscheinlich schicke ich sie nach Schottland zurück. Vater wird natürlich verärgert sein, sich aber damit abfinden, denn solche kleinen Unfälle kommen häufig vor. Ich hätte sie längst fortschicken sollen, aber noch versüßt sie mir die Nächte, worauf ich ungern verzichte." Er grinste selbstgefällig und reckte das Kinn vor. „Sobald der Besitz mir gehört, werde ich standesgemäß heiraten und fleißig Erben produzieren, damit der Name Tremaine nicht ausstirbt."

„Du wirst Higher Barton niemals erben!"

Lapidar zuckte er mit den Schultern. „Ich wüsste nicht, was das verhindern sollte."

„Vater wird erfahren, welche Intrige du gesponnen hast", entgegnete Evelyn scharf, „und Sean wird zurückkommen. Dann werden wir wie geplant heiraten und auf Higher Barton leben."

Ralph lachte laut und höhnisch. „Na und? Von mir aus kannst du diesen Schotten sogar haben. Glaube mir, du wirst auf Higher Barton nicht glücklich werden, daher rate ich dir, das Haus zu verlassen. Mit oder ohne Sean – das ist mir egal. Sobald Vater tot ist, wird für dich hier kein Platz mehr sein."

Nun lächelte auch Evelyn. Ihre nächsten Worte würden ihm einen schweren Schlag versetzen, aber sie konnte sich nicht länger beherrschen.

„Nun irrst du dich, *Brüderchen*! Vater hat sein Testament längst geändert und mich als Erbin eingesetzt."

„Das ist nicht wahr!" Die Farbe wich aus Ralphs Wangen, er griff nach Evelyns Arm und schüttelte sie grob. „Das hat er nicht getan! Ich werde nicht zulassen, dass eine Frau all das bekommt, was von Rechts wegen mir zusteht."

„Vater war vor ein paar Tagen beim Anwalt und hat alles in die Wege geleitet, die Erbfolge zu ändern." Triumphierend sah sie ihn an. „Es ist nur eine Frage von Wochen, bis es rechtskräftig wird. Ach ja, noch etwas, das du wissen solltest: In zwei Wochen werde ich an die Cornish School of Mining in Camborne gehen und Bergbau studieren."

Er stieß sie von sich, sodass sie an die Wand taumelte, und lachte laut. „Welche Lügen hast du noch auf Lager?

Ein Mädchen kann nicht studieren, keine Schule der Welt würde das zulassen."

„Diese schon." Evelyn war nun ganz ruhig. „Selbst wenn Sean nicht zurückkehren wird – in zwei Jahren werde ich in der Lage sein, die Minen eigenständig zu leiten. Vater hat versucht, dich dafür zu begeistern, du warst dir aber immer zu fein, auch nur einen Finger krumm zu machen. Du hast das Geld, das uns das Erz einbringt, lediglich mit beiden Händen zum Fenster hinausgeworfen und es dir wie eine Made im Speck gut gehen lassen. Ich denke, es wird sich jetzt einiges ändern. Wenn Vater von deinen Eskapaden erfährt, dann möchte ich lieber nicht in deiner Haut stecken."

„Er wird mich nicht fortschicken." Zum ersten Mal bemerkte Evelyn eine gewisse Unsicherheit bei Ralph. „Er hat mich immer wie einen leiblichen Sohn behandelt, und ich habe vor, mich zu bemühen, seinen Ansprüchen gerecht zu werden."

„Das glaube ich dir sogar", gab Evelyn zu und schlug einen versöhnlichen Ton an, denn sie hasste Zank und Zwietracht. „Ralph, ich persönlich habe nichts gegen dich oder gegen deine Mutter, auch wenn es euch beinahe gelungen ist, mein Glück zu zerstören. Das war abscheulich, aber ich bin bereit, euch zu verzeihen. Wir sind eine Familie. Vater ist zwar noch etwas angeschlagen, er wird aber hoffentlich noch viele Jahre bei uns sein. Du musst akzeptieren, dass ich die Leitung der Minen und des Besitzes übernehmen werde. Ich kann dich mit einbinden – sofern du das möchtest und bereit bist, dein Scherflein dazu beizutragen. Wir können Hand in Hand arbeiten, und Higher Barton noch mächtiger und vermögender machen."

Er schüttelte vehement den Kopf.

„Ich lasse mir von einer Frau nicht sagen, was ich zu tun habe. Higher Barton ist mein Erbe, auch wenn ich nicht Richards leiblicher Sohn bin. Er hat mich adoptiert, und nur aus diesem Grund hat Mum ihn geheiratet."

Diese Eröffnung überraschte Evelyn nicht. Ihr Mitleid, das sie manchmal für Clarissa empfunden hatte, weil diese von ihrem Vater nicht geliebt wurde, verflog. Clarissa hatte sich nur ins gemachte Nest setzen und ihrem Sohn ein reiches Erbe sichern wollen.

„Warum seid ihr so schlecht?", flüsterte sie, eher traurig als zornig. „Geld, Besitz und Macht sind doch nicht das Wichtigste. Glück und Zufriedenheit sind Güter, die man für kein Geld der Welt kaufen kann. Wir alle zusammen hätten hier in Frieden leben können."

„Dann wirst du also schweigen?" Ein Hoffnungsschimmer glomm in Ralphs Augen. „Du wirst Vater nichts erzählen? Ich werde ihm erklären, dass ich bereit bin, Fiona finanziell zu unterstützen, nachdem sie von Sean im Stich gelassen wurde."

Evelyn schüttelte den Kopf. „Er muss es erfahren, denn ich werde Sean zurückholen und ihn heiraten. Es ist unmöglich, das zu tun, wenn Vater nicht weiß, wer in Wahrheit der Vater von Fionas Kind ist und dass Sean keine Schuld trägt."

„Ich werde nicht zulassen, von dir derart in Misskredit gebracht zu werden!"

Er trat vor sie und schien zu allem entschlossen zu sein, Evelyn wich aber nicht zurück. Wie viel Schlechtigkeit steckte noch in ihm? Wie viele Abgründe würden sich noch auftun?

Plötzlich kam ihr ein schrecklicher Verdacht, und sie fragte leise: „Ralph, die Übelkeit, die mich letzte Woche befallen hat ..."

Er nickte selbstbewusst. „Ich habe deine Unterhaltung mit dem Schotten belauscht und ahnte, dass du bereit bist, wieder in seine Arme zu sinken. Das musste ich verhindern."

„Aber wie? Du warst doch in London."

„Das habe ich euch glauben gemacht, aber ich war die ganze Zeit in der Nähe." Er grinste wieder. „Musste ganz schön aufpassen, dass mich niemand sieht. An diesem Abend konnte ich natürlich nicht ins Haus kommen, das hätte Verdacht erweckt. Für Mum war es aber ein Leichtes, etwas Arsen zu besorgen, es wird schließlich beim Erzabbau freigesetzt, und es dir in den Wein zu mischen. Natürlich nicht zu viel, wir wollten dich ja nicht umbringen, sondern nur so lange außer Gefecht setzen, bis der Schotte fort ist."

„Clarissa hat also doch ..."

Evelyn fühlte sich wie in einem Albtraum gefangen. Ihre eigene Stiefmutter hatte versucht, sie zu vergiften.

Wie aus weiter Ferne hörte sie Ralphs nächste Worte: „Ich habe Sean beobachtet. Der arme Kerl wartete wirklich die ganze Nacht und war ziemlich betrübt. Am Morgen ging er dann nach Lower Barton und stieg in die Kutsche nach Exeter. Bevor er abfuhr, überbrachte ich Sean natürlich noch eine Nachricht von dir."

„Von mir? Das kann nicht sein!"

„Deine Handschrift nachzuahmen, ist nicht schwierig, und Sean schöpfte keinen Verdacht." Ralph hatte nun wieder Oberhand und war sichtlich stolz auf sein Tun. „Du hast ihm geschrieben, dass du ihn nie wiedersehen willst und dass er dich künftig in Ruhe lassen möge. Unabhängig davon, dass er einer anderen Frau versprochen ist, hättest du eingesehen, was du deiner Stellung schuldig bist, und würdest niemals einen Mann aus dem Volk zum Mann nehmen. Zusätzlich hast du mich gebeten, ihm diese Nachricht auch noch mündlich zu überbringen."

„Er hat dir geglaubt?", fragte Evelyn fassungslos. „Sean weiß, dass man dir nicht vertrauen darf."

„Zuerst nicht, aber in Verbindung mit deinen Zeilen gelang es mir, ihn zu überzeugen", antwortete Ralph sichtlich zufrieden.

„Du bist ein Schwein!", stieß Evelyn aus. Mit erhobenen Fäusten ging sie auf Ralph los und trommelte gegen seine Brust. Er packte ihre Handgelenke und hielt sie auf Abstand.

„Also wirklich, Evelyn, etwas mehr Contenance bitte", sagte er zynisch grinsend. „Eines Tages wirst du mir dankbar sein, dass ich dich vor dem großen Fehler, der diese Ehe gewesen wäre, bewahrt habe."

„Niemals!", keuchte Evelyn. „Ich hasse dich, Ralph Tremaine, und verfluche den Tag, an dem Vater deine Mutter kennengelernt hat. Wenn er erfährt, was ihr getan habt, wird er sich scheiden lassen! Du kennst Vater – der Skandal wird ihm gleichgültig sein, er wird aber nicht länger mit einer Frau unter einem Dach leben wollen, die versucht hat, seine Tochter zu töten."

„Wenn er es jemals erfährt." Ralph grinste höhnisch. „Du wirst ihm kein Sterbenswörtchen sagen."

„Ach nein?" Derart außer sich vor Wut, war Evelyn kurz davor, ihre gute Erziehung zu vergessen und Ralph mitten ins Gesicht zu spucken. „Wer sollte mich daran hindern?"

„Wenn es sein muss, ich!", ertönte es plötzlich von der Tür her, und Ralph und Evelyn fuhren herum. Clarissa trat mit wutverzerrtem Gesicht ein.

„Was machst du hier?", fragte Evelyn.

Sie zuckte mit den Schultern. „Wir waren gerade in Allerby angekommen, da bekam ich plötzlich ein ungutes Gefühl. Ich sagte, ich hätte starke Kopfschmerzen und möchte lieber wieder nach Hause zurück. Richard wollte mich zwar begleiten, ich konnte ihn aber davon überzeugen, dass er die Carters nicht auch noch im Stich lassen darf. Ich fuhr also unverzüglich zurück. Mir scheint, ich komme gerade im rechten Augenblick."

Ralph hatte Evelyn inzwischen wieder losgelassen. Mit steifen Schritten trat sie vor Clarissa und fragte: „Warum hasst du mich so sehr? Was habe ich dir getan?"

Sie lachte zynisch. „Glaubst du, ich weiß nicht, dass dein Vater immer, wenn er dich ansieht, an deine Mutter denkt? Er hat Eleonor nie vergessen. Während all der Jahre hängt ihr Schatten wie ein Damoklesschwert über mir."

„Du hast Vater auch nicht geliebt", stellte Evelyn nüchtern fest. „Du hast ihn nur geheiratet, um versorgt zu sein."

„Das mag sein, trotzdem habe ich Respekt und eine gewisse Zuneigung erwartet, stattdessen wurde ich immer nur mit Eleonor verglichen, die er wie eine Göttin verehrt, obwohl ihre Gebeine längst vermodert sind."

Evelyn fühlte sich plötzlich müde und erschöpft und hatte für einen weiteren Streit keine Kraft mehr.

„Ich glaube, es ist alles gesagt", sagte sie leise.

„Wo willst du hin?", fragte Clarissa lauernd.

„Ich werde nach Allerby reiten", erwiderte Evelyn, die den Entschluss in diesem Moment gefasst hatte, denn sie konnte nicht bis morgen Abend warten. „Vater muss unverzüglich über alles in Kenntnis gesetzt werden. Ich denke, ihr könnt schon mal anfangen, eure Sachen zu packen."

Clarissa machte keine Anstalten, sie aufzuhalten, und ließ sie an sich vorbei die Tür passieren. Dann jedoch sah Evelyn aus dem Augenwinkel, dass sie einen der schweren Hämmer in der Hand hatte. Sie riss noch den Arm hoch, um den Schlag abzuwehren, aber es war zu spät. Sie spürte keinen Schmerz, sondern nur grenzenlose Fassungslosigkeit, als der Hammer ihren Kopf traf und die Schädeldecke zertrümmerte.

# Eve

*Cornwall,*
*Herbst 1940*

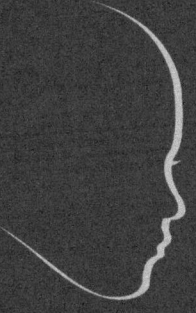

# 18

Es herrschte atemlose Stille. Lediglich die Uhr auf dem Kaminsims tickte und erinnerte daran, dass die Zeit verging. Eve schien es, als wäre die Temperatur in den letzten Stunden gefallen. Eine Gänsehaut zog sich über ihren Körper. Es war eine innerliche Kälte, die sie frösteln ließ. Als sie einen Blick mit Helen tauschte, wusste sie, dass es ihr ebenso ging. Helen war wachsbleich und knetete nervös ihre Finger im Schoß.

Alwyn Tremaine fuhr fort: „Was danach geschah, ist schnell erzählt. Ralph war über das, was seine Mutter getan hatte, schockiert, denn er hatte trotz allem Evelyns Tod nicht gewollt. Clarissa handelte jedoch entschlossen, was auf ihren Charakter ein noch schlechteres Licht wirft. Das Personal hielt sich zwar im Küchentrakt auf, es war aber jederzeit damit zu rechnen, auf jemanden zu treffen. Daher konnte Clarissa es nicht riskieren, die Leiche aus dem Haus zu schaffen. Sie wies Ralph an, Wasser zu holen und den Zement anzurühren, dann zogen sie eine Mauer hoch, hinter der sie das Mädchen versteckten. Als Nächstes musste Ralph nach Lower Barton reiten, um den Handwerkern mitzuteilen, dass sie sich entschlossen hätten, die Umbauten jemand anderem zu übertragen. Denn die Männer hätten bemerkt, dass in Evelyns Zimmer eine neue Wand errichtet worden war, und hätten Fragen gestellt. Die Arbeiten wurden dann später eingestellt, es hatte niemand mehr Interesse an dem Umbau.

Noch einmal fälschte Ralph Evelyns Handschrift

und schrieb einen Brief, in dem das Mädchen mitteilte, sie würde ihrem Leben ein Ende setzen. Als Richard Tremaine am nächsten Abend nach Higher Barton zurückkehrte, wurde er mit der Tatsache konfrontiert, dass seine Tochter ins Wasser gegangen war. Clarissa war sehr überzeugend, o ja, das konnte sie wirklich! Sie mimte die Verzweifelte, weinte und jammerte und schien vor Kummer über das schreckliche Unglück beinahe den Verstand zu verlieren. Es gelang ihr, jeden Zweifel, den Richard am Freitod seiner Tochter hegte, zu zerstreuen, und auch Ralph war völlig durch den Wind, wie man es heute ausdrücken würde. Bei ihm war aber nicht alles gespielt, er litt wirklich unter der Tat, die seine Mutter begangen hatte, würde aber für den Rest seines Lebens schweigen. Richard Tremaine wollte nach seiner Tochter suchen lassen, hoffte, wenigstens ihren Körper zu finden, um sie beerdigen zu können. Es ging ihm aber so schlecht, dass er das Bett hüten musste, und drei Wochen nach Evelyns Tod erlitt er einen Herzanfall, in dessen Folge er wenig später starb."

„Und Ralph erbte Higher Barton mit allem, was dazugehörte", stellte Eve bitter fest. „Ich glaube, ich weiß, wie es weiterging. Er heiratete und lebte glücklich und zufrieden ..."

Sir Alwyn hob die Hand.

„Ralph war jetzt ein reicher Mann, dem alle Türen offenstanden. Allerdings war er nicht so dumm, zu glauben, dass die Ressourcen von Higher Barton unerschöpflich waren, und er brauchte Geld, viel Geld, um seinen Lebensstandard zu sichern. Trotzdem ließ er sich noch sechs Jahre Zeit, bis er heiratete. Eine Zeit, in der er den Besitz an den Rand des Ruins wirtschaftete. Zuerst wurde Wheal Carn geschlossen, und Wheal Kerris konnte nur mit der großzügigen Mitgift, die Ralphs spätere Ehefrau, meine Mutter, einbrachte, noch für ein paar Jahre gehalten werden. Ende des neunzehnten Jahrhunderts begann dann ohnehin das große Minensterben in Cornwall."

„Was geschah mit Fiona?", fragte Helen heiser.

Sir Alwyn zuckte mit den Schultern. „Offenbar wurde sie wie geplant mit einer größeren Summe abgefunden und nach Schottland zurückgeschickt. Man hat nie wieder etwas von ihr gehört."

„Hat denn nie jemand Verwesungsgeruch bemerkt?", mischte Billy sich ein, der wie immer praktisch dachte. „Die Mauer ist nicht so dick, dass man diesen nicht hätte bemerken müssen."

Ein wohlwollender Blick streifte ihn, und Sir Alwyn erklärte: „Da allgemein angenommen wurde, Evelyn habe sich das Leben genommen, wurde ihr Zimmer verschlossen, und die nächsten Jahre hat es niemand mehr betreten. Irgendwann waren dann nur noch das Skelett übrig und ..." Er verstummte, und alle hatten verstanden.

„Haben Sie nie daran gedacht, Evelyn zu bergen und wenigstens anständig zu beerdigen?", fragte Eve fassungslos. „Irgendwann ging Higher Barton doch in Ihren Besitz über, und es wurden auch weitere Renovierungen vorgenommen. Warum wurde Evelyn dabei nie gefunden?"

Sein klarer Blick fixierte Eve, als er ruhig antwortete: „Das Zimmer war irgendwie für alle ein Tabu. Da ich wusste, welch Geheimnis es birgt, vermied ich, es zu betreten. Später war ich dann zu feige, wie ich schänd-licherweise zugeben muss. Ein Jahr nach dem Geständnis meiner Großmutter ging ich nach Eton, von dort aus direkt nach Oxford, dann folgte eine vierjährige Ausbildung an der Militärakademie in Sandhurst. Ich begann, Higher Barton regelrecht zu hassen, und vermied es, nach Hause zu kommen. Glücklicherweise hatte ich immer Freunde, bei denen ich die Ferien verbringen konnte. Da mein Vater wusste, dass ich die Wahrheit kannte, bestand er nie auf einem Wiedersehen. Unser Kontakt brach beinahe vollständig ab, ich erhielt lediglich die monatlichen Schecks, um mein Leben finanzieren zu können. Rückblickend denke ich, dass er hoffte, sich mit dem Geld mein Schweigen erkaufen zu können. Bei den wenigen Begegnungen, die uns zusammenführten, vermieden wir es, den Namen Evelyn auch nur zu erwähnen."

„Was war mit Ihrer Mutter?", fragte Eve interessiert. „Sie hat doch bestimmt von alledem nichts gewusst, muss Sie aber schrecklich vermisst haben."

Ein Schatten huschte über sein Gesicht.

„Sie starb wenige Tage nach meiner Geburt am Kindbettfieber, und Ralph hat nie wieder geheiratet. Meine Erziehung lag in den Händen von Kindermädchen und, bis ich alt genug war, um nach Eton zu gehen, bei diversen Hauslehrern. Nach einem guten Abschluss in Sandhurst begab ich mich mit der Armee nach Indien und blieb dort über sechsundzwanzig Jahre. Erst, als mein Vater starb, kehrte ich nach England zurück. Eine Zeit lang dachte ich darüber nach, Higher Barton zu verkaufen, bemerkte dann aber schnell, dass ein Teil von mir trotz allem an dem Haus hing und dass man seine Wurzeln nicht so einfach verleugnen kann. Ich heiratete, und Walter, mein einziger Sohn, wurde geboren. Unter Walters Regie wurde Evelyns Zimmer auch wieder geöffnet und zu einem Gästezimmer umgestaltet, ohne dass jemand die verborgene Kammer bemerkt hätte. Ich ließ ihn gewähren, wollte alles vergessen und neu anfangen. Das ist mir auch gelungen, bis ihr", er sah zu Eve und zu Mickey, „gekommen seid."

„Ich mache uns neuen Tee." Helen stand auf und ging zur Tür. Sie wirkte um Jahre gealtert. „Den können wir jetzt alle gebrauchen."

Eve zog die Schultern hoch, ihr war immer noch kalt. Evelyn war so alt gewesen, wie sie jetzt war, und stand erst am Anfang ihres Lebens. Neid, Eifersucht und Habgier hatten alles zerstört, die Verantwortlichen waren niemals zur Rechenschaft gezogen worden, und heute war es dazu zu spät.

Als Helen den Tee brachte, tranken sie durstig, dann sagte sie: „Ich habe nachgedacht. Keinem ist damit gedient, wenn wir die Sache an die große Glocke hängen. Das würde diese furchtbare Tat nicht ungeschehen machen. Wir können Evelyns … Überreste … aber nicht einfach wieder einmauern und weiterhin so tun, als wüssten wir von nichts."

„Was schlägst du vor?" Zum ersten Mal sah Sir Alwyn seine Schwiegertochter an, und Eve bemerkte einen Funken Anerkennung in seinem Blick.

„Wir müssen Evelyn beerdigen", erklärte Helen entschlossen. „Einer meiner Cousins ist Pfarrer, er könnte noch heute kommen, und wir setzen sie im Grab ihres Vaters bei."

„Du willst ein Grab öffnen?" Mickey schüttelte sich vor Entsetzen. „Das könnte ich nicht."

Helen trat neben ihn und legte eine Hand auf seine Schulter.

„Du musst nicht dabei sein, wenn du nicht möchtest." Sie sah zu Eve. „Du ebenfalls nicht ..."

„Ich werde Evelyn zu ihrer letzten Ruhestätte begleiten", erwiderte Eve entschlossen. „Ich denke, das bin ich ihr irgendwie schuldig."

Sir Alwyn war mit Helens Vorschlag einverstanden. Wenn sie jetzt die Polizei rufen und die Behörden verständigen würden, dann käme es zu einem unbeschreiblichen Skandal! Sie lebten zwar im 20. Jahrhundert, und durch den Krieg war vieles anders, dennoch scheuten sich die Tremaines, das schreckliche Familiengeheimnis öffentlich zu machen. In gewisser Weise brachte Eve Verständnis dafür auf. Weder Alwyn noch Walter oder gar Helen sollten unter etwas leiden, das ihre Vorfahren getan hatten und an dem sie keine Schuld trugen.

„Ruf deinen Cousin an", sagte Sir Alwyn leise. „Und dann lasst mich bitte allein, ich bin sehr müde."

Eve fühlte sich wie ein Mitglied einer Geheimsekte, das mitten in der Nacht auf einen Friedhof schlich, um Dämonen oder gar den Satan persönlich zu beschwören. Es war Neumond, und sie hofften, von niemandem gesehen zu werden. Dave Allen, Helens Cousin, war ein Mann um die dreißig und absolut vertrauenswürdig. Nachdem Helen ihn in knappen Sätzen über die Geschehnisse aufgeklärt hatte, versprach er, das Geheimnis zu wahren, denn er machte sich ja keiner Straftat schuldig. Auf dem Dachboden hatten Billy und Eve eine Truhe gefunden und diese mit Stoff ausgekleidet. Es war aber allein Billy, der die sterblichen Überreste von Evelyn Tremaine in die Truhe bettete. Eve zollte ihm großen Respekt – sie wäre nicht in der Lage gewesen, die Gebeine zu berühren. Es war auch Billy, der das Grab von Richard Tremaine öffnete, dann sprach Dave ein paar Worte, und sie stellten die Kiste hinein. Helen hängte sich bei Eve ein, als sie zum Haus zurückkehrten. Die Männer würden das Grab wieder verschließen und so herrichten, dass niemand etwas bemerkte. Am nächsten Morgen wollten sie dann gemeinsam die Wand in Eves Zimmer wieder herstellen, das Zimmer renovieren und alle Spuren des schrecklichen Geheimnisses beseitigen.

Von der heutigen Nacht an stand Alwyn Tremaine in der Schuld von Helen und ihres Cousins. Trotz der furchtbaren Umstände freute sich Eve darüber. Der alte Mann würde Helen nie wieder wie eine Dienstmagd behandeln. Sein Sohn Walter wusste nichts von der wahren Geschichte. Sie waren sich einig, dass das auch so bleiben sollte, ebenso sollten Eves Eltern nichts erfahren, und Billy würde auch schweigen.

„Das Gerücht, dass es in Higher Barton spukt, wird weiter bestehen", gab Billy zu bedenken. „Ich frage mich, warum überhaupt das Gerede aufgekommen ist, Evelyn wäre getötet worden. Vielleicht gab es damals doch einen Zeugen, von dem wir nichts wissen."

„Das ist durchaus möglich", erwiderte Eve nachdenklich. „Sir Alwyn hat erzählt, dass über das Verschwinden von Evelyn der Mantel des Schweigens gebreitet worden war. Da viele jedoch wussten, wie angespannt das Verhältnis zwischen Ralph, Clarissa und ihr gewesen war, lag die Vermutung nahe, dass einiges nicht mit rechten Dingen zugegangen sein könnte. Sir Alwyn meinte, dass auch niemand den angeblichen Suizid publik gemacht hat, offenbar, um Ralphs Aussicht auf eine gute Verheiratung nicht zu verderben. Das Mädchen war von einem Tag auf den anderen spurlos verschwunden, es erfolgte keine Erklärung, und so zogen die Leute ihre eigenen Schlüsse."

„In den letzten hundert Jahren hat sich vieles verändert." Lächelnd nahm Billy ihre Hand. „Die Menschen dachten und handelten damals anders, was wir heute nur schwer nachvollziehen können. Es galt, den Familiennamen um jeden Preis frei von Skandalen zu halten."

„Na, so viel hat sich auch wieder nicht geändert", erwiderte Eve bitter. „Selbst Helen, die ja nur in die Familie eingeheiratet hat, möchte verhindern, dass jemand außer uns die Wahrheit erfährt, Sir Alwyn ohnehin. Wir müssen das respektieren."

„Ja, das müssen wir wohl."

Gedankenverloren sah Billy in die Ferne, dann sagte er leise: „Was diese Stimme betrifft ... Glaubst du, dass Evelyns Seele dich wirklich um Hilfe gebeten hat, damit sie gefunden wird?"

Eve musste sich zu einem Lächeln zwingen, denn diese Gedanken hatte sie sich auch schon gemacht.

„Es sieht alles danach aus, so unwahrscheinlich es auch klingen mag", erwiderte sie. „Vermutlich war es aber nur ein seltsamer Zufall, ebenso der Traum meiner Mutter."

„Es gibt keine Zufälle im Leben", sagte Billy ernst. „Alles hat irgendwie einen Grund, auch wenn wir

Menschen diesen auf den ersten Blick nicht erkennen, manchmal sogar niemals."

Eve nickte. „Ich bin gespannt, ob das Flüstern der Wände aufhört, jetzt, da es keinen Grund mehr gibt, dass Evelyn auf sich und ihre Geschichte aufmerksam machen sollte."

„Da bin ich mir ganz sicher", erwiderte Billy entschlossen.

Sie hatten erwartet, dass die Entdeckung von Evelyns Leiche und sein Geständnis Alwyn Tremaine schwächen würde. Das Gegenteil war jedoch der Fall. Nachdem die große Last, die über siebzig Jahre auf seinen Schultern gelegen hatte, abgefallen war, wirkte er plötzlich kräftiger und agiler. Nicht nur Helen staunte, als er zwei Tage später zum Abendessen herunterkam und verkündete, künftig die Mahlzeiten nicht mehr in seinem Zimmer einnehmen zu wollen.

„Wir sind schließlich eine Familie", erklärte er, und Helen verschlug es die Sprache. Verstohlen lächelten sie und Eve sich zu, und das Mädchen war froh, dass die beiden begannen, sich einander anzunähern.

Sir Alwyn hatte an diesem Abend aber noch eine weitere Überraschung parat. Nach dem Essen, als sie bei einer Tasse Tee zusammensaßen, griff er in seine Jackentasche und holte die Kette hervor, die bei Evelyns sterblichen Überresten gefunden worden war und die sie auf dem Porträt trug, und schob sie Eve hin.

„Ich denke, es wäre in Evelyns Sinn, dass du den Schmuck bekommst."

Eve schnappte nach Luft. „Das kann ich nicht annehmen, Sir!"

„Warum nicht? Es ist schließlich allein dir zu verdanken, dass diese tragische Geschichte ein Ende gefunden hat." Er sah Helen an. „Ich hoffe, du verstehst das, obwohl es sich um ein Familienerbstück handelt."

Helen nickte zustimmend.

„Ich bin ganz deiner Meinung – Eve muss die Kette bekommen. Zu mir passt sie ohnehin nicht, ich wüsste gar nicht, wann ich sie tragen sollte."

Zögernd nahm Eve sie in die Hand. Das Gold und der rote, herzförmige Stein fühlten sich kühl an, zugleich schien ein Feuer in dem Rubin zu glühen. Keinen Moment dachte sie an den materiellen Wert der Kette, sondern nur daran, dass sie einst dem Mädchen gehört hatte, mit dem sie sich verbunden fühlte.

„Ich werde sie in Ehren halten", murmelte sie ergriffen, „und nur zu ganz besonderen Anlässen tragen."

„Findest du das nicht gruselig?", fragte Mickey. „Immerhin hat Evelyn sie getragen, als sie starb."

Eve zuckte zusammen, daran hatte sie gar nicht gedacht.

„Warum hat sie eigentlich den Schmuck an einem ganz normalen Tag getragen?", fragte Eve Sir Alwyn. „Wie Sie Evelyn geschildert haben, machte sie sich nie viel aus solchen Sachen."

„Ich habe keine Ahnung. Nicht alle Rätsel können gelöst werden."

In diesem Moment klingelte das Telefon in der Halle, und Helen eilte hinaus. Sie hörten sie sprechen, ohne ein Wort zu verstehen, dann schrie sie auf. Als Helen wieder in die Küche trat, war sie blass und schwankte leicht. Eve wusste sofort, dass etwas geschehen sein musste, und betete im Stillen: Bitte, Gott, lass es keine schlechte Nachricht sein!

„Das war Walter", sagte Helen leise, und Tränen liefen über ihre Wangen, gleichzeitig lachte sie aber auch. „Er kommt über Weihnachten nach Hause!"

Eve sprang auf und umarmte sie. Helen hatte keine Scheu, ihren Tränen freien Lauf zu lassen, Tränen der Erleichterung und des Glücks. Auch Alwyn Tremaine war sichtlich gerührt, schließlich hatte auch er seinen Sohn seit Monaten nicht mehr gesehen.

Robert Carlyon meldete sich täglich aus der Klinik. Eves Mutter ging es den Umständen entsprechend gut, ihre Nerven hatten sich wieder beruhigt. Melanie beharrte nicht länger darauf, eine geisterhafte Erscheinung gesehen zu haben, und Eve würde in ihrer und der Gegenwart ihres Vaters nie wieder darüber sprechen. Robert würde nicht verstehen, dass sie Evelyn heimlich beerdigt und die Behörden nicht eingeschaltet hatten.

„Nächste Woche wird sie entlassen", erklärte er am Telefon. „Es wird dann auch Zeit für mich, nach London zurückzukehren. Das Ministerium ist in die Räumlichkeiten in Whitehall umgezogen, und ich werde wieder in unserem Haus wohnen."

Die Lage in der Hauptstadt war stabil. Nach dem letzten schweren Bombenangriff war es ruhiger geworden, auch gab es nur noch wenige Angriffe auf andere englische Städte. Es schien, als wäre den Deutschen die Luft ausgegangen, trotzdem glaubte niemand an die trügerische Ruhe, man blieb weiterhin auf der Hut.

„Verzeih mir, Daddy, bitte", hauchte Eve in den Hörer.

Er zögerte keinen Augenblick mit seiner Antwort: „Vergessen wir die Sache und sprechen niemals wieder darüber, ja? Hauptsache, eure Mutter wird wieder gesund."

Im Dezember sammelten Eve und Mickey Tannen- und Stechpalmenzweige und schmückten die große Halle. Trotz der Rationierung gelang es Helen, Plätzchen und Kuchen zu backen, und eine vorweihnachtliche Stimmung erfüllte Higher Barton. Melanie stützte sich beim Gehen noch auf einen Stock, weil sie sich schwach fühlte.

Alwyn Tremaine lachte laut und sagte: „Am besten tun wir zwei Invaliden uns zusammen."

Zuerst war Melanie über die veränderte Atmosphäre im Haus überrascht gewesen, auch wunderte sie sich über die ständige Anwesenheit von Sir Alwyn, der nun von früh bis spät am Familienleben teilnahm. Da aber alle glücklich und zufrieden wirkten, fragte sie nicht nach. Sie verbrachten ein ruhiges und friedvolles Weihnachtsfest. Eve schloss Walter Tremaine sofort ins Herz, der darauf bestand, von ihr und Mickey mit dem Vornamen angesprochen zu werden.

„Sonst fühle ich mich so alt, wenn ihr Onkel zu mir sagt", erklärte er. „Ich bin euch sehr dankbar, dass ihr meiner Frau hilfreich zur Seite steht. Helen kann es sich gar nicht mehr vorstellen, ohne euch zu sein, und ein großes Haus wie Higher Barton muss von Leben erfüllt sein."

Eve vermutete, dass Helen ihrem Mann von Evelyn erzählen würde. Zwischen den Eheleuten gab es keine Geheimnisse. Einen Tag, bevor er wieder an die Front musste, verbrachte er mehrere Stunden bei seinem Vater. Danach war er etwas blass, auch Sir Alwyn wirkte beim Abendessen angespannt. Eve hoffte, dass Vater und Sohn sich ausgesprochen hatten und es von nun an keine weiteren Geheimnisse auf Higher Barton mehr geben würde.

Der Tag, an dem Billy Lower Barton verlassen und nach Plymouth gehen würde, rückte näher. Helen beobachtete Eve verstohlen, vermied jedoch, sie nach ihren Gefühlen für Billy zu fragen. Sie würde aber für sie da sein, wenn Eve sie brauchte.

„Wir sollten für Billy eine Abschiedsparty auf Higher Barton geben", schlug Helen in der ersten Januarwoche des Jahres 1941 vor. „Ich habe mit Charles und Elisabeth Penrose gesprochen, sie sind einverstanden."

„Eine Party?" Eves Herz schlug schneller.

„Die Penroses spendieren eine Speckseite, und wenn wir alle unsere Lebensmittelkarten zusammenlegen, wird das schon gehen."

Eve umarmte ihr Tante, Tränen der Rührung in den Augen. Dann jedoch zögerte sie. „Ich bin mir nicht sicher, ob Billy …"

„Es soll eine Überraschung für ihn werden." Helen zwinkerte Eve zu. „Mädchen, ich halte mich heraus, was euch beide angeht, aber ich denke, er wird sich freuen, noch einmal alle seine Freunde und die Familie um sich zu haben."

Wenige Tage, bevor Billy in der Kaserne in Plymouth erwartet wurde, versammelten sie sich alle am Abend in der großen Halle von Higher Barton. Obwohl die

Luftangriffe auf England inzwischen aufgehört hatten, achteten sie immer noch auf die Verdunklung, was der Stimmung aber keinen Abbruch tat. Selbst Lord Alwyn war unter den Feiernden, und er und Billy zwinkerten sich verschwörerisch zu. Helen hatte ein altes Grammophon vom Dachboden geholt, und sie tanzten nach der Musik von Glenn Miller und Victor Silvester. Eve genoss den Abend, konnte aber nicht verhindern, dass ihr Herz schwer war. Wann würde sie Billy wiedersehen? Sie verdrängte den Gedanken, dass ihm etwas geschehen könnte. Sie musste fest daran glauben, dass er gesund zurückkam. Wenn sie seine Eltern beobachtete, dann schämte sie sich, denn besonders für Billys Mutter musste es um ein Tausendfaches schwerer sein, ihren Sohn in den Krieg ziehen zu lassen. Billy hingegen konnte seine Abreise kaum noch erwarten.

„Wie es auf dem Boot wohl sein wird?", sagte er. „Ich weiß, es ist dort sehr eng, aber es heißt, gerade diese Enge schweißt die Kameraden fest zusammen. Hoffentlich schicken sie mich bald auf See."

Eve und Mrs Penrose tauschten verstohlen einen Blick, und Eve sagte betont munter: „Da du so gern zur See fährst, warum hast du dich dann ausgerechnet für U-Boote entschieden? Du siehst vom Meer ja nicht viel, wenn du immer unter Wasser bist."

Billy zuckte mit den Schultern. „Irgendwo muss ich ja anfangen. Später möchte ich dann richtig zur See fahren, auf Handelsschiffen und so."

Eve hatte keinen Zweifel, dass Billy seinen Traum wahr machen würde.

Die Stunden verflogen viel zu schnell, und niemand von ihnen sah auf die Uhr. Selbst Sir Alwyn zog sich erst weit nach Mitternacht zurück, gefolgt von Melanie, die an diesem Abend keine Anzeichen von Erschöpfung oder anderen Wehwehchen zeigte. Nachdem auch die Penroses gegangen waren, zog sich Helen ebenfalls zurück, um Eve und Billy die Gelegenheit zu geben, sich voneinander zu verabschieden. Eigentlich gehörte es sich nicht, dass ein junges Mädchen und ein junger Mann mitten in der Nacht allein waren, aber heute wollte Helen ein Auge zudrücken, außerdem war Billy ein vertrauenswürdiger junger Mann, der die Situation nicht ausnutzen würde.

„Ich glaube, sie sind alle schlafen gegangen", sagte Billy, „und ich sollte mich jetzt auch auf den Weg machen."

„Trinken wir noch einen Tee?", fragte Eve. „Er wird dich während des Heimweges wärmen."

Gemeinsam gingen sie in die Küche, und Eve setzte Wasser auf. Schweigend saßen sie sich am Tisch gegenüber, aber selbst das Schweigen verband Eve mit ihm. Aus der einen Tasse wurde bald eine zweite, und dann noch eine weitere. Der Morgen dämmerte bereits, als Billy langsam aufstand.

„Ich glaube, ich sollte jetzt gehen. Meine Eltern stehen bald wieder auf, um die Tiere zu versorgen." Er trat zu Eve und berührte sie leicht am Arm. „Ich danke dir für den wundervollen Abend."

„Na ja, vielmehr Nacht", erwiderte Eve, wurde sich dann bewusst, was sie gesagt hatte, und ihre Wangen färbten sich rot. Auch Billy war sichtlich verlegen. Schnell stand auch Eve auf. „Ich bringe dich noch zur Tür."

Sie gingen zum Hintereingang. Der Morgen war kühl, aber trocken, und Eve atmete tief die frische Luft ein.

„Also ... ich ... ich dachte ... ich wollte dich noch fragen ..."

Die Hände in den Hosentaschen, trat Billy von einem Fuß auf den anderen.

„Ja?", fragte Eve und sah ihn erwartungsvoll an.

„Es ist vielleicht ein wenig aufdringlich, aber ..." Er rang mit sich und stieß dann hervor: „Ich möchte dich fragen, ob du mein Mädchen sein willst."

„Dein Mädchen?"

Eve lehnte sich an den Türrahmen, und Billy, nun mutiger geworden, fuhr fort: „Es wäre schön, wenn ich jemanden hätte, an den ich denken könnte, wenn ich da draußen bin, und der auch an mich denkt."

„Deine Eltern und Geschwister werden an dich denken", flüsterte Eve heiser, und das Herz schlug ihr bis in den Hals.

„So meine ich das nicht." Er errötete, als er fort-fuhr: „Wir beide sind Freunde, aber ich dachte ... viel-leicht könnte es ja irgendwann mehr als Freundschaft werden. Ich weiß, ich verlange viel von dir, weil ich weit weg sein werde und keine Ahnung habe, wann und ob ich überhaupt zurückkomme ..."

Schnell legte Eve eine Hand auf seinen Mund.

„Sag das nicht, bitte! Du wirst gesund zurückkommen, etwas anderes darfst du nicht einmal denken."

Ihre Blicke begegneten sich. Sanft nahm er ihre Hand und zog Eve an sich, bis sich ihre Körper berührten. Langsam senkte er den Kopf, und ihre Lippen trafen sich. Es war ein leichter, zärtlicher Kuss, aber Eve dachte in diesem Moment, die Welt würde stehen bleiben. Dann wurden seine Küsse fordernder, und Eve versank in einen Strudel der Emotionen, von denen sie nicht geglaubt hatte, dass es so etwas für sie gab.

„Ich würde gern dein Mädchen sein", flüsterte sie, als sie wieder zu Atem kam.

„Würdest du mir ein Bild von dir geben?", fragte er. „Das könnte ich dann immer ansehen, wenn ich Sehnsucht nach dir habe."

„Ich habe keine Fotografie von mir hier in Cornwall."

Er lächelte. „In Lower Barton gibt es einen Fotografen, ich bin sicher, er kann einen Abzug machen, bevor ich fahren muss. Wir könnten morgen mit den Rädern hinfahren."

„Du meinst wohl heute." Es gelang Eve, trotz des Sturms ihrer Gefühle zu scherzen. „Erst müssen wir aber ein paar Stunden schlafen. Du möchtest bestimmt keine Aufnahme von einem Mädchen mit Augenringen."

„Du siehst immer wunderschön aus, Eve." Er erwiderte ihr Lächeln. „Ich hole dich gegen drei Uhr ab, ja?"

Er küsste sie noch einmal und verschwand dann im Grau des heraufziehenden Morgens.

# Epilog

*Higher Barton,*
*Cornwall – 1951*

„Hiermit taufe ich dich auf den Namen Mary-Rose. Im Namen des Vaters, des Sohnes und des Heiligen Geistes ..."

Kaum hatte der erste Tropfen des Taufwassers die Stirn des Kindes berührt, brüllte der Säugling los. Befreiendes Gelächter ertönte in der Kirche von Lower Barton.

„Na, die Kleine wird mal ein lautes Organ bekommen", raunte Billy und drückte Eves Hand. Stolz sah er seine Tochter an, die ihr Köpfchen nun an Eves Brust drückte.

„Bist du auch so glücklich?", flüsterte Eve. „Ich könnte zerspringen vor Glück!"

Sein Blick sprach Bände, dann stimmten sie in das abschließende Gebet ein, danach erklang die Orgel. Fünf Jahre hatte Eve warten müssen, bis ihr dieses Mutterglück beschieden wurde, und nun war die kleine Mary-Rose ihr ganzer Stolz. Jedes Mal, wenn sie sie ansah, konnte sie kaum glauben, dass es ihr und Billys Kind war. Sie würde alles tun, dem Mädchen ein wundervolles Leben zu bieten.

„Es ist nur zu bedauern, dass Lord Alwyn nicht mehr unter uns weilt", sagte Billy, der seine Tochter auf den Arm nahm und an Eves Seite die Kirche verließ. „Ob er wohl Taufpate geworden wäre?"

„Das hätte er sich nicht nehmen lassen, aber mit Helen und Walter haben wir die besten Paten der Welt."

Die Erinnerung an Alwyn Tremaine stimmte Eve ein

wenig wehmütig, denn im Laufe der Jahre hatte sie den alten Kauz wirklich lieb gewonnen. Nur zwei Wochen nach dem Sieg der Alliierten über Nazideutschland war er friedlich im Schlaf von ihnen gegangen.

Billy Penrose hatte den Krieg unbeschadet überstanden, und an Weihnachten des Jahres 1945 hatten sie geheiratet. Nur ein Mal war sein U-Boot in eine wirklich gefährliche Situation geraten, und bei der *Operation Overlord* hatte Billy sogar eine Auszeichnung wegen herausragender Tapferkeit erhalten. Eve sah ihren Mann von der Seite an. Ihr ging das Herz auf, denn heute sah er in der weißen Uniform besonders gut aus.

„Du bist jetzt wirklich Captain?", fragte sie, obwohl sie die Antwort kannte, es aber nicht oft genug hören konnte. „So mit allem Drum und Dran?"

Er nickte stolz. „Wenn ich im nächsten Frühjahr das Kommando auf der Caronia übernehme, dann müssen wir uns niemals wieder trennen, denn du und Mary-Rose kommt natürlich mit, wie wir es besprochen haben."

Billy hatte seinen Kindheitstraum, Seefahrer zu werden, wahr gemacht. Nachdem er zum Leutnant befördert worden war, wurde er in Liverpool zum Kapitän ausgebildet, und dann hatte er in den letzten Jahren als Erster Offizier auf Handelsschiffen Erfahrung gesammelt. Sein Ziel waren aber immer die großen Passagierschiffe gewesen, die die Ozeane der Welt befuhren. Nach den Entbehrungen des Krieges wollten die Menschen das Leben wieder genießen, und Kreuzfahrten wurden chic, wobei nur besser Verdienende sich einen solchen Luxus leisten konnten. Jetzt war Billy von der *Cunard Steamship Company* angeboten worden, die

Caronia zu befehligen. Sie war das erste Schiff, das von der Reederei ausschließlich für Kreuzfahrten gebaut und 1948 in Dienst gestellt worden war.

Eve wusste, wie sehr Billy es sich wünschte, seine Familie immer um sich zu haben. In den letzten Jahren waren sie zu oft und zu lange voneinander getrennt gewesen, außerdem war sie eine abenteuerlustige Frau und freute sich auf die Erkundung fremder Länder, Menschen und Kulturen. Zumindest, solange Mary-Rose noch klein war, würden sie Billy auf seinen Reisen rund um die Welt begleiten.

Nach den dramatischen Ereignissen im Herbst 1940 waren Eve und Mickey auf Higher Barton geblieben. Als die Luftangriffe auf England aufhörten, kehrte Melanie zu ihrem Mann nach London zurück, und zuerst waren sie und Robert nicht einverstanden damit, die Kinder in Cornwall zurückzulassen, hatten aber schließlich nachgegeben. Zum Teil auch deshalb, weil Mickey ein guter Schüler geworden war, der fleißig lernte und das Landleben, gegen das er sich anfänglich gesträubt hatte, ebenfalls nicht aufgeben wollte. Eve hatte Helen geholfen, Higher Barton unbeschadet durch die Kriegsjahre zu bringen, und eine Ausbildung als Sekretärin abgeschlossen. Obwohl finanziell unabhängig, wollte sie nicht untätig herumsitzen und auf ihren Mann warten und hatte bis kurz vor der Geburt ihrer Tochter bei einer Bekleidungsfirma in Bodmin im Personalbüro gearbeitet.

Lord Walter Tremaine, der nach dem Tod seines Vaters den Titel und den Besitz erbte, hatte den Krieg ebenfalls überlebt. Eve lächelte den großen, schlanken Mann an, der nun zu ihnen trat und seine Glückwünsche übermittelte. Von seinem rechten Auge zog sich eine Narbe bis zum Kinn, die aber im Laufe der Jahre blasser geworden war und kaum noch auffiel. 1943 war seine Maschine über deutschem Gebiet abgeschossen worden, er und zwei Kameraden konnten sich aber retten. Einige Monate musste Walter um sein Augenlicht bangen, er erholte sich aber wieder vollständig. Helen war überglücklich, dass für ihren Mann der Krieg beendet war und dass er nicht mehr zurück an die Front musste. Im Herbst 1948 war Helen dann Mutter geworden, und der kleine Arthur war ein aufgeweckter und gesunder Junge, der seine Eltern glücklich machte.

Sehr zur Freude von Robert Carlyon hatte Mickey sich für ein Studium der Rechtswissenschaften entschieden, was Eve zuerst gar nicht glauben konnte. Heute arbeitete er als Berater einer großen Automobilfirma in Mittelengland, hatte im letzten Jahr geheiratet, und Eve hoffte, dass sie bald Tante werden würde.

So lebte die Familie Carlyon über ganz England verstreut, heute jedoch waren sie alle in Cornwall zusammengekommen. Helen hatte darauf bestanden, die Taufe der kleinen Mary-Rose auf Higher Barton zu feiern.

„Keine Widerrede!", hatte sie gesagt, als Eve meinte, sie könne das nicht annehmen. „Immerhin sind wir eine Familie und haben gemeinsam schwere Zeiten durchlebt. Walter und ich fühlen uns geehrt, die Paten deiner Tochter sein zu dürfen."

Vor der Kirche zerstreute sich die Gesellschaft, und die ersten Gäste stiegen in ihre Wagen, um zum Essen ins Herrenhaus zu fahren, als noch ein Mann und eine Frau zu Eve traten und herzlich gratulierten.

„Wir danken Ihnen, Mr Daniels ... Mrs Daniels." Eve wandte sich lächelnd an Billy. „Du kennst doch Mr Daniels, nicht wahr? Er leitet die Bank in Lower Barton."

Billy schüttelte seine Hand. „Ja, wir sind uns früher manchmal begegnet, heute ist es mein Bruder Tom, der mit Ihnen die Geschäfte macht, Mr Daniels."

„Und das zu unserer vollen Zufriedenheit", erwiderte Mr Daniels. „Die Penrose-Farm steht gut da. Das Konzept Ihres Bruders, vollständig auf Milchwirtschaft zu setzen, geht auf, und ich konnte mit Freude einen neuen Kredit für den Bau weiterer Stallungen bewilligen."

Abwehrend hob Billy die Hände und sagte: „Verschonen Sie mich bitte mit den Geschäften, denn mit der Farm habe ich nichts zu tun. Ich bin froh, dass mein Bruder Tom durch und durch Landwirt ist, etwas, zu dem ich mich nie berufen gefühlt habe."

Sie lachten und wollten gerade zum Wagen gehen, um auch nach Higher Barton zu fahren, als ein etwa drei Jahre alter Junge auf sie zu gestürmt kam. In den Händen hielt er eine grau-weiß gescheckte Taube. „Daddy, Mum, sie hat sich den Flügel gebrochen. Ich hab sie hinterm Kirchturm gefunden. Wir müssen sofort zum Doktor."

Mr Daniels lachte, und seine Frau fuhr dem Jungen durch das zerzauste Haar. „Ach, Victor, du kannst doch nicht alle Tiere dieser Welt retten." Erklärend wandte sie sich an Eve. „Es vergeht kaum ein Tag, an dem der Junge nicht irgendein krankes oder verletztes Tier nach Hause bringt. Erst letzte Woche war es ein junger Dachs mit einer verletzten Pfote, die Woche

zuvor eine Katze mit drei Beinen. Wenn das so weitergeht, werden wir bald ein Tierhospital aufmachen
müssen."

„Der Flügel der Taube sieht wirklich nicht gut aus",
sagte Eve. „Sie sollten das arme Tier zu einem Arzt
bringen, damit es nicht unnötig leidet."

Victor nickte. „Die anderen Tauben haben schon auf
sie eingehackt. Ich werde sie pflegen, bis sie wieder
fliegen kann."

„Tja, dann bleibt uns wohl nichts anderes übrig."
Mr Daniels schmunzelte. „Wenn Sie erlauben, Mrs
Penrose, kommen wir nach, sobald der Vogel in guten
Händen ist. Eigentlich hoffe ich, dass Victor eines
Tages die Bank übernehmen wird, derzeit liegen seine
Interessen aber auf einem anderen Gebiet."

„Er ist noch jung", sagte Mrs Daniels. „Kinder in
diesem Alter ändern oft ihre Meinung. Ich bin sicher, er
wird eines Tages wie du Bankdirektor werden."

Eve beobachtete den kleinen Victor Daniels, der
mit einem Finger vorsichtig und zärtlich über das
Köpfchen der Taube strich. Obwohl das Tier sicherlich
Schmerzen und auch Angst hatte, hielt es ganz still.
Mit den schwarzen Knopfaugen sah es den Jungen an
und schien zu verstehen, dass er ihm helfen würde.
Eve hatte das Gefühl, dass Mr Daniels sich wohl einen
anderen Nachfolger als Victor für das Bankwesen
suchen musste.

Die Sonne versank als feuerroter Ball am Horizont, als
sie in ihr Haus auf den Klippen oberhalb von Polperro
zurückkehrten. Eve war von der Feier, dem vielen
Händeschütteln und den Glückwünschen erschöpft, aber

glücklich. Nun war sie erleichtert, dass sie, Billy und ihr Baby allein waren. Ihre Eltern und Mickey würden noch ein paar Tage auf Higher Barton bleiben, dann würde wieder Ruhe in ihr Leben einkehren. Mary-Rose hatte die Feierlichkeit mehr oder weniger verschlafen, war während der Fahrt nach Hause kurz aufgewacht, schlummerte jetzt wieder tief und fest in ihrem Zimmer. Eve trat auf die Terrasse. Unterhalb von ihr lagen das ruhige Meer und der Hafen von Polperro, um den sich jahrhundertealte Cottages scharten. Es war Billys Wunsch gewesen, ein Haus am Meer zu kaufen, und Eve hatte dem nur zu gern zugestimmt. Billy trat hinter sie und legte sanft seine Hand auf ihre Schulter. „Es war ein schöner Tag."

Sie schmiegte sich an ihren Mann.

„Wir haben so unendlich viel Glück, dass ich es manchmal nicht glauben kann und fürchte, es wird ..."

„Pst!" Zärtlich küsste er sie auf den Nacken. „Wir müssen das Leben nehmen, wie es kommt, und heute soll kein Tag für trübe Gedanken sein." Er räusperte sich und fuhr fort: „Denkst du noch manchmal an sie?"

Eve wusste, wen Billy meinte. Gedankenverloren spielte sie mit der Kette mit dem Rubinherz, die ihren Hals schmückte.

„Evelyn Tremaine und ihre Geschichte wird unvergessen bleiben", erwiderte sie leise.

„Glaubst du, Helen und Walter werden es ihrem Sohn erzählen?"

„Irgendwann, wenn er erwachsen ist, bestimmt. Es wird aber wohl immer ein Familiengeheimnis bleiben. Das ist auch gut so, denn niemand möchte mit der

Tatsache hausieren gehen, dass eine Vorfahrin eine kaltblütige Mörderin war."

„Reden die Leute immer noch davon, dass in Higher Barton ein Geist umgeht?", fragte Billy.

Eve zuckte die Schultern. „Lass sie reden, dann haben sie was zu tun. Wir beide kennen die Wahrheit, aber wir werden niemals wissen, warum ich glaubte, Evelyns Stimme zu hören. Es war wie ein Flüstern der Wände. Inzwischen denke ich, ich habe mir alles nur eingebildet."

„Hm ..." Es war offensichtlich, dass Billy das Thema wechseln wollte. Zärtlich küsste er Eve. „Habe ich dir eigentlich schon gesagt, wie sehr ich dich und unsere Tochter liebe?"

Eve schmunzelte. „Seit heute Morgen nicht mehr."

„Dann wird es aber höchste Zeit." Als wöge sie nicht mehr als eine Feder, nahm Billy sie auf die Arme, trug sie ins Haus und die Treppe hinauf ins Schlafzimmer. „Ich finde, Mary-Rose sollte nicht als Einzelkind aufwachsen", murmelte er.

„Dann sollten wir uns nach besten Kräften bemühen, damit sie bald ein Geschwisterchen bekommt", flüsterte Eve heiser und las in Billys Augen, dass er genau das im Sinn hatte.

Rebecca Michéle

# Miss Mabels erster Fall:
# „Die Tote von Higher Barton"

Goldfinch Verlag, Taschenbuch, 356 Seiten.
ISBN 978-3-940258-14-4

Mabel Clarence ist sich sicher: Noch vor ein paar Minuten lag in der Bibliothek des Herrenhauses eine kostümierte tote Frau – erdrosselt mit einem Strick. Doch nun ist sie verschwunden, ohne jede Spur. Und wo keine Leiche, da keine Ermittlungen. Glauben schenkt der älteren Besucherin aus London nur ein kauziger Tierarzt. Also stellt Mabel in bester Miss-Marple-Manier eigene Nachforschungen an und versinkt immer tiefer im undurchsichtigen Sumpf der Vergangenheit – bis sie selbst in die Schusslinie des Mörders gerät …

# 🐦 GOLDFINCH

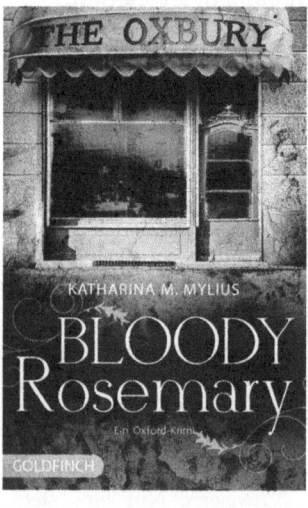